U0132916

大学的观念与实践

黄达人　著

商务印书馆
The Commercial Press
创于1897

2011 年 · 北京

图书在版编目(CIP)数据

大学的观念与实践/黄达人著.—北京:商务印书馆,
2011

ISBN 978 - 7 - 100 - 08374 - 4

Ⅰ.①大…　Ⅱ.①黄…　Ⅲ.①高等学校—教学管理—
研究—中国　Ⅳ.①G647.3

中国版本图书馆 CIP 数据核字(2011)第 091737 号

大学的观念与实践

黄达人　著

商 务 印 书 馆 出 版

(北京王府井大街36号　邮政编码100710)

商 务 印 书 馆 发 行

北京市白帆印务有限公司印刷

ISBN 978 - 7 - 100 - 08374 - 4

2011年6月第1版	开本 787×960　1/16
2011年6月北京第1次印刷	印张 22½

定价: 45.00 元

引

吴承学

　　黄达人校长文集编成后,编者命我作序。我虽感荣幸,又颇惶恐:因为我既非领导,又是后辈,何敢言序? 在中国古代,"序"又可称之为"引"。我就权作一引吧。引者,非引导也,引玉之谓也。我愿以一位在中山大学学习、工作数十年的文科教师身份谈谈个人的先睹之快。

　　十二年前,黄达人校长受命从西子湖走进康乐园,执掌中山大学。转瞬之间,我们共同亲历的这一切,都已经成为历史的一页了。

　　在历史长河中,十二年只是弹指之间,而对于中大来说,却不可谓短暂。这本书让我们这些一路相伴走来的中大人油然而生一种亲切感,蓦然回首,十多年走过的路又仿佛重现眼前。这种感觉就像李白诗中所描写的:"却顾所来径,苍苍横翠微。"

　　现在,我们可以从容地站在今天所处的高度,回眺这十多年盘旋而上的"所来之径"。这不是一条现成坦途,而是中大人自己开辟出来的道路,上面深深地留下了中大人的足迹。按照庄子的说法,事物有"迹",有"所以迹"。"迹",就是一般人所能见到的事物与现象;"所以迹",就是事物、现象之形成发展的内在成因或者背后的精神与信念。这木书的珍贵之处,不仅在于记录了中山大学发展的"所来之径",更有"所来之径"形成的背景、原因、动机与思路,为我们解读中山大学的发展与前景提供了可贵的文献。

　　这本书的核心是中山大学的制度设计与文化建构。大学的文化与制度是虚实相成的。制度是形而下的"器",文化则是形而上的"道"。制度是"迹",文化则是"所以迹"。有好的制度才能确保正常组织与运作的效率,才有规范可依。而在大学制度之上,还有大学文化。黄校长认为,文化是大学核心竞争力最重要的组成部分,对大学发展的影响是潜移默化、大道自然的,然而更为深远。所谓"大学文化"是大学的一种精神状态与特有气质,它是在一所大学长期的办学过程中积淀而成,越是有着悠久历史传统的大学,其文化的影响力就越巨大,那些无形的、约定俗成的传统总是会随时随地展现在大学的运作过程之中。这种大学文化实际上就是一种核心价值观。

黄校长不断强调"大学是一个学术共同体"、"教授就是大学"和"善待学生"三位一体的核心价值理念。这一治校理念,既是在中山大学发展过程中不断摸索出来的,也是借鉴国外数百年现代大学的经验而形成的,因此兼有现实性与超越性的品质。一方面,它直击当下中国大学行政化与社会化的要害,具有匡正时弊的现实意义,目的就是要使中山大学回归大学的本质、品格与使命;另一方面,它并不是只适应一时的权宜之计,也不是只适合一地一校的教育,它是对数百年逐步发展起来的现代大学基本理念的反思、提炼和总结,具有普适性与超越性,是一种可以超越国家与地域、制度与意识形态的价值观。在现行体制与条件下,这样的治校理念,最大程度地保障了对大学精神的追求与发挥。

如果说,黄校长的大学基本理念主要是受到西方现代大学的启发,他的思想方法则显然受到本土传统思想的影响。黄校长常说,政策的制定过程,是一个不断地寻找平衡点的过程,而在寻找平衡点这个方面,儒家的终极理想"中庸之道"可以给我们以有益的启示。黄校长甚至把中庸之道的理念投射到对于中山大学文化精神的把握之中。他有一段妙论:

> 人们经常将中山大学简称为"中大",细想其中似颇有深意,按我的理解,"中"的含义有平衡、均衡、中庸等意思,在这里主要体现为"度"。"大"的含义有包容、博大、深邃、宽厚、多样化、差异性等意思,在这里主要体现为多样性与差异性。

这虽属"望文生义",却是独具慧心的睿智。我们看到近年中山大学的许多制度与理念都体现出这种允执其中、不偏不倚的中庸之道:立规矩与留空间、学科规划与学术自由、科研创新团队与孤独的思想者、国际水平与国家需求、象牙塔与发动机、自律与他律、道义与利益、学术自由与社会责任、师道尊严与善待学生……这种中国式的智慧是一种哲学,也是一种艺术。

黄校长是数学教授,又长期在以理工科见长的浙江大学工作,对文科有个逐渐理解的过程。他曾说:"初来中大时,我就被中大文科教授们的风采所吸引,他们的博学让我敬畏,觉得就算不能与文科的教授们结成知音,也一定要做他们的朋友。但是过了一段时间,我发现,在文科的领域,也许我只能做他们的学生。"他又说,他从中大文科教授那里得到许多教益,所以更为大气,更有境界。我不认为这是故作自谦之语。一位领导有无"文化",与其专业无关,主要在他对文化的态度与胸襟。黄校长来到人文学科传统积淀深厚和具有独立、自由和宽容风气的中山大学,以敬畏之心与谦逊态度,走进文化,领略文化,引领文化,成为有激情与想象、有人文情怀的管理者,有人格魅力、有思想深度的教育家。从这个角度来讲,他受中大文化与岭南文化沾溉甚多。

一位从事理科研究的领导而能热心地支持与呵护人文学科,已属不易,而这种支持与呵护是出于对人文学科的真切理解的,就更为难得。黄校长认为,人文科学是"无用"之"大用"。虽然它不能像科学技术那样直接产生经济效应,也不能为大学排名增加多少硬指标,但是它代表着大学的品位与境界,所以是一种软实力,一种极为重要的无形资产。它的作用可能要很久才看出来,却影响久远。鉴于此,中山大学非常强调正视学科的差异性,提倡学术的自由精神。黄校长说:对于基础学科,大学应该要有一种平和的心态,要有"养士"的气度。对于那些以学术为生存方式的学者,大学应该给他们良好、宽松的学术环境和生活空间,而不应该以量化管理来制约其创造力。文科的评价有比较强的主观性,难以标准化。所以中大对于文科,相当重视"清议"。"清议"是一种纯学术的评价，是一种"共同体认同"，是一种可以经得起历史检验的"公论"，因为在真正的学者心里自有"一杆秤"。"清议"只能出于"清流"，"清流"就是一批有学术水平与学术良知的精英学者。应该让这些学者拥有更大的话语权。

我与黄校长并无深交。回想起来，黄校长掌校十多年，我到校长办公室谈话只有两次。第一次是2007年6月，黄校长约我到中山楼谈话。《中山大学学报》社科版原主编退休，学校领导希望我能接替此任。我说，我不是中共党员，恐怕不太合适。黄校长笑着说："我们知道，不过，我们信任你。主编是一个学术岗位，只要坚持严格审稿，按照学术发展的内在规律，坚持用高水平的论文就可以了。"他又强调，不要有压力，学校不会以什么转载率、引用率指标来考核学报。临别，他补充说，有什么需要可直接找他。不久，我就请见黄校长。因为学报改版和扩版，需要在原有预算外增加经费投入。我向校长递交了扩版报告，黄校长批示道："我认为，对学报的支持也是对文科支持的重要手段。"这两次谈话总共不到半小时，干净利索，就解决了问题。在主持《学报》工作中，我深深感受到学校所给予的充分信任与尊重。在一次长江学者座谈会上，我发言说：对于有责任感、有担当的学者来说，信任是一种压力，最大的压力就是没有给他们具体的压力。信任不是放任，而是为之提供一个更好的空间和宽松的环境。当时，黄校长在座，我见他频频点头，意颇然之。

黄校长刚到中大时，偶尔还与年轻教师打打篮球。他球艺精良，球风硬悍，对于胜负还颇为在意，那时他是多么的魁梧健壮啊。十年过去，虽乡音无改，笑容依旧，但头发逐渐斑白萧疏。2010年6月，我和彭玉平教授主编的《中山大学文化校史》一书杀青，请黄校长赐序，他欣然俯允。在序中，他深情写道：

> 我与中大在一起，已经12年了，对四个校区的一草一木，已产生了深深的眷恋，与中大在一起，我充满了激情。我知道，这种激

情来源于中大的历史、现在和未来,来源于中山大学的每个人,更来源于中大的文化血脉,我朝夕浸淫其间,早已成为其中不可分离的一分子。

可谓情动于中,一唱三叹。个中况味,不难读解。半年后,黄校长卸任。2010年12月23日下午,怀士堂座无虚席。黄校长作卸任演讲时,一贯从容淡定的他竟不能自持,数度哽咽。他以校长身份说的最后一句话是:"我是中大人,中山大学是我永远的精神家园。"闻者无不动容。

卸任数天后,十多位文科教授请老校长到珠江边饮酒品茗。席间,互道多年来工作中之韵事和糗事,笑语不断,举座皆欢。临别,众教授赠老校长一纸,上以秦简字体书写一颂。颂曰:

> 亦长亦友,达己达人。
>
> 康园一纪,百卉争春。

前人有谓:"秀才人情纸一张。"诚哉斯言。然纸薄,人情不薄。愿康园春天永驻。

2011年3月于康乐园郁文堂

前　言

　　黄达人教授 1998 年 11 月调任中山大学常务副校长,自 1999 年 8 月至 2010 年 12 月,任中山大学校长近 12 年。其间,各类讲话、文章,已近五十万言,并已有近三十篇发表于《中国高等教育》等教育类刊物上。

　　在这些文稿之中,黄达人校长以一个实践者的身份,对中国高等教育,从大学的基本理念及至大学管理诸方面,提出了许多持平之论,实有灼见真知。从某种意义上说,这些观念,为中国大学的治理提供了一条可能的路径。

　　黄校长卸任后,我们认为这些文稿应该结集出版,他再三婉拒。黄达人校长的这些文稿,集中体现了一个大学校长的教育理念,它们不仅是中山大学历史的一个组成部分,更是学校的重要精神财富,从中可以看出中山大学近十余年来的努力,而中山大学的发展,也是正处于重要转型期的中国大学的一个缩影。因此,学校认为,文集的出版是有必要的。

　　为篇幅计,亦为了尽量简洁地呈现作者的教育理念,本书谨以作者提出的"大学是一个学术共同体"、"教授就是大学"、"善待学生"等三个基本理念为纲,以"文摘"的形式,对这些文稿进行了摘编,作者关于大学管理的理念,大抵已荟萃其中了。

　　需要说明的是,此集是"文摘",而非"语录",故大篇幅地原文照录了许多文稿,而在某一话题之下,也会有一些重复,编者以为,这样也可以看出作者教育思想形成的脉络。由于作者的文稿,大多首先以讲话稿的形式流传,所以,在此书中,也存在着一些口语化的语句,编者以为,保留这些讲话时的口语,可能更可以见出作者对中山大学、对中山大学的师生员工的殷殷之情。

书中所述，大抵在于"观念"与"实践"二者，即以中山大学的三个基本理念贯串之，而系于其下的，即是大学治理的实践，故名之曰《大学的观念与实践》。考虑到全书的条理，在摘编过程中，还另拟了小标题。

参加本文集编辑工作的有陈望南、黄毅、李汉荣、梁庆寅、陈春声等。

本书编辑难免有疏漏处，尚祈读者指正。

编　者

2011 年 2 月

目　录

第一编　大学是一个学术共同体

一、大学是一个以学术为依归的命运共同体　3

　　学术共同体是大学的基本定位　3

　　大学应该有核心价值理念　4

　　学者应该以学术为生存方式　6

　　"清议"的力量　9

　　行政部门的责任与义务　11

　　忠诚服务值得尊崇　12

　　大学的本质就是追求卓越　15

　　党政团结的关键　19

　　从我做起是一种人生态度　21

　　要有志向和"霸气"　23

　　大学要有道德感　32

　　学风是大学的根本所在　37

　　学术自由与社会责任　47

二、大学的管理和组织形式　50

　　政策的制定,是选择与平衡的过程　50

　　中大模式　52

　　以学院为中心的管理模式　59

　　大学的"大部制"设想　60

　　大学的人事退出机制　64

　　尊重差异性是大学管理的精髓　65

　　正视科研的差异性　67

　　尊重差异,分类指导　74

大学需要经营　75

大学管理中的"另类浪费"　87

三、学科建设、科学研究与服务社会　94

学科建设是大学发展的生命线　94

学科布局是个动态过程　97

找准方向，抢占制高点　100

以国家需求为科研的立足点　101

大学既是象牙塔，也是发动机　103

提倡优雅的态度　106

"零代价"转让　108

给横向项目以"国民待遇"　110

大学要有服务社会的使命感　111

自主创新重点突破的切入点　113

"985 工程"与大学的终极目标　115

重点投入要向团队倾斜　116

积极融入国家创新体系　118

大学应该成为创新型国家建设中的战略力量　122

"孤独的思考者"与人文社科研究团队　126

"国际一流"与"中国特色"　127

文科："无用"即"大用"　130

医科必须培养"成品"　131

医科科研要以疾病为导向　135

大学附属医院的特殊性　136

中山大学与"岭南学派"　137

如何打造"岭南学派"　141

中大的经验就是不出经验　143

务实、互惠，以我为主、为我所用　144

四、大学精神与大学文化　148

中山大学的气质　148

大学精神与中大文化　150

中山大学的学术文化　152

中山大学的行政文化　156

每个人都是他人的外部环境　159

中层干部应该超脱些　162

要有"官心",不要有"官气"　165

干部要谋事　173

沟通也是生产力　183

办公室的定位　197

办公室人员的职业化　200

第二编　教授就是大学

一、教授不是雇员,教授就是大学　209

教师仅仅是大学的雇员吗?　209

教师与学校一荣俱荣,一损俱损　210

大学教师的"准入条件"　211

大学教师的定位　216

大学的使命与教师的责任　218

二、人事制度与人才队伍建设　221

营造和谐,着眼长远　221

大学人事制度的根本性改革　227

教师的身份,博士后的工作　231

聚集"水涨船高型"人才　233

高层次人才的积聚体现大学的水平　236

形成尊重人才的"软环境"　237

名教授的地位高于校长　242

大学要有"公心"　245

院长最重要的工作是"找人"　248

引进人才的原则　249

期待新一代学术带头人　251

为青年学者搭建施展才华的舞台　257

青年教师是学校的未来　258

第三编　善待学生

一、善待学生是中山大学的核心理念　267

　　善待我们的学生　267

　　"在大学里还有什么比本科教学更重要的吗?"　277

　　学生是上帝吗?　278

　　什么是大学的素质教育?　278

　　如何推进素质教育?　285

二、对学生的希望　288

　　我心目中的中大学生　288

　　用大学精神培养栋梁之才　293

　　立大志向,干大事业　295

　　我不断被同学们感动　297

三、人才培养是大学的根本使命　300

　　人才培养是中心　300

　　提升育人质量　300

　　一个好教师应具备的素质　306

　　高度重视教风、学风建设　307

　　以良好的人格影响学生　309

　　辅导员要善于与学生交朋友　310

　　创新人才培养的管理理念和措施　312

　　调整研究生培养模式　314

　　培养复合型的专门人才　317

　　培养学生"舍我其谁"的气概　321

　　本科生的宽口径培养　323

　　学术规范是一个"养成"的过程　325

四、就业心态与职业准备　327

　　适当降低就业期望值　327

　　作好职业准备　330

　　关键在于提高学生的竞争力　332

　　要在就业质量方面考虑学生的利益　336

附录　作者高等教育管理文稿系年要目　337

第一编　大学是一个学术共同体

　　一所大学固然要以其智力资源、科研优势服务地方经济、社会的发展,但一所大学的学术水平和学术影响才是其国际评价和声誉所在的衡量标尺,所以,我们强调"大学是一个学术共同体",这是大学原本应有的品格。

　　大学以科学思想为基础,是追求真理、创造知识的地方,大学总是严肃地、批判地把握人类社会发展的一些永恒价值。而大学的功能则是通过学术性的教学(而不是职业教育或者技术教育)、创造性的科学研究,全面地塑造学生,传承和创新人类的知识与文化,并服务于当下社会。

　　在大学这样一个学术共同体里面,所有的个体之间,不仅人格是平等的,而且每个人的职业价值也是平等的、没有层次差异的。所以,如果要给这个共同体一个形象比喻的话,那么它应该是一个棱柱体,组成大学的三个群体——教师、职员以及学生,构成了这个棱柱体的三个面,所有大学中人的目标应该只有一个,就是为了这个学术共同体的事业发展。

一、大学是一个以学术
为依归的命运共同体

学术共同体是大学的基本定位

无论是人才培养、科学研究还是服务社会，究其本质而言，大学与学术密切相关，探究大学的本质，对于中山大学的长远发展无疑是有着重要的意义的。

现代意义上的"大学"（University）一词源于拉丁文 universitas magistrorum et scholarium，简单的解释就是教师与学者的共同体（community of teachers and scholars），这就是我们常说的"学术的共同体"的由来。

我们今天为什么还要再次强调大学是"学术共同体"这个概念呢？

首先，强调"学术共同体"的概念，有助于我们重新回归大学的本质。在今天的中国社会，大学已经越来越被人们等同于一般的行政单位和社会组织，逐渐淡忘了其原本应有的品格。大学作为"学术共同体"，是由它产生的历史因由和固有使命决定的。大学必须以学术为目的，以科学精神为核心凝聚力，并具有某种对绝对精神的追求，如果脱开随着社会的发展而赋予大学的各种任务，从理想的层面而言，大学在本质上应该为学术而学术，为科学而科学，对真理的向往不会因为外在环境的变化而改变。同时，大学必须有所作为，能够通过创造知识，培养优秀人才，传承精神和物质的知识力量，大学应该面向未来，并服务乃至引领社会的发展。总之，大学以科学思想为基础，是追求真理、创造知识的地方,大学总是严肃地、批判地把握人类社会发展的一些永恒价值。而大学的功能则是通过学术性的教学(而不是职业教育或者技术教育)、创造性的科学研究,全面地塑造学生,传承和创新人类的知识与文化,并服务于当下社会。从这个意义上说,当前社会上某些挂牌为"大学"的机构,未必具备"学术共同体"的禀赋,因为她们并不具备追求真理、创造和传承知识的大学精神,也没有形成自己独特的理念和品格,这样的大学,也就是一所普通的"职业养成所",谈不上"学术共同体"。作为"学术共同体"的大学应该拥有自己的核心价值理念。

其次,如果说大学作为象牙塔,作为人类精神和知识存在的某种象征,具有比较抽象的意义的话,那么"学术共同体"这一概念就比较具体。作为一个学术共同体,它不仅要有大家共同认可的核心价值体系,而且其成员还应有共同的向往学术的兴趣和追求。从一种理想的状态而言,作为一名学者,学术应该成为其生存方式,在此基础上,所有学者应共同遵循学术道德与学术规范的制约,并相互联系、相互影响、相互尊重,从而在这个共同体中形成一种比较强的学术凝聚力。当然,这确实是一种比较理想的状态,以这一标准去要求目前大学中的所有学者,可能会太苛刻了些,但正如古人所云,"身不能至,而心向往之",我们的大学要发展、要有未来,就必须有一个理想,并且不断地朝这个方向去努力。

(2009 年 2 月 20 日在中山大学 2009 年工作研讨会上的讲话)

大学应该有核心价值理念

十年前,合并前的中山大学为庆祝建校 75 年拍摄了一部专题片,虽然我十分清楚,操办此事的同事花费了大量心血,片子内容很翔实,也颇具观赏性,但我后来还是对校办的同事说,看了这部专题片,感觉中山大学只能算是一所"三流学校",因为片子里面只强调了历史,很少描述现在,更看不到未来。

我讲这个例子,就是想说,我们的大学应该面向未来,而要面向未来，就必须有自己的发展理念，因为这是一个学术共同体得以维系的核心价值。这一点，在与国内外大学交往的过程中，我有比较深的体会。每个学校在自我介绍时，中国大陆的大学大都只是介绍现状，有多少个博士点、硕士点、院士、长江学者、杰青，各类重点实验室等等，给人家的感觉就是一大堆数字，非行内的人很难明白其意义。而境外的大学则不同。我们最近走访了台湾的八所大学，在与校长的交流中，他们都着意地介绍本校的育人理念。我上个月应邀前往菲律宾雅典耀大学参加该校的校长论坛，雅典耀大学创校150年，其办学的核心理念就是以培养有社会担当、为国服务的人才为己任，而随着时代的发展，大学也在不同的时期赋予其理念以新的内涵，这说明自始至终，雅典耀大学都有自己的理念支撑。此外，她的几个学院也都有各自明确的使命和人才培养目标，尤其令我印象深刻的是该校新创办的医学与公共卫生学院（Ateneo School of Medicine and Public Health），其模式是四年大学本科毕业，进入该学院学习五年后，同时获医学博士和公共卫生管理硕士学位。这个学院遵循大学的办学宗旨，提出要将学生培养成为"五星级"医生，即医疗保健的提供者、卫生政策的制定者、与民众的沟通者、社区公共卫生的领导者与管理者。

雅典耀大学在菲律宾属于前三位的大学，但在国际上未必是名校，可是我认为，她具备了作为一个学术共同体应有的最基本的特质，是一所有理念的大学。更重要的是，这所大学的学院和多数教师都认同这个理念，并愿意为实现它而去努力。由此，我想到了我们这所学校，是否可以说，"善待学生"就是我们的核心理念之一。我认为，"善待学生"的理念如果体现在目标层面，就是我们要培养"具有领袖气质的文明的现代人"，他们知礼、诚信、勤奋、阳光，敢于超越，勇于担当，并具有职业准备。这样的大学培养目标，让我们着眼于学生的未来发展，对他们的一生负责，这是"善待学生"这一理念更为深层的内涵。总之，强调知行合一、学以致用，强调大学与国家、社会的紧密联系，强调关注民生，强调培养富于社会责任感和历史使命感的学生，是中山大学的优良传统，也是我们这个学术共同体的价值追求。

在此基础之上，我们的学院是否也应该提出各自的发展理念和人才培养目标？因为我觉得，我们的学院大都已经历了开创之初的扩张时期，经过一段时间的积累，目前应该有意识地去凝练本学院的发展方向。上个学期，我和科技处、医科处、发展规划办的同志一起，到学校的理工科、医科等十几个学院，与有关负责人就教学、科研、学科建设和社会服务等问题进行了交流，后来又与文科院长们就上述内容进行了讨论，其中的一个共识就是学校要求院长制定四年的任期目标，学院的目标和每年的考核指标都由学院自己制定，学校不作硬性的规定。我只是希望通过这次梳理，各个学院能够总结和提炼出符合自身特点的发展方向和目标，而不要把任期目标变成短期行为，要面向未来，从学院的实际情况出发、从长远发展的需要出发，但是要从现在做起，并为之努力。学院凝练发展方向、制定目标的过程，应该也是一个团结教授、凝聚人心的过程，因为学术共同体的成员——学者之间的和谐与共识，才是大学得以发展的关键。

（2009 年 2 月 20 日在中山大学 2009 年工作研讨会上的讲话）

学者应该以学术为生存方式

一个真正的学者，学术就是他的生存方式，如果一所大学里没有这样的学者，那就不是一所好的大学，学术共同体这个概念就更无从谈起。一个学者，在受聘到大学工作以前，就应该先考虑在这个学术共同体中是否有适合的位置实现自身的发展；进入大学后，既然已经选择了成为这个学术共同体中的一员，就必须努力为此作出贡献。作为校长，曾经有老师向我反映这样那样的问题，现在想想，可能比较多的是以下几种情况。

有的老师会提出经费要求，说获得的支持不够。碰到这种情况，我就会引导来访者谈谈他学术工作的设想，因为能不能得到支持，应不应该给予支持，关键在于他的工作目标是什么、他想要解决什么学术问题。这些说清楚了，如果是具有价值的，学校就会支持，甚至比你提出的更多。上个学期，某学院要引进一位学者，希望学校给予科研启动经费的支持，我当即请来学校"985工程"领导小组的有关同志一起听取了他们的学术研究计划，结果决定在他们原有的经费申请上加倍支持，一次性建设学科研究的平台，因为他们要解决的是具有战略意义的重大问题。我想，中山大学发展到今天这个地步，经费投入已经不是困扰我们工作的瓶颈了，我们更关注的是学者的学术工作是否能为大学的学科建设、为科学的进步作出贡献。但如果说不出有价值的计划，而只是要钱，那就是无的放矢。

还有的人在谈话中会评价甚至批评自己身边的同事做得不好。遇到这种情况，我总是希望他能够先谈谈自己的工作，了解一下他本人对学科、对学校的发展做了什么工作。因为我觉得，在评价别人的时候，应该先评价一下自己。这样，学校才会有一个更加和谐的氛围。

也还有个别老师抱怨自己的收入低。我首先希望他们了解，中大的平均工资水平连续多年在教育部直属高校中排在前三位；其次，教师的收入水平是与教学科研工作的质与量紧密相关的，为此学校有一系列的政策给予保证，例如我们大幅提升了教师绩效工资的比重，而其中的构成重点又主要来自教学。此外，我还可以肯定地说，教师的收入水平一定在学校的平均线之上，他们的薪酬一定高于同级别的行政人员。作为一名中山大学的教师，抱怨收入低，可能恰恰反映了他对教学科研的贡献还不够，而一味抱怨的人，或者也反映了他们失去了改变自己的能力。我认为，这样的人如果不奋起直追、迎头赶上去，是很难在这个学术共同体中生存的。以学术作为生存方式的学者，他对大学这个学术共同体就会有很强的认同感和契合度，具体表现就是，这些学者有着强烈的学术使命感，而其学术工作、学术成就也符合学科发展和学校发展的方向，二者相得益彰。

共同体(community)这个词本身就有互动、相互支持的意义在里面，而一个学术共同体的维系，也是靠具有学术价值认同的人们内聚在一起，彼此尊重、相互支持。我曾经在一次会上听过学校一位很出色的年轻学者的学术报告,当谈到学术成绩时,他较多地强调了自己的贡献,会后我提醒他这样表达是否合适,他马上意识到并强调了导师对其研究所给予的肯定、指导以及经费支持和宽松条件。后来我见到了他的导师,这位导师充分肯定了学生的成绩,并且强调了学生的独立贡献。我听了深有感触,心想,也许正是这样一种和谐的师生关系,才是他们能够取得学术突破的重要原因。

我曾经讲过,在大学这个学术共同体里,每个人都是其他人的外部环境,和谐的整体正是由每一个"互为外部环境"的个体共同营造的。我们知道,在欧美国家的一些社区,家家户户都会把门前打扫得干干净净,特别是在重要节日,主人们总是将家里最漂亮的布置朝向窗外,希望让别人看到自己美好的一面,同时也为所在的社区增值。我想,同样的道理,在我们工作、相处的过程中,应该学会更多地看到别人的优点和长处,这样,彼此之间才能融洽,大家心情才会愉悦。因此,在这个共同体中,不仅在师生之间,在教授、学者之间也应该相互尊重、相互欣赏。同时,我们更加鼓励学术上的挑战与争鸣,并且十分期待青年学者脱颖而出,而在不同的学科之间,要承认差异,尊重别人研究的学问。一方面,要保障学者有从事各种学术活动的自由,学术自由的根本价值在于为创新提供氛围,有了学术自由才可能创新;另一方面,如果某些学者的研究立场不利于国家和社会的稳定,影响甚至破坏了学术共同体的外部环境和内部氛围,这时就不能抽象地谈学术自由了,必须有一定的约束机制,从而保证其他绝大多数学者的学术自由。我想,只有认识到了这些,才能有助于在共同体内形成宽松、和谐的氛围,从而调动起所有成员的积极性和创造性,并形成强大的凝聚力。

大学这个学术共同体不仅仅是学者们的工作场所,更是我们共同的精神家园。作为共同体的成员,学者在社会上的影响其实与大学的社会地位紧密相关,人们对某位中大教授的第一印象,往往首先来自于中山大学在社会上的声誉,而中山大学这个学术共同体的声誉也正是每一个成员共同努力的结果。我们既得益于此,也为之作出了贡献。

简而言之，这就叫做荣辱与共，一荣共荣，一损俱损。

（2009 年 2 月 20 日在中山大学 2009 年工作研讨会上的讲话）

"清议"的力量

任何一个组织要维系正常运作，都离不开相应的制度；要让一个组织的运作有效率，就必须有好的制度，学术共同体也不例外。在这里，大家认同学术道德与学术规范，并遵循这些道德和规范的制约。而制度又分为两种，一种是正式制度，一种是非正式制度（即制度文化）。前者容易理解，是指人们有意识建立的、并以正式方式加以确定的各种制度安排；后者则是指一种文化与传统所形成的内在约束，虽无明文规定，但人们心中有标准，并会忠实地遵守。对于中山大学这样有着悠久办学传统的学校来说，后者的作用可能更加深刻而持久。

举个例子，在职称聘任的过程中，总有落选的老师来向我反映，说自己达到了申请职位所要求的标准，为什么还落选？其实，对这个问题我也是不止一次地说明了，学校相关文件所列出的教师职务聘任条件，是我们对候选人申请某一职位的最低要求，而不是说你达到了这个条件，就一定能够申请成功。这是一个必要条件，而不是充分条件。这就如同一个门槛，你能够跨过这个门槛，只能说明有资格去申请受聘更高一级的教师职务，仅此而已。至于学校人事处和各个学院的工作，就是要根据规程筛选出一个可以提交学校聘任委员会讨论的名单。因为学术发展没有终极，整体水平总在提升，满足教授水平的标准是变化的，总的趋势是不断提高的，所以我们只能制定"准入"的标准，最终的结果，则取决于申请者的学术贡献是否能够得到多数评委的认同，这就是学术共同体中的"清议"。或者可以说，"清议"是一种纯学术的评价，是一种"共同体认同"，虽然没有明文规定，但在每位学者心里却有"一杆秤"，衡量或者认同中山大学的教授应该是一个什么样的水平。然而，"清议"的力量还不仅于此，如果学无所成，或者不学无术，或学术不端，"清议"的力量，是足以决定一个人能否在学术圈中立足的。据我所知，学校实施教师聘任考核以来,就有 30 多人在考核后离开学校教师岗位。我想,这主要是学术共同体中"清议"所造成压力的作用。

那么,怎样才能取得"共同体认同"而不因"清议"而出局呢?我想,一方面,毫无疑问地,学者必须作出学术贡献,要有学术影响,并得到同行的认可,体现在职务聘任上,就是在"跨过那个门槛"的群体中脱颖而出;另一方面,既然作为这个共同体的成员,你的为人、学问和品行还要得到共同体的认同,能主动融入到共同体中来,这时,论文数量可能就显得不那么重要了。当然,我也要提醒那些有着学术评审权力的人,必须对学术共同体负责,不能为了"小圈子"的利益而去排斥他人,处理学术的公共事务时,情绪和感情不能战胜理智。

在学术共同体中,类似"清议"这样的非正式制度,其实是一种文化和传统,历久弥新、不易改变。但是,对有意识安排的、明确建立的成文的正式制度,则需要不断反思,止于至善。例如,随着人事制度改革的进一步推进,学校将不可避免地面临各类投诉。按照以往的做法,这些投诉只是由人事处等职能部门负责解答,而许多问题最终往往都会归结到我这里来裁定,这就出现了一个问题,校长和职能部门也是政策的执行者,把在政策执行过程中发生的争议,再交由政策执行者来裁决,是不合适的。而且,这种情况又使职能部门背负了相当大的压力。因此,学校确实需要设立相对中立的机构,来应对各类申诉,就申诉提出的问题进行仲裁。现在学校也设有多个受理申诉的委员会,但是,这些委员会的组成人员仍以职能部门负责人为主,在执行的过程中颇难中立。为了使大学的行政运作更加有序、有效,营造公正、公平、和谐的大学文化环境,有必要在原有各申诉委员会的基础上,成立一个校级的学术与行政仲裁委员会(暂定名),下设教师职务聘任、人事争议、学位授予、学籍管理等分委员会,成员应包括教授及学生代表,必要时可以用公开听证的方式处理相关申诉。职能部门工作人员最好不进入仲裁委员会,只在必要时向委员会做解释或提供咨询意见。这实质上也是事、权分离的一种尝试。当然,这个委员会必须认同大学作为学术共同体的核心价值,其组成人员应该兼具学术成就和个人威望,既守法、理性,又富于理解力和同情心。至于其如何具体组织和实施,与之相关的学校各种制度、赞成、条例如何配套与规范,则还需要进一步研究。

（2009年2月20日在中山大学2009年工作研讨会上的讲话）

行政部门的责任与义务

行政机构是现代大学根据发展需要逐渐演进而成的,可以说天生就是从属于学术的,虽然习惯上将大学的行政部门叫"党政管理机构",但我们强调管理就是服务,要寓管理于服务之中,这也是我们行政工作的基本理念。应该说,中山大学行政人员的服务精神和工作态度,在国内同类高校中,是比较好的,服务的理念已经逐渐深入到学校行政人员的心中了。在继续做好"服务"的同时,在这里,我要强调的是责任。

首先,大学行政机构最重要的责任,在于维护学术共同体的利益。这个命题看似简单,其实不然。学校职能部门的领导,在处理问题特别是那些重复信访的问题时,要十分敏感,因为这些问题极可能会违反政策的原则,我们行政部门的负责人是政策的掌握者,一言一行代表的是学校,因此,必须公平、公正地处理问题,而决不能凭借个人的好恶来作判断,必须时刻考虑到政策的原则性和大学这个共同体的利益。这一点,我想无论是学校领导、还是中层干部以至于普通工作人员,都应该时刻牢记。

其次,行政部门要为大学这个学术共同体到外部去争取资源和利益。评价一位处长是否称职,有一个标准,就是看他在上级主管部门那里是否有话语权。我始终认为,那些能够参与上级部门决策讨论和制定过程的,一定是出色的处长,因为要做到这一点,不是光靠感情沟通就可以实现的,要融入决策圈,关键还是在于眼界和工作能力,要能够坦诚地提出有建设性的意见,善于出点子,才能成为上级主管部门的工作助手,从而实现学校工作的拓展。

我想,在中山大学这个学术共同体里,我们承载着共同的理想、共同的目标、共同的事业、共同的利益和共同的荣誉，我们有责任把她建设得更好。因为归根结底，这是我们共同的家园。

（2009 年 2 月 20 日在中山大学 2009 年工作研讨会上的讲话）

忠诚服务值得尊崇

今天我们在这里隆重举行仪式，向获得中山大学首届卓越服务奖的 15 位同事颁奖，感谢他们在学校连续服务超过 50 年的忠诚与辛劳。

在向他们表示祝贺的同时，我想表达对 15 位前辈的羡慕之情，因为这是一个非常了不起的成就。到今天为止，我服务中大才 11 年，看来是没有机会得这个奖了。人生百年，能有约一半的时间为中山大学服务，这无论对于大学，还是对于个人，都值得珍惜和祝贺的。

学校之所以在 85 周年校庆的时候设立这样一个奖项，并非为了标新立异，更深一层的考虑是，希望在中山大学能够建立起一种荣誉制度，这种荣誉不能带来晋升，也与金钱上的收益无关。这种荣誉制度，表彰的是关乎忠诚，关乎坚持，关乎对所从事职业的专业精神，因此，它表彰的是关乎人类社会所共同认可的基本价值。我们希望，通过这个奖项的设立，在大学的层面倡导这种基本价值。

学校设立卓越服务奖所倡导的价值取向，源于学术共同体内部平等的观念。今年我们为连续服务中大超过 50 年的诸位前辈颁奖，明年，这个年限也许会是 45 年，之后可能逐年下降，直至连续服务中大30 年以上的教职员工。30 年，也是国际上许多知名大学为表彰自己职员的服务精神所经常选用的一个年限。这样，无论是致力于教学科研的老师，还是从事党政管理工作乃至后勤服务的普通职员，都可能获得这个荣誉。我们相信，在大学里，应该有这样一种所有人都可能共享的荣誉，因为可以共享，所以它会为所有人称道并且铭记。

我曾在很多不同的场合讲到"大学是一个学术共同体"。人们常常习惯于用金字塔的结构来描述和理解我们所处的社会，实际上，在一个学术共同体中，所有的个体之间，不仅人格是平等的，而且每个人的职业价值也是平等的、没有层次差异的。所以，如果要给这个共同体一个形象的比喻的话，那么它应该是一个棱柱体，组成大学的三个群体——教师、职员以及学生，构成了这个棱柱体的三个面，所有大学中人的目标应该只有一个，就是为了这个学术共同体的事业发展。而要实现这个目标，则有赖于这个共同体中各个个体的忠诚服务。

我们应该明确"服务"这个词汇的真正意义。当我们说"我服务于中山大学"，或者"我为中山大学服务"时，这里的"服务"，并无高下之分，更不是要在校内划分出等级。事实上，服务跟社会的分层无关，而只与社会分工相关。当一个共同体中的个体共同服务于这个共同体的时候，这种服务所体现的价值就是平等的。

明确了"服务"这个概念，那么我们就可以看到，当我们由于职业的要求而强调"服务"时，这种服务就是相互的。

我们说"教授就是大学"，我们说"善待学生"，其中最为明确的一个观念就是大学的职员要为教授服务，还要为学生服务，这里并不是要在共同体中分出高下，而是"服务"本身就是对职员供职于大学的一种职业的要求，或者说职业底线。同样，大学教授也是要为学生服务的。而且，从某种意义上看，教授也是在为职员服务。因为如果教授不好好工作，大学也就办不下去了。而所有的这些基于个体的"服务"，不管是大学教授还是大学职员，追根究底都是为大学这个学术共同体"服务"。

上面所说的服务的观念，是基于人人平等这个价值前提的，那么，当我们要评价"卓越服务"的标准时，就不应该仅仅局限于学术领域的成就或者管理方面的贡献。对于卓越服务的评价有一个很重要的标准，那就是对事业的忠诚。首先，从内涵上来讲，曾有学者提出关于忠诚的等级体系，即对个体的忠诚、对团体的忠诚，直至对一系列价值和原则的全身心奉献。从学校的层面出发，我们所说的忠诚不是指对某个人的忠心耿耿，而是对教育事业的执著态度。这种忠诚，从个人来说是一种精神，对大学而言就是一种力量，我们将其称为"忠诚的力量"。

没有忠诚的职员就不可能留住忠诚的教授；缺乏忠诚的教授，就无法培养忠诚的学生。一旦教授和职员这个忠诚的基础不存在，社会就不会再保持对学校的支持，学校的发展也就难以维系。其次，对于大学而言，比起行政机构和企业组织，大学有着自身的特点，它是文化的传承之地。而这种文化传承的重要载体就是为大学服务多年的教职员工，对他们的表彰，既是表达大学对于员工的珍惜之情，同时也是在塑造我们大学的传统。

对于上述的这个忠诚标准，也许会有人提出疑问：现在强调人员的合理流动，会不会与希望在学校服务终身的愿望相悖？我在这里要说明的，我们颁这个奖的目的，只是要表达一种对于忠诚服务的珍惜之情，向服务于大学的教职员工表达学校的一种感动。一个人，只要数十年服务于中大，就值得起这个荣誉。我们当然鼓励人员的合理流动，我也不会担心，有了这种荣誉，人员的合理流动就会出现问题。

今年是中山大学第一次颁发卓越服务奖，今天坐在领奖台的上各位前辈，是为这个学校付出了毕生努力的教职工的代表，但绝不是全部。在中大的办学历史上还有很多很多的人应该获得这个荣誉，他们为中大的发展奉献了毕生的精力。今年暑假，我与学校部分教授访问了云南澄江。1939年，为躲避战火，中大师生西迁澄江，在十分艰苦的条件下坚持办学，他们开办学校、设立医院、调查民俗、改良农业、勘探地质，70年前就在践行着教学、科研、服务社会的大学使命，因此，我在当时座谈会上提出，今天的中大人要向历史学习，继承发扬中大的优良办学传统。当然，澄江办学史只是中大的办学传统中的一个片段，但正是每一个历史时期的办学经历形成了中大的文化积淀，最终形成我们的历史传统，这就是我们自己的办学特色，中大人应该珍惜、更应该坚持。我们应该知道，中山大学的今天，是85年光荣历史积淀的结果，我们所取得的成就，是与漫长的历史中众多先贤前辈的努力分不开的。而我们更应该相信，我们的后辈，也一定会做得比我们更好，中山大学的明天必定是美好的。

人的生命是有限的,但是中山大学则将永存。在中大这个学术共同体里,我们承载着共同的理想、共同的目标、共同的事业、共同的利益和共同的荣誉,我们有责任把她建设得更好。

服务中大的每一个人,他们的每一分努力,都将在中大的发展道路上留下印记。中大的荣光是由每一个中大人的忠诚服务所创造的,而中山大学的荣光也必将为全体中大人所分享。

(2009 年 11 月 10 日在中山大学首届卓越服务奖颁奖仪式上的讲话)

大学的本质就是追求卓越

今天我们在这里举行第二届中山大学卓越服务奖颁奖仪式,为在学校工作超过 45 年的 38 位同志授奖。首先,我代表学校对各位受奖者表示崇高的敬意和诚挚的感谢。

人生百年,45 年,几乎是一个人有能力为社会服务的最长年限了,能在这么长的时间里,服务于一所大学确实是一项非常了不起的成就。再过两天就是中山大学 86 周年校庆,86 岁对一个人来说,已经是高寿了,而对于一所大学,86 周年仍然年轻。每一位中大人都会觉得,86 年的积淀是一笔宝贵财富,但好大学永远不会衰老。能将自己有限的服务,投入到一项常青的事业之中,是很有意义的,所以我要向获奖诸位表示祝贺。

学校每年要举行各种各样的颁奖活动,多数奖励的对象,都是在某一领域做出突出成绩的集体或个人。只有卓越服务奖的遴选条件与众不同,是以服务的时间作为条件,无论是致力于教学科研的老师,还是从事管理工作乃至后勤服务的普通职员,只要在校工作达到一定年限,且在人事记录上没有瑕疵,都可获得这个荣誉。今年的 38 位受奖者,年岁最小者,也已到古稀之年,大家虽然从事不同的工作,有学者,有医生,有实验技术人员,有党政管理干部,但几十年来都在各自的职位上辛勤工作、默默奉献,中山大学每一个梦想的实现都彰显着你们的人生价值,你们的每一滴汗水都凝结成中山大学今天的荣耀,学校会永远记住你们,感谢你们。

很多老同志对这次受奖谈了一些感想,我认真拜读了,很感动。这些感言字里行间饱含着两种情感:一是感谢,感谢国家和学校的培养,感谢师长和同事,感谢家人;还有就是热爱,对本职工作的热爱,对后学诸生的勉励。要解读这两种情感,也许可以用两个词来概括,一个是感恩,一个是传承。感恩表明我们对中大的认同感,每一分成绩的取得都有学校的关怀,每一个人都因能为学校作出贡献而感到骄傲。如果说,这种认同还只是感性的表达,那么,传承则包含着更为理性的成分。

两者合起来理解,我认为就是一种对学校事业的忠诚。这种忠诚不是由于谋生的无奈选择,而应该是主观意愿的一种表达。这样的忠诚,真正是大道自然的,这就是一所好大学凝聚力的根源所在。我们设立卓越服务奖这一荣誉制度,希望传达的正是这样一种价值观,它不关乎金钱,也不关乎职位的升迁,要表达的是我们对共同事业的认同感。这份荣誉,对于受奖者本人、对于学校都是一种褒奖。

我曾多次说过,大学是一个学术共同体,在这个共同体中,每个人之间互为外部环境,互相帮助,互相影响。要实现共同事业的目标,营造一种平等和谐的氛围尤为重要。要强调的是,这种平等并不意味着强制性地要求同一化。在我们这样一所高水平的综合性大学里,对差异性的保护,怎么强调都不为过。道理很清楚,即便是对教授的评价,不同学科的区别都非常之大。良好的大学文化氛围,应该以尊重差异为前提,这也是我们希望通过卓越服务奖传达的第二种价值观:在互相尊重和理解的基础上表达同事间的平等。

本届受奖者的称谓问题,或许是一个比较直接的例子。日前,各位受奖者都收到了一封校长办公室的征询函,请大家选择本人用于这个仪式的称谓。很多人也许会问,对于一个称谓这样劳师动众,专门发函询问,是否显得过于谨慎。其实不然,称谓是礼法和礼仪最重要的内容之一,如何处理对受奖者的称呼,关乎这个奖项的定位和价值取向。

我们曾经考虑过用职称作为受奖者的称谓，"教授就是大学"，在大学的典礼中，用职称作称谓，也许是一种顺理成章的选择；我们也曾经考虑过，对受奖者统一称"同志"，强调"志同道合"之意，所有受奖者体现出来的对学校的忠诚应该是无差别的，"同志"的称谓似乎也有助于更好地诠释奖项的这一意义。但最后学校还是决定通过征询每位受奖者的个人意愿来确定称谓，这正是给每一位受奖者以相同的尊重。这也许是在更为本质的层面上，体现了大学执业荣誉奖励中想表达的平等内涵。

卓越服务奖所蕴含的价值观，还有一点应该被提到的，就是对"卓越"的理解。

自去年奖项设立以来，也有过这样的疑问：既然受奖的标准只是工作年限，奖项也推崇平等的内涵，为何还以"卓越"命名？说实在的，学校对此也曾反复斟酌。我想，在这里"卓越"一词所表达的，其实是对这种荣誉价值更深层次的理解。

"卓越"一词，在字面上的解释，是杰出的、超出一般的、卓尔不群的。这是一种通常的理解。但我们是否也应当认识到，以持之以恒的态度来追求卓越的过程，也同样是值得尊敬的。

中山先生关于"立志要做大事，不可要做大官"的名言，镌刻在怀士堂外的墙上，为大家所熟知，是中大精神的一个重要内核。那么，什么是"做大事"呢？中山先生有这样的解释："大概的说，无论那一件事，只要从头至尾，彻底做成功，便是大事。"可以看出，中山先生强调的并不只是事成结果的影响有多大，他所看重的，也包含这份做事的坚持。

坚持造就了卓越，卓越的内涵就在于坚持。能够几十年坚持于自己的事业，服务于学校，这份坚持就是卓越的。对于学校，每位成员的这种坚持，就形成了大学发展的内在力量，因此，大学很有必要用某种形式来加以褒奖。

首先，这种为追求卓越的坚持是大学精神回归的要求。

大学的本质是要追求卓越的，大学必须以学术为目的，以科学精神为核心凝聚力,并具有某种对绝对精神的追求。大学对真理的向往不会因为外在环境的变化而改变,它总是严肃地、批判地把握人类社会发展的永恒价值。大学既是人类的精神家园和文化守护者,也是社会良知的灯塔。大学承载着人类终极的价值追求,也体现时代的精神。大学精神所包含的,是人类文明进程中一些最本质、最美好的东西。

不同的时代,社会对大学会提出不同的要求,但是对大学应该有所坚守的期待,则是人们普遍的信念。因此,在大学设立卓越服务奖有着深刻的涵义,受奖者对事业执著追求的过程,或许可被视为大学精神回归的一个缩影。

再者,褒奖追求卓越的坚持,是大学尊重历史、面向未来的体现。

我们讲中大是一所好大学,说的就是这是一所有所坚守的大学,或者说我们是一所尊重历史的大学。尊重历史其实也是与历史沟通,是对历史的继承。我们现在的工作成绩,都是在前人留下的基础上取得的,从根本上说,大都是十几年、几十年工作的积累,而不是最近出台的某项政策的结果。例如,今年 8 月,由我校教授牵头的"中国丹霞"申请世界遗产保护的成功,中山大学作为丹霞地貌研究的重要基地,先后有四代学者为之付出了毕生的努力。如果不是几代学人的这份坚持,很难想象能取得今天这样令世人瞩目的成就。这样的例子在中大数不胜数。可以说,同样的坚持,蕴含在我们每一个学科的发展过程之中。

一所大学,如果能够在悠久的办学历程中,坚持自己特有的气质和办学理念,就有可能成为一所好的大学。由于历史背景、文化因素和地域环境等因素的影响,不同的大学可能具有不同的文化性格。既开放又内敛,既维护原则又包容差异,是自中山先生建校开始就逐渐形成的中大气质。我们提出"大学是学术共同体",强调"教授就是大学",把"善待学生"放在学校工作的核心位置,这三者,可以说是中山大学的核心理念。事实上,由于对这些大学理念的坚持,我们学校的发展已经迈上新的台阶。例如,按照 ESI 统计,我校进入世界前 1% 的学科数,已居于国内前几位。在今年 9 月英国《泰晤士报》公布的 2010 年世界大学排行榜上,中大的综合排名也进入了世界大学 200 强。所有这些,都让我们有种"蓦然回首"的感觉。只要我们认认真真、扎扎实实地做好自己的事情,所取得的成绩甚至会超过我们的期望。

现在,我们已经站在了一个新的历史高地,我们应该更加珍惜,应该更加坚持。我们也有理由相信,中大的未来会更加美好,而从这个高地出发,我们的继任者也一定会比我们现在做得更好。

大学泱泱,山高水长。卓越服务奖褒奖的是我们的前辈,而学校设立这个奖项更重要的目的,是为了激励后学诸生。今天在座的有许多年轻的同事和同学,我想对大家说,学术事业和学术传统的传承,是大学永续发展的根基所在。受奖各位前辈追求卓越的坚持,应该成为每一位中大学子人生的榜样。

服务中大的每一个人的每一份努力,都将凝结成中大的宝贵财富。中大今天的荣光和明天的辉煌,是由每一个中大人对信念的坚持所创造的,而中山大学的荣耀也属于每一个中大人。

(2010 年 11 月 10 日在中山大学第二届

卓越服务奖颁奖仪式上的讲话)

党政团结的关键

现在我们国家大学的管理体制是党委领导下校长的负责制,我没有专门研究过这个制度,我想党政团结关键在于互相尊重、互相信任。但是,前不久,我到教育部开会,了解到教育部正在弄一个关于党委领导下校长负责制的文件,说是要将书记、校长的责任明确,任务分工。我当时就对负责起草文件同志说,这个政策无助于调解关系紧张的大学,而且没有这些规定,大家合作得很好,这文件一出台,大家都要去对照书记管什么、校长管什么,考虑是不是越界了,反而容易感到生分。

最近,我见到一位某重点大学的书记,他是从教育部司长岗位上调去工作的,他问我:"听说你是坚定拥护党委领导下校长负责制的校长,我想问如果给你选,你是愿意有个书记呢,还是愿意书记校长一个人兼呢?"我立即回答,我一定不要兼任,对我来说,没有书记不行。我一直说我的运气很好,与两任书记都合作得很愉快,我要感谢李延保书记、感谢郑德涛书记,他们做了很多行政不能做的工作,替我分担了很多很重要的事。比如我刚和李书记合作时,他说财务问题是校长管的,他不过问,我说只要是李书记的批示,我一定办,结果直到李书记离任,我也没看到他关于财务问题上的任何批示。李书记当时对校党委工作提出了十二字方针——不抢事,不推事,做实事,抓大事。学校的领导班子相互团结、相互信任,让学校在稳定中得到了发展。郑书记来到中大,同样给了我很大的支持,他积极推动学校与地方的合作,从联系省市领导,到沟通信息,再到与教授们座谈,都是亲力亲为,我是发自内心地感谢和感动。郑书记反而问,这样做会不会"越界"? 我说,怎么会"越界"呢? 我们都是为了学校发展这个大方向,大家相互信任,都秉着一颗公心,就没有分界。所以,我经常说,做校长,我感觉是担子重,心不烦,就是因为我运气好,经历的两位书记都是很好的人。

我讲这么多,其实就是想说明,体制上决定的事不是我们应该讨论的内容,我们现在大学里是党委领导下的校长负责制,医院里是院长负责制,学院里是"哥俩好",我们能做而且应该做的是要在现有体制的框架下将学校的工作尽量做到最好,而不是想要去改变这个体制。我觉得,这个决定因素可能是个人的素质。我一直强调,做领导干部一定要有一颗"公心",我们的工作方向是为了中山大学更好地发展,学校发展了,在中大的校史上就会留下我们这一代的烙印,否则,后人就会认为我们这一代是碌碌无为的。如果我们都想通这个问题了,那么任何的个体私利、个人权威就都显得微不足道了,如果我们都想通这个问题了,那么我们的精力就不会用在想着怎样出风头,想着怎样要把别人比下去了。我想,我们只要怀着对历史负责的态度,只要是为了学校的发展,工作范围扩张得再大也是好事,关键是要形成共同促进学校发展的合力,而不是反作用力,这就是我们努力的方向了。有两位院长同我说过,现在是只要考虑做好事情就好,而不必去考虑做这件事是校长高兴、还是书记高兴,不必去考虑有可能会"得罪"谁。我想学院里也应是这样,教授、学者只考虑教学、科研的问题,而不必去过多地考虑其他问题。

(2007 年 6 月 8 日在学院、医院党委书记研讨会上的讲话)

从我做起是一种人生态度

我始终认为,大至一个民族,小至一个团队,精神的力量都是十分重要的。现在我们可以说,我们中大的人心是齐的,大家有着强烈的向上的欲望,对发展是硬道理这一理念已达成了共识,求真、求实、求善的良好学风和校风已成为我们的主流,全校师生员工正在为实现我们宏伟的目标而共同努力着。

经济发展到一定程度,就必然会面临制度方面的压力,体制创新是我国今后一段时期国家改革和发展的主旋律。我想,对于我们学校而言,同样也是如此。经过前段时间校内管理体制的改革,我校各方面的工作都有了长足的进展,改革已初见成效,只有把这些改革的成果制度化,才可能真正地积累改革的成果。通过体制创新建立起一个有中国特色的现代大学制度,是我们制度建设的最终目的。我经常想,我们这代人如果要留给后人什么东西,最好的遗产就是一系列良好的体制,就是要建立起尽可能摆脱了人为因素影响的现代大学制度。

我们强调培育和弘扬中大精神,强调凝聚学校的人心,并不是为了大家相安无事,而是要把学校的事业作为大家共有的事业,劲儿往一处使。在全面振兴中山大学,再创中山大学鼎盛和辉煌的过程中,需要我们坚持务实的工作作风,革故鼎新,共谋发展。改革和发展应该永远是中山大学各项工作的主旋律。

全校师生员工都要树立起"从我做起"的思想,以主人翁的姿态投身到再创中山大学鼎盛和辉煌的事业中去。

"从我做起"是一种思维方式,是一种人生态度,其本质在于提倡奉献的精神。做人做事,不能总是想着索取,更重要的是要首先问问自己:我做了什么,我能够做什么?

我觉得,我们以往在理解国家实施科教兴国战略时有一个认识上的误区,就是往往只是强调这是国家对科教事业的重视。这当然没有错,但问题的关键并不在这里。说科教兴国,关键在"兴国",说科学技术是第一生产力,关键是要看科学技术能不能转化为生产力,重视科教事业是一个手段,我们目标是唯一的,就是国家的兴盛,就是中华民族的伟大复兴。我认为,对于高校来说,科教兴国战略的实施,并不仅仅意味着我们被重视了,更重要的是我们肩上的责任更重了。

所以,在学校的层面,我们首先就要树立"从我做起"的观念,看看我们怎样才能为国家,为广东省走新型工业化道路作出自己的贡献。只有做出了成绩,才可能真正地被重视。我们中大要想在国家的高等教育格局中继续占有重要的一席之地,继续得到国家和广东省的支持,贡献是前提,没有了这个前提,只想着伸手要,是要不来重视和支持的。

作为学校的一员,在处理自己与学校的关系上,我们的师生员工同样也应该确立这种"从我做起"的观念。我们要经常问问自己,我能够做些什么? 我做得怎么样? 不要只是想着从学校得到多少,或者总是强调客观原因。我们当然要尽可能地争取各种资源为自己的工作和学习创造条件,但首先仍然应该多想想自己能够取得怎样的成绩,能够为学校的发展做些什么。

同事之间共事,提倡这种"从我做起"的观念也是十分重要的。同事之间,不要互相推诿,更不能互相指责,告状之风不可长,匿名信之风更要狠刹,这是我们学校在前进和发展过程中的不和谐音。我们应该把主要的精力放到为中山大学的发展振兴而共同努力上去,把精力浪费在告状上,浪费在内耗上,是不值得的。我们要首先问问自己,别人做得可能是不好,但我自己又做了些什么,我在学术圈中的地位如何? 我对学校的贡献有多大? 只有人人都"从我做起",才可能在学校里形成一种良好的工作氛围,才可能做到劲儿往一处使,也才可能真正地做到革故鼎新,共谋发展。在我们学校前进的道路上,同样也会有很多困难和风险,同样也要增强忧患意识,居安思危,同样也要倍加顾全大局,倍加珍视团结,倍加维护稳定。逆水行舟,不进则退,只有以务实的精神坚强地团结一起,"从我做起",我们才能不断前进,才能去实现我们宏伟的目标。

(2002 年 11 月 21 日在传达党的十六大精神
党员干部大会上的讲话)

要有志向和"霸气"

我们学校的怀士堂,在中国现代史上是有一些名气的。1923 年 12 月 21 日,我们这所学校的创始人孙中山先生在这里对当时岭南大学的学生作过一次演说。这个演说的主题,就刻在门外的石头上(我校著名教授商承祚先生的墨宝),叫做学生"立志要做大事,不可要做大官"。我想只要是中大人,对这句话大概都是耳熟能详的。关于"做大事"与"做大官"的关系,很多同学还有过争论,例如说,这二者是不矛盾的,做了大官,才能做大事等等。为了搞清楚这一点,我还做了些研究,后来我在很多场合都与学生们讲过,中山先生这句话的意思,关键不在于大学生是要做官还是做事,它强调的是立志。先生在这个演说的最后是这样说的:"我贡献诸君的,就是要诸君立志,要有国民的大志气,专心做一件事,帮助国家变成富强。这个要中国富强的事务,就是诸君的责任;要诸君担负这个责任,便是我的希望。"

先生说这番话的时候还没有中山大学,先生正是有感于美国人办的岭南大学,在第二年创办了国立广东大学,也就是后来以他的名字命名的中山大学。所以先生的这个演说也正是说给我们听的,我们这所大学,是肩负着先生深深的希望的。我们现在在这里讨论立志这个话题,也正是承接着中山先生的教诲。我觉得,这个话题是我们作为中大人必须要一直讲下去的,是永远不会过时的。

中山大学是一所我们值得为之奋斗、为之贡献毕生才智,将我们的生命与之紧紧相连的大学。从1924年成立开始,中山大学就是一所在国内举足轻重的国立大学。中山先生创办这所国立大学,是要为中国的革命和建设培养人才。因此,从一开始,中山大学的定位就是现代的,在它的历史上,曾经汇聚过一批对中国现代学术有着奠基意义的重要人物,它曾是全国第一批建有研究院的三所大学之一,在文、理、工、医等各个学科领域,都曾经得全国风气之先。这里是中国现代学术的发祥地之一,它对中国现代学术的发展和中国社会的现代转型,都曾有过重要的影响。可以说,中山大学的诞生,为的就是国家的富强、民族的振兴。新中国成立后,虽然经历了1952年的全国高校院系调整,许多鼎鼎大名的教授和他们的学科离开了中山大学,中大已不再是一所真正意义上的综合性大学,但即便如此,中山大学也一直是教育部直属的全国重点大学,它在中国高等教育的格局中也始终有着重要的一席之地。2001年10月,原中山大学与中山医科大学的合并,在某种意义就是一种历史的回归,同样也是我校作为南中国最重要大学地位的明证。

我之所以要在这里对诸位说中山大学曾经的辉煌,并不仅仅是要告诉大家我们先前曾经"阔"过,而是想让大家立一个远大的志向,承继先贤,再铸中山大学的辉煌。"再铸辉煌"这四个字,是我最近许多报告中的一个主题词,确实也是我的一个理想,也可以说是我做中大校长的一个终极目标。现在,我想把这个理想,这个志向告诉大家。

每一个中大人,包括在座诸位,都是再铸辉煌的中大这一事业中的一分子,我们每一个人都会老去,而中山大学的事业则将不断地延续下去。我们身处中山大学的意义,就是要为这个事业尽自己的一份心力,这是我们义不容辞的责任。

立志的高远使我们看到了不足。目前的中山大学似乎已经是今非昔比,成为全国十强高校了。但其实我们目前在国内高等教育界的声望是高于我校实际水平的,这一点,李延保书记和我都很清醒,校内的师生员工也很清醒。进前十,一次不难,难的是要稳定地在其中占据一席之地。更进一步说，要稳定居于前十可能也可以做到，但要再铸辉煌，在中山大学建立起有利于学校持续发展的现代大学制度，使中山大学成为一所真正现代意义上的大学，要使将来的中大对国家、对民族、对人类文明的发展和进步有更大的担当和贡献，要使中大成为国家乃至世界的教育、学术、文化的重镇，我们还有很长的路要走。正因为如此，再铸中大的辉煌就更应该成为我们中大人矢志不渝的远大的志向。

立志的高远也使我们产生了紧迫感。中国的高等教育正处在一个高速发展的时期，中大目前的发展可以说是适逢其时，抓住了机遇。现在全国高校之间的竞争日益激烈，我们面临着无情的优胜劣汰的局面。我想，这种紧迫感不仅学校要有，而且中大的每一个人都要有。

正是由于这种紧迫感，我们才会特别强调学校的学科建设要有一流的意识。学科建设是大学发展的生命线，我们要有争创一流的气概，要树立宏观的、开放的观念，眼界要更开阔一些，气魄要更大一些。只有建设一批具有世界一流水平的学科，造就一批站在世界学科发展前沿的学术大师，取得一批重大的理论和高新技术研究成果，培养一大批高质量的人才，我们才有可能说我们是一流的，我们是拔尖的。

正是由于这种紧迫感，我们才会特别地重视人才队伍的建设。目前制约中山大学向前发展的最大瓶颈，还是人才，我们还缺少一批学科带头人，缺少一批领军人物。所以，在重视现有人才的同时，我们仍然要十分地重视高层次人才的引进工作。对于像中大这种层次的大学而言，引进高层次的学术带头人，事关学校长远发展的大局。强调这一点，并不是忽视了我们现有的人才，我们学校如果要实现快速的、跨越式的发展，要在日新月异的科技发展中抢到先机，要寻找更多的学科增长点，现有的人才还不够，也不能仅仅寄希望于学校原有人才调整科研方向。如果不能引进更多的学术带头人，我们的学科调整、寻找新的学科增长点就会滞后，我们当然也会进步，但恐怕会永远跟在别人的后头。

正是由于这种紧迫感，我们才会特别重视要建立一个与国际接轨的更具国际化色彩的大学人事制度框架，以便更多更好地吸引国内、国外的优秀人才，满足学校发展的迫切需要，目前已经实施的教师职务聘任制度正是这一努力的一个方面。

正是由于这种紧迫感，我们才会在推进教师职务聘任制度改革的同时，尤其强调要营造宽松的学术氛围；强调要力争避免在学术上急功近利的浮躁心态，要用一种更为通达、更为宽松的心态来看待科学研究，建设我们的科研制度。对于高层次人才，对于学术上的领军人物，我们要充分地尊重他们追求创新的内在驱动力，纾缓学校制度管理给予的外在压力，为他们的研究创新营造一种更为宽松的氛围。

正是由于这种紧迫感，我们对学校的行政机关提出了以教师为本，为教师服务，为学校的教学、科研服务的要求。我在许多场合都反复强调，全校都要有人才意识，要形成一种尊重人才、爱护人才的氛围。我对各职能部门的同志说，希望大家对待各位教师，不管是校内的还是即将加盟中山大学的，都要像对待我这个校长一样。到中山大学五年来，我一直感到十分温暖，我希望我们的教授也能有像我一样的感觉。我觉得，在我们中大，名教授的地位是高于校长的，校长任期一满就会离开，而中山大学的声誉却正是靠着一代又一代的名教授的努力而逐步积累起来的，现在我们说到文科就会想到陈寅恪，说到理科就会想到蒲蛰龙，说到医科就会想到陈心陶等一大批老一辈的学者。学术的承传、学校的声誉正是与这些名闻遐迩的名字息息相关的，正是一代又一代的著名学者共同锻造了中山大学这块金字招牌。在座诸位中也有人将来要从事学校的管理工作，所以上面的这些话也正是对你们说的，希望大家都有一种历史的使命感。

除了紧迫感之外，这个高远的志向，还使我产生了一种更深层次的忧虑。

广东是个好地方。我也常说，地处广东，是中山大学的幸运，广东省对高等教育支持是实实在在的，而不是停留在口头上的。目前我校从广东省得到的办学经费已经多于国家的投入，省部共建、珠海校区等等，都是广东省对我校的支持的一个最好的证明。广东在中国近现代革新图强的历史进程中,是一个得风气之先的地方。别的暂且不说,即从体育而言,广东也曾在全国引领风骚,许多从西方引进的体育项目如举重,如游泳、排球、羽毛球等等都是从广东开始的,还有就是曾经威风八面的华南虎广东足球队。20世纪80年代,由于经济的强劲发展,广东的生活方式都曾引领了全国的潮流。现在,广东仍然是我国经济实力最为雄厚的省份之一,仍然是中国现代化快速发展的地方,身处广东的中山大学在其中的确是得益匪浅。

但广东毕竟不是国家的政治、文化中心,在历史上,广东就是一个"山高皇帝远"的地方。因为远离中心,所以在广东人身上传统的重负相对就会较轻,这也是广东总是可以得风气之先的一个原因。但一旦全国都得了这个"风气"以后,广东原有的优势就可能失去。即从高等教育而言,现在的趋势就不是北上,而是南下,国内各大高校都盯着广东这块大蛋糕,珠海的大学园区就吸引了近十所国内著名高校,北大、清华、哈工大、南开等大学在深圳也设立了各种各样的教学机构,而且深受地方政府的欢迎。这当然也是广东值得自豪的地方,国内各大名校之所以南下,是因为看准了广东的经济发展,看准了在这里办学可能得到最大的回报。但这个趋势实在也值得包括我校在内的广东高校深思。与国内其他高校相比,我们确实少了一些霸气,少了一些"侵略性",少了一些渗透力。

我在这里讲要多一些霸气,多一些扩张和渗透,要敢于和愿意走出广东,到外面闯荡世界,是因为这是立大志向、有大抱负的需要。立志,就必须勇于竞争,勇于在学术领域中去扩张、去占领。从历史上看,缺乏竞争意识其实是与中国文化的大背景相关的。有学者分析说,明代郑和下西洋的船队的规模比哥伦布的要大得多,造船的技术含量也远比哥伦布的先进,走得甚至比哥伦布更远,而且下西洋有七次之多,但即便如此,郑和也没有把大明朝的龙旗插到海外。究其原因,就是缺乏侵略性。我举这个例子,并不是主张领土上的扩张,只是想说明,观念上的侵略性不强,不仅仅存在于岭南文化中,也不只是广东有这种现象,事实上,走出国门闯荡世界的广东人远比许多地区要多。当下的问题,根本上还是小富即安、小进即满的意识在作怪。在全球经济一体化的今天,在世界各国都在各个领域中争王争胜的今天,我们必须摈弃安于现状、不思进取的意识,要敢于在科学的最前沿去一展拳脚。

近年来,我们一直在强调要为广东的经济建设服务,这当然是不错的,但我们还要清醒地看到,中大的立足点必须是一所中国名校,而不是广东省的地方名校。只有成为一所中国名校,我们才对得起广东的父老乡亲,也才可以更好地为广东服务。作为中山大学的一员,我们的目光绝不能只是停留在广东,我们的眼光一定要放得更远一些,更高一点。我们不能只停留在珠江流域,我们的眼光要看过长江去,看过黄河去,甚至还要看过太平洋去。立足点的不同会带来心态的不同,我们需要一种更为开阔的视野,我们要更加大气。我们不能仅仅满足于做华南的"老大",如果仅止于此,迟早会连这个"老大"的位子也坐不稳。

我在这里提及广东,分析广东人特点,目的就是要让我们自己看到我们的优势,同时也看到我们固有的弱点,要扬长避短,树立一个高远的志向,使地处广东的中大立一个雄心壮志。广东在全国的经济地位与京沪两地是可以分庭抗礼的,相比而言,在文化学术上却似乎没有了这种分庭抗礼的资本。学术界有京派、海派之说,作为中国南方一所最具影响力的大学,我们应该有勇气和信心,经过若干年的努力,使中山大学的学术具有自己独特的个性,在学术风气和治学风格上打造一个在国内学术界独树一帜的岭南学派。这是中山大学的责任,我相信,我们也完全有能力达到这个目标。这也是中山大学的志气所在。

我之所以要在这里与诸位中大的新生力量讲立志,还有一个特别的考虑。有一位教授跟我说过这样一种现象,有许多同样毕业于名校的博士,到了不同的大学,一开始大家都是十分优秀的,但两三年后,在广东高校任教的博士的学术水平往往会比不上那些在国内其他高校任教的同学。也有一些从国内其他著名高校调来广东的较杰出的青年学者,两三年后,他在国内学界的声音往往会变得越来越小。这些现象值得深思。我不希望这样的现象发生在诸位的身上。

常听到有人说,广东不是做学问的地方。这说的是在现在的广东,外界的机会很多,诱惑也很多,不容易静下心来研究学术。但是,广东是不是做学问的地方,与广东有没有人潜心做学问是两个问题。我们中大在历史上大师云集。陈寅恪先生正是在广东、在中大写出了像《柳如是别传》这样的不朽巨著,容庚、商承祚、王季思等先生,70 年代仍然活跃在学术舞台上。当然,历史只代表中大的昨天,更重要的是现在,目前的中山大学有着一批很优秀的教授。我们的国家重点学科,博士学位授权一级学科中都有着一批国内领先的学者,我们的许多教授是"长江学者",是国家杰出青年科学基金的获得者,我们还有一批教授主持着国家自然科学基金的团队项目以及"973"、"863"项目,这些学者还很年轻,发展势头强劲。所以我们可以很响亮地回答这个问题:广东是一个做学问的地方。我们中大有一批有大志向的优秀学者,做出了令人瞩目的成绩。学校为什么这么重视教授发表论文的影响因子,是因为影响因子的高低决定了在国际学际学术圈中的影响力,我们的教授就是要到国际学术圈中去争一席之地。这就是志气。不仅教授如此,我们许多职能部门的负责人也是有志气的。前段时间,医科处的处长对我说,今年中大的医科可能没有国家奖了,她觉得没有面子,因为以往年年都有国家奖的。我觉得这就是志气,这就是我们中大的职能部门所应该有的眼界。

做学问是需要定力的,老一辈的学者经常对我们说,做学问,首先要有"板凳要坐十年冷"的思想准备。所以我又真的很担心在现在的广东,在这样一个务实的富裕的地方,我们的有些老师会倾向于只顾自己眼前的利益,而忘记了自己是一个学者,忘记了作为一个真正的知识分子的社会责任,小富即安,小进即满,只是满足于在华南,在广东,甚至是在广州做一个名人了。如果真的这样,我们又如何可以说再铸中大的辉煌呢?此次教师职务聘任,在要求每位教师每年必须发表一篇论文这个指标上,许多院系持保留态度,最后只能改成平均每位教师每年发表一篇论文。我在这里并不是在鼓吹量化的考核,事实上我是主张要有宽松的学术环境的。我担忧的是,这样一平均,会不会就有一些教师以宽松为名,以"十年磨一剑"为名而不求上进了呢?事实上,我的担忧不是凭空而来的。大家如果到我们校园网上的中大教工论坛去看看,就会有与我一样的担忧。在上面发言的网友们,关注最多的还是一些小事,即便是对学校各项政策的批评,也还停留在发牢骚的高度,而不是建设性的、有分析的批评,看了以后,甚至提不起回应的兴趣。最近我在北大的网上看了几篇北大的教授对北大人事改革方案的批评意见,洋洋洒洒,有理有据。遗憾的是,在中大的网上,这样的文章是很难见到的。我真是感慨良多。我也曾将这个现象与许多教授谈过,问他们为什么不在上面发发言,写一些高水平的文章。他们对我说,这是因为教工论坛没有分门别类,成了一个大杂烩,甚至是数字化的大字报栏,鸡毛蒜皮的小事太多,所以实在不愿意在上面发言,如果发了言,觉得连自己都掉价了。我想,从这个论坛的现状,我们起码可以得出两个印象:第一,我们的教工论坛的栏目的安排是需要改造的;第二,我们有一些老师的兴奋点真的是低了一点。我还是希望学校里志存高远的人越多越好,只有这样,我们的事业才会有希望。

我们中大人确实需要更加高远的志向。我们不能不看到,现在的中大还有一些让人感到遗憾的教师,有许多教师三年都不见一篇文章,甚至没有教一门课。我也是一个老师,我十分清楚学术的规律,在学术上,不说三年,就是一年远离学术主流,作为一个学者,也基本上是废掉了。负责此次聘任制改革的同志对我说,不必再加大考核的强度,即使是按现在的要求严格考核,三年后我们学校也可能会有上百位教师因不能通过考核而离职。在座诸位刚刚成为中山大学的一员,借此机会,我也希望大家认真对待自己即将与学校签的那份合同。一个人是否会有成就,除了自律以外,还有他供职的单位对他的制度上的约束,这份合同,就是学校与你们的契约,这份契约目的,就是希望大家在中山大学有所成就。

广东的确是一个生活的好地方,气候宜人,物产丰富,收入也高,但我们真的不能因为身处在这个好地方而磨掉了我们身上的锐气,忘掉了我们曾经有过的远大的志向。我们应该用自己的成就,告诉广东以外的人,广东除了是一个生活的好地方,还是一个做学问的好地方,我们的学术和文化同样也可以拔尖,是完全可以在学术的主流圈中与国内乃至国际各大名校分庭抗礼的。

在座诸位能够进入中山大学,相信不是博士就是硕士,最起码也是本科毕业,都是有头衔的人,或者说都是知识分子。大家选择中大,成为中山大学的一员,绝不仅仅是有了一个饭碗,有了一个谋生的手段,不管从事什么工作,我都希望大家的眼光要放得更高远一些。你们是中山大学的建设者,是中山大学事业的接班人,而且归根到底是正在欣欣向荣发展着的中国的建设者和接班人,中山大学的发展乃至民族复兴和国家强盛的希望正寄托在你们身上。正因为如此,诸位在进入中山大学之初就应该立一个尽量高远的人生目标,人无志而不立,一个没有远大志向的人,是成不了大事的。如果你是一位教师,你就应该要成为一名杰出的学者;如果你是一位医生,你应该是一位学者型的、救人济世的名医;如果你是一位管理干部,你就应该成为一名职业的优秀的管理干部;如果你是一位护士,你也应该成为业界最出类拔萃的一员。所有这些不因为别的,就因为你是中山大学这所要"再铸辉煌"的中国名校中的一员,就因为你是中华民族复兴大业中的一员。

古人有云:"取法乎上,仅得其中;取法乎中,斯为下矣。""工夫须从上做下,不可从下做上。"讲的都是立志的道理。既然说"取法乎上,仅得其中",那么我们就应该"法乎上上",而得其上,这就是志向的高远。我想,所有中大人都应该有一种向国内一流甚至国际一流水平看齐的勇气和信心,为自己争气,为学校争光,这就是立做大事的志向。

我们要密切关注国际学术前沿的发展情况,中山大学的学者要努力走到国际学术主流的位置,与国际一流的同行科学家进行交流,只有进入了国际学术的主流圈,我们的学术水平才会得到更快的提高。不要因为有了博士学位,有了副教授、教授的头衔,就觉得差不多了,我们应该经常扪心自问,我们有没有到国际学术主流圈中去开展学术交流的勇气,有没有立足于学术主流圈中的本钱,如果出了广东甚至出了广州就没有了名气,那他就必定不会是一流的学者,甚至也不会是一名合格的中山大学的教师。

我还希望我们中大人要有一种为国家民族贡献才智的使命感,要强化国家和民族的观念,只有这样,为人处世才会大气,做事、做学问也才会有大的气魄。

中山大学目前在中国的地位已经给了我们许多的无形资产,供职于中大或者中大的附属医院,是一个光荣,我同样也希望诸位要通过自己的努力,为中大的这块牌子增光添彩。

志存高远,是我对大家最大的期望。人的潜能是可以不断挖掘,不断发挥的,成为中山大学这所名校的一员,就要有与之相称的志向。希望大家始终保持高远的志向,为自己,也为中大的美好未来去奋斗。

(2003 年 8 月 27 日在 2003 年新教工岗前培训班上讲话)

大学要有道德感

在我看来,目前的反腐倡廉教育,在很大程度上其实是一种道德感的教育。按理说,大学应该是一块净土,是道德感最强的地方,但是,从现实来看,目前的高校却已经不再是一块净土了。应该看到,在市场经济这柄双刃剑下,随着实利主义、物质主义的抬头,目前中国社会的道德感削弱了,因此开展党风廉政建设,开展反腐倡廉活动在高校就有了现实的必要性。

但是,如果从一个更深的层面去看,反腐倡廉教育在大学中提出,实在是值得我们深思,甚至是让我们感到羞愧的。我觉得,在大学中谈反腐倡廉,不能仅仅停留在"反"和"倡"上,我们应该有一种更高的高度,有一种更为深刻的理解。"不贪",是做人的一条底线,这不是对一个人的高要求，更不是对一个共产党员的高要求，现在我们不断地要求党员"不贪"，实在已经是一件十分令人悲哀的事情了。民族英雄岳飞说过一句话，流传颇广，他说："文官不爱钱，武官不惜死，则天下太平矣。"要求一个人"不贪"，虽说是最低的要求，但实际上能够真正抵抗一切诱惑并不容易。所以，我们一要强调教育，提高人们的道德水平；二要加大打击的力度，最重要的是要强调制度建设，要使为官者"不敢贪、不能贪、不想贪"。

具体来看高等学校，培养人才是大学的根本任务。目前，我们高校也正在强调要全程育人和全员育人，从育人的角度来看，大学可以教给学生些什么，是一个至关重要的问题。学生在大学中学习的，不仅仅是课堂上所讲授的内容，更重要的是一所大学本身所给予他们的观感和印象。我们常说，老师应该为人师表，不仅应该是"经师"，更应该是"人师"——大学的老师不仅要传授知识，更要教学生如何做人，这种教育是在潜移默化中实现的。事实上，在学生的求学过程中，大学中的每一个部门、每一个人都在给大学生以影响。那么我们正在给学生以什么样的影响呢？现实是堪忧的。由于物质主义、实利主义的冲击，社会上的道德底线正在日益降低，社会上的种种不良风气也正在日益侵蚀着大学的肌体。我们的个别老师甚至忘记了作为老师的最基本的底线。每次考试，总会发现有老师任意给分的现象。有一个典型的例子，一名学生已经出国，而在他的成绩单上赫然有一门他从未修过的课程的成绩，而且是 95 分。还有一个例子，在一次研究生入学考试评卷过程中，我们发现有一位老师在改卷时将试卷私自拆封，并授意评卷老师在这份试卷上加了 70 分。这位老师的廉耻之心到哪里去了呢？

还有屡禁不止的考试作弊现象。在目前的中国高校，学生作弊可以说是成风的，而且，在一些学生的心目中，作弊并不是一种可耻的行为，如果作弊了而没有被发现，就视为成功。还有一些学生，考试以后便开始走老师的关系，甚至要求老师改成绩，使许多老师不堪其扰。不仅是一些学生对作弊没有羞耻之心，更为可悲的是，在我们的一些老师那里,对于学生作弊同样也是不以为耻的。曾经有一位由于连续三次请人代考而被勒令退学的学生向学校提出申诉。申诉是正常的,不正常的是,居然有老师为这位学生出具了证明,说这位学生品学兼优,一直是一个好学生,希望学校可以再给一次机会。这位学生的学习成绩或许不差,但既然三次请人代考,品德何在?真实的成绩何在?又何来"品学兼优"这样的评价呢?考试作弊这种现象可谓古已有之,因此,要讨论考试作弊这一现象,重要的并不在于作弊本身,关键在于我们对作弊这种行为的看法。如果认为这种行为是可以原谅的,甚至认为是理所当然的,不以为耻,反以为荣,那可真是比什么都可怕。

令人痛心的是,作弊这一现象并不单单存在于学校,同样也是我们现在这个社会的一个痼疾。在全国政协十届三次会议上,国家统计局局长李德水披露了一组令人吃惊的数字:2004年各省自治区直辖市上报的全年GDP汇总数据,与国家统计局公布的数据相比,增速高出3.9个百分点,总量差距高达26582亿元。李局长认为,目前,我国地方年初通过的经济增长预期目标,往往自上而下"层层加码"。为了实现这个目标,一些地方就会出现统计数据自下而上"层层加水"的现象。一些地方过于看重经济增长指标,常以此作为评价考核主要领导干部的重要标准之一,甚至还搞"末位淘汰"。"官出数字,数字出官",在某些基层是客观存在的。如果说现在对地方官员有什么考试的话,可能就是这个GDP的增幅,这种加水的数据,也就是一种作弊。

或许在一些人看来,有这样的大气候,假酒、假烟、注水肉、有毒食品都比比皆是,区区的考试作弊可能真的是一碟小菜,大可不必如此较真的。但作为一个大学校长,我仍然要较这个真。作弊现象,即使是在中国古代的科举考试中也是严令禁止的,明清时期的几次科场大案,多少考生、考官还为此丢了性命。古人可以做到对作弊深恶痛绝,现代大学为什么就不能了呢?大学应该是社会的良心,应该成为道德的灯塔,诚信是做人的基本道德底线,这条底线,是大学必须坚守的。目前在高校中存在的作弊成风以及个别大学教师对作弊宽容的现象,是恶性的实利主义在大学中不良影响的显著表现。这种道德情感的麻木是当前社会上非道德现象大肆流行的一个重要条件。非道德现象的大量出现，正在恶化着我们的生活质量和生存环境。这种风气，说得严重些，可以说是道德沦丧，对学生的不良影响、对学校肌体的危害，更甚于校内的个别人贪污了十几万块钱。

我们始终不能忘记大学的使命：我们最根本的任务是育人，从我们大学中走出去的毕业生，应该是社会的栋梁之才，他们不仅应该有知识、有技能，更应该有道德感，或者说，他们应该是有良知的人。因此我认为，与目前存在于我们大学校园中的种种不良风气作斗争，应该成为在大学中反腐倡廉工作的一个重要组成部分，而且是一个非常紧迫的任务。

如果说上述诸如考试作弊等不良风气对学生的影响存在于学生的求学过程中，那么招生工作中"点招"的影响在学生入学之初就产生了，影响甚至更坏。

众所周知，目前实行的高考制度，是所谓成绩面前人人平等。这一形式，是在目前中国的国情下的一种不得已的唯一的选择，但这种表面上的公平，实质上是一种脆弱的公平。由于我国长期实行的城市和农村区别对待的户籍制度，城市和农村中的青年受教育的机会以及所匹配的教育资源事实上从一开始就是不平等的。中国的农村人口有9亿，占中国人口的大多数，但在中国的高校中，来自农村的大学生所占的比例却远低于来自城市的大学生。最近从报纸上读到一组数据，自20世纪90年代以来，清华大学、北京大学、北京师范大学等国家重点大学招收的学生中，农村学生的比例呈下降趋势。这方面的统计我们学校没有做过，但如果做这样的统计，其结果一定也是一样的。这种受教育机会的不平等不仅存在于城乡之间，也同样存在于城市之间。例如，在一些城市，全国重点大学高度集中，这些城市的考生进入当地名牌大学的高考分数明显低于从外省考入的学生，进入外地名牌大学的成绩也大大地低于其他省份的考生，也就是说，这些城市的青年接受优质高等教育的机会是远远高于其他城市的青年的。像这种国民接受高等教育的种种不平等现象并不是在短期内可以改变的，因此，营造和谐社会，提倡社会的公平与正义才成了目前中国社会的一个理想。这个理想的实现是需要全社会共同努力的，其中也包括我们高校，我们当然要为这一理想的逐步实现而努力。

"点招"这一痼疾之所以深受社会各界的批评，正是由于它的不公平性，而且这种不公平是在上述种种事实上不公平之上的又一次叠加。这一现象加剧了社会的不公平是一个方面，而更为严重的另一方面，则在于对大学生心理的影响。那些通过"点招"进入大学的学生，从进入大学那一刻起，他们就已经知道，原来这个社会只要有权、有钱，就可以得到别人得不到的东西。那些通过正常途径考入大学的学生，心中也是清楚的，某位同学的分数远低于他们，他们可以读好的大学，是因为他们的父母有权或者有钱。要知道，这种心理上的影响，会跟着学生一辈子。从小的方面考虑，这可能会影响到他们对社会正义的信心以及向善的理想；从大的方面来考虑，我们甚至可以认为这是事关中华民族的前途的大事。古语有云，"哀莫大于心死"，如果我们这些风华正茂的大学生、这些将来的国家栋梁之才，在年纪轻轻的时候就"看透"了这个社会，对这个社会的种种不公都习以为常，那我们又如何可以期待中华民族的伟大复兴呢？因此，如何看待"点招"，其实是在拷问我们自己的良心。教育的公平是最大的公平，一个人接受高等教育的权利是否平等，是关系到他一生的大事，因此，受教育权利的不平等，是一种最大的不平等。目前存在的"点招"现象加剧了这种不平等，而且这种不平等伤害的恰恰是最容易受到伤害的弱势群体。在招生工作中维系目前这种事实上已不公平的脆弱的公平，应该是我们大学必须做到的事情。大学应该是社会良知的灯塔，不管大学中的人如何看待这一点，起码这是社会对大学的期待。如果大学也不再是一块可以信赖的净土，如果大学也使我们的社会失望了，那我们的社会将何去何从呢？

我以为，上面所说归结为一点就是，如果说要在大学中反腐倡廉，我们首先应该要求自己要做一个有良心的人,我们需要有道德感的大学。目前,全党正在开展保持党的先进性教育活动,按我的理解,所谓保持党的先进性,归根到底就是要让全党牢记中国共产党的根本宗旨,那就是"为人民服务"。我们党实质上是有着强烈的道德感的,它代表的是最广大人民群众的利益。她的成立,就是要给灾难深重的中华民族以希望,为老百姓做好事。全心全意为人民服务是她的根本宗旨,是我们党的立党之本。因此,"立党为公,执政为民",是衡量我们党员先进性的一个最基本的价值尺度。具体到高等学校,我们最起码要做到尽一切可能来维系全体人民接受高等教育的公平权利,尽一切可能把我们的学生培养成一个有道德感的人,一个有良心的人,一个向善的人,一个有社会责任感的人,一个对社会的公平和正义有着坚定信念的人。这个任务,看似简单,其实很难,还需要我们不懈地努力。

"道德感"三个字,是我最近一段时期想得最多的。"不贪",是人之所以为人的道德底线。作为大学中人,我们理应有更高的追求。我们的身上承担着育人的重任,大学中风气的败坏绝不仅仅是关系到一两个人的事情,它确确实实关系着国家的未来、民族的未来。因此,当我们无可避免地要面对一些诱惑时,我们不仅应该计算一下向这些诱惑屈服的成本,看看我们是否有勇气搭上自己的前途和家庭,我们更应该问一问自己的良心,问一问我们是否还是向善的。我想,如果我们都有一颗向善的心,那么中山大学的反腐倡廉工作就一定会产生持久的成效。

(2005 年 3 月 16 日在中山大学 2005 年纪
检监察暨纠风工作会议上的讲话)

学风是大学的根本所在

学风是一所大学中治学、读书、做人的风气。这种风气的形成绝非一朝一夕之事,一种良好的学风的形成需要大力倡导,也需要大学中的教师、学生还有机关工作人员共同的努力。

学风是一所大学之所以成为大学的根本所在,是一所大学的灵魂和气质,是一所大学的立校之本。中山大学如果想要在漫长的人类历史长河中留下位置,学风的建设是一个关键。

中山大学需要怎样一种学风呢?在我们前进的过程中,确实需要一种灵魂性的东西来支撑我们的发展,也需要一种共有的气质来凝聚全校师生员工的人心。

要看一所大学学风的追求,或者说看一所大学的气质如何,我觉得有一条捷径就是看它的校训。我们在网上检索了一下国际国内知名大学的校训,在这里不妨罗列若干。哈佛大学的校训是:"与亚里士多德为友,与柏拉图为友,与真理为友。"复旦大学的校训是:"博学而笃志,切问而近思。"清华大学的校训是:"自强不息,厚德载物。"北京师范大学的校训是:"学为人师,行为世范。"南京大学的校训是:"诚朴雄伟,励学敦行。"南开大学的校训是:"允公允能,日新月异。"厦门大学的校训是:"自强不息,止于至善。"最近东南大学也明确校训为:"止于至善。"浙江大学在竺可桢先生任校长的时候,确立了"求是"二字作为校训。对于这两个字,竺先生是这样解释的:"君子盖有举世非之而不顾,千百世非之而不顾者,亦求其是而已矣,岂以一时之毁誉而动其心哉,此为我校求是精神之精义。"求是,就是求真理。一个真正的学者,为了寻求真理,必须要有百折不回的气概。他说:"大学是社会之光,不应随波逐流","乱世道德堕落,历史上均是,但大学犹如海上灯塔,吾人不能于此时(抗战时期)降落道德之标准。"我觉得竺校长对大学学风的阐释,触及了根本。在解释"求是"校训时,竺先生还说:"求是的路径,《中庸》说得最好,就是'博学之,审问之,慎思之,明辨之,笃行之'。"大家知道,这条路径正是孙中山先生为我校亲笔题写的校训,所以我校的校训与上述各大名校的校训是有共通之处的,中山先生为中大人指明了读书、治学、做人的途径,这条路径的最终目标,就是要求得"是",追求真理,达到"至诚"的境界,"止于至善"。

大学的学风有着许多共性的东西,对于大学来说,求真、求知、求善的道德感,勇于为社会贡献心力的责任感,是其根本的品格,其中有理想主义的光芒在闪耀。

如果要问我们中大的学风究竟是什么,很简单,就是中山先生的这十字校训。大学作为"社会的良心",必须坚守这种道德感和责任感,即便"举世皆浊",也要"唯我独清",因为这里是理想主义最后的堡垒。现在我们经常在谈要如何建立起现代大学的制度,这种道德感和社会责任感必须是而且永远是我们这所大学的主心骨。

对于大学学风的讨论其实是一个非常时髦的话题,在我所知的一些讨论中,往往有许多的争论。其实,许多问题都是相对的,如果可以较为辩证地去看待这些问题,或者会有一些别的收获。所以,在这里我想就大学学风建设中可能遇到的一些问题谈谈我的看法。

数量与质量的关系

学术成果的数量与质量的关系,是目前学术界最为众说纷纭的一对关系。目前,从国家教育行政部门到各大学都有片面追求数量的倾向,引来了许多不同的声音,重视质量的呼声越来越大。在这里,我想有必要先明确一下这个关系。

我们当然要追求高质量的学术成果,但我们也不能一味地反对数量,我们要反对的是那些没有质量的数量,我们要倡导的是由质量主导的数量,只有在质量保证下的总量的提高,才可能奠定中山大学作为国家一流大学的基础,也才可能提高中山大学的声誉。

但也必须看到,由于很长一段时期以来对数量的片面追求,过分地强调量化指标的学术评价制度,在我国学术界助长了一种浮躁的学风。在这种不良学风的影响下,部分大学教师成了数字的奴隶,于是就出现了低水平的重复、泡沫学术等等。在学术道德上的失范现象也有所抬头,这固然有当事人自身学术道德修养的原因,但我国学术管理体制的弊端也是一个直接的诱因。

对于数量的过度追求,已经带来了学术上的急功近利,这是不利于大学的学风建设的,也是不利于大学学术环境的营造的。在学术评价上,质量往往要比数量更能说明问题,在现阶段,我们应该更加关注于学术成果的质量。许多学术成果都是"十年磨一剑"的结果,我校肿瘤医院发在 *Nature* 上的那篇文章就是用了几千万的投入、近百人共同努力了将近十年才取得的成果。

我经常说,提到学风的浮躁,不能仅仅将眼光集中在教师的身上,我们应该更多地从国家和大学的科研管理体制上找原因。即使国家的大环境一时还改变不了,我们学校本身的科研管理也要有一个明晰的思路,这个思路归结为一点,我想就是要营造一种宽松的学术环境,营造一种优雅、自由的大学文化氛围,创造一切条件让我们的老师专注于学问,以学术为志业。

创造性的研究,尤其是基础研究本身就有着许多不确定性和不可预知性,如果单纯以学术成果的数量去要求,是不利于重大科研成果的创造的。事实上,学校在管理体制的改革上也已经作了许多探索和尝试,一个例子就是我们的岗位业绩津贴。一开始,我们的方案是对所有教师的业绩都进行考核,老师们戏称为"计工分"。经过一年的实践,我们发现,这个方案其实仍然是围绕着数量的指挥棒在转,不利于营造宽松的学术环境,所以今年我们就开始试行业绩考核与岗位津贴相结合,也就是定量与定性相结合的方式,每位老师的津贴中都包括了岗位和业绩两部分津贴。同时,我们还在全校选出了近 200 名教师,发给特殊津贴,这些教师可以在若干年内不参加业绩的考核,这实际上是对这些学者过去所取得的业绩的一种肯定。同时,我们也相信,作为卓有成就的学者,学术应该已经成为了他们的一种生存方式,即使不考核,他们也一定会不断地在学术上取得成就。这么做的目的,就是希望使这批学校中最优秀的学者可以不要过多地考虑学术以外的东西,潜心学问,拿出高质量的学术成果来。当然,我们这个做法也只是一种探索,成功与否还要经过时间的检验，但我相信我们的出发点一定是正确的，宽松、优雅的学术环境必将有利于我们大学的学风建设。

我们要用一种全局的、历史的眼光来看待我们现在营造宽松的学术环境的努力。衡量一所大学是否一流，是否重要，最关键的是要看它是否有一流的大师和一流的学术成果。学术界有京派、海派之说，广东在全国的经济地位与京、沪两地是可以分庭抗礼的，相比而言，文化学术上却似乎没有了这种分庭抗礼的资本。作为中国南方一所最具影响力的大学，我们要力争通过不断地营造一种有利于创新的宽松的学术氛围，经过若干年的努力，使中山大学的学风具有自己独特的个性，在学术风气和治学风格上打造一个在国内学术界独树一帜的岭南学派。这是中山大学的责任，我相信，我们也完全有能力达到这个目标。

传授与创造的关系

大学是什么？大学是传授知识的地方还是创造知识的地方？这是一个随着大学的诞生而一起诞生的古老而又常新的命题，确实值得我们思考。

这个话题在我们学校也可以理解为教学与科研的关系。关于教学与科研哪个更重要的问题，似乎也是我们每一任校长都必须回答的问题，到最后，往往就成了两个都重要。的确，这两者确实是大学不可偏废的两个任务。但是，回过头来想一想，我们之所以会提出这个问题，是不是隐约预设了一个前提呢，那就是教学的可以不科研，科研的可以不教学。但其实对于中大这种层次的大学而言，这一预设的前提是不应该存在的。

大学是分层次的，中山大学的主要任务，显然应该是创造知识而不是传授知识。新中国成立前，我们是国立大学；在新中国成立后，我们一直是教育部的直属大学。大学是一个国家和民族发展和前进的动力，这种动力的来源在于创造性地发展知识，而中山大学理所当然应该是这样的一所大学，我们应该以研究型作为我们的目标，这是国家、民族和时代对我们提出的要求。要成为一所真正的研究型大学,绝不是靠调整一下研究生和本科生的比例就可以达到的,研究型大学要求我们的老师要以创造知识为己任,我们不仅要让我们的学生获得知识,更重要的是要让他们获得创新的治学理念,获得将来继续学习的能力。

中大的教师应该以创新作为追求的目标,每个人达到的成就可能会有高低,但不能不努力。我们当然要传授知识,但我们的知识传授应当是以创造为前提的,我们的教学是建立在科研的基础上的,这就是我们对中大的老师提出的要求。在这个层面上,传授知识与创造知识、教学与科研就不是矛盾的了。只有明确了这两者之间的关系,我们讨论中大教师的学风才会有一个起点。

老师与学生的关系

老师与学生是大学学风建设的主体。在我们学校,老师应该是知识的创造者和传播者,而学生学习的任务则不仅要获取知识,而且还要创造性地传递知识的火炬。师生间学术薪火的传承,并不仅仅在知识的层面,我们更要强调严谨的治学态度以及求真、求知的道德感和责任感的传承,这种传承,正是大学学风形成并且世代相传的一个基础。

教授是大学的灵魂,从某种意义上说,大学中教授学风的优劣,将直接影响到一所大学学风的优劣。换句话说,一所大学的学风正是靠着一代又一代优秀的学者积累起来。一所大学要有道德感和社会责任感,首先要求大学中的教师要有道德感和社会责任感。

那么,我们应该在我们的教授,或者即将成为教授的各位老师中倡导一种怎样的学风呢?归结为一句话就是,学者要以学术为志业。作为一个学者,他应该以人类的文明与进步为己任,他应该有高尚的道德,并以自己的知识为社会服务。

搞学术、做学问,不仅仅是学者的职业,更重要的是我们毕生追求的事业,对待这个事业,我们要有一种神圣感和使命感。在中山大学历史上，有许多杰出的学者，他们用毕生的努力告诉我们，什么是神圣的学术，也正是他们，为我们奠定了中山大学今天的地位，在我们学校形成了良好的学术环境和严谨求实的学术风气。

针对学校教师中个别的学风不正、学术道德失范现象，就更应该提倡优良的学风。我个人认为，在中山大学讨论教师的学风，绝不能仅仅要求我们的老师不抄袭、不剽窃，讲真话、不说假话。对学术道德的倡导，如果仅仅停留在对这些不良现象的批判或者惩处上，层次也未免太低了些，我们所倡导的学风应该是富于道德感与责任心的。对于一个学者而言，学术应该是他们毕生的追求，他们要有一种为了真理而献身的勇气和信念。不作假，不抄袭，只是他作为一个学者的道德底线，这就像我们要求一个文明人不能随地吐痰一样。学术的核心价值是创新，是发明，是发现，是发展。王国维先生就曾经说过，所谓学术，就是要觉前人之所未觉。我以为，目前中国学术界最大的问题不是学术道德的失范，而是学术研究的平庸。对于中山大学这样一所研究型大学而言，我们对老师的要求就是要创造知识，要以学术为志业，以严谨的态度去追求真理，为人类社会的进步和国家的兴旺昌盛作出贡献。如果只是低水平的重复，搞泡沫学术，这样的所谓学术除了创造一堆垃圾以外，什么也没有创造。

看一个老师的学风是否正，我想至少有一条标准是必须要拿来衡量的，就是他对待学生的态度。作为大学教师，教书是他的天职，一个在学术上有成就的学者，必须同时也是一个好的老师，因为严谨的学风是体现在方方面面的，在教学上马马虎虎的老师，肯定不是一个合格的学者。是老师，就应该满腔热忱地对待学生，去传道、授业、解惑，这是无条件的，是没有商量余地的。

说完老师，再来说说学生。我们上面提到，作为一所研究型的大学中的教师，应该以创造知识为己任，那么我们中大的学生，尤其是研究生应该有一种怎样的学风，应该追求什么样的目标呢？

这个问题其实早就有了回答，中山先生的十字校训，就是我们中大学生的学风。我们的学生要通过大学的学习,达到"至诚"之境,"止于至善",这种学风的核心同样是强烈的道德感和社会责任心。我们的学生应该是同龄人中最优秀的分子,因而他们理所当然在学成之后成为建设国家的栋梁。要做到这一点,首先就要践行中山先生的教诲,要有一种良好的学风。

学生首要的任务就是读书,研究型大学与一般教学型大学学生的不同之处在于,研究型大学的学生不仅要在学校里学到知识,更重要的是要学到创新的理念,学到进一步获取知识的能力。我们的学生不仅是知识的接受者,更重要的还是知识的传播者,我们学习的目的,就是要创造性地传递知识的火炬。这一点,对于研究生来说就更是如此。研究生顾名思义就是从事研究的学生,我们认为,研究生最核心的学习任务,就是要从事研究,他们是学校中最具活力的一个学术群体。所以,我们对老师创造知识的要求,其实也就是对研究生的要求。

对于知识,研究生要有一种敬畏感,要有为学术而献身的勇气和毅力,不管将来你将从事怎样的职业,但在学期间,研究生就应该做学问,就应该以学术为生命;在毕业时就应该有创造性的研究成果,这是作为一名研究生的底线。

现在,在学生中似乎也有一种浮躁的空气,许多学生读书只是为了谋职,或急于成名,或急于获利,这些都是学风不正的表现。一所大学优良学风的形成是要经过包括学生在内的所有人的共同努力的,在学生中倡导一种好的学风,是我们共同的责任。

自律与他律的关系

对学术道德失范的约束包括基于学者自身道德评价的约束和外部环境道德评价的约束,简单地说就是自律和他律。

我常说,一个人做学问的目的,上者是为了人类的进步和国家的建设,下者是为了个人的前途,一旦作假,一切皆空。学术的声誉是学者的生命,声誉一旦受损,在他自己那个学术圈子中就必然待不下去,此人的学术生命也就到此为止了。所以我对在学术上作假的动机常常是百思不得其解的。

在前段时间讨论学术道德问题时,有教授提出,对这种学术道德失范的现象,最有力的武器就是学术圈中的"清议"力量,也就是学术圈中舆论的压力。我想这是对的,对学术作假者最大的惩罚就是使他在学术圈中无法立足,无颜面对他的同行、他的学生。这个"清议"的力量,实质上就是一种优良的学风,希望我校的各学科中,这种力量越强越好。这是学术上的正气,这种"清议"的过程也就是我校优良学风培育的过程。

对待学风建设中可能出现的道德失范现象,首先应该强调自律。做学问本身就是一项很神圣的令人向往的事业,因而读书人的自律当是不言而喻的,因为他们是这个社会中最有知识的一群,他们也应该最具有廉耻之心。

但我们也不能排除寡廉鲜耻之徒的出现,因而他律也是必须的。除了上面说到的学术圈中的"清议"力量,我们还应该建立有效的监督机制,加强外部监督,明确各种惩戒措施。学校近期以来制定的有关职称评审过程中的公示制度,破格录取博士研究生的公示制度等等,都是在建立监督机制方面所作的努力。今后,学校还将不断地加强各方面的监督机制,让学术上的不道德者在我们学校没有立足之地,不能逍遥自在。

道义与利益的关系

义利之辨,是中国古代圣贤最为关注的一个命题。在中国古代的传统看来,作为学者首先就应该是圣贤的门徒,而大学则应该是传播圣贤之道、追求至真至善的所在。所以,正确地处理好道义和利益的关系,事关我们学校的学风建设,也事关中山大学的声誉。

社会发展到今天,对于物欲的追求已呈不可阻挡之势。作为"社会的良心",大学是否应该在这个时代有所警觉,保持一种真诚的理想主义呢？我想,对这个问题的回答必然是肯定的,即使整个社会都被横流的物欲所主宰。大学,仍应该是这个社会的一块净土。我们说大学的品格,说大学的学风,最为关键的,就是要使大学真正地成为社会道义的化身。

当然,作为校长,我也常说,大学的发展一靠人,二靠钱。就现实而言,现在的大学不讲利益也是不现实的,学校也要在办学的过程追求办学的效益;对于大学的教师来说,只讲道义不讲利益同样也是不现实的。最近这二十年来,中国高校教师的收入大幅提升,尤其是近年来,科教兴国战略的一项主要工作也是提高教师的待遇。我校近年来的岗位业绩津贴政策的实施,首先也是以利益驱动的。最近学校还作出决定,广东省所有出台的有关教师工资的政策,学校都会跟上,目的也是为了保证我校教师的利益,这些都是现实。但是,我仍然认为,作为大学的教师,作为一个学者,在利益得到适当保障的同时,首先要考虑的还是道义,还是我们身上所承担的社会责任。另外,我们也要看到,在我们学校,不同院系的老师间的待遇也有很大的差距,从事应用学科的老师的收入往往会高于从事基础研究的老师,我想这里并不存在分配不均的问题。既然选择了基础研究这条学术之路,也就已经意味着对利益的舍弃。以前我们常说,立志做一个学者首先就要有坐冷板凳、甘于清贫的思想准备,我相信,在道义与利益之间,我们中大的老师必定会取得一个平衡点,作出正确的选择,更何况现在我们的老师在社会中早已不是清贫的阶层了。当然从学校的层面,我们仍要想办法不断地提高教师的待遇,但我想这与我们要求学者要立志坐冷板凳是不矛盾的。

最近看报纸,中国国家青年足球队在世锦赛预选赛中一败涂地,回来第一件事就是开除了四名球员,理由之一,就是他们金钱至上,比赛怕受伤,出工不出力。我觉得这是十分可恶的,作为国家队的球员,首先应该考虑的是国家利益。开除他们是理所应当的。对于大学中的老师来说,同样也是如此,学校不能容忍那些一心只顾自己的眼前利益,而不顾大局,不顾自身作为学者的道义责任的人,他们是当不起教师这个神圣的称号的。

(2002年11月4日在中山大学研究生教育工作会议上的讲话)

学术自由与社会责任

当我们谈到人文社会科学的时候,学术自由始终是一个必须涉及的话题。自然科学的研究,是探索自然界的规律,研究的对象是自然客体。人文社会科学的研究,主要是研究社会一般规律和人类思维、伦理等等,研究的是人类和社会,相对于自然科学,研究的对象更为宽泛。因此,学术自由对于人文社会科学的研究来说,有着更为重要的意义。

康乐园是陈寅恪教授人生最后20年治学、教书和生活的地方,在这个校园工作,能更加真切地感受到学术自由对于人文社会科学研究的重要性。陈寅恪先生倡导"独立之精神,自由之思想",我们几乎每天都能听到这"十字箴言"被反复地引用,可以说是耳熟能详了。因为20世纪前半段国家长期处于战争和社会动乱之中,也因为新中国成立后一段时间里知识分子政策的失误,包括陈寅恪先生本人也受到一些不公正的待遇,后人在引用这句话的时候,常常把"独立之精神,自由之思想"理解为:学术要摆脱外在的政治和社会力量的束缚。这当然是对的。但还是有文科的学者们告诉我,如果仔细阅读陈先生80多年前写下的文字,可能对这"十字箴言"的真义,可以有更深刻和融通的理解。

其实,在《清华大学王观堂先生纪念碑铭》里,陈先生这"十字箴言"的前面,还有一段话,是这样写的:"士之读书治学,盖将以脱心志于俗谛之桎梏,真理因得以发扬。思想而不自由,毋宁死耳。"可见,陈先生讲的"思想自由",可能还有一层更深的涵义,就是讲读书人要"脱俗"。他认为学者要从自己的内心出发,摆脱世俗的束缚,才能达至真正的思想自由。

我在大学里工作、生活了几十年,也体会到,对一个学者来说,要挣脱自己内心那些世俗的桎梏，做一个的"高尚的人"、"纯粹的人"、"脱离了低级趣味的人"，比起只是抗拒来自外部的各种各样的压力，要艰难得多。实际上，真做到这样，精神的境界也要高得多。内心越是能够"脱俗"，思想就越是能够自由，精神也就越是能够独立。不但文科这样，其他学科其实也是同样的道理。

经过三十多年改革开放的实践，实际上我们国家的学术环境已经相当宽松，在当今社会，一个文科学者所作的研究只要是合乎学术规范的，他作什么课题，得出什么结论，在哪里发表，不会受到多少外来的限制或者束缚。在这样的背景之下，强调学者自己心灵要"脱俗"，可能对达至"独立之精神，自由之思想"的境界，有更加重要的价值。

有文科的教授对我说，当一个所谓的"自由知识分子"，不时讲几句"出格"的话，出出风头，其实是没有任何代价的，只是浪得虚名，其实是很"俗气"的。我不能完全赞同这样的说法，但以为，一个真正严肃的学者，在学术的场合是不应该故作惊人之语去哗众取宠的，在课堂上更不应该这样做。在学术研究的道路上，我们要不断实现自我超越，才能够坚持对真理的追求。

作为大学的管理者，我们都知道学术自由对于人文社会科学研究的重要性、对于一所好大学学术发展的重要性。但我以为，在当代中国，大学管理者对"学术自由"的倡导和保护，更重要的，应表现为在大学内部培植宽松的学术氛围与和谐的人际关系，关注相对弱势的年轻学者和边缘学科的成长，理顺校内各种学术组织和学术机构的关系，鼓励跨学科的交流与合作等方面，而不是去助长"走偏锋"、"搞极端"的风气。

我还想多讲一句，一个真正有"学术自由"精神的学者，一定是一个有社会良知的学者。在中国目前的社会背景下，强调学者的良知，强调对社会、对学生的责任，非常重要。有位广州市的主要领导曾对我讲过这样的话，他说他最讨厌的就是某些专家，官员和老板让说什么就说什么，对一些问题不甚了了，凭印象就说，说话不负责任。我们也看到，常常有这样一些专家，临时被邀请参加一个论证会或座谈会，遇到不是自己研究领域的问题，也敢临时发挥，信口开河，变成了"万能专家"；再比如，有的专家做环境影响评价报告，报告从技术上看似合理，实际上是甲方要你说什么，你就说什么。这些都是对学术不负责任的做法，绝对不是"学术自由"，甚至可以说是一种更严重的学术不端行为。

从这个意义上讲，学者的学术自由与社会责任是一致的。缺乏社会责任感，丧失了学术立场，甘愿充当权力和金钱的代言工具，其实也就是一种未能摆脱内心世俗的桎梏的表现。一位杰出的人文学者，应该是"从心所欲而不逾矩"，他们富于学术批判的精神，有自己独立的思考和判断，同时以积极的理论建构和思想贡献，来表达自己对学术和社会的责任。

(2010 年 12 月 4 日在高校社科科研管理研究会议上的发言)

二、大学的管理和组织形式

政策的制定，是选择与平衡的过程

当今中国正处在一个高速发展的过程中，中国社会也正处在一个激烈的变革之中，这种变革必然会影响到大学。面对这一变革，学校如何应对，这是一个事关学校长远发展的大问题。

我们必须看到，所有事情都在发展与变化的过程之中，这是一个动态的过程。学校的各项政策其实也有一个适应新形势、新要求而不断变化的形势，以往的政策如果不能适应新的要求，也就会出现改革的要求。一成不变、永远正确的政策是不存在的，学校领导者的任务，就是要把握好时代发展的趋势，适时地调整政策，进行改革，这就是"与时俱进"。无论在什么情况下，我们都不能说制定的政策就是最佳的、最完善的。政策的制定过程，其实就是一个选择的过程，我们要做的，就是尽可能地趋利避害，尽可能选择一个在现有条件下最可行的方案。

我们也必须看到，所有改革，都会触及到一部分人的利益，皆大欢喜的改革是不存在的。所有政策都是双刃剑，不可能面面俱到，利弊一定是同时存在的。

例如分级管理、分类指导、管理重心下移的问题，虽然我们的初衷是要使大学的管理更有效率，但同时我们也不能不看到由此可能产生的由于院长行政权力过大而出现的不公问题。因此，我们就要考虑学院内的制衡机制，各学院是否应该考虑成立类似于教授委员会这样的组织来对学院的行政权力进行制衡。另外，由于学院是非独立对外的实体,中山大学的法定代表人只有一个,因此,我们也不能不考虑到由于放权而可能产生的一些法律上的纠纷对学校全局的影响。

又例如财务预算的改革。学校将逐步把与学院相关的经费都直接划拨到各学院,这无疑会有利于校院两级管理模式的推行,但同时我们也不能不看到,由于各职能部门失去了以往掌握的经费,学校对下属各学院的宏观调控能力就可能受到削弱,学校的政策也可能不能很好地贯彻下去。因此,今年学校的经费预算,只是向以学院为主体的财务管理走出了第一步,有一部分的经费还会留在职能部门。但我们仍然认为这个方向是对的,只是具体的实施还要有一个循序渐进的过程。

上述例子,说明了两点:一是事情总是会发生变化的,我们应该根据这些变化对有关政策作出调整;二是在所有政策制定的过程中我们都要看到事物的两面,然后作出选择。我觉得,这个选择的过程其实就是一个不断寻找平衡点的过程。

在寻找平衡点这个方面,儒家的所谓"中庸之道"或许可以给我们以有益的启示。允执其中、不偏不倚的中庸之道是儒家的终极理想,而正因为是终极理想,也就决定了它其实是不可能实现的,这就像数学中的某一类渐近线,可以无限近似,但始终无法达到。但是,作为人生的终极理想,中庸之道的一个最重要的意义就在于它为我们提供了一个平衡点,人生的选择过程就是一个围绕着这个平衡点不断努力的过程。学校的管理工作同样也是如此,学校各项政策的制定都是在权衡各方利弊、考虑各种可能的结果后作出的,我们总是在力图逼近那个平衡点,我们不能说我们已经求得了最优解,但我们或者可以认为,在现阶段的中山大学,在充分分析现状的基础上,进行一些制度改革的尝试还是可行的。

正因为各项政策总是在不断选择中制定的,我们也不能肯定已经求得了最优解,那么就涉及对待这些政策的态度问题了。每一个政策出台,总会引来一些不同的意见,有些意见还可能会很尖锐。我想在一个民主的社会,这是一个必然存在的现象。正是由于我们知道所有政策都不可能面面俱到，所有改革都不可能皆大欢喜，因此我们只能希望出台的政策可以得到大多数人的拥护，至于少数不同意见，当然是可以保留的。事实上，这几年学校出台的政策，应该说都是有良好的群众基础的。在政策制定的过程中，我们要广泛地听取意见，听取意见的过程也就是一个争论的过程，但政策一旦实施了，我想还是邓小平同志的那句话说得好："不争论。"我们应该以这种"不争论"的态度，本着求同存异的原则，向前看。小平同志是一个有大智慧的人，他总是可以用最浅显的语言阐明深刻的道理，例如"不管白猫黑猫，抓到老鼠就是好猫"、"发展是硬道理"、"摸着石头过河"，还有就是"不争论"，所有这些道理对我们的工作都有着深刻的指导意义。对于学校的各项政策，存在不同意见是可以理解的，而且我们也相信绝大多数的师生员工都是从学校长远发展的角度出发来考虑问题，正因如此，我们才可以达成一个"不争论"的共识，让事实来说话，如果事实证明是对的，就坚持下去；如果事实证明是错的，就及时改过来。千万不要因为争论而伤了和气，更重要的是不要因为争论而贻误了学校发展的大好时机。

（2003 年 7 月 3 日在中山大学第六届教代会上所作的工作报告）

中大模式

在此次制定的学校发展战略规划中，明确了我校的总体发展战略目标是："立足广东，面向全国，放眼世界，按照综合性、研究型、国际化的办学思路，力争到 2024 年建校 100 周年时，把我校建设成为居于国内一流大学前列，具有国际影响的高水平大学。"

这一目标，并未改变我校原来所确定的目标的基本含义，只是在表述上进行了一些调整。之所以作这样的调整，我们的考虑是："综合性"是我校已经发展形成的形态，并且是大学的一种类型；"研究型"是我校已经具备的实力水平，同时也是一种大学的层次类型；"国际化"则是现代大学的发展选择，这三者构成了一种大学的办学思路。考虑到在表述上尽量做到精练和简洁,我们认为,"建设居于国内一流大学前列,具有国际影响的高水平大学",应该可以作为对我校发展战略目标的一个描述。

校区发展规划与定位的设想

目前我校共有四个校区,面临着多校区办学的局面,我们在多校区办学管理模式上的探索取得了很好的成绩,得到了国内高等教育界的好评,但是也应当看到,多校区也带来了特定的困难。这次在发展战略规划中对校区的定位作了这样的表述:"从各校区实际出发,遵循各有侧重、动态调整、逐步完善的原则,规划和调整四个校区的定位。推进珠海校区办学模式和管理体制的转型;推进广州三个校区结构整合,建立布局优化、结构一体的大广州校区体系。"

办学模式的设想

大学的改革不仅仅要革新学校内部管理体制,而且可以从大学发展的整体模式上进行改革。多校区办学存在天然的缺陷,这是我国高等教育界的一个共识。多校区现状的产生,是历史的产物,并不是学校"规划"出来的,甚至可以说,是"不得已而为之"而形成的一个局面。

我清楚地记得,1998 年,中国高校开始扩招,如果没有新的办学空间,中山大学是无法完成国家和广东省下达的扩招任务的。为了解决办学空间问题,我们经历了一个到处寻找的过程。先是在广州市海珠区寻找,然后是在广州市更大的范围内寻找,我自己就曾经去过从化,去过南海,寻找适合学校发展的用地。后来是王珣章校长与珠海市的领导达成了共识,在珠海市筹建珠海大学的地方,建设我校新的校区。1999 年 9 月,我校与珠海市人民政府正式签约,开始建设中山大学珠海校区。2000 年 9 月,珠海校区正式开学。2003 年,广东省委省政府下达任务,要求我们进驻广州大学城,并对我校提出扩招的要求。

珠海校区和广州大学城校区的建立,对于中山大学的长远发展而言,是具有里程碑意义的大事,新的校区极大地拓展了中山大学的办学空间,也为中山大学在新世纪的跨越式发展奠定了物质基础。但是,多校区管理毕竟存在着一些固有的问题,我们也必须正视这些问题,例如,办学成本的提高,学校管理的困难,教师授课的不便,校园文化建设有可能遇到问题,对师生员工的凝聚力也可能造成一定的影响等等。特别是进驻广州东校区以来,学校在珠海校区教师住宅、土地使用等方面感受到了来自珠海的压力。就这个问题,我也与学校其他领导在各种场合向珠海市进行了说明,由于2003年广东省下达了中山大学进驻广州大学城并完成扩大招生的任务,并要求学校在2007年内使在大学城中的学生规模达到2万人,这对中山大学在珠海校区扩大招生和成立整建制学院的布局进度确实产生了一定的影响。目前,广州东校区的建设已经取得了一定成果,学校将可以有精力来兑现当初对珠海市的承诺。

然而在学校内部,我们对四个校区的定位仍然在慎重考虑,学校对校区的明确定位还是一个过程。但是,对于学校发展整体模式的改革我还是有一些个人的想法。

(一)构建类似美国加利福尼亚大学(University of California,U.C.)系统的大学体系。

改革开放以来,广东一直是全国经济发展的领头羊,去年,广东经济总量占全国的比重已达到1/9,预计到2020年广东经济总量可占全国1/7强。如果以美国作为对比,广东在中国的地位与加州在美国的地位相似。作为地处广东的国家重点大学,我深感中大有责任为广东的高等教育发展作出自己的贡献。在加州,U.C.作为美国最好的公立学校之一,建了十所大学,U.C.系统的许多分校都是赫赫有名的,实际上,U.C.系统的这些高校也为加州的高等教育乃至社会经济的发展作出了巨大的贡献。我想,相对于U.C.在加州的作用,中山大学在广东也应该发挥更大的作用,二者是具有可比性的。我们应该借鉴U.C.建设大学系统的经验,在广东承担起类似U.C.在加州所承担的责任,成为引领广东文化教育，推动广东社会经济发展的重要力量，进而为中国的社会经济发展作出更大的贡献。我们必须要有这样的气度和决心。

珠海校区在办学模式和管理体制的转型上，我想，是否就可以考虑采用 U. C. 建设系列大学的模式，朝着"中山大学（珠海）（SYSU—Zhu-hai）"或"中山大学珠海分校"的模式发展。目前经过努力，我们已经在珠海建设了旅游学院、翻译学院、国际商学院，正在筹建海洋学院等整建制学院，逐步建立完整的人才培养体系。我们可以考虑使珠海分校逐渐自成体系，淡化"延伸管理"，在教师聘任等方面采用新的管理模式，大学总部可以向分校任命"分校长"，分校长将具有比目前校区管委会主任更大的决策权、管辖权和独立性。

在珠海校区建设的整建制学院，应该注重面向地方经济建设，促进区域经济的发展。广东海岸线长达 3380 多公里，既有雄厚的经济实力，又有丰富的海洋资源，中大理所应当为广东建设"海洋大省"作出自己的贡献。正在筹建的海洋学院，建设初期以海洋生物技术为主要研究方向。教授们认识到，自古以来国人就有"上九天揽月，下五洋捉鳖"的梦想，现在"上九天揽月"的步伐已经开始迈出，但是如何深入"五洋"探宝却似乎还缺少门路。因此，海洋学院未来的研究有可能朝着"深海海洋工程"的方向，争取得到国家的支持，建立与企业（例如中海油公司）的合作研究关系。同样，依托珠海毗邻港澳的优势，旅游学院也可以挖掘培养潜力，大胆吸收、创新，尝试开设休闲业的专业方向。

此外，既然我们在珠海是按照分校的模式建设，就不存在学院、专业在各校区不能重复的问题。因此，我们可以根据学科发展需要，特别是根据珠海的需求来组建学院。这样，我们就可以依托中大的学科力量，结合珠海的特点，建立起一个全新的校园——中山大学珠海分校。需要强调的是，珠海分校同样是按照高水平大学的标准来建设的，仍然是一所"原汁原味"的中山大学，招生的录取分数线与广州校区是统一的，仍然在重点线以上，把它建成与中山大学（广州）同一水平的名校，是我们的责任。有了"中山大学珠海分校"的经验,将来的中山大学就可以考虑不断地拓展,根据学科的发展需要,特别是根据广东省各地市的实际特点,建设各地分校,最终形成一个类似 U. C. 系统的中山大学系统。当然,这是一个远景,是一件比较遥远的事情了。

(二)树立"大都市意识",构建大广州校区体系。

按照上述思路,中山大学(广州)将成为学校的本部,广州的三个校区将进一步整合,而不强调某一个校区的功能或分工,中山大学(广州)(SYSU—Guangzhou)将成为大广州校区的统一名称。

这里我想强调的是,目前广州的经济建设和社会发展是朝着国际大都市的目标发展的,但是我觉得,广州人似乎还没有建立起作为国际大都市人应有的心态。现代都市的空间距离不断扩张,人们活动的时间半径也越来越大,我们就必须在心态上去习惯这种由于空间距离扩大而产生的时间半径。

有的同学提出所在校区"住校教师少的问题",同学们的初衷是担心没有教师的指导,学校里难以形成良好的学术氛围,这是可以理解的。但是我认为,大学学术氛围的形成并不在于教师是否住校,而是在于校园内师生是否有良好的工作、学习条件,是否有高水平的学术机构和学术活动。我相信,有条件一流的实验室、有高水平的学术活动,就应该能形成良好的学术氛围。大学是否具有学术氛围与老师甚至学生是否住校并无必然关系。从另外的角度来说,即使教师住在校园里,也不一定就会到教室、到宿舍去与学生面对面接触的,这可能仅仅是同学们心理上的一种感受,需要我们的学生管理干部给予解释。

我之所以大篇幅地讲这个问题,就是希望大家能够接受并且培养一种"大都市生活"的心态,如果大家能够习惯于站在"大广州"的角度上看待我们空间距离并不遥远的三个校区,那么,我们的大广州校区体系的概念也就会被大家逐渐地接受,接受了这个观念,也就接受了中山大学(广州)作为一个统一体系的观念了。我想,这对于学校的管理来说，无疑将起到积极的作用。

关于医科发展规划的考虑

上个星期，我们隆重举行了中山大学中山医学院 140 年庆典，活动非常成功，也让我回想起了几年来对医科发展规划的一些思考。

长期以来，我校的医科教育只是局限在 200 余亩的土地上，医学教学和科研的发展在空间上受到了很大的制约。庆典大会当天，我在局促的北校区运动场，看到周围林立的高楼大厦，心中总有一种压迫感，面对台下的医学生们和中山医的校友，我心里有一种说不出来的滋味。

中山大学的医科开启了中国近代西医学教育的先河，140 年来，虽然历经沿革，但医科在办学空间上始终没有大的突破。然而，现代医学特别是临床医学的迅速发展，客观上要求基础医学提供更强大的理论和实验支撑。我校医科的发展必须坚持基础医学和临床医学相结合的道路，临床医学离不开基础医学的支持，基础医学也需要临床医学不断地提出问题，才会有更好的发展。只有这样，我们才能让"中山医"这块金字招牌发挥更大的品牌效应。但是，目前我校基础医学日益发展的扩张性需求与医学教育局促的办学空间之间的矛盾越来越突出，我深感这可能将成为制约我校医科发展的主要矛盾。

在医科庆典活动期间，来自中央和卫生部的领导同志也曾主动询问，为何中大不考虑为医学教育寻求新的更大的空间，比如利用新建的广州大学城校区为医科拓展空间。我听了以后，感慨万分，我向各位领导回忆了当初的过程，遗憾的是，时至今日，为医科拓展空间仍然是我的一个梦想。

2003 年，当广东省将广州大学城的建设提上议事日程的时候，我就想对我校在广州大学城的校区整体规划作一个全面的考虑，计划将大学城校区作为医学教学、基础研究的新的空间。我曾到医学院征求大家的意见，但未能立即达成共识。当时分管医科的副校长也支持这一设想，并为此组织了医科的同志进行调研，在一定范围内进行了民主投票。但是最终由于种种原因未能提交常委会讨论,导致的结果就是维持现状。

按照当初的设想,我校的医科将会获得比目前大得多的发展空间,长期存在的发展空间不足的局面可以得到彻底改观。如果医科教学基础部分迁往东校区,原来处于广州闹市区的北校区200余亩地块就可以用于发展我校的医疗集团。

当时的一种反对意见是,搬迁医科基础部分是站在医院的立场,维护医院的利益,是要"教学"为"医院"挪地方。我想,有这种想法的人没有站在学校医科长远发展的立场、没有从拓展医学教育空间的角度上考虑问题。我校医科的发展必须坚持基础医学和临床医学相结的道路,临床医学离不开基础医学的支持,基础医学也需要临床医学不断地提出问题,才会有更好的发展。只有这样,我们才能让"中山医"这块金字招牌发挥更大的品牌效应。而且,我认为,在扩大医学教育空间的同时,为附属医院的发展提供空间,也没有什么不对。附属医院是中大医科服务社会最重要、最直接的载体,中山大学医科要在全国占据更加重要的地位就必须大力发展医疗集团,而建设医疗集团最理想的地方就是目前北校区的地块。如果站得更高一些去看,不管是大学还是医院,归根到底都是国家的,由谁去使用这块土地,都是为了大学,为了国家的医学发展做事情。对此,我们问心无愧。

我想,上述设想假如能够实现,我校的医科将会获得比目前大得多的发展空间,长期存在的发展空间不足的局面可以得到彻底改观。但是,现在广州东校区的学科分布的初步格局已经基本完成,我校医科办学空间得到扩大的最佳机遇已经错过了,何时再有这样的机遇,已非我们所能掌握了。

即使如此,我仍建议有关部门可以组织医学院的教师们去大学城看看,参观一下那里的广东中医药大学和广东药学院,体会一下那里的气息和氛围,看看那里学生们的学习条件和生活环境,对比一下我们北校区的情况与人家有什么差距。我甚至建议有条件的老师去浙大医学院看看,感受一下人家的办学条件。我想,大家可以尝试站在另一个角度,以不同的视野看待这个问题,这样可能就会有不同的想法了。

(2006 年 11 月 18 日在第六届教代会第四次会议上的讲话)

以学院为中心的管理模式

随着中国高等教育的快速发展,我校的规模正在日益扩大,校区和学院也在不断增加,形势的发展要求我们去探索一种更为合理、更为有效的学校管理模式。我个人看来,在这种管理模式的改革中有一个很重要的方面,就是要推进校院两级的管理制度,通过分级管理,分类指导,将学校的管理重心下移,建立以学院为中心的管理模式。

校院两级管理制度有两个关键,一是人,二是财。只有把人权和财权真正地下放给学院,这种以学院为中心的管理模式才可能真正地推行下去。这两个方面在校内管理制度中具有决定意义,也将会对学校的可持续发展产生深远的影响。

教师职务聘任制度的实施,有利于校院两级管理体制的推行。学校最近实施的财务预算改革,同样也是基于实行校院两级管理、管理重心下移的考虑。

根据国家财务管理和预算改革原则的要求,学校坚持"量力而为、量入为出、勤俭节约、开源节流、有所为有所不为"的原则,实行稳健的、对历史负责的、从紧的财经政策。目前,我校财务管理工作的一个重点,就是根据国家的财政政策,稳步推进预算改革。我们的预算管理将遵循"积极稳健、保证重点,兼顾一般"的总原则,逐步确立零基预算法和绩效预算法,提高预算管理的科学性、合理性,强调预算的严肃性和约束性。

通过预算改革,将达到以下目标:①明晰责任中心,促进校内各单位的责、权、利对等,扩大各责任中心的财务自主权;②增强财务公开性和透明度,促进预算方法的科学性、客观性;③促进职能部门的工作重心向过程管理和监督检查转移,日常维持性经费尽可能直接拨付到经费使用部门,逐步实现各项经费向院(系)的直接拨付;④建立完整的大学财政体系,逐步理顺与各类责任实体的经济关系,健全经济政策。

学校以往的预算切得过细,各门类的钱分渠道下达,并由各职能部门掌握,结果是各学院的领导反而不知道自己究竟有多少钱可以调配。从今年开始,各学院的预算,将与该学院的招生数、教学工作量等挂起钩来,把所有应该由各学院支配的钱,直接划到学院。这个调整正是向以学院为主的财务预算制度走出的第一步。今后,这一改革还将继续进行下去。

当然,在强调把财权进一步下放到学院的同时,我们还必须强调各学院要建立相应规范的财务制度。最近学校对校内各单位"收支两条线"的实施情况进行了检查,发现有许多单位仍然存在财务制度不完善的现象,有些单位甚至还存在严重的违规现象。最近的一次校长办公会已作出决定,要由财务处在暑假期间组织各单位主管财务工作的领导和财务人员办一个培训班,把这些现象作为案例进行剖析,以增加有关人员对国家和学校相关财经制度和规定的了解。

同时必须看到,我们说实行校院两级管理体制,指的是以学院为中心的管理制度,是两级,而不是三级。也就是说,在学校的层次,我们是放权,而在学院的层次,则是"集权"的。在学院内部,要打破山头,要强调资源的统一调配,例如学院的科研用房不是教授的私人财产,要由学院统一调配;又例如学科建设经费,要由学院统一调配,而不是单纯地分钱;又例如对外办班,应该由学院而不是学院下属的系来操作,而且办班所得经费也应由学院统一支配。

(2003年7月3日在中山大学第六届教代会上的工作报告)

大学的"大部制"设想

中国大学的行政部门与国外大学以及台湾、香港地区的大学相比,机构设置更多,分工也更细。这一体制由于分工细致,比较有利于管理职能的落实,但在实际操作的过程中,其弊端也时有显现。就像教育部各司局之间有可能出现沟通协调方面的问题一样,高校内部各部、处、办之间难免会出现协调不畅的问题。因为即使再明确的分工,也可能在结合部存在盲点,存在两不管甚至三不管的"灰色地带"。当然,我们可以通过强调部门领导之间的互相沟通、"补台"来达至协调,但将效率的提高寄望于个人的素质与能力,在制度安排上毕竟不是一种最佳选择。许多事实也说明,即使部门领导具有较高的素质,有时也难免会出现一些尴尬的情况。

我校的理、工、医等科技工作都接受科技部的指导,在到科技部有关司局联系工作时,本校科技处长前脚刚出来,医科处长后脚又进去的情况已不是一两次了。这种情况与处长是否能干并不相关,如果没有制度层面的协调,这种尴尬的场面就难免一再出现。

类似的尴尬还会出现在校内不同学科的教授之间。去年,我校文、理科的两位教授分别参加广东某市电子政务项目的招标,理科教授从技术的角度,文科教授从行政管理的角度,分别由科技处和社科处出具证明,由于学校只能出具一份法人授权书,结果成了废标。从以往的经验而言,理工科与文科在争取科研项目方面,是很少发生冲突的,但还是出现了这样的例外。我们还发现,科技处与医科处之间,发生这种冲突的可能性更大。最后,三个科研部门坐下来协调,堵住了这个漏洞。

但是,我们不应该一直这样头痛医头,脚痛医脚,各相关部门之间的协调可能还需要制度层面的保证。当然,我国大学的行政组织形式,是与国家和地方教育行政主管部门密切相关的,上级主管部门的机构设置,对于大学具有指导意义,为了管理的顺畅,上下一一对应就成为了必须,要改变目前这种职能部门分工过细的情况,并非一个大学所能单独完成。我个人的想法是,是否可以参照国家机关实施"大部制"的方法,也如一些已经先行一步的高校那样,在不搞机构撤并的前提下,对校内的职能部门进行一些梳理,设立若干个"部",以提高行政效率。

例如,可以考虑以一些与本科生培养有关的职能部门如教务处、学生处、招生办公室、就业指导中心、团委等组成本科生院。又如,可以考虑以发展规划办公室、科技处、社科处、医科处等职能部门组成学科建设与科研发展部。上述考虑尚未成熟,"大部"的设立也不能"一刀切",并不是所有的职能部门都一定置于某个"大部"中,要本着实事求是的态度,以提高行政效率、有利服务师生为目的,逐步推行。

大学管理,是目前中国高等教育发展中一个不断被提及、但至今未能很好解决的问题。在学习实践科学发展观的过程中,如何以科学发展观指导高水平大学的建设,通过深化校内管理体制和机制改革,探索大学治理结构,最终实现大学的科学发展,仍然是大学管理者必须面对和破解的一个重要问题。

大学的管理包括组织形式、制度、管理理念等内容。在组织形式上,可以大略地分为学校的教学、科研组织形式和行政组织形式两大部分。在制度上,包括人事制度、科研制度、教学制度等。我们还必须看到,当今的大学,同时还具有服务社会的功能,大学与国家的发展息息相关,因而,大学的管理也关系到大学应如何适应国家的需求,为国家发展作出贡献等方面的问题。

目前,中国大学教学和科研的开展,绝大部分是以学院作为基本组织形式,实行校、院两级管理体制。以中山大学为例,在校、院两级管理体制中,学校通过制定各项政策对学院进行宏观指导,学院在教师的考核与聘任、教学计划的实施、学科建设的规划、科研工作的安排乃至财务的支配方面都拥有较大的自主权,学院院长对本学院的发展负责。应该说,校院两级管理体制是目前中国大学教学、科研组织形式中一个较为成熟的模式。

但是,目前我国大学的二级学院,许多是改革开放以后在原有的系的基础上扩充而成的,更多的学院则是随着学科的不断发展,或适应社会的实际需要而逐步建立的。实际上,各大学并没有一个事先谋划好的长远的学院设置规划。以中山大学为例,改革开放之初,我校只有文、理科八个系,而目前则共设有 30 个学院(直属系),这些学院依托一级学科设立,一个大的学科门类就分设了多个学院。问题是,学校以学科为基础组建学院,但国家、社会对人才和科研产品的需求却往往不是严格按照学科分类的,各类科学问题的提出也往往是跨学科的。学院设置过多过细,不可避免地会影响学科的交叉与融合,也不利于大学科研团队的组织,而高质量的跨学科科研团队恰恰是大学服务于国家的一个重要着力点。因此,我个人觉得有必要对现有的学院进行整合,一个考虑就是如一些已经先行一步的高校那样,实行学部制。

我个人的想法是,在各相近学科之上设相应的学部,例如,理学部,下设数、理、化、生、地等学院;工学部,下设计算机科学、工学、海洋等学院;人文学部,下设文、史、哲等相关学院;社会科学与管理学部,下设经、法、商、管理等相关学院;医学部,下设各医科学院,等等。当然,也要清醒地看到,学科的交叉与融合并不是一件一蹴即就的事情,现实的情况是,即使在一个二级学科中,教授们各做各的,乃至"老死不相往来"的现象也非常多。这种学部,只是在学院之上搭建的一个非实体平台,以期为各相近学科的交叉融合提供一种有较强操作性的机制。

上述设想中的学部并不是大学的一级机构,学部设立后,中山大学仍然实行校院两级管理体制。除了前述为学科融合提供平台的目的之外,设立学部的另一个重要考虑,是为了解决大学管理中学术权力与行政权力相对分离的问题。目前,我校每个学院都设有学位评定委员会和教师职务聘任委员会,负责本学院学生的学位评定以及教师的考核、聘任。这两个委员会的主任,一般都由院长担任,这就使院长在作为行政主官行使行政权力的同时,又成为了学术权力的主导者。从大学管理的角度而言,确有其不妥当之处。院长双重权力集于一身,一方面会使他承担过大的责任和压力,有时会因为在教师职务聘任或学生学位授予问题上的某些"纠纷"和"后遗症",影响到行政权力的有效履行；另一方面,也往往使人对学术权力运作是否公平、公正、公开等产生疑虑。学部设立后,各相关学科的学位评定委员会及教师职务聘任委员会设在学部,委员会主任以及委员会成员由来自不同一级学科的教授担任,使这两个委员会成为较为纯粹的学术评议组织,行使大学的学术权力。这样,前述现行制度的不足之处或许可以得以避免。

(2009年2月27日在教育部直属高校工作咨询
委员会第19次全体会议上的发言)

大学的人事退出机制

大学管理制度最为核心的部分,是关于人事的制度。2003年,我校出台了《中山大学教师编制核定、职位设置与职务聘任规程》,开始在大学人事制度改革方面作一些尝试,旨在通过改革,为人才提供足够的发展空间和营造良好的学术氛围,建立起真正的大学教师能进能出的机制,从而使更多的高素质人才聚集在中山大学。但在改革实施过程中,我们也遇到了许多难以解决的问题,例如"退出机制"。

我校在开始实施人事制度改革时,有一句话,叫做"为中才立规矩,给天才留空间"。当时就有人问我,如果遇到中才以下的人,怎么办呢?这确实是一个问题,我校新的人事制度实施了六年,除部分由于感到不适合教师工作、自愿离开学校的人员外,学校一共只解聘了10名不合格的教师,学校还要为他们寻找出路。按理说,学校是没有责任要为解聘人员找出路的,但目前中国的现状,使学校不得不承担了这个责任。事实上,中国高校的人事制度,退出机制是长期欠缺的。一种人事制度,如果缺乏退出机制,就不完善、不周延,很难真正行之有效。我们也知道,在事业单位进行人事制度改革,还有许多难题,但建立"退出机制",总是要迈出第一步。在我国高水平大学中,师资的素质相对较高,一些不适合的师资"退出"也相对会比较平稳,并且是有出路的。因此,建议国家有关部门在事业单位人事政策制定的过程中，可以考虑在高水平大学中选择若干个试点，允许在"退出机制"的实施方面先行先试，积累经验。

（2009 年 2 月 27 日在教育部直属高校工作咨询
委员会第 19 次全体会议上的发言）

尊重差异性是大学管理的精髓

一直以来，我始终在思考大学管理中的差异性和多样性问题。作为校长，在与不同学科、不同教师交往的过程中，我都可以领略到他们各自独特的风采。我本人是学数学的，又长期在以理工科见长的浙江大学工作，初来中大时，我就被中大文科教授们的风采所吸引，他们的博学让我敬畏，觉得就算不能与文科的教授们结成知音，也一定要做他们的朋友。但是过了一段时间，我发现，在文科的领域，也许我只能做他们的学生。学校合并以后，中山大学有了七家附属医院，我又对医生们有了更为直接、更为深入的了解，他们严谨求实的科学精神和维系生命的责任感也经常令我感动。俗话说，隔行如隔山，正是因为如此，在大学管理的过程中，我们应当充分考虑到不同学科所具有的不同的发展规律，充分重视由于学科特点以及发展水平不同所产生的差异，从而制定出不同的学科发展规划、建设模式以及评价标准，绝不能采取"一刀切"的方式。

我的体会是，实行统一管理在某种程度上是十分必要的，但是，统一管理的政策必须是涵盖共性的，是指导性的，而不应该是指令性的，否则，遇到具体问题就不能具体分析，忽视了差异性就容易产生"一刀切"的不良后果。这种差异性其实体现在社会生活的各个方面，比如，国家制定法律，既要制定宪法以及刑法、民法等上位法，同时又允许各地方政府根据各个地区的实际情况制定地方性的法律法规，这就是尊重地区差异性的体现。上个月，我在北京参加一次会议，当讨论到国家宏观调控政策等问题时,与会的一些西部大学校长认为,由于历史的原因,已经造成了西部地区社会经济的落后,现在正在进行西部大开发,西部地区必须抓紧一切时机大力发展,而且发展速度还应该高于全国的平均水平,这样才有可能缩小与发达地区的差距。如果国家的宏观调控政策不区分各个地区的情况,而要求所有地区都把发展速度降下来,那么西部地区的发展将永远无法赶上发达地区。因此,国家的宏观调控也应该根据不同的地区采取不同的政策,有区分地对待。我认为这是非常有道理的。

与国家的管理需要尊重差异性一样,教育管理部门更应该正视大学之间的差异。每一所大学,无论是它的历史传统、地域文化还是所处的发展阶段都有各自的特点。因此,教育管理部门应当充分考虑到这种学校间的差异性,除了严格规定最基本的办学条件以外,应该尊重大学的独立性和自主性,给大学提供更广阔的办学空间,为大学创造一个更为宽松的社会环境。

作为大学的管理者,则必须认识到,尊重差异性是大学管理的精髓所在。这就对大学的管理人员提出了更高的要求,他们不但要了解不同学科的特点,了解教授们的工作,而且要成为他们的朋友,甚至成为他们的学生,要做到"心中有人"。只有这样,我们才能为教师提供更好的治学环境,学校也才能形成一个和谐、宽松的氛围。

有一个比较"新鲜"的例子。日前,学校发布了关于申报2007年博士生招生计划的文件。在制定这个文件时,我们考虑到了学校文、理、工、医等不同学科的差异,征求了各方面的意见。但是,对于这个文件,一位文科的教授8月2日给我写了一封信,信中说,她深感中大基础文科优良的治学传统,学风醇正朴厚,这样的学术环境让她对中大产生了由衷的热爱之情。她希望学校在制定新的博士生培养方案时,考虑基础文科的学科背景和实际情况,保护基础文科教授招收和培养博士生的权利。8月15日,就在我与几位教授讨论这篇讲稿时,我向他们提及此事,他们认为可以考虑这位教授的意见,希望学校在新出台的博士生培养机制改革方案中采取措施,充分考虑学校人文基础学科的特殊性,设置保护的底线。我与他们进行了深入的探讨,后来又与研究生院的同志进行了沟通,最后认为,教授们的意见是十分好的,在今年的实施中我们会做局部的调整和弥补工作。明年,学校将会对博士生培养改革的试行方案作进一步的修订。

我想,在学校的管理中会经常遇到这类事情,无论是学校的领导还是普通的管理人员,都应该尽量避免"一刀切"的做法,要让尊重差异性这个理念深入人心。

最后,我还想对教师们说,尊重差异性也同样应该体现在教学的过程中。孔子提倡"因材施教",就是要求老师要根据每个学生的能力、性格、志趣等具体情况施行不同的教育方案,强调的就是要尊重学生之间的差异性。而在我们以往的教育模式中,强调共性过多,强调个性过少,影响了对学生创新意识和创新能力的培养,影响了学生性格的塑造。现在我们提倡的博雅教育,其特征就在于要尊重学生之间的差异。我想,既然大家已经立志以教师为自己的事业,就有必要来探索教学中的各种规律,因为"得天下英才而育之",既是一件乐事,更是一件责任重大的事。

总之,我阐述这些想法,就是希望让大家牢记,尊重差异性是大学管理的精髓,同时也是大学教学的精髓。

(2006 年 9 月 1 日在 2006 年新教职员岗前学习交流会上的讲话)

正视科研的差异性

差异是一种常态,整个世界、整个人类社会都处在这个常态之中,因而在论及"管理"这一涉及人群和社会组织形式的学科时,人与人之间、事与事之间的差异是一个不可回避的问题。大学科研管理是现代管理科学的一个分支,是一项复杂的系统工程。差异性管理不仅是一般管理科学中的一个重要命题,而且也应成为大学科研管理中的一个重要问题,对此可以有两个角度的理解。

大学科研管理需要差异性,首先来自深化我国现有科研体制改革的迫切需要。在讨论中国大学科研体制存在的问题时,我们不能回避目前中国实行的中央集权、行政主导的政府科研体制。由于是政府行政主导,因而对于科研活动的差异性,对于不同地区不同大学的差异性往往会认识不足,这对大学科研的发展是不利的。社会资源过于集中在政府部门难免会造成大学之间的恶性竞争,有一个典型的例子,2003年“非典”时期,在各级政府科研主管机构立项的课题多达1000余项,这实际上造成了有限科研资源投入的重复和浪费。因此,在我们讨论基于差异性的科研体制改革时,如何跨越国家科研管理的体制性障碍就成为了一个关键问题。

中国科研体制存在的另外一个问题是有限的科研资源过度地集中在了北京和上海。诚然,这两座城市集中了中国大部分最优秀的科学家,而且这种科学中心的单极化在新中国成立后的计划经济体制下有其合理性。当时中国的国力还不够强,需要集中力量办大事,不把资源集中使用是不可能达到目的的。但是,随着中国经济的快速发展,对中国这样一个有着巨大经济总量的大国而言,如果还像以往那样将国家科研资源过分集中在少数一两座城市,既不利于科学研究的多元化发展,也不利于推动全国科学研究的均衡发展。中国经济发展的多中心格局和跨区域协调发展的形势,既对改变现有的科研中心单极化格局提出了要求,也对大学科研管理的差异性提出了要求。

其次,大学科研管理的差异性是大学成长过程中与经济发展相互适应的必然要求。一个地区的经济发展会影响大学成长的愿景,影响大学管理者对大学发展目标的预期。同时,大学的成长又会反过来强化所在地区经济增长的信心和经济发展的路径。

以广东省和中山大学为例。广东省作为全国经济总量最大的省份,理应在全国的科研格局中占有一席之地;广州市作为全国第三大经济城市,也理应成为中国一个新的科学中心。科学研究的最终目的是为了促进社会的进步和经济的发展,一个城市的经济发展水平归根结底要与其科学研究水平相适应,在这方面广东省和广州市还有着很大的潜力,而中山大学则在其中肩负着义不容辞的责任,这是大学的社会责任。有一种说法,广东省在中国的地位相当于加利福尼亚州在美国的地位,加州的经济发展很大程度上得益于斯坦福大学强劲的科研实力。广东省应该有信心、有能力获得加州在美国那样的地位,成为中国的加州。广州市应该有信心、有能力成为中国的第三个科学中心。中山大学也应该有能力、有信心在中国学术界开创岭南学派,成为中国的斯坦福大学。这就是中山大学成长的愿景。要达到这一目标,不仅需要基础研究,而且需要应用研究;不仅需要学术大师和国际领先的科学技术成果,而且也需要投身于广东经济建设中的文化、技术和管理的知识传播者,甚至需要经济发展和企业管理的"操盘手",只有这样,广东省的经济发展才会有知识的后劲,而中山大学也会因此获得不断前进的动力。这种由区域经济发展的差异性所决定的大学科研管理的差异性,将会促使大学真正承担起其肩负的社会责任。

在讨论大学科研体制改革时,我们经常会听到这样一些讨论:大学的科研究竟应该强调团队合作,还是提倡基于个人兴趣的独立研究?对于不同的学科应该如何建立不同的评价和考核体系?对于基础学科与应用学科应该选用怎样的激励方式才能最大限度地取得成就?对于大学中从事科研工作的教师本身,我们是否允许存在一些游离于体制之外的"孤独的思考者"?政府的科研体制应如何改革才能适应大学科研工作的开展?等等。

上述这些问题触及大学科研体制的一些实质性问题,讨论中国大学的科研体制改革不可能回避这些问题,而产生这些问题的根源恰恰在于大学科研本身所存在的差异性。如果我们对大学科研存在的差异性没有一个明确、清醒的认识,就难以设计和建立一个好的大学科研体制,也难以形成能够高效地肩负起大学社会责任的大学科研组织。因此,讨论大学的科研体制,关注其中的差异性是重要的先决条件之一。

对于像中山大学这样一所多学科的研究型综合性大学而言,学科的差异性是不言而喻的。目前,中山大学的文、理、医三大学科可谓三分天下,齐头并进。在学校科研管理组织上,分别设立社科处、科技处、医科处三个科研主管部门,正是基于这三大学科门类的差异性来设立的。依据这个原则,中山大学在三大学科门类内部形成多种形式、灵活变化的科研组织形式,既可以建立科研实体组织科研活动,也可以用虚拟组织方式来承担科研项目;既可以通过跨院系、跨学科、跨地区的大型合作来组织国内外科研资源的集体攻关,也可以采取"独行侠"的方式开垦自己的学术自留地。大学之所以成为大学,核心在于"大"字:有容乃大。面向大学科研管理差异性的组织就是能够包容各种学科特性的组织,从而体现大学中"大"的精髓。因此,面向大学科研管理差异性的组织是不拘一格的,应能随需而变。能够出成果,能够为经济发展作贡献,能够保证独立思考的组织方式,都应是好的组织形式。

粗略地说,组织可以分为集中式和分散式两种。一般而言,集中式组织更多地承担一些经过"规划"的科研项目,分散式组织更多地承担类似基于个人兴趣的研究活动。大学发展,规划为先,这似乎是一个共识。目前,中国高校要争取资源,首先要做的一项工作就是学科规划。没有规划也就没有资源。但是,事实告诉我们,真正的学术并不是规划出来的。从每年国家科技大奖的情况可以看出,许多获得大奖的项目当初并没有得到多大的投入,既不是重点规划项目,也不是重点建设项目。此外,诺贝尔奖获得者也往往不是事先规划、得到高强度投入的研究者。当然,我们同时也应该看到,对于那些与国民经济建设密切相关的应用学科或者应用基础学科,学科规划还是有着重要意义的。这就是为什么我们长期强调科研团队的建设,强调学科的融合与交叉,强调科研应以科学问题为导向而不是以学科为导向的原因所在。因为只有这样,我们才有可能在国民经济和社会发展中取得大的突破,在大学的竞争中获得先机。

在学科建设上,"规划"与否并无定论,一切都要随需而变。但是,无论朝哪个方向变化,大学都需要针对科研管理的差异性来变化。如果认同这一点,那么,我们应如何通过对大学中从事科研的教师的考核与激励来组织科研呢?

要讨论这一问题,正视科研的差异性,提倡学术的自由精神,应该是一个总的指导方针。科学研究最为重要的精髓是自由,学术自由既是大学科研的精义,也是大学成为大学的基础。从自由出发,大学对于教授的要求应该就是"不强求"。具体地说,大学对待教师的行为应抱宽容的态度,可以采取激励性的政策奖励与大学成长愿景相容的教师,但不强求每个教师都采取与大学成长愿景一致的行动。无论是学科的交叉融合,还是个体基于学术兴趣的钻研,或者热心于为本地经济发展作贡献,都应该是允许的。

对于基础学科,大学应该要有一种平和的心态,要有"养士"的决心。对于那些以学术为生存方式的学者,大学应该给他们良好、宽松的学术环境和生活空间,给他们以足够的经费支持,而不应该有过多的规划上的要求,不应该以量化管理来制约其创造力。大学对这些学者的投入有些像风险投资,要有投入而得不到回报的心理准备,也要有对优秀学者最终十年磨一剑、厚积薄发的信心。中山大学近年来实施的教师职务聘任制改革的一个出发点,就是要"为中才立规矩,给天才留空间",在这次改革中,学校给少数优秀的学者以特殊津贴而不硬性规定他们的教学或科研工作量,这同样也是基于科研差异性的考虑。

虽然如此,在现阶段的中山大学,仍然要大力发展应用学科,因为这是与国家的需要相适应的。要发展应用学科,我们也仍然要强调学科的规划,因此,我们不妨对学科规划与学术自由的问题做这样的表述:大学应该在尊重学术自由和倡导独立思考的同时,提倡科学研究以问题为导向,要重视学科规划,重视优势学科的整合,尤其需要重视为优秀团队的建设营造宽松良好的学术氛围,以期有大突破,出大成果。可以说,这也在一定程度上概括了我对面向大学科研管理差异性的行为特征的理解。

评价体系与考核体系将直接影响一所大学的学科布局以及科学研究的实力。如何使不同的评价体系和考核体系得到良性的运行,是大学科研体制改革的关键问题。或者说,如何建立和操作基于学科差异性的评价考核体系,应成为我国大学科研体制改革的一个主攻方向。这是一项长期艰苦的工作,因为事物总是在变化之中,大学的愿景变化将影响到大学科研管理组织和行为特征的变化。大学科研管理组织和行为特征的变化,又直接影响到大学对其科研活动的评价与考核体系的认识。因此,对大学科研活动考核体系的不断修正,是大学科研管理差异性的必然要求,也是大学科研管理的一项永恒的工作。

大学成长的愿景决定科研管理的组织结构,大学科研管理的组织结构又会影响大学承担社会责任的力度和广度。科研管理的评价与考核体系应以大学成长的愿景和战略目标为导向,以激励为核心。关注学科差异性,最重要的就是强调对不同学科门类制定不同的以激励为导向的考核体系和评价标准。

以中山大学为例,校内出现不少基于学科特殊性而要求特殊政策的呼声,如工科的教师认为,如果按理科以论文为最重要指标的评价体系,对工科教师是不公平的。同样,艺术学科的教师认为不能照搬文科评价体系评价他们的工作,因为人文社会学科的评价体系也是以论文为主要指标。这些呼声的一个焦点,就是期望在大学中争取到一种适合自身学科特点的科研管理考核体系。

更进一步说,这种建立面向差异性的科研考核体系的呼声远不止于大的学科门类这一层面,在学科内部如何采取不同的评价标准,从而建立起不同的考核体系同样也是一个十分重要的问题。在中山大学最为直接的就是基础学科与应用学科的关系问题,这个问题可以说是大学中一个永恒的话题。

在这里,我们暂不讨论基础研究与应用研究孰轻孰重,以及应该如何平衡它们之间的关系等话题,我们首先应该看到的是这两者之间有着明显的差异。关于这种差异,我们常借用"顶天立地"的说法来概括,即基础学科的研究要"顶天"，要以世界先进水平为目标；应用学科的研究要"立地"，要直接为国民经济和社会发展作贡献，甚至直接提高社会的财富和福利。这个说法是有道理的，基础研究应该关注科学的前沿问题，它所追求的是在科学上的突破；应用研究应该关注于国计民生，它所追求的是对国家和地方的发展有所贡献。

基于这种差异性的考虑，大学应该对二者有不同的评价标准。我们不能要求从事应用研究的学者也像从事基础学科的学者那样发表很多论文。同样，也不能要求后者像前者那样要有多少科研成果的转化，产生多少直接经济效益，申请多少发明专利。因此，对于从事基础研究的学者而言，论文发表的多少、质量的高低是评价他们工作成绩的重要指标（但不是唯一指标）；对于从事应用研究的学者而言，科研成果转化多少，产生多少直接经济效益，申请多少发明专利，企业和市场对他们评价的高低，构成大学科研管理部门评价他们工作成绩的重要指标（但不是唯一指标）。这一点对于理、工、医等学科而言尤其如此。相应地，大学中文、史、哲等人文学科的评价标准，与政、法、经、管等社会学科的评价标准也应该有所区别，前者类似于基础科学，后者类似于应用科学或应用基础科学。这些区别是大学科研部门在制定科研管理政策时必须充分考虑的。

目前，中山大学面向文、理、医三大学科门类的科研管理考核体系已经形成。但是，随着中山大学科研活动的迅速发展，不断出现新的学科类别，这就需要中山大学充分考虑工科与理科的区别、艺术学科与人文社会学科的区别，在现有三大学科门类科研管理差异性的基础上，进一步制定出适合这些新学科差异性要求的科研管理评价与考核体系。

大学科研管理中的差异性问题是一个带有全局性的、根本性的问题。正视差异性实际上就是正视大学科研活动中存在的种种矛盾。大学只有正视这一点才有可能最终建立起一种良性的、不断发展的科研管理体制。矛盾永远存在，我们能做的只是在其中找到一个平衡点，使之得以良性发展。

在我看来,无论是行政管理,还是企业管理,或者是大学科研管理,归根到底就是一个"度"的问题。如果能够把握好大学科研管理中差异性内部的各个"度",就能够在大学成长的变化过程中寻找到解决科研管理中差异性问题的各种平衡点,从而使大学科研管理成为提高科学研究效率的发动机。

人们经常将中山大学简称为"中大",细想其中似颇有深意,按我的理解,"中"的含义有平衡、均衡、中庸等意思,在这里主要体现为"度"。"大"的含义有包容、博大、深邃、宽厚、多样化、差异性等意思,在这里主要体现为多样性与差异性。"中大"这个简称包含了"中"和"大"的丰富内涵,从这个角度讲,中山大学应该对大学科研管理中的差异性问题有一个较为明晰的认识,进而在实践中逐步接近那个平衡点,这是中山大学80年的文化积淀对大学科研管理体制改革的要求,也是广东省乃至中国经济发展形势对中山大学所承担的社会责任的要求。

(《大学科研管理中的差异性问题》,《中山大学学报》2004年第6期)

尊重差异,分类指导

今年上半年,围绕生命学科,我曾先后到武汉大学、华中理工大学、北京大学、复旦大学、中国科技大学、四川大学、南京大学、中科院北京物化所、中科院上海药物所等单位进行访问和学习。今年5月,我校还组团对美国的霍普金斯大学、麻省理工学院、明尼苏达大学、安德森癌症研究中心、马里兰大学、宾夕法尼亚大学等一批著名大学和科研机构进行了考察。通过学习,深受启发,我们更加明确了一点,对于"985工程"二期创新平台和创新基地的建设其实并没有一个现成的、放之四海而皆准的模式可循。每一个机构的学科建设和科研管理都有其成功经验,他们的经验因各自的传统、文化、发展阶段,乃至领军教授的性格不同而各有特点,呈现出明显的差异性。因此,在制定"985工程"二期平台和基地的规划时,都应充分考虑到这种差异性。同样,在同一所学校里,不同学科的建设也有不同的模式。因此,在"985工程"二期建设规划时,我校对于平台和基地的建设在形式上没有采取一刀切的做法,而是在教育部、财政部的总体框架下,充分重视了各学科由于学科的特点和发展阶段不同所产生的差异性,采取了不同的组织模式和建设模式。我们强调,要尊重差异,分类指导,学校对于平台和基地的组织与管理,有一系列的文件和规定,但这些都是指导性的,而不是指令性的,学校允许各平台和基地根据各自学科不同的特点采取不同的组织模式,学校还要求各创新平台和基地应充分发挥教授们的积极性和创造性,根据学校的文件精神和自己的具体情况制定各自的管理细则,经学校"985工程"领导小组批准后实施。

我们认为,就像对全国1000余所大学套用同一评估体系是不合适的一样,对于校内的各个学科用一种模式来建设、用一个评估体系来评价也是不合适的。学科的差异性和多样性是必须正视的,而针对学科之间这种必然存在的差异性,考虑不同的评价体系,则正是我们进行科研管理,进行学科建设的要义所在。学科规划的目的在于给予各学科以发展的空间,给予充分的投入;大学校长的作用,则在于争取资源,进而制定一种良性的制度,为学科带头人以及各位教授创造充分发挥的空间。大学的成绩是教授做出来的,大学的地位同样也是如此。

(2005年10月14日在保持共产党员先进性教育专题报告会上的讲话)

大学需要经营

如何有效地降低成本、提高效率,是目前中国大学管理体制改革过程中亟待解决而又易被忽略的问题。从某种意义上说,成本意识和效率观念应该贯串于中国大学管理体制改革的始终,从这里入手,可以使我们对大学管理中的许多方面有一个新的理解角度。

大学需要经营

中国的高等教育目前正处于一个快速发展时期，同时，大学管理体制的变革也正处于一个关键时期。事实上，中国大学管理体制的变革是与中国社会的体制变革密切相关的。

新中国成立后，在以"短缺"为主要特征的计划经济的历史条件下，中国大学的管理体制也以计划为主要特征。随着市场经济体制在我国的进一步确立，中国的企业和政府已开始了在体制上的变革，市场经济已日益深刻地影响着中国社会的方方面面，高效率已成为目前中国企业和政府的一个共同追求。

相对而言，中国大学管理模式的改革，是落后于中国社会的变革的，与企业与政府的变革力度相比，也还有着差距。有人说，中国的高校是"计划经济的最后一个堡垒"，这个说法是否恰当我没有研究，但是，中国大学中的人事制度、分配制度乃至教学、科研体制等等都仍然显示着与目前的市场经济条件很大的不相适应，却是一个现实。我们可以看到，目前中国大学的管理形式，在某种程度上仍然是政府管理职能的一种延伸，其行政构架仍然基本上沿用了计划经济时代的政府管理模式。一个例子，就是我们大学中的管理人员或者说干部，都可以在政府行政系列中找到相应的级别，学校的处级干部与政府中的处级干部并没有实质的区别，可以相互比照。到现在为止，即使经历了市场经济条件下的多次变革，中国的大学仍不可避免地在这种政府式的管理模式下运作。

这种模式有利有弊。从有利的一方面说，在这种模式下，大学可以保持与政府管理部门的顺利衔接，政府的政策在大学里可以得到最直接和最充分的体现，同时也可以保证大学的管理在相对严谨的模式下运行。但是，这一管理模式的弊端也是显而易见的。大学作为人才培养、科学研究和服务社会的场所，自有其特殊性，目前的大学管理体制，在某种程度上会冲淡大学所应有的学术气氛和人文关怀,同时,管理成本的高昂和管理效率的低下也将难以避免。因此,我们尤其应该借鉴现代企业和政府管理体制变革的经验,以适应不断发展着的经济和社会的要求。

事实上,随着管理体制改革的进一步推进,中国大学的自主权正在日益加强,同时,社会的变革也要求中国的大学必须越来越直接地面对市场,大学已成为一个办学经营的实体。因此,"大学需要经营"这一理念实际上也已成为了大学管理的一个核心。我相信,这一理念同样也已成为许多中国大学校长的共识。当然,大学并不以营利为目的,因而我们在这里提出的所谓"经营",指的并不是以营利为目的的一般意义上的"经营",而是指大学必须要精心地运作和管理。这个词如果用英语来表述,可能会更加清楚,我们所说的经营,是 Operation 而不是Business。不管是 Operation 还是 Business,既然大学需要经营,那么在大学的管理中就必须要强调成本与效率的重要性,这一点,对正处于一个巨大变革中的中国高等教育来说是刻不容缓的。

从根本上说,强调成本与效率,强调"大学需要经营"这一理念的最终目的,就是要借鉴国际上较为成熟的大学管理经验,建立起具有中国特色的现代大学制度,从而使中国的大学走上一条良性发展的道路。

大学管理中的成本意识

显而易见,不管是政府、企业还是大学,所有活动都是有成本和代价的。企业讲究成本核算,因为成本关乎其盈利。大学虽然是非营利机构,但要维持良性运转,更好地"经营",同样也需要有强烈的成本意识。

要讲成本,首先就要看我们的收入来源。对于中国大部分高等院校而言,政府拨款仍然是学校资源收入的主要部分。以中山大学为例,学校的大部分资源即来自国家和地方的财政拨款。目前中央财政对大学的拨款模式,可以归结为下面这个模式,即:

$$大学拨款 = 专项经费 + \sum 学生数 \times 生均培养费$$

从这个公式可见,专项经费按专门项目划拨,专款专用,学校的日常运行经费则根据在校的学生人数划拨。从今年开始,广东省对大学的拨款模式也参照中央的模式进行了改革。所以上述模式,实际上也就是目前政府对我校的拨款模式。

从上面的这个公式可以看出,专项经费的拨款是中国大学经费来源的一个主要方面,与相对公平的生均培养费的划拨相比,这些经费是需要争取的。我觉得,当中国高校对各种专项经费尤其是行政部门所掌握的专项经费依赖过多的时候,我们讨论大学自主权的扩大这个问题并没有太大的意义。

当然,除政府拨款外,中国的大学还有其他收入来源,如各类学费、科研经费、校办产业等多渠道筹措的经费。从目前的实践来看,校办产业为学校所提供的经费相当有限。科研经费在各大学尤其是研究型大学的收入中虽然说所占比例不小,但在当前学校的财务制度中,这些科研经费其实只是代管经费,它对学校财政的实质性贡献主要是可将沉淀的经费用作学校的流动资金。当然,科研经费的用途其实还大有潜力可挖,目前在科学院系统就已将一部分科研经费用作人员经费。在高校中,这部分的经费也已开始用于研究生培养方面的开支,这些都还有待今后的进一步拓展。所以说,目前真正能够稳定地用于学校财政开支的,主要还是各类学费收入。

上述对学校收入来源的分析就是一种成本的意识,大学的战略规划也应该建立在这一成本的概念上。作为大学校长,应该有一种投入与产出的概念。当然,我们也十分清楚,在大学的人才培养和科学研究中,投入与回报在很多时候是无法明确界定的,尤其是对科研的投入,大量的投入有时并不意味着高质量的回报,一些得奖的成果或者高水平的论文往往并不出自投入最多的学科领域。但即便如此,成本仍然应该是在制定战略规划时首先必须考虑的问题。长期以来,中国的大学服从于指令性计划,许多大学的管理者在扩大或者缩小办学规模时,往往缺乏成本意识。当大学与市场越来越贴近的时候,这种不计成本的办学模式也到了非改不可的地步了。

要讨论大学的办学成本，首先要注意的是成本构成问题。我们可以将大学的办学成本分成两个部分，一是管理成本，二是运营成本，前者是刚性的，后者则是软性的。目前中国大学所面临的最大问题，就是管理成本过高，在大学的办学经费基本不变的前提下，刚性成本不断增长，必然会挤占软性的运营成本。学生实习是一个例子。记得当年我在浙大读本科的时候，三年级的实习是在兰州炼油厂，时间超过一个月。再看看现在我们学生的实习，已不可能走得这么远了，时间也大打折扣，这一现象在国内各高校中应该有着普遍性。出现这种现象的原因有很多，其中最关键的是我们校内的运营经费正在减少，已不足以支撑正常的学生实习了。这大概可以看做是大学内软性运营成本被不断挤占的一个典型。

目前中国高校财政的总体状况是十分紧张的。首先是政府的投入仍然有限。近年来，中国大学的持续扩招，在上面所说的拨款模式下，大学获得的政府拨款也相应有了很大增长。但与此同时，大学的支出也在大幅增加，其中最主要的部分是人力资源成本的增长，这一成本是大学刚性成本中的最大部分。教职员工的薪酬也就是所谓"人头费"是大学刚性成本支出的首要项目。从上述拨款公式中可见，政府所拨的日常运行经费以在校学生人数决定，与一所大学有多少教职工并没有直接关系，但随着办学规模的扩大，学校的教学和行政人员也必然会随之增加，因此"人头费"实际上已成为大学办学成本中最主要的压力。

以中山大学为例。过去几年来，由于中央和地方政府大幅度提高公务员和事业单位工作人员的薪酬，再加上学校发放的校内津贴，我校用于教职工薪酬和津贴方面的开支成倍增长。去年，全校的平均人员开支已超过 5 万元，每位教授的平均人员开支则已达 8.8 万元。另外，我校离退休人员的"人头费"同样也给我们带来的很大的压力。目前，我校共有离退休人员 2700 余人，政府对这部分人员的经费是按每人每年 1.12 万元划拨的，而实际上，我校离退休人员每人的年平均开支已超过 4 万元。也就是说,学校每年还必须承担超过 8000 万元的离退休人员的薪酬,其中还不包括公费医疗方面的开支。显然,随着员工薪酬的不断上涨,中国大学办学的成本正变得越来越高,这对于学校来说,确实是一个十分沉重的负担。我校正在推行的教师职务聘任制改革,其中的一个重要出发点,就是要挖掘现有师资队伍的潜力,控制教师规模的增长,以控制学校在人力资源成本方面不断增长的开支。事实上,随着招生规模的日益扩大,学校已无法按照以往的分配体制继续运营下去了。在这次改革中,我们对教师每年的教学工作量做了硬性要求,要求教师承担更多的教学任务,但即使在这个新的制度下,我校每个学时的成本仍然高达 300 多元。办学成本问题在目前的中国高校中已经成为一个十分严重和紧迫的问题,稍不留心,现在的大学管理者就可能会给继任者留下难以承受的历史包袱,也正因如此,作为校长是不得不认真地考虑我们的办学效益和成本核算问题的。

成本问题实际上是涉及一所大学能否可持续发展的大问题。我认为,控制和降低办学成本的核心在于如何使校内有限的资源运用得更为有效,中国的大学应该尽量建立起一个行之有效的校内资源分配系统。我们通常所说的教学、科研、学科建设等等,是大学工作的主干,如何将学校有限的资源进行合理地配置,绝不仅仅是靠拍拍脑袋就可以决策的。资源配置的决策依据首先要建立在成本意识上,在目前的财政状况下,大学甚至要比以前更加精打细算才行。在大学的管理中,我们必须坚守成本的底线,坚持“量力而为、量入为出、勤俭节约、开源节流、有所为有所不为”的原则,实行稳健的、从紧的财经政策,这是对大学、对人民、对历史负责的态度。

大学管理中的效率观念

成本与效率是相辅相成的两个概念,从成本的角度进行考虑,效率的重要性是显而易见的。办学成本的压力是当前大学迫切需要提高管理效率的动因,而追求效率则是实现大学成本控制的有效手段。

众所周知，提高效率可以免除一些人为的、不必要的开支，最终得到事半功倍的效果。在大学中强调效率还有更重要的意义：高效率的大学行政运作，会使广大师生产生一种认同感和自豪感，可以使他们在愉悦的心情中从事教学和学习，学校也因此能更加凝聚人心。所以我们认为，效率不仅是生产力，效率还将给人以信心，效率就是凝聚力。

提高效率与控制成本密切相关，上面已经说过，要控制成本，最关键的还是资源的配置问题，这同样也是提高效率的关键所在。在考虑大学中的资源配置时，有三个重要的环节：一是机制和环境，我们必须建立起一个有效的校内资源配置系统；二是投入与产出，在配置资源时，必须尽可能地考虑投入与产出的效率；三是资源共享，如果说前面二者在短时间内还难有大的突破，那么在资源配置时尽可能地考虑资源的共享，则是中国大学现阶段提高效率和降低成本最为有效的一个途径。

"211工程"和"985工程"的实施，使参与建设的中国高校取得了长足的发展，但也不能否认，在建设的过程中，各高校都或多或少地存在着设备重复购置的现象，浪费了有限的建设资金。这种设备重复购置的现象是与目前中国高校中分散的科研管理体制密切相关的。在这种体制下，几乎每位教授都有自己的实验室，每个实验室都有购置设备的要求，于是，资源的共享就无从谈起，资源的浪费也就不可避免了。遗憾的是，我们的许多教授仍然习惯于这种体制，仍然热衷于为自己的实验室申购更多的仪器设备。最近，有一位教授向我提出，要购买一种仪器，我很奇怪，因为这种仪器刚买不久，而且就在这位教授所在的学院，他就是主要使用者。这位教授的理由是，这个仪器一直由他掌管，但现在用的人越来越多，而且其他的使用者要求使用得更加方便，因此他想再买一台供其他人使用，而原来的那台则专属于他的实验室。我没有同意他的申请，我对他说，仪器设备的共享是天经地义的事情，也是现在学校的科研体制改革的目标之一。我觉得，这不能怪这位教授，他也是为了更好更有效地工作，问题出在我们现行的科研体制上。

正是针对国内高校现行科研体制的弊端,国家最近提出了国家实验室的概念。我以为,提出这一概念的最大贡献,就是它为更好地共享资源提供了一种全新的科研组织形式。目前正在进行的"985工程"二期建设论证工作的核心就是科研平台的组建,这种平台建设的着眼点之一,也在于资源的共享。

事实已经证明,通过管理体制的革新,我们是完全有可能做到资源共享,降低办学成本,提高管理效率的。我校珠海校区教学实验室的建设是一个很好的例子。当时如果以每个学院为单位建设教学实验室的话,投资预算将达到8000万,为了降低成本,我校提出了公共实验室的概念,将各学院可以共享的设备集中起来,建设了一个公共实验平台。最后,珠海校区公共实验室的建设只用了4000万元,而且效果很好。可见,要达到资源共享的目的,最关键的还在于体制的革新。

在讨论提高效率这一命题时,除了具体的操作层面外,还要更加强调决策层面的效率。决策成本是最大的成本,决策的效率也是最大的效率,所以应该尤其重视通过科学化的决策提高决策效率。

要讨论大学中的决策效率,我觉得不妨讨论一下决策效率与现在一直强调的校务公开也就是民主决策的关系问题。从某种意义上说,民主决策与追求决策效率是存在着或多或少的矛盾的。事实上,即使我们从学校整体利益出发所作出的一些决策,也是没有办法让所有人都满意的。因此,我们十分有必要认真地思考管理效率与民主决策的关系问题。这个问题或者可以从下面两个方面来考虑。

首先,在进行决策的时候,总体原则应该是民主的,但是在管理的实际操作过程中,则应该以效率为导向。也就是说,大学管理者在决策的过程中,应充分咨询并听取专家和有关方面的意见,而不能以行政命令代替专家的作用,这是决策民主总体原则的体现,也是决策科学化的具体体现。当然,在强调决策民主的同时,也不能忽视效率,否则就可能议而不决,丧失时机。从管理的角度而言,决策一旦作出,就应该提高执行效率,减少中间环节,以最简捷的方式执行决策。我们可以将这一考虑归结为一句话就是:决策的过程是讲民主的,决策的执行是讲效率的,或者说,选择讲民主,执行讲效率。

其次,大学里的每一位成员,都有权对大学的政策提出自己的意见。不管这些意见是正面还是反面,是合理还是偏颇,都是大学成员在行使民主权利,理应得到充分尊重。大学的管理者将决策过程的种种考虑向他们作耐心的解释,实际上是一种信息沟通的途径。在中山大学,校长办公室有一个规矩,就是只要教师想约见校领导,校长办公室都必须安排。因为我们认为,老师是不会轻易来找校长的,既然来找了,就必定有他认为难以解决的问题,学校的领导与他们见面,未必事事都能解决,但通过这种面对面的沟通,至少是有利于化解一些矛盾的,这对于营造宽松的学术氛围也是有利的。我们还强调,校内一切与教师切身利益相关的决策,都应该交由教职工代表大会讨论后再作出决定。

我认为,科学化的民主决策对于凝聚学校的人心是有利的。许多实践已经证明,决策的民主化,实际上更有利于提高执行的效率,民主与效率的结合,能够使学校更为顺畅地运作。

当然,在实际的操作过程中,如果决策的民主和决策的效率二者的确不可调和时,各级管理者就必须要有足够的勇气去承担责任,而不是以最没有风险的姿态去面对问题,不能事事诉诸会议。谁都知道不断地开会、议而不决是逃避责任的最好办法,但这将大大降低决策效率,对学校事业的发展是非常不利的。

大学的各级行政管理人员应该有更高的素质,用我校李延保书记的话来说,大学的管理人员应该有五个基本素质,就是:文明、务实、大度、开拓、自律。我个人认为,他们还应该有勇于承担责任和追求效率的意识,而且这种意识必须是自觉的。我常对学校的处长们说,我对他们的要求是"多汇报,少请示"。这里强调的也是学校行政运行机制中的上下沟通问题,是对学校管理效率的要求。所谓"汇报",指的是我要求各职能部门的领导在与我讨论之前,对所讨论的问题应该已经有了自己的想法或者解决办法,他们在向我汇报的时候,是给我出一道"选择题",而不是事事"请示",问我应该怎么办,让我做"填空题"。我想,假如中山大学的所有管理人员都有了这种意识,在工作中更加具有自觉性和主动性,那么我们对大学管理制度的改革,我们构建现代大学制度的努力,我们工作效率的提高,都将会有一个更为良好的基础。

基于成本与效率的大学管理模式

综合上述成本与效率的考虑,如何选择一种更为合理、更为有效的大学管理模式,是我们面临的一个最为重要的问题。我认为,对于这种大学管理模式的选择应该主要有两个方面的考虑,即校、院、系之间的关系以及校级机关管理模式的变革。

目前中国大学校、院、系之间的管理模式大致有一级(学校统管)、二级(校院两级)、三级(校、院、系三级)等三种。我校选择了校院两级的管理模式,这主要也是出于成本和效率的考虑。

大学的管理模式归根到底要与学生的培养模式相协调。根据国家社会经济发展与大学生综合素质的要求,我校提出本科生应该按照一级学科的口径进行培养。如果本科生培养的专业太窄,无疑会提高办学的成本,而且面对日益激烈的就业竞争压力,太过专门的本科培养模式并不利于学生综合素质的提高,也不利于学生的就业。但是,本科生培养的专业如果太宽,学生又可能缺乏扎实的学科基础和专业背景,在竞争中同样也会处于下风。所以,我校认为,以学院为单位,按一级学科招生,并在一级学科中设计若干专业模块,提供给学生在二三年级时选择,这可能是一种更符合人才培养规律的举措,同时也将有利于教学管理的规范化。学生在一级学科内的基础学习可以获得更为宽广的基础知识,在这个基础上再选择专业模块,更有针对性,也更有利于提高学生自主学习的兴趣,从而完成其个体素质的塑造。

我校的学院建制多数以一级学科为基础(也有以若干个一级学科组建的学院),而系的建制则一般是以二级学科为基础的。从控制成本和提高效率的角度考虑,上述本科生培养模式能在学院的范围内充分利用各种资源,实现资源共享,既节省成本,又可提高学生培养质量,可以说是一种效率较高的培养模式。

这种校院两级的管理体制要求我们在资源的配置上应更多地考虑与政府的拨款体制相适应,即学校资源的分配应更多地与各学院的学生人数挂钩。在学院的人员编制、职称岗位设置等方面,也应更多地增加各学院所承担的课程学分数和培养学生的总数方面的权重。这是我校进行校内资源配置时的一个大方向、大原则。

同时,在学校向学院经费划拨的体制方面,我校也强调要承接政府的拨款体制,采用"专项经费+运行经费"的模式。大学的首要任务是培养学生,我们的财政基本上是"吃饭财政",因此,学校下拨的运行经费首先必须优先保证满足人头费用,以维持学院一级的正常运作,保证教学工作的正常进行,这一费用的划拨应以各学院的学生数作为主要依据,这部分的经费是必须优先考虑的。除运行经费外,专项经费则专款专用,学校应量力而行,根据递补的原则来实行。

去年,我校开始在校级的层面直接向学院做预算,逐步改变以往预算只做到行政部门做法。我们认为,预算经费过分地由部处集中管理,会弱化行政部门的服务功能。今年,我们还想在几个学院中实行教学、科研全成本核算的试点,继续探索校院两级预算制度的改革。

此外,我们的校院两级管理,强调的是在学校层次的放权,而在学院的层次,则应该是相对的集权。在学院内部,要打破山头,要强调资源的统一调配和共享,例如学院的科研用房不是教授的私人财产,要由学院统一调配;又例如学科建设经费,要由学院统一调配,而不是单纯地分钱;又例如继续教育,应该由学院而不是学院下属的系来操作,而且办班所得经费也应由学院统一支配,等等。

校级机关的变革是中国大学管理体制改革的一个难点和关键。目前的中国大学的机关还或多或少地存在着机构臃肿、人浮于事、人员素质偏低、工作效率不高的现象,这些都直接增加了人力资源方面的成本,可以说,造成目前中国大学管理成本过高现象的一个主要原因即在于大学机关工作人员的工作效率。前面已经说过,管理成本是刚性的,控制刚性成本的增长远比压缩软性成本困难,因此,长期以来一直强调的校内机关管理体制改革的一个最根本目的,就是要通过提高效率来控制学校刚性成本的增长。在这一方面,我们似乎还没有一个行之有效的办法。一种最为可能的方式,是在于大力提倡行政管理人员的职业化,通过这一途径提高人员素质,进而达到降低管理成本、提高工作效率的目的。目前正在推行的教育职员制的试点,或者就是实现行政管理人员职业化的一个有效途径,我们对此寄予厚望,希望这一制度可以顺利推进。

对于大学的管理,我们还应该有更多的思考——

当我们经常批评人大在通过各项决议时还残留着橡皮图章的痕迹的时候,就更应该积极主动地发挥好学校教代会的作用;

当我们向教育部要求更多的大学办学自主权的时候,就更应该想想如何更多更好地发挥校内各学院的主动性,给院长们以更多的信任与空间;

当我们批评政府机关门难进、脸难看的时候,就更应该强调给校内的师生员工,特别是作为学校主体的同时又是弱势群体的学生们以更多的人文关怀;

当我们抱怨文山会海盛行的时候,就更应该尽量地精简校内的各种会议,让院长、教授有更多的时间去从事教学科研工作;

当我们不断地向社会呼唤多样化的评估体系的时候,就更应该在校内制订出多样化的人才评价标准,让各类人才的才能得到最大程度的发挥。

上述种种,是考虑问题的一种方式,它强调的是"从我做起"的主动性。我相信,在大学的管理中多一些这样的主动性,将会更加有助于大学管理的效率。

中国的高等教育正处于一个快速的增长期,增长期内的繁荣可能会掩盖一些矛盾和问题,因此,在目前强调大学管理中的成本与效率可以说是未雨绸缪之举。这个命题对于目前中国的大学校长而言可能还是一个富有挑战性的新问题,同时也是在建立现代大学制度的进程中一个带有根本性的大问题。

(2004 年 8 月 9 日在第二届中外大学校长论坛上的演讲)

大学管理中的"另类浪费"

一所大学要维持良性运转,或者说要更好地"经营"一所大学,需要有强烈的成本意识。目前,学校管理中的物质浪费现象较为严重。以水电支出和公房使用为例,近年来我校水电费用支出每年均大幅增加,2003 年超过 5000 万元,2004 年则突破 6000 万元,2005 年的校内预算还要再增加 1400 万元,水电费开支已经成为学校公共事业经费支出的大户。分析个中原因,学校事业的迅速发展是一个主要因素,但同时我们也不能不看到,学校在水电管理中还存在不少漏洞和不足,浪费水电资源的现象在某些局部还是很严重。学校在今年 6 月份组织了一次水电使用情况抽查,抽查的结论是"我校某些局部水电浪费惊人"。如果不能尽快有效地遏止水电费支出的非正常增长势头,减少浪费,提高资源的使用效益,必然会挤占学校的其他办学成本,阻碍学校事业的健康发展,最终吃亏的还是我们中大人自己。基于以上认识,学校决定进行水电管理改革,明确了"分类管理,核定指标,超额交费,节约奖励"的改革原则和思路。

学校的公房管理也存在一系列问题,学校的公房资源还没有得到应有的优化配置,许多二级单位的各类用房没有得到合理充分的利用,存在着严重的资源浪费现象。因此,学校计划对全校所有公共用房实行定额分配、超额有偿使用的管理办法,支持和鼓励各单位资源共享,如用于全校共享的会议室和教室不列入所在的委托管理单位用房面积等。出台这个办法的目的绝非要通过收费来赚钱盈利,增加学校收入,而是希望通过制度来规范学校公房资源的管理,优化公房资源的配置,有效控制办学成本,以期解决上述实际问题。

水电和公房管理是学校成本浪费中较为显见的一个方面,在这里,我还想提醒大家要特别重视在学校中可能存在的隐性浪费或"另类浪费"的现象。例如,我们是否应该考虑,教职员工从事教学、科研和行政工作的积极性有没有被调动起来?我们的科研成果有没有及时转化为社会生产力?我们的实验室、课室有没有得到最充分的利用?我们的仪器设备有没有解决重复购置、使用效率低下、甚至长期闲置的问题?……我们常常容易看到有形的浪费,而忽视了这种无形的浪费,而后者可能是学校最大的资源浪费。

我始终认为,所谓人才的流失,并非只是走掉一两个人的问题,因为大学之间的人员流动是很正常的现象,我们所应该关注的是要让学校里的每一个人都发挥作用,如果现有教职员工的工作积极性和潜力没有充分调动和发挥出来,那么这种人才的闲置就是对人力资源成本的最大浪费。大致说来,这种"另类浪费"表现在以下几个方面:人力资源配置不合理、结构不平衡造成了人才的浪费(有的专业教师过剩、教师没有课上、科研项目少);条块分割太细,不利于优势互补,造成教学研究人员的资源浪费;人员素质不高或人员内耗,造成学校的人力成本的无效消耗;政策贯彻不畅通,执行不力,造成学校的行政资源的浪费,等等。

在教学工作中,学校有许多知名的学者、教授,他们是学校最宝贵的资源,他们是这个学校的"明星",学生尤其是本科生渴望与这些"明星"见面。要知道,在本科阶段,正是一个人的人生观、价值观和世界观形成的关键时期。我经常说,教书是教师的天职,因为学生们在这个阶段接受什么样的教育,碰上什么样的老师,是至关重要的。如果我们的学生能够经常接触到这些优秀的学者、教授,他们就容易形成对知识和学术研究的敬畏和尊重,这种"榜样的力量"对于学生的影响是无穷的,他们将受益终生。所以,如果我们出色的学者、教授不能登上讲台,面对学生,实际上就是对学校"最宝贵的人力资源"的最大浪费。

在科研领域中,从事基础研究总体上是以主攻学科前沿的重大难题、探索和创新知识、创建理论和新思想为目标的,基础研究常常耗时较长,其价值是潜在的,评价基础研究成果的主要标准是学术性和创新性。因此对基础研究而言,粗制滥造的、低水平的、重复性的研究,对于一所大学来说就是人才和智力的最大浪费。

应用研究则是运用基础理论解决现实问题,应用研究常常是当前急需的,效益是显性的,评价应用成果的主要标准是看一个成果能否向现实生产力转化,能否为决策层提供有价值的决策咨询,因此对应用研究而言,成果转化不力,成果转化率低,对于一所大学来说就是人才和智力的最大浪费。

在实验室设备的利用方面,今年3月底设备处曾对我校有关单位的10万元以上设备使用(运行)情况进行检查,本次共检查了10个学院,5个附属医院等部门,抽查设备共192台(套)。在抽查的仪器设备中,正常运行(即运行率达到国家规定有效时数)的共有86台(套),占总数的45%;未能正常运行共有106台(套),占总数的55%,其中运行率低于国家规定有效时数的50%以下的有59台(套),占总数的31%,11台为0记录(未实际运行过),占总数的6%。虽然,这里面肯定有一些实际情况,如检查时有些仪器刚刚完成验收工作,尚未正式投入正常使用等客观原因,但这组数字仍然值得大家深思。我们经常强调避免设备的重复购置,其实学校的目的并不是不让老师们购买仪器,而是因为我们现有的实验仪器设备确实有些还不能充分利用起来。从这种意义上说,实验室设备利用率不高,就是学校有形资产的最大浪费。

此外,造成学校有形资产巨大浪费的另一个方面是学校公共设施的利用率低下。比如目前学校课室资源出现的紧张现象,有很大一部分原因可能是由于排课方式不合理造成的,其实道理很简单,提高了课室的利用率,就相当于节省了建设教学楼的费用,我们就可以将节省出来的资金用于现有课室的条件改造,改善教学的环境。再比如,学校的公用场地存在的重复建设现象也比较严重,很多部门的想法是"麻雀虽小、五脏俱全",但事实上,如果每一个部门都要求"自我完备",那其实就是对学校整体资源的极大浪费。

必须看到,上述种种"另类浪费"现象,其后果远比学校其他的日常浪费现象更为严重,应该引起我们的重视,应该成为我们今后重点解决的问题。

总体而言,我以为,要减少乃至杜绝校内存在的人力资源和物质资源的浪费,需要我们在资源利用方面作一些新的考虑。

第一个想法,是要完善制度,通过制度保障来制约资源的浪费现象。例如,学校的教师考核规程里,考虑到我们有一部分教师担任重大课题负责人时的科研压力,对他们实行了在一定时期内免于教学考核的政策。但是我们的学院和学校的教务部门是否可以请这些老师每个学期抽出几个小时为我们的学生作一两场讲座呢? 学校的有关部门是否可以统筹规划,真正实现我们学校文理医的学科融合,让我们的学生体验到综合性大学的氛围,让他们之间能够彼此沟通呢?

再比如,我们在继续重视发挥科研领军人物作用的同时,要想办法充分调动更广大科研人员的积极性。我曾经在"985 工程"二期的动员会上讲过,我们要转换过去的人才观,中山大学的全校老师其实都是人才,大家都可以在不同的领域取得各自的成就,关键是要有他们施展才华的空间,各司其职、各尽所用。

对于科技成果转化的工作,其实也是学校一直予以关注的工作。最近,学校专门成立了科技成果转化中心,派专人负责,目的就是要最大限度地提高科研的参与率,提高基础研究成果的精品率,提高应用研究成果的转化率。

对于提高实验室仪器设备特别是贵重设备的使用效益问题,关键也在于管理体制和运行机制的改革,应该建立起有利于贵重仪器设备开放共享的管理大平台,实行学校或校院两级管理的体制,对贵重仪器设备实行相对集中的统管共用或专管共用的管理机制,在效益和成本管理层面上推动贵重仪器的开放共享,解决设备使用率不高和闲置问题,提高贵重仪器设备的使用效率。最近一段时期以来,在校级的管理体制下,学校先后设立了珠海校区基础实验教学中心、基础医学实验中心和东校区实验教学中心,实行人、财、物的统一管理。这样做的结果是,学校不但建立起了符合现代大学教学科研需要的、水平先进的教学实验平台,而且节省了大量的经费投入。以珠海基础实验教学中心为例,原计划投入 1.2 亿元建设本科教学实验室,实行一级管理体制后,运行 5 年多来,至今实际投入仅 5000 万元,担负着近 1 万名学生的实验教学工作和部分科研工作。东校区实验中心原预计投入 1 亿元,将完成 2 万多名学生(包括本科生、研究生和相关学科科研)的教学研究任务,而目前仅投入 3000 万多元,就已经解决了近 7000 名学生的教学和实验工作。这样的情况在过去的管理体制下是难以想象的,我相信在全国同类大学新校区的建设中也是少有的。另外,学校还在二级管理体制下,以学院为单位设立了实验中心,将所有仪器设备相对集中在实验中心的平台,解决了开放共享和提高仪器设备的使用率的问题。如我校的化学学院实验中心,现有贵重仪器设备 35 台(套),其中 80% 为学院共用仪器,由于实行了集中放置、专人管理、统筹安排、开放使用的管理模式和运行机制,绝大多数仪器设备的年有效使用率均达到 1500 小时以上,其中有 5 台仪器年使用率超过了 5000 小时。

说到完善制度保障和机制创新,我想再说两件事情。第一,针对课室周转不力而产生的使用率低下问题,我想,我们是否可以考虑顺应形势的发展,适当改变学校的作息时间,如可否考虑将作息时间改为早上 8:30 上班、晚上 5 点下班,中午有一个小时的午饭时间。这样,学校的行政部门就可以大大提高工作效率,也可与广东省的公务员作息制度接轨。同时,学校的教学工作也可以通过作息时间的调整,提高课室的使用率。更重要的是,现在我们已有越来越多的老师住在校外,调整作息时间可能会更加方便他们,不必再为中午无处休息而苦恼。当然,作息制度的调整将会涉及诸如教务、后勤等一系列问题,具体如何操作还有待我们综合各方意见后进一步论证。

第二,对于科研经费用于研究生培养的问题,不少老师用自己的科研经费作为学生从事研究的补助,学校对此不仅没有异议,而且也鼓励这样的做法。此外,教育部、财政部也有文件规定,允许科研经费通过适当的渠道作为研究生从事科研活动的补助或报酬,接下来我们要使这一行为规范化,还要解决一些操作层面的问题,例如学生的科研费是否可以通过校园卡账户转入等等,学校有关部门可以就这些问题进行论证,尽快拿出一个解决方案。

第二个想法,就是希望大家要有全局意识。在完善制度保障、实现制度创新的同时,大家还要意识到,每一个人、每一个部门都是学校的一分子,应该有一种全局意识,学院之间、学科之间要有共享的意识,搭建共享的平台,只有这样学科交叉才能真正实现,学校的人力资源才能得到最充分的开发和利用。在学院内部,也要打破山头,更要强调资源的统一调配和共享,例如学院的科研用房不是教授的私人财产,要由学院统一调配;再比如系所中心甚至学术团队的科研人员的调用,也不能由某个负责人安排,而要站在学院以及学校的角度上统一调配;学校对院系的经费下拨,学院也应该根据具体情况统一安排,真正实现人、财、物的共享,实现学校有形、无形资产的充分和有效利用。

说到这个“全局意识”,我还想说说两件事情。

一是收费问题。学校规定了各单位所有创收收入都必须纳入学校预算,在学校统一管理、统一核算的前提下,按有关经济政策进行分配。请大家注意,不要认为学院通过办学收来的学费就可以归学院自由支配。学费主要包括学历教育和非学历教育收费两大块。学历教育的收费基本是由学校财务处统一收取,收费标准和程序都是比较规范的。而研究生专业学位和非学历教育的收费目前大部分还是由各办班单位直接收取后再统一上缴学校财务处。对于后面这一块,学校在每年的收支两条线检查中都会发现不少问题。比如,某学院 2003 年办专业学位班,根据学校审批,合计学费收入应为 1700 多万。而该学院为这批学生专门设计了一项奖学金制度,在未经学校批准的情况下自行进行学费减免操作,实际只收了800多万的学费,这就造成了学校800多万的收入损失。去年出台的《中山大学收费管理办法》,明文规定了各类收费项目和收费标准都必须依照规定的程序报批,收费标准一经确定,任何单位和个人都无权擅自修改。

二是合同管理问题。各单位使用"中山大学"的无形资产对外合作、投资、办班、办企业,都必须严格执行《中山大学合同管理暂行办法》的规定,重大合同要报学校财经工作领导小组审批。目前在合同管理方面还存在几个问题:一是签订合同没有经过必需的审批程序,擅自以院系的名义对外签订合同;二是对合同条款没有认真审核,条款不完善,存在明显的漏洞,甚至还有损害学校权益的条款;三是合同合约期过长,导致潜在风险。这些问题随时都有可能导致学校的经济损失和名誉损失。合同管理办法中提到,未按规定报批、审核、备案,擅自对外签订合同给学校造成经济损失的,负责签订合同的人员必须承担相应的经济和法律责任。因此,希望各单位对待合同一定要慎之又慎,最好能在签订合同之前找一些专业人士把关。目前,校长办公室已设立了法律事务室,学校各单位一般性质的合同的审核可以递交校办的法律事务室,并通过他们向法律顾问咨询审核。当然,涉及财务问题等专业性很强的重要合同时,还要请学校的财务部门以及其他相关部门所聘请的专门法律顾问来进行审核。

学校规模的日趋扩大和多校区的管理模式对我们在优化资源配置、控制办学成本等方面提出了更高的要求。现实迫使我们应该采取可持续的长远战略去规划学校的良性发展。大学管理中的成本观念应该深入人心,特别是中层管理干部和各级管理人员,不管是在哪个部门从事何种性质的工作,都应该在工作中注重培养成本观念,重视各种"浪费"现象,优化资源配置,培养规范意识和全局意识,建立健全规章制度,只有这样,学校的长远发展才有根本的保障。

(2005年11月29日在2005年中山大学财务工作会议上的讲话)

三、学科建设、科学研究
与服务社会

学科建设是大学发展的生命线

在学科建设方面,我们有"一个龙头、两个强调、三个注重"的提法。"一个龙头",即以重点学科建设为龙头,带动全校学科建设;"两个强调",即基础研究强调国际学术前沿和国际学术水平,应用研究强调解决国家和地方的重大问题,为经济建设和社会发展服务;"三个注重",即注重凝炼学科方向,注重汇聚学术创新队伍,注重构筑学科交叉的高水平学科科研平台。

(2006 年 11 月 18 日在第六届教代会第四次会议上的讲话)

对于中山大学未来的发展来说,最核心的问题就是学科建设,学科建设在高校中的重要性是无论怎么强调都不会过分的。要明确我们将来前进的方向,最关键的还在于如何规划我校的学科发展,明确我校学科建设的目标。

学科建设是学校建设的核心和龙头,是大学发展的制高点,是衡量一所大学学术水平和知名度的重要标志,可以说,世界一流大学都是从学科建设开始形成优势的,没有一流的学科就没有一流的大学。大凡世界一流大学,都拥有一批一流水平的学科,其显著特征就是学科门类齐全,基础学科强大,交叉和跨学科多,注重学科之间的交叉与综合,并且重视基础学科的发展及它们对应用学科的重要作用。美国加州理工学院在 1999 年美国大学评估中,排名第一,胜过老牌的哈佛大学和麻省理工学院,其主要原因就是实验物理和航空技术两个学科有着世界一流的水平。而如果不时刻关注世界学科发展的前沿,加强学科建设,那么,即使是老牌的世界一流大学,也会有下滑的趋势。例如英国牛津大学,最近就有下滑之虞,原因即在于在现代经济社会中学科的优势已不再明显,美国的霍布金斯大学也是一个例子,它是一所老牌大学,美国大学中的第一个研究生院就诞生在这所学校,但由于没有一流的学科,大学的地位也就随之下降了。

所有经验都表明,学科建设是大学发展的生命线。只有狠抓学科建设,建设一批具有世界一流水平的学科,造就一批站在世界学科发展前沿的学术大师,取得一批重大的理论和高新技术研究成果,培养一大批高质量的人才,我们的大学才可能在日益激烈的竞争中立于不败之地,成为一流的研究型综合性大学。

要有大局观

要改变我校学科建设的落后局面,最重要的就是观念的更新。我们首先应该牢固地树立起办一流学科的意识,要有一种争创一流的气概,不要有那种满足于做岭南老大,小进即满的保守思想,要树立大局观,树立宏观的、开放的观念。

我们要走出去,密切关注国际学术前沿的发展情况,我们的学者要努力走到国际学术主流的位置,与国际一流的同行科学家进行交流,也只有进入了国际学术的主流圈,我们的学术水平才会得到更快的提高。不要因为有了博士学位,有了副教授、教授的头衔,说话的口气就大了,我们应该经常扪心自问,我们有没有到国际学术主流圈中去开展学术交流的勇气,有没有立足于国内学术主流圈中的本钱。如果出了广东甚至出了广州就没有了名气,那他就必定不会是一流的学者,也必定不会成为我们的学术带头人。

观念的更新和转变带有根本性和全局性,只有在学校各个层次都树立起做一流学者，创一流学科的观念，我们才可能描绘出新世纪中山大学学科发展、学科建设的宏伟蓝图。

要有学科的规划

学校的各个学科，不能无目的地发展，放任自流，自生自灭，要在全校各个层次树立起学科规划的意识，站在全局的高度，根据国家经济、社会发展的要求与科学发展的趋势，对学科的总体布局作出规划。

明年新增预算中的大部分将用于学科建设。但是，学校对学科的投入绝不会是平均用力的，一定会选择重点，对部分学科作重点投入。没有重点就没有政策，学校的政策就是要扶植重点。我们希望通过这一政策，引起各院系、各学科点对学科规划的足够重视。各一级学科都应该考虑选择若干个二级学科，各二级学科选择三四个研究方向，作好本学科的规划，为争取学校的重点投入作好准备。对于最终确认的优势和特色学科，学校将从政策和资金上给予较大强度的重点支持。

各学院的院长、系主任，应该在本院系的学科规划中起带头作用，要树立全局的观念，要以院长、系主任的身份而不是以研究方向的带头人或一个普通教师的身份去作本院系的学科规划。如果只看到自己所在学科的发展而忽略了整个学院（系）学科发展的大局，或者虽然注重本学院（系）的学科规划，注重对外拓展，但却不能注意各学科带头人的作用，都将影响到学科规划的大局，这两种倾向都应引起我们的注意。

提倡科研人员协同攻关

学校水平的提升，归根到底是科研水平整体的提升。科研水平的提升关键是要看我们承担的重点、重大科研项目的数量，能够承担这样的项目，就意味着我们能够抢占国内乃至国际学术的制高点。而要承担重大、重点的国家项目，就需要一批有组织能力的学科带头人，组织科研人员的协同攻关。

要有效地组织科研人员协同攻关，学校的政策导向就不能迁就客观的存在而缺乏积极的引导。我们在制定职称评定政策时,不能过分强调论文第一作者、独立完成;在评估科研成果时,也不能过分强调第一主持人,因为这样会使科研人员片面地追求独立完成科研项目,甚至哪怕做"鸡首",也不愿做"牛尾",也就会造成我校的科研总量不足,缺乏重大、重点项目。项目是学科建设的载体,实践证明,只有通过大项目的研究,才能出大的成果,获大的奖项,培养和锻炼高水平的学者,提高学科的整体水平。今后,学校将制定有效的政策,引导和鼓励老师们联合起来,形成合力,协同攻关,争取大项目,在科研水平和质量上取得新的突破。

学校还要采取措施,有效地动员校内各种科研资源,例如科研用房就是一种重要的科研资源,我们要对科研用房作更合理的分配,对重点攻关项目,要优先予以保证。同时,我们要更加重视把研究生作一种科研资源来使用,树立这样一个观念,就是:研究生不仅是受教育的对象,而且还是重要的科研力量。现在我校研究生参与学术科研的能力还很弱,科研水平明显不高,而且对研究生作为科研力量的动员还很不充分。近年来,我校的研究生规模得到了跳跃式的发展,今后,我们还将进一步扩大研究生的规模,花大力气改善研究生的培养条件,同时提高对研究生的要求,对获取学位的条件作更严格的要求。只有要求提高了,我校研究生的培养质量才会得到真正的提高,我们至今还在讨论研究生在学期间是否一定要发表论文。我想,这个问题到今天应该有一个结论了。

(2000 年 12 月 22 日在中山大学"三讲"
教育工作总结大会上作的学科建设动员报告)

学科布局是个动态过程

对于中山大学这样一所国内知名的重点大学而言,学科建设是无论怎么强调也不会过分的,因为学科建设是我们学校的生命线。说到学科建设,我们往往会首先想到一级学科、博士点、重点实验室等的申报,其实学科发展的重心,学科建设的本质在于建设。所谓建设,就是要从中山大学的长远发展出发,就是要有全局的观念,就是要主动地寻找学科的增长点,调整学科布局。

大学的学科布局是一个不断调整、不断建设的动态过程,这个过程是没有终结的,因为科学会不断发展,社会将不断进步,新的学科必定会随之不断出现。从某种意义上说,学科建设与学科布局的调整,是一所大学永恒的话题,也是每一任大学校长都必须考虑的一项最重要的工作。中国的高等教育正处在一个高速发展时期,过去我们大家都无法预见中大现在的学科布局,现在我们同样也不可能为将来中大的学科布局定一个框框。我们所应该做的,就是要不断关注科学的发展、社会的进步,根据学校的实际情况,因应时势,调整和规划中山大学的学科布局,并尽可能保证我校的学科布局在一个较长时期内的稳定。

近年来,学校复办了心理学系,组建了传播与设计学院、药学院,重组地球与环境科学学院,成立了环境科学与工程学院、地理科学与规划学院以及地球科学系。目前正在筹建工学院。这些新学院(系)的成立,并不是一时的冲动,而是为了适应科学和社会的发展,基于学校长远发展的全面考虑的。

我们经常说要"做强做大"中山大学,学校在"做强做大"方面的基本想法是:做强存量,做活增量。这其实就是一个学科的布局问题。现有的各个学科,以内涵发展、提高水平为主,增量部分以发展广东经济建设急需的应用学科为主。上述新组建的学院(系),可能一开始并不能看到多少博士点、重点学科,但它们的存在,将会对中山大学今后的发展产生深远的影响,这一影响将会随着时间的推移而日益突显出来。

以工科的发展为例。经过多年的发展,我校有许多新兴的工程技术学科在理科和医科的基础上得到了较好的发展,但是,与兄弟院校相比,我校的工科还是比较弱的,这是我校学科布局中的一个缺憾。近年来,学校一直在探讨组建工学院的可能性。最近,校党委常委会已正式决定,筹建中山大学工学院。工学院将设于广州东校区,它将成为东校区的一个显著特色。工学院建设的指导思想,也是"做强存量,做活增量",学校原有的一些工程技术学科,暂时不动,工学院的组建则着眼于引进新的学科,引进新的人才梯队,在增量上下工夫。工学院将以科学研究和研究生教育为主,从高端做起。工科的发展有一个起点问题,我校发展的工科并不是传统意义上的工科,我们要发展的是以软件与信息技术、材料与能源技术、生物工程技术等为代表的,以高新技术为特色的新兴的工程技术学科,同时,我们还将发展产业与技术评估、工业设计等交叉学科。我们相信,在新的空间,坚持高水平、高起点建设,联合具有研发能力的大企业,建设高水平的实验室,大力引进杰出的学术带头人,我校的工科将在新起点上有一个较大的发展,中山大学也将成为一所真正意义上的综合性大学。

调整学科布局的过程同时也是队伍建设的过程,或者说,学科建设的实质,归根到底还是人才队伍的建设。一个学科的成长、一个新的学科增长点的出现,关键还在于人才,尤其是杰出的学术带头人。学校将继续花大力气培养和引进学术带头人,也就是我常说的领军人物。有了领军人物,就可能出现新学科增长点,就可以聚起一批人,拉起一支队伍。有了科研团队,就会有影响力,就会有成果,就会有科技成果的转化。

大家都知道,中国高校的科研存在着一个普遍现象,就是"星光灿烂,缺少月亮"。高校的教师多多少少都会有一些科研成果,但是重大的标志性成果往往不多,这种现象的出现与高校分散的科研组织形式是密切相关的,尤以理、工、医科为甚。事实证明,要出高水平的科研成果,必须依靠科研团队。目前,从国家到地方都十分重视科研团队的建设,我校同样也是如此,学校提倡以二级学科为基础(医科方面有的学科以三级学科为基础)组建研究所,正是基于组织科研团队的考虑。这些研究所应该是学校科研活动最基本的组织形式,每一位教师的科研活动应该在研究所的框架下开展,而教学活动则由学院统一安排。

所以我们的人才队伍建设，最关键的是人才梯队的建设，要考虑到科研团队的组建。我们当然鼓励各位教师都有自己独立的见解，拓宽研究的方向。但是一开始，如果还不能树起一面大旗，组织一个科研团队，就应该先考虑成为某个科研团队的一分子，为团队拿出高水平的科研成果作出贡献。这一点对于理、工、医等学科来说可能会更为突出。

人才队伍的建设与学科布局的调整息息相关，人才引进必须有利于学科的发展和学科布局的优化，切不可盲目引进，希望各学院在人才培养和引进的过程中充分考虑，这一点事关中山大学的长远发展，不可等闲视之。

（2003年7月3日在中山大学第六届教代会上所作的工作报告）

找准方向，抢占制高点

科研和学科密不可分，科研是学科建设的推动力，学科建设是开展科研活动的基础。

学科建设的关键是凝练学科方向。我们要求学院在任期目标中，一定要凝练出学科发展的方向，因为只有确定了学科发展的方向，才能根据方向组建队伍，搭建平台，组织科研活动。凝练学科方向不但要根据学科的现有基础和优势提出科学问题，还要考虑国家和地方的迫切需求，要与国家的中长期发展规划、地方政府中长期发展规划密切结合，形成有效对接，为社会提供服务。还要强调的是，"十一五"马上过去了，国家"十二五"计划的筹备工作已经开始，我们的院长、教授有没有一个全面的考虑，"十二五"期间想做什么、怎么做，这些应该提到议事日程上了。

科研的关键则是解决科学问题和掌握关键技术。我认为，大学的科研实际上面临两方面的要求：对学校而言，我们希望科研与学科发展的主要方向保持一致，这样科研就能进一步支持学科的发展；对社会而言，我们希望科研能与社会需求结合，能对行业造成影响，为社会提供服务。对学科来说,解决科学问题是首要任务;对社会、行业来说,掌握核心技术是首要任务,因此,这两者都是科研的关键。

在科研方面,一定要抢占制高点,解决科学问题或者掌握核心技术就是这样的制高点。只要抓住其中一项,学科乃至学校的地位就都有了。一位院长曾说某个领域的科研项目竞争太激烈。我回答说是因为你没有掌握关键的核心技术。没有关键技术很难占领市场,靠公关拿来的项目并不值得高兴,特别是一些横向项目,不能只看经费,还要看水平,看是否有关键技术。作为学校科研的旗帜,我希望教授们要在科研中着眼于解决科学问题和掌握关键技术,这将是应用学科的真正出路。

总之,学院编制任期目标时应认真考虑学科与科研的关系。在学科方面,如何凝练出既兼顾现状,又具有前瞻性的方向;在科研方面,要解决什么科学问题,掌握何种关键技术,重点攻什么,关键技术的突破点在哪里等等,这些问题需要院系和各位教授认真思考。

(2008 年 12 月 26 日在 2008 年中山大学科技工作会议上的讲话)

以国家需求为科研的立足点

对于中山大学的办学方向,我深深地感到了一种压力。虽然我们一直在强调学校的总体定位和建设目标是"国际水平,国家需求",即学校各个学科的研究方向和建设目标应该是国际水平的,但是其立足点则应该在于解决国家尤其是广东省的地方经济建设和社会发展的战略需求,但是参照一些兄弟学校的工作,我们还有比较大的距离。我们必须在办学方针上明确提出,中大就是要将国家和地方经济建设和社会发展的实际需要作为科学研究的立足点,要努力做到数量扩张与质量提升并重,积极争取大项目,形成大成果;做到个体间自发合作与学校有组织的合作并重,努力组织大团队,构筑大平台;做到校市之间项目合作与长期战略合作并重,着力构建合作新体系;做到适应性合作与导向性合作并重,努力增强合作的主动性,树立中大服务国家和地方的新形象。

中山大学的教授要放眼校外，要关注社会、关注民生，要将研究的立足点放在解决国家尤其是广东省的经济建设和社会发展的战略需求上，这是我们学校要长期坚持的一个方针，也是我们应该坚持的办学特色。

（2006 年 12 月 8 日在学院院长及有关学科带头人工作会议上的讲话）

我们的高等教育现在确实是处在一个前所未有的大好发展机遇之中，但我们千万不要忘记，我们用的是纳税人的钱，这些钱用得越多，就越要在心中记着国家的发展，就越要牢记我们身上的责任。

以往我们谈学校的学科布局调整，谈提高科研水平，谈科技成果转化，都是首先站在学校发展的角度的。我想，现在我们应该换一个角度，来看看我们的发展方向是否可以与国家的发展方向联系起来。

这次在北京，一位广东省领导对我说，我们的农业、我们的农村、我们的农民实在是太需要科学技术的支撑了，例如水产养殖技术，例如农产品的深加工技术，例如农产品（如荔枝）的保鲜技术等等，有时候，只要"一条鱼"、"一只虾"就可能救活一个县，一种新的、具有市场前景的水产养殖技术一旦得到推广，就可以使农民脱贫致富。

与海洋和农业相关的科技发展对农民的脱贫致富有着直接的意义，而这方面正是我们学校的强项。我们学校的生命科学学科一直以来就有着服务民生的良好传统，20 世纪 30 年代丁颖教授的水稻栽培技术，新中国成立后蒲蛰龙教授的生物防治技术都曾造福天下。在"三农"问题成为中国发展"重中之重"的今天，我们的生命科学技术理应为此作出更大的贡献。我校生命科学学科的发展，已经说明中山大学是有能力为国家的发展、为国家"三农"问题的解决贡献自己的力量的。这是我们义不容辞的责任。接下来，学校将继续高举大农业这面大旗，继续与广东省保持密切的接触，了解广东农业的发展过程中的需求，及时调整我们的学科方向，使我们的学科建设更好地服务于地方的经济建设和社会发展，不辜负国家和广东省对中山大学的厚爱。

最近，我在《南方日报》上看到了《2003年广东省关键领域重点突破项目招标揭标公告》，在这些中标项目中，我校作为主投标方中标的项目有四个，以第一参与单位中标的项目也有四个，是中标最多的高校。这是我校近几年来强调学科布局调整的结果，是我校为地方经济建设服务能力进一步提高的一个标志，同时也说明，除了上述大农业领域以外，我校能够为国家全面小康作出贡献的领域还有很多，我们应该做和能够做的事情还有很多很多。关键是中山大学要以国家发展的需要作为参照系，来调整我们的学科布局，使学校自身的发展与国家和民族的前途紧密地结合起来。

（2003年11月26日在中山大学科技工作会上的讲话）

大学既是象牙塔，也是发动机

现代大学自产生之日起，就有着自己独特的职能，总结起来，不外三点，一是培养人才，二是科学研究，三是服务社会。这三大职能，总结起来容易，但如何在大学的实际运作中使这三者保持恰当的平衡，却不是一件容易的事情。

在很多时候，我们都感到，大学是必须与社会保持一定的距离的，因为大学是教育的场所，是学术的中心，是传授知识、创新知识、研究学术的地方，大学应该坚持学术的自由，不能受到社会太多的干扰。现在有一种观点，说大学已不再是"象牙塔"，我认为这种看法有些片面。上个月，在北京召开了第三世界科学院第十四届院士大会，丁肇中先生在会上作了主题演讲，在演讲的最后，丁先生说："我们听到这样的辩论：'无用的'基础科学研究我们是否支付得起？资源是否应集中在技术转让和应用研究上？历史地看，后面的一种看法是很短视的。如果一个社会只把自己局限在技术转让上，那么很清楚，过不了多久，在基础研究不产生新的思想和现象的情况下，那这个社会就没有什么再好转让的了。总而言之，科技发展深深扎根在基础研究之中，如果没有对基础研究和教育的投入，经济发展是不能持久的。"这一段话，对基础理论对于社会经济发展以及大学的意义作了十分精彩的概括。一所大学如果没有了基础研究，丧失了与社会保持一定距离的"象牙塔"的功能，也就将不成其为大学，这也是为什么在现阶段，我们还是要坚持 SCI 尤其是影响因子导向的原因所在。我们考虑问题，制定学校发展的政策，必须把自己放到一历史的长河中去，我们应该保持清醒的头脑，在一定的历史时期强调一个方面的时候，决不能以否定另一个方面作为代价。所以我们认为，大学既是象牙塔，也是发动机，它必须是学术的殿堂，是一块净土，但同时它又必须对社会有所贡献，成为推进社会经济发展的一种力量。如何使这二者统一起来，是我们这些大学中人必须考虑的问题。

我们或者可以作一个这样的界定，就是大学应该在保有一个"象牙塔"般的性格的同时，培育自己为社会服务的能力。换句话说就是，既然社会给予了大学从事知识传授和知识创新的期待，作为大学，就应该以更为审慎的态度，去关注人类的命运、社会的走向、经济的发展，自觉地服务于社会，回报社会。我想，这应该就是广义上的大学所应肩负的社会责任。

目前的中国，经济发展是第一要务，高速发展中的中国需要大学为之提供社会经济发展的动力。我们大学的发展不能仅仅考虑到自身的完备，我们必须把自身的发展与国家的发展紧密地结合起来，站在国家和民族的高度去考虑问题，这就是大局观。

我们这些生活在大学里的人，是中国改革开放二十多年伟大成果的受益者，无论从社会地位还是从经济地位而言，以前所谓"做导弹的比不上卖茶叶蛋的，拿手术刀的比不上拿剃头刀的"这种脑体倒挂的现象已经成为过去。我想，在这样的状况下，作为一个学者，我们更加应该强调我们的责任心，我们应该对国家和民族有所担当，只有这样才会对得起国家给的这份工资，才会对得起自己的良心。我们决不能只顾自己过着已超过小康水平的生活而对民间的疾苦不闻不问，躲进小楼自成一统，我们的科学家应该更加深刻地意识到自己的科学研究所应承当的社会责任。我觉得，大学担当更多的社会责任，是一种精神，一种勇于承担的责任感和为他人服务的贡献精神。这种精神对于大学尤其重要，因为这种精神体现了大学对人类终极价值的关怀，对高品位文化的蓄养和对理想主义的追求。我觉得，我们常常说的大学精神，其中应该包括这种责任感。

说到要承担服务社会的责任，就涉及一些具体的操作层面的问题，我们应该以什么样的科技成果去服务社会呢？我们应该以一种什么样的科研管理体制去促进高水平的科技成果的产生呢？我们应该以一种什么样的模式去转化科技成果，服务于国家经济的发展呢？所有这些，都是我们必须考虑、必须解决的问题。

在这里，我还是强调三个字，就是"干大事"。在学校的层面，我们要强调科研团队的组织，强调团队精神。科学发展到今天，几乎所有重大的突破都不可能凭一己之力，而是要靠团队来完成的。国家自然科学基金委员会在全国范围内选拔科技创新团队，也正是基于这样的考虑。目前，我们学校已有许宁生教授和杨培增教授两个团队入选。今年，以许宁生教授为首席科学家主持的"973计划"项目获准立项，这也是我们一直强调科研团队建设的一个重要成果。今后我们还应该继续往这个方向努力，学校的科研将以重大项目和重大成果为工作重心，强化项目的组织和服务，力争使学校的科研团队的建设更上一个台阶。只有团队才能干大事，才能出高水平的科技成果，这一点，我希望在全校达成共识。我们要在提倡营造宽松的学术氛围的同时尤其强调科研团队的建设，我们的教师，尤其是理、工、医科的教师，应该明确这一方向，与其一个人小打小闹，不如加入到一个团队中去，共同去完成大项目，实现大成果。

要更好地服务社会，选题十分重要。我们学校有些老师也在发论文，也在做项目，但他们的一些工作可能还停留在对学生的科学训练和跟踪研究的层面，我想，这样的论文和项目对科学发展和社会进步大概是不会起什么作用的。这一点,应该引起我们足够的重视。我们的科技工作,如果是基础研究,应该是有利于科学进步的;如果是应用研究,应该是有利于社会经济发展的。我们应该认真地关注科学研究的起始阶段,这就是选题。这也是为什么我们要不断地强调科研团队建设的原因所在,因为一个高水平的科研团队,在课题的选择上将会更加审慎,更加富于科学性和前瞻性。

在科学研究中,我们还要强调科研的产出。中国还是一个发展中国家,我们是穷国办大教育。国家在并不富裕的情况下,不断地加大对科技的投入,对我们高校科技人员来说,既是一个发展的机遇,同时也意味着责任与义务。不能不看到,在我们学校还是有个别的老师,在跑项目的时候是十分积极的,但项目到手,就往往应付交差了事,科技的投入与产出,在这些老师那里是不成比例的,这在某种程度上也影响了学校的声誉和科技工作的持续稳定发展。这种情况的存在,从小的方面说,是个别人的工作态度问题,从大的方面说,则是一个学者的人品乃至丧失科学道德的大问题。我们要建立一些制度,尽可能地减少乃至杜绝这类情况的发生。我们要大力地倡导科技人员沉下心来,潜心学术,做基础研究的,要力争获得突破性的进展,有所创新;做应用研究的,要力争早日将自己的成果转化为生产力。总之,我们应该扎扎实实地做事,认认真真地做大事。要记住,我们正在用着纳税人的钱,我们理所应当要拿出像样的成果来。这正是我们对国家和民族的责任所在。

(2003 年 11 月 26 日在中山大学科技工作会上的讲话)

提倡优雅的态度

在学科的规划中,要注意处理好基础学科与应用学科之间的关系。中山大学之所以成为一所名牌的综合性大学,是几十年来文理基础学科的发展所铸就的。在现阶段,我们当然要强调发展那些能够直接为国家经济建设服务的应用性学科,但这绝不意味着会对基础学科有丝毫的忽视。无数经验表明，没有领先的基础学科，就不会有领先的应用学科，基础学科的作用，就在于它是基础。基础研究的水平是衡量一所大学是否高水平大学的标志之一。在大学的学科建设问题上，我们应该有一种"优雅的态度"，切不可急功近利。

在基础学科与应用学科的关系上，我们必须克服任何可能存在的偏废的倾向，因为它们二者的的确确是相辅相成，缺一不可的。没有应用学科，大学对于国家经济发展的意义就无法显示出来；但如果没有高水平的基础学科，也就不会有真正高水平的应用学科，在这二者之间应该求得一种不相偏废的平衡。

今后，学校将在巩固和提高原有基础学科的前提下，根据科学的发展和国家经济、社会发展的需求有选择地布局一些新兴学科和交叉学科。

（2000 年 12 月 22 日在中山大学"三讲"
教育工作总结大会上作的学科建设动员报告）

首先，科学研究必须与国家需求相结合。一直以来，国家都在强调，科技要为经济社会发展服务，为人民服务，科技工作者要勇敢担负起提高自主创新能力和建设创新型国家的战略任务和历史使命。对此，我的理解是，科技必须服务国家需求，国家需求既有国家科技发展的科研需求，也有国家经济社会发展的技术需求。因此，大学的科研工作，不能为了研究而研究，必须服务国家科技发展，服务于国家的经济社会发展。作为研究型大学，必须开展服务国家需求的科研工作。就我们学校而言，我们既要建设基础学科，更要建设应用学科；我们既要搞基础研究，更要开展应用研究和科技成果转化，服务社会，造福民生。从整体布局上来，院系必须考虑基础研究和应用研究工作的问题，但不应划定张三搞基础研究，李四搞应用研究。我们既要组织力量开展国家需求的科技工作，也应尊重少数教师的研究爱好。这样大学才会有大学的科研特色，才能作出原始创新。

其次,有必要重新审视我们的科研评价体系。因为应用研究是以解决国家经济社会发展中面临的共性、关键性技术为目标,其评价不同于基础研究。因此,我建议学校人事部门、科研管理部门是否应该重新审视并完善我们的科研评价体系,从而进一步促进应用研究的开展和科技成果转化工作。

　　再次,应用研究的组织方式和管理模式也不同于基础研究,相关管理部门应该树立新的理念,采用新的组织形式和管理模式,推动应用研究和科技成果转化。科研管理部门要根据国家,特别是广东省的重大需求,整合学校的优势资源组织申报课题,而不是根据科技人员的研究爱好组织课题。人事管理部门也要在人才引进、专职科研编制等方面优先支持承担国家重大应用项目的课题组。设备管理部门要研究、解决承担应用研究项目课题组的设备产权与异地使用问题。这样,我们学校才能营造出有利于开展应用研究的科研氛围。

　　基础研究可以提高学校的国际影响,而应用研究则能够增强学校的国内显示度。中山大学作为研究型大学,必须解决国家需求的问题,解决国家经济社会发展中的科技问题,这就是大学的社会责任。因此,我们的科技人员也必须首先考虑并积极参与解决国家需求的重大科学问题,这其实是体现了科技人员的社会责任感。所以,我希望各个院系要根据国家需求组织力量参与重大科技专项,这样你的科学研究才能进入学科发展的主流,才能满足国家需求,才会有显示度。

（2008 年 12 月 26 日在 2008 年科技工作会议上的讲话）

"零代价"转让

　　说到服务社会,一个无可回避的问题就是我们应该如何使我们的科技成果转化为生产力。科技成果的转化工作在我们学校可以说是年年讲,月月讲,在这方面,经验和教训都很多。现在,我想我们可以为我校的科技成果转化工作定一个调子了。本届行政领导班子上任之初，我们就定了一个规矩，就是学校不会自己投钱去办企业，尤其是不能把主要的精力放在办企业上，因为学校最主要的任务是培养人，是科学研究。学校的主体是教师，是学生，他们都不应该是商人，办企业是我们的弱项。

为了促进我校科技成果的转化，我们与广州市海珠区合作办起了大学科技园。我校的科技园由"一园三区"组成，在校内的科技园大楼，主要承担孵化器的功能，科技园中产业的发展将进入海珠区的产业园区。随着科技园的发展，相信我们的科技园中也将会出现一批标志性、示范性的高新技术企业。在现阶段，我校的科技成果转化工作最重要是"转化"，而不是"产业化"，产业化的过程应由企业去完成，他们是行家。在这一方面，我们必须保持理智、清醒的头脑。我们也不鼓励教授自己去办企业，相对于科学研究而言，经营一个企业不是我们教授的强项。

我想科技成果转化工作，一个最理想的模式就是以知识产权在企业中占有股份，而不去参与企业的经营，教授们的主要精力应放在科学研究和技术创新上，科技成果转化了，他服务社会的作用也就起到了。当然我们也不能排除有着经营天分的教授的存在，这样的教授或者也是可以成为一个经营者的，但这应该只是个别的，不能成为我们的总体考虑。也有一些教授的科技成果出来以后，往往因为待价而沽，价格不合适，总是找不到买主，最后转化也就成了一句空话，科技成果也只能留在实验室中，这是极大的浪费。

针对这个现象，我想我们是否可以提出一个"零代价"转让的概念，要知道这些科技成果的产生用的都是纳税人的钱，以"零代价"转让，也是我们学校回馈社会的一种方式。以这种方式转让的科技成果，应保证教授自身的知识产权在其中占有股份，而学校可以少要甚至不要回报，学校关注的是成果转化的社会效益。科技成果的转化工作是大学回报社会、服务国家的一种重要形式。我们应该不断地探索各种可能的途径,把这项工作做得更好。

（2003 年 11 月 26 日在中山大学科技工作会上的讲话）

给横向项目以"国民待遇"

我们关于科技管理体制的观念要更新。合校已经两年,合校之初,我们就强调要重视学科之间的交叉与融合,这一点,我们还要继续强调下去。这种交叉与融合,是存在于学科间的各个层面的,包括文、理、工、医的融合,也包括医科内部临床医学与基础医学的结合。学科的交叉与融合不能仅仅停留在号召上,现在我们应该在制度的层面,做一些实质性的工作,采取一些可操作的措施,来推进这种交叉与融合的过程。前些日子,我校召开杰出青年科学基金获得者座谈会,有附属医院的学者提出,他们在临床方面很强,但在团队中缺少从事基础医学研究的人才,希望学校能够帮助解决。医院需要赢利,基础医学研究的重要性,院长当然是认识到的,但如果这方面的研究人员太多,确实也有些勉为其难。因此我提出,在杰出青年科学基金获得者团队中从事基础医学研究的部分人员,是否可以算学校的编制,由学校发工资,医院负责他们的奖金,以此来帮助他们科研团队的建设,也考虑到了医院的难处,当然也为基础医学与临床医学的结合做了一件实质性的工作。又例如,基础医学院一直反映他们的生源不太理想,因为对于医学生来说,从事临床医学的研究、做一个医生当然更有吸引力,这也是可以理解的。我想,是不是可以考虑鼓励校内与基础医学相关学科如生物、化学的优秀本科毕业生报考基础医学的研究生,这当然是一个促进学科交叉与融合的好路子,但这就要求我们的研究生招生体制要适应这一变化和发展。

提到科技管理体制的观念更新,又让我联想到了我们的科技成果的评价体系问题。科技成果的转化确实是在全面建设小康社会的进程中,我们大学对于国家、民族的责任所在,所以我们可以说,在今后的很长一段时期内,强调应用学科的发展,强调科技成果的转化将是我校科技工作一个重点，这也就是为什么我们要花大力气组建工学院，花大力气调整学科布局的目的所在。但我们中大在传统上是一所以文理医基础学科见长的大学，在以往的科技成果评价体系中，我们更关注的是论文，是纵向的科研项目，而对于直接面向应用的横向科研项目，我们的许多教授是看不起的，认为这是低水平的，不能叫做学问。这种倾向当然还是有其合理性的，关注科学的进步，崇尚高水平的学术论文当然是重要的，但在现在的世界，现在的中国，我们不能不尤其重视科学技术直接面向民生，所以，我们也就有必要调整评价的标准，我们的眼光不能仅仅盯着学术论文，对于横向的科研项目，我们应该在校内给予足够的重视，也就是说，要给横向项目以"国民待遇"。我想，只有这样，我校的科技成果转化工作才可能在根本上得到一个大的发展。

（2003 年 11 月 26 日在中山大学科技工作会上的讲话）

大学要有服务社会的使命感

众所周知，服务社会是现代大学的三大功能之一，然而究竟如何实现"服务"，这里面可能有一些问题需要明确，要走出两个误区。也许有人认为，服务社会是应用研究的事情，基础研究从事"自由探索"的工作，无法也不必服务社会。我想，这是第一个误区。基础研究并不仅仅是根据研究者个人兴趣而进行的自由探索，我们鼓励教师理论联系实际，研究国家和地方经济社会发展中的重大实践问题，基础研究可以而且也应该瞄准对国家和社会有重要作用或重大意义的问题。因此，所谓的"自由探索"并非是无目的的研究，为发表而发表的学术论文是没有意义的。真正有责任感的学者应该懂得把自己科学研究的兴奋点与社会发展、人类进步联系起来，他们能够持之以恒，因此才能作出真正的贡献。也有人把服务社会仅仅停留在个人拿一些课题、到各地讲讲课的层次上，这是第二个误区。争取课题和讲课当然也是服务了社会,但是对我们中大这样的大学来说,还远远不够,我们服务社会应该有更高的要求,发挥更大的作用。我的看法是,我们为地方服务,应该是高层次、有明确定位的,应该是面向行业和专业领域的。

对于应用理科来说,为社会服务,就是要能够面向行业解决关键技术。前些日子我参加了广州市的一个座谈会,我告诉一位市领导,学校正在筹备成立电子通讯研究院,并准备研究汽车电子。他说,为什么不研究船用电子,广州的造船业很发达,但是船用电子领域却缺乏新的技术支持。对此我感触很深,的确,如果我们建立了针对行业的研究平台,并深入下去,解决行业中的关键技术,就是具有指导意义的贡献,而且也很容易在全国拥有地位。我想,这就是我们服务地方应该坚持的一个方向。其实,学校成绩显著的几个学科领域走的就是背靠行业的路子。例如,对虾、生猪养殖领域,平板显示技术领域,数字家庭技术领域等等,都是在为行业解决关键技术,所达到的水平不是广东水平,而是国家水平,甚至是国际水平。

对于人文学科来说,为社会服务,就是要为解决重大实践问题贡献思想发明。要有针对性地提出与人类进步和社会发展面临的重大挑战密切相关的新思想、新理论、新方法。我以为,如果只是在本学科内部的逻辑中去寻找研究题目,往往就会画地为牢,学问越做越小;只有从现实世界的实际问题出发,才有可能引申出跨学科的研究,学问越做越大。

对于社会科学来说,为社会服务,就是要在专门领域中胜任行业智囊。这个要求是相当高的,它要求社会科学的教授不能只了解宏观的、一般的规律性知识,而是应当成为既掌握某一专门领域的专精知识,又具有参与实务和决策能力的专家。

对于医科来说,为社会服务,就是要满足民众的健康需求,征服重大疾病。我们的附属医院每天都在诊治病人,这是一种重要的、也是最基本的社会服务。但是,我们说到医科学科建设和科学研究,无论是临床医学还是基础医学,都要努力追求更高的目标,要为人民征服疾病,尤其是要征服那些具有"地方特色"的疾病。陈心陶教授的例子大家都耳熟能详,20 世纪 50 年代,他在广东四会发现了"大肚病"病人,发现了血吸虫的存在,通过十多年对血吸虫病的不懈研究,终于送走了"瘟神"。我想,陈心陶教授作为我国寄生虫学界泰斗和国际著名学者的历史地位,不仅是由于他的学识和聪慧,更重要的是源于他高度的社会责任感,以及身为一个基础科学家却勇于担当征服疾病之使命的眼光,还有超越于书斋实验室之外、亲力亲为、不畏艰辛的学术与社会实践。同样道理,今天曾益新院士的团队围绕鼻咽癌这个广东特色病进行的攻艰式、多层次、理论与实际相结合的研究,以及学校集成基础医学、临床医学、预防医学、生物学,乃至产业研发力量组建的多学科作战,目标明确的热带病防治研究平台等等,都是针对老百姓的健康需求,解决国家尤其是地方面临的重大疾病的挑战。我们都知道,对于文化来说,越是民族的就越是世界的。同样道理,对于征服疾病来说,攻克地方性疑难疾病,也就是攻克了世界性难题。科学问题源于地方,作出的贡献却在于世界。

总之,我们中大的学者要更多地关注社会、关注民生,要考虑将国家面临的重大问题与自己的研究相结合,要将研究的立足点放在解决国家尤其是广东省的经济建设和社会发展的战略需求上,依靠行业为社会服务。这是学校长期坚持的方针,同时也是我们办学的一个特色。

(2007 年 8 月 30 在新教工岗前学习交流会上的讲话)

自主创新重点突破的切入点

服务国家和社会的重大需求不仅仅是学校的事情,更是学者们提升学术空间的重要途径。当今社会面临的问题越来越复杂,需要组织跨学科的团队,运用多学科的知识去解决。这里就有一个文、理、医间交叉融合的问题,已经有人提出,在科学研究层次,已经产生一大批边缘交叉科学或综合科学,被称之为"自然的社会科学"或"社会的自然科学";在工程技术层次,这种融合也体现在"自然的社会工程"或"社会的自然工程"的大批涌现上。当今科学前沿的重大突破,重大原创性科研成果的产生,很多都是学科交叉融合的结果。因此,高校的科研人员应该深入基层,与需求者进行零距离交流,发现需求、满足需求。这是摆在我们的科学工作者、社会科学工作者以及医务工作者面前重要而且急待解决的问题。从整体上说,学校满足国家重大战略需求、为社会服务的能力还需要大大加强。

首先,要认识到争取重大项目的重要意义。重大项目凝聚着相关行业今后发展的方向,对于提升科技水平和培养高层次创新人才具有极其重要的意义。温家宝总理指出,国家重大科技项目和工程要成为凝聚拔尖人才、培养科学家的大熔炉,成为历练科技领军人物的主战场。人们常说,一个千万元项目的意义远大于十个百万元项目,就是因为重大项目往往具有唯一性。

其次,要认识到争取重大项目的紧迫性。按照国家相关部委的工作部署,国家重大项目的大部分安排都将在今年上半年启动。如发改委、科技部、国防的项目等。我们只有主动而迅速地进入,才能抢抓机遇。各学院的领导都要把争取国家重大项目的任务摆在当前工作的优先位置。同时,我们要特别关注四类重大项目:基础研究、前沿技术研究、社会公益研究和"十一五"攻关项目。

我想,争取重大项目主要有两条途径:一是以学科交叉为主,请政府部门支持、参与;二是以企业为主,各学院要迅速建立与企业的联盟。

服务社会,关键还是要注意与企业的合作。目前,国家重点攻关项目已经要求由企业牵头,企业已经成为了科技创新的重要力量。在国家创新体系建设中,也明确要求要建设以企业为主体、产学研结合的技术创新体系,并将其作为全面推进国家创新体系建设的突破口。所以,我希望在这一点上,大家要有这个意识,要注重以行业为背景、与企业合作,以此作为学校自主创新重点突破的切入点。

（2006 年 2 月 28 日在全校中层干部会上的讲话）

"985 工程"与大学的终极目标

国家实施"985 工程",是要在中国造就若干所高水平的乃至世界一流的大学,这是国家对我们大学的希望。目前,我国一批资质比较好的大学也都提出了要把学校建设成为一流大学的目标。但是,什么是一流大学其实并无一定的标准,如果说有标准,大概就是排名,而排名的衡量标准就是各类数字,比如有多少院士、有多少学科排在第几位等等。从中国高校急于摆脱落后、赶超先进的愿望来看,提出这种目标也是不无道理的。但是,我们也必须看到,着眼于排名,就容易过分着眼于目前而非着眼于长远,如果过分地拘泥于各种数字,那大学发展的眼界就无法打开。

通常而言,大学的办学目标应当体现大学的本质,应当反映大学的终极追求。我们认为大学的本质是:大学具有以科学思想为基础的世界精神,大学忠诚于真理的探索,大学总是严肃地批判地把握人类的一些永久价值;而大学的功能则是:要通过学术性的教学(以此区别于职业教育)、科学性的研究和创造性的文化建设,把学生塑造成一个完整的人,从而传承和创新人类文明,并服务于社会。因此,大学的终极目标应该是要使大学成为时代精神的表征,成为社会良知的灯塔,成为学生接受全面素质教育的园地,成为科学创新思想的源泉,成为经济社会发展的思想理论发动机。

这一终极目标决定了大学的建设是千秋万代的事情。大学,不管其文化还是其科研成果,都是需要积累的,大学的进步,是不可能仅仅靠推行几个"工程"就可以达到的,而需要长期的投入和一代又一代人的不懈努力。在我们谋划大学发展的时候,时刻不能忘记这一终极目标。从某种意义上说,因为人类的文明是不断向前的,因而大学的建设和发展也是永无止境的,我们只能通过不懈的努力去追求"更好",但我们永远都无法达至"最好"的境地。所以,我们才会不断地提醒自己,必须要有长远的眼光,目前国家进行的"985工程"建设,实际上就是学校长期发展过程中的一个重要推动力。这样的推动力现在有,将来也一定还会有,关键是看我们如何去把握好这些机会,不断地提升大学的事业。正基于此,我校在实施"985工程"时,不论是已经完成的一期,还是刚刚开始的二期,都有一个总的指导思想,就是切不可急功近利,我们再三强调,"985工程"的建设,关键在于着眼长远。

当然,"985工程"既然是一个"工程",那么就一定会有各种各样的指标,就会有根据这些指标的检查和验收,这些都是可以理解并且必要的,因为我们用的是纳税人的钱,国家既然投入了大量的资金,就完全有理由来检查这个投入的效果,这实际上正是由"工程"这两个字决定的。"985工程"实质上是一所大学得到国家的重点投入进行建设的过程,所以,在进行"985工程"二期建设布局的时候,我们希望所建设的创新平台和创新基地在学科建设、师资队伍、科学研究、人才培养等各方面有较大的提高,整体实力迈上一个新的台阶,为国家和地方作出更大的贡献,为了这个目标我们正在努力做好各方面的工作。但我们同样也清醒地认识到,要使重点建设的平台和基地达到世界一流水平,仅仅四年的建设期是不够的,还需要更长时间的努力。在对待"985工程"所应取得的效果和成绩这个问题上,我们不能急功近利,应该更从容些,我们应该把"985工程"的建设纳入到一所大学的长远发展过程中去,使之有利于大学对终极目标的追求。

(2005年10月14日在保持共产党员先进性教育专题报告会上的讲话)

重点投入要向团队倾斜

国家和教育部关于"985工程"二期建设的总体思路已经决定了此次的经费是对科技创新平台和哲学社会科学创新基地的重点投入,我校在"985 工程"二期建设资源配置上的思路也是如此。涉及学校整体资源配置的时候,我们将重点向科研团队倾斜。

与此同时,我们也知道大学的本质在于包容,大学应该为各类学者提供发挥他们才华的舞台,在大学里,基于各种原因,有部分学者不适宜或不愿意加入科研团队,而习惯于做个人的自由探索,我们称之为"孤独的思考者"。对于这些学者,学校也将给予适度的支持,尤其强调要为他们营造良好的学术环境。

在我校的"985 工程"二期建设中,团队的重要性得到了充分的强调,"985 工程"的资源优先向团队倾斜,强调学科交叉,强调组建大的团队,承担大的项目,出大的成果。我校对三个一类科技创新平台进行了重点投入,已在广州东校区建设了两幢大楼,分别用于广州生物资源和光电及功能复合材料两个科技创新平台,在广州北校区将建设 3 万多平方米的医学科技综合楼,主要用于分子医学科技创新平台。这三幢大楼的建设,是我校"985 工程"二期建设中的一个重要的举措。

上述资源配置原则的提出,是基于我校对通过"985 工程"二期的建设能够在学科水平上有所突破的一种期望。因此,我校在"985 工程"二期建设规划时,提出了创新平台和创新基地建设规划的指导思想,叫做"国际水平,国家需求"。具体而言就是,我们的平台和基地的研究方向和建设目标应该是国际水平的,所谓国际水平,就是强调解决重大科学问题,强调自主创新。但其立足点则应该在于满足国家尤其是地方社会经济发展的战略需求,更具体地说就是,我们所研究的科学问题应该是从满足国家尤其是地方的需求中提炼出来的,例如我校分子医学 I 类平台重点攻关的五种疾病,我们要求在分子水平上克隆出易感基因,希望在理论研究和临床应用上取得大的突破。之所以选择这五种疾病进行研究,因为它们都是严重影响我国尤其是南方人民身体健康的高发病种。目前这一研究已取得了一些阶段性成果。只要是符合国家尤其是地方社会经济发展战略需求的学科,即使目前还不是我们学校的强项,出于大学对于国家的责任,我们也应该在学科规划中适当布局,这是我们坚持的一个方针。在"985工程"二期建设项目论证的时候,我校的这个想法得到了教育部领导和专家组的认同,我校在二类省部级创新平台中专门就地方的需求进行了规划。

我们应该根据上述指导思想不断地努力,建设学科的高峰,尽力取得大的成果。当然,我们也要提醒自己,要心里有数,所谓大的突破,所谓学科的"高峰"并不是轻而易举可以达到的,还需要全校师生的不懈的努力。我以为,这也是一种着眼于长远的观念。

(2005年10月14日在保持共产党员先进性教育专题报告会上的讲话)

积极融入国家创新体系

着眼长远是我们工作的一个指导思想,但如果要落实到现在,我们还是要扎扎实实地做一些事情,要更多地着眼于国家尤其是广东省的需求,着眼于国家创新体系和广东省区域创新体系的建设。我们应该要有一种紧迫感,只有在一件又一件实事积累的基础上,着眼长远才会成为可能。

目前,国家提出要建设国家创新体系,技术创新、知识创新、国防科技创新、区域创新以及中介服务等五个体系组成为国家创新体系。我们目前所要关注的,就是我们能够在上述五个体系里做些什么。事实上,我们高校在国家创新体系的建设中已经落后了,所以我们一定要有紧迫感。

目前,国家自然科学基金一年大约是30亿,现在大学大约能够拿到80%,看起来量非常大,高校的研究力量也非常雄厚。但是,国家自然科学基金的总量在全国科研经费总量中所占的份额是很小的,而且国家自然科学基金的增长速度也远低于全国科研经费总量的增长速度,所以,别说高校拿了80%的自然科学基金,就算是100%又怎么样?最关键的是在全国科研经费的总量中,大学所占的份额在逐年下降,这实际上说明我们大学在整个国家创新体系中的重要性越来越弱了,或者说,在目前的国家创新体系中,大学有可能被边缘化。现在也有一些舆论认为,大学只适合于从事一些探索性的基础研究,而国家创新体系则应以科学院为主。大学如果在国家创新体系中被边缘化的话,要向国家去争取更多的支持是不可能的。在最近一段时期,大学正越来越成为被拿来"说事"的对象,不管是地方官员,还是学者,甚至是普通的社会公众,都站在各自不同的立场对大学发表意见,大学办学的外部环境正变得严峻起来,如果我们大学在国家创新体系中不能争得一席之地的话,我们的外部环境会更加严峻。

创新应该是我们学校首先考虑的问题,我们应该主动地投身到国家创新体系中去,更应该主动地投身到广东省的区域创新体系中去,这是我们的使命所在。我们一定要认真地思考,中山大学在广东的区域创新体系中能够做些什么。我们学校"985 工程"二期的目标提得很清楚,叫做"国际水平,国家需求",所谓国家需求指的就是国家的重大需求,特别是地方需求。在学校的层面,在未来三到五年内,理科科技在应用开发方面,主要目标是"一个新药"——新药或药用基因、"一种材料"——光电材料(显示材料、稀土材料)、"一个标准"——虾健康养殖标准与示范,以及"六项关键技术"——车辆导航与监控技术、水产(鱼、虾)养殖与病害控制技术、水污染控制与修复技术、太阳能光伏技术(并网发电、光伏建筑)、LED 照明系统技术和数字家庭中心技术。这些目标的提出也正是基于国家需求特别是地方需求方面的考虑。

在我们的学科建设中有一个问题是值得研究的,就是到底我们做研究的目的,是发表论文呢,还是解决科学问题?如果你只是以发表论文作为目的,就可能产生学风的浮躁,去拼凑,去造假,去生产学术垃圾。但如果把写论文看做是解决科学问题过程中一个阶段性的记录,那么它就是很自然的,这个论文的水平就是高的。所以大家想一想,究竟我们是在做研究还是在做论文,以做论文为目的和以解决科学问题为目的,会导致两个不同结果。我们还希望院长们在研究科学问题的时候,要重点考虑一下学科的布局,要和"985 工程"二期的规划联系起来。希望大家结合国家的重大需求，结合广东的区域创新体系的建设去考虑我们的学科布局，考虑学校的长远发展。

我最近经常在考虑一个问题，就是我们中大的科研经费的构成是怎么样的。在我们的科研经费中，实际上绝大部分来源于政府，我们还是在拿政府的钱，有些是中央的，也有地方政府的，还有就是地方政府下面局一级的，说到底还是政府给的，真正从企业拿的只是很少的一部分，这一点值得我们思考。为什么会这样？实际上原因很简单，就是企业的钱难拿。企业是要求我们的科学研究要真正地解决问题的，是实打实的，是不能发几篇论文就可以交差的。所以我们希望基础研究和应用研究都要兼顾，我们的眼光要更多地面向企业，这也是国际上流行的一种科技创新的模式。当然我们不能要求每一位学者都要既做基础研究，又做应用研究，但对于一个科研团队来说，你就要有这两方面的考虑，在团队的发展规划上，在团队人员的搭配上，都应该有考虑。我们生命科学学院的教授一直在企业里做着研究，一干就是几年，取得了很好的成果。我觉得这是我们可以借鉴的一种方式，要把基础研究和应用研究结合起来。

我曾与生科院一位著名教授有过多次交谈，收获很大。我问这位教授，我们经常说生命科学学院要高举海洋和农业的大旗，学科建设的链条要和产业链结合起来，要注重食品深加工和食品安全方面的研究。你们学院的食品深加工到底做出了什么？他说，他的团队里有几位年轻的副教授和几位快要退休的老教师，这几位老师，如果说做深层次的基础研究可能不一定合适，但如果做应用研究，以他们的水平却是绰绰有余的，因此，他的团队，给这些老师拨了一些经费，请他们做应用研究，找项目，通过项目来做食品的深加工，取得了很好的效果。我认为，这是一个很好的例子，就是说，说到人才，我们不能只看到领军人物，以往我们认为讲人才，主要就讲学科的领军人物，现在看来，这个观点明显是有偏差的。实际上，中山大学全校的老师都是人才，大家都可以在不同的领域取得各自的成就，关键是他们要有施展才华的空间。所以我觉得我们的人才观应该有所改变，我建议各学院的领导都应该关注这一点，看看在我们的学院里有没有一些不太合适做基础理论研究，但做应用研究、解决某些实际问题则非常有能力的人才。实际上，做应用研究并不是一件简单的事情，它要求我们的学者不仅要有学识，而且还应该具备一种长期在企业第一线工作的毅力和恒心。关于这一点，我想我们都应该深入地思考一下，要从学科建设的角度，从对我们的教师负责任的态度，来考虑这个问题，为各类人才创造发挥他们才干的空间。

上面所说，主要针对理工科和医科，相对而言，这些学科与国家的经济建设联系得更紧密些，那么文科又如何呢？我认为，对于人文社会科学的学科建设，同样也应该提倡面向社会，面向现实问题。最近我和一些文科的教授也有过一些讨论，觉得我们的人文社会学科的教授们还是要注意一条：不要回避现实。我们虽然是在做研究，当现实问题摆在面前需要你去解决的时候，还是应该有所应对的。有的教授可能会认为，我不是"御用文人"，我不能去做那种文章，似乎一做就掉价了。这种想法，在人文学科的教授中可能会更多地存在。我觉得，这种观点也有些偏差。人文社会科学一方面要研究人的精神现象，传承发展人类文明，为社会创造新思想；另一方面也要研究社会现象，为把握社会发展规律和方向，选择社会运作方式提供理论说明和操作方案。对于前者，要求我们必须进行创新性的研究；对于后者，要求我们必须面向现实，研究经济社会发展中提出的重大理论和实践问题，解决国际国内各种复杂的矛盾。这是衡量人文社会科学研究水平和质量的两个基本标准。人文科学和社会科学在研究的侧重点确有不同，但基础理论研究与实践的或应用的研究之间并没有不可逾越的鸿沟。就拿我校的历史学科来说，他们的基础研究水平相当高，得到了学界的公认。但他们在学术研究的国际化方面，在研究方法的创新方面，在不同学科的交叉渗透方面，在关注经济、政治、社会和文化的现实问题方面也都做出了出色的成绩。历史系的做法是值得我们认真思考和总结的，也非常值得在文科各院系中推广。我一直认为，如果说马克思主义是一种科学的世界观和方法论的话,那就是其中有一个精髓,那就是具体问题具体分析。马克思主义在中国之所以可以取得成功,关键就在于它是与中国的具体实践相结合的。任何理论、学说、主张如果不能与具体的社会现实相结合,那他就会被边缘化,也就有可能会随着社会的进步和发展被淘汰。回顾20世纪70年代末期以来,我们经历了对"文化大革命"历史教训的总结、真理标准问题的大讨论、改革开放一次次的重大理论突破、社会主义初级阶段理论的提出、社会主义市场经济理论的提出、民主与法制的大讨论、依法治国的提出,直到今天科学发展观、和谐社会等理论的提出,我国的人文社会科学界为此作出了巨大贡献。我校的文科就应当瞄准这样的一些重大理论和实践问题来开展研究。当前,国际社会和国内经济社会正处于一个矛盾突显期,许多涉及经济体制改革、政治体制改革、企业经营管理、民主法制建设、精神文明建设、传统文化与现代文化、对外开放和国际政治方面的一系列重大问题都有待我们去拿出答案,这也是我们人文社会科学的学者的任务,希望学校文科的学者给予充分的重视。

　　"985工程"的建设,对中山大学的长远发展而言,是一个重要的契机,它是一个推动力。在这个"工程"实施的过程中,我们应该考虑的是大学的长远发展,这是我们中山大学对于国家,对于民族,对于中国的普通百姓所应肩负的责任。同时,我们还要尤其强调科学研究应该在着眼长远的基础上,面向国家的重大需求,尤其是广东省的重大需求,要面向国家创新体系和广东省区域创新体系的建设,面向民生,面向现实。

(2005年10月14日在保持共产党员先进性教育专题报告会上的讲话)

大学应该成为创新型国家建设中的战略力量

大学是否已经成了创新型国家建设的战略力量?

　　社会上有很多人认为,大学只适合于做自由的探索,只适合于从事基础研究。在建设创新型国家的过程中,我们必须清楚地认识到,要成为"科技国家队"、成为我国自主创新的战略力量,大学还要作好准备、花大力气,走一段很艰苦的道路,融入到国家创新体系和区域创新体系之中,否则大学就有被边缘化的危险。我认为,我们的教育主管部门应该在各种可能的场合,对中央的决策者宣传这一思路。各个大学也应该在各种可能的场合,对各地方的决策者宣传这一思路,要努力将"211工程"、"985 工程"等高水平大学建设工程纳入到国家创新体系中。只有这样,才能为教育尤其是高等教育融入国家创新体系营造一个良好的外部环境,从而使高校在建设创新型国家的过程中,进一步得到社会的认可和国家的更大支持。

我们应该响亮地向全社会宣布,国家对高等教育的投入,绝不仅仅是实现教育改革的问题,而是建设创新型国家的一种战略投资。大学中的"国家队",不仅是建设创新型国家的人才培养和储备基地,而且也是国家自主创新的重要基地。大学尤其是高水平的研究型大学应该成为我国创新型国家建设中的重要战略力量,我们应该有这样的志气。

大学在与科学院系统自主创新的竞争中是否落后了?

大学与科学院相比存在的差距,关键在于组织体制。自 20 世纪90 年代以来,我国的科学院系统经过了一段时期的调整、充实,现在,它已经渡过了"阵痛期"和"低谷期"。改制以后,科学院系统的科研体制已日臻成熟。不仅是科学院系统,即便是社会科学院系统,其科研体制的改革效果同样也非常明显。现在,省级以下的社科院已不再仅仅从事基础研究,而是将主要精力转向了对政府的决策咨询,并且做出了一系列成绩。在建设创新型国家的过程中,要使高教系统在与科学院系统的竞争中不至于被超越,我们必须深刻地认识到我们大学的科研组织形式所存在的不足,学习、借鉴科学院系统的做法,花大力气,围绕自主创新这一目标,根据大学所具备的优势,完善和创新科研组织形式,使自身的科研体制有一个真正大的突破。

长期以来,我国大部分高校的组织形式实际上是以教学工作为主来设置的,其队伍的组织、考核形式都以此为主。从高校培养人才的根本任务而言,这一组织形式并无不妥,但从自主创新这个角度来看,这样的体制并不适合于"大兵团"作战,不适合于"集中优势兵力打歼灭战"。因此,我们大学的组织形式确实有必要作出大的调整,使之更适合于自主创新体系的建设。

我们应该将人才的引进和培养与团队的建设紧密地结合起来。我们今后在引进人才时,应该以团队为依托,服从团队的大局,优先引进团队需要的人才。事实上,目前我国大部分研究型大学已经渡过了"立山头"、"铺摊子"、"上规模"的扩张时期,我们已不必为了某块"牌子",为了一两个博士点而耗费精力。因此,我们更应该坚持"有所为有所不为"的原则,花大力气培养若干个大的团队,选择具有一定基础和优势的关键领域,集中力量,重点突破,以期求得大的突破,取得大的成果。

我们应该致力于使校内的人事管理体制与新的科研组织形式相适应。近三年来,我校已建立起了相对而言较为合理的考核分配体系,但是,面临着创新型国家建设过程中的科研组织形式的改革,我们的人事管理体制和考核分配体系也应作出相应的调整。为了组建大的团队,我们可以考虑下决心"养"一批人,让他们较长时间地专注于科学研究。对这些在科研团队中的人员,可以考虑减少甚至免于教学工作量的考核,他们的教学工作量,可以更多地以研究生培养以及举办科学讲座等形式来实现。我认为,我们大学应该有这样的气度和决心。事实上,只要我们在校内为广大具有创造力的科技人员提供足够的发展空间,大学里是完全可以聚集起一批高素质人才的。因为大学有着固有的独特优势,我们有好的生源,也就有了高水平的科研助手。专职科研人员的教师身份也可以为他们的将来留下"退路":在创造力最旺盛的时候,他们可以专注于创新性的研究,把他的科研智慧贡献出来,而当他们的科研巅峰过去,他们就可以到教学的工作岗位上去,培养学生。我们相信,这种机制是能够最充分地调动科研人员的能动性的,而这种优势也恰恰是科学院系统所不具备的。只要体制对头，我们大学就完全可以吸引一大批富于创造力的青年科学家组成大的团队，取得大的成果。

大学自主创新重点突破的切入点在哪里？

大学既然要成为创新型国家建设的重要战略力量，那么我们自主创新重点突破的切入点在哪里呢？

如果浏览一下目前我国的重大科研成果，我隐约会有这样一个概念，越是有着行业背景的学校，它们取得重大科研成果的可能性就越大，在国家创新体系中发展较快的科研院所也都在相关行业中有着长期的研究经验。这给了我一个启示，我们大学要在自主创新方面有所突破，是否应该更多地考虑行业的背景？技术创新要以企业为主体，而企业更多体现的是行业的特色，而大学则更多的是按学科来设置的。因此，高校的自主创新，首先必须要找到一个重点突破的切入点。

作一个可能不太合适的比喻，我自己的体会，中山大学有七所附属医院，几所综合性医院实力当然很强，但真正在全国享有盛誉以至具体国际影响的则是专科医院。专业学位教育也是这样，只有一个行业、一个行业地做下去，才可能特色鲜明，办出品牌，办出优势。办大学其实也是如此，像我们这样的综合性大学，我们应该在发挥固有优势的同时，根据自身的特点和优势，选择若干行业，以行业为背景，紧紧地依靠企业，走出一条自主创新的路子来。

强调大学的行业背景，并不是提倡行业办大学，而是强调综合性大学在自主创新的过程中，"以行业为背景"或者可以成为重点突破的切入点。高校在参与创新型国家建设的过程中要有所选择，要有针对性地抓住特色行业，深入研究，做出有显示度的科学发现和技术发明，同时将本学科的科学研究纳入国家创新体系和区域创新体系之中，把科研与国家重大、急需的问题结合起来，只有这样才能体现创新的价值，才能做出更多的创新成果。

（2006 年 1 月 19 日在教育部直属学校咨询
委员会第十六次全体会议上的发言）

"孤独的思考者"与人文社科研究团队

多年以来,我们一直提倡在人文社会科学领域,要保护"孤独的思考者"。这是基于对文科学者思想方式与工作习惯的"同情式理解"而产生的理念。

我原来在以工科为主的大学工作,对人文社会科学的研究方法比较陌生,到了中山大学以后,才真正对文科学者的工作习惯有所了解。我还专门去哲学系旁听了半天的博士论文答辩,连答辩形式都与理工科有很大的不同。其实,不但文科与理工科存在差别,就是在文科内部,人文学科与社会科学之间,研究方法和学术研究的组织方式也有明显的差异。我注意到,人文学科更重视思想的发明,更需要个人的思考,更强调学者个人的力量;而社会科学注重社会的进步,许多学术成果的产生要依赖于群体的努力,必须加强科研团队建设。

正是基于这样的认识,中大强调文科科研管理更加应该注重学科差异。我们为建立尊重差异的科研组织形式做了很多工作,既可以建立科研实体组织科研活动,也可以用虚拟的组织方式来承担科研项目;既可以通过跨院系、跨学科、跨地区的大型合作来组织国内外科研资源的集体攻关,也可以采取"独行侠"的方式开垦自己的学术园地。

大学之所以成为大学,核心在于有容乃大。面向大学科研管理差异性的组织,就是能够包容各种学科特性的组织,从而体现大学"有容乃大"的精髓。大学文科学术研究的组织形式,应该是不拘一格的。能够出优质成果,能够对学术进步或经济社会发展有所贡献,能够为独立思考或集体攻关提供良好环境的组织方式,都是好的组织方式。

我以为,对于人文基础学科,大学应该要有一种平和的心态,要有"养士"的气度,给孤独的思考者以空间,对于那些以学术为生存方式的学者,大学应该给他们良好宽松的学术环境和生活空间,给他们以足够的经费支持,而不应该有过多的规划上的要求,不应该以量化管理来制约其创造力。大学对这些学者的投入有些像风险投资,要有投入而得不到回报的心理准备,也要相信这些优秀学者"十年磨一剑",最终"厚积薄发",能对学术和社会有大的贡献。中山大学近十年实施教师职务聘任制,其中一个重要的出发点,就是要"为中才立规矩,给天才留空间"。在改革中,学校给予部分优秀的学者以特殊津贴,而不硬性规定他们的教学和科研工作量。我们还专门在文史哲等基础学科设立了"逸仙讲座教授"的岗位,给予他们高强度的支持,也是基于同样的考虑。

对社会科学,特别是对那些与经济建设、社会发展密切相关的学科,还是要有必要的学科规划。需要强调科研团队的建设,强调学科的融合与交叉,强调科研应以科学问题为导向,而不应以学科画地为牢。只有这样,才有可能在一些关键性领域取得有价值的成果,才有可能为经济社会发展作出大的贡献,提高学术竞争力和社会影响力。例如,近年,中大的政治与公共事务管理、历史人类学、社会学、逻辑与认知科学、港澳珠三角研究等学术方向,取得了很多引人瞩目的成果,在很大程度上得益于学者们组建的跨学科的研究团队。也可以发现,在一些比较传统的学科领域内部,如经济学、管理学等,团队建设比较完善的研究方向,也容易凝聚和长久保持研发力量,有利于高水平成果的产生。

(2010 年 12 月 4 日在高校社科科研管理研究会议上的发言)

"国际一流"与"中国特色"

关于人文社科研究,"国际一流"与"中国特色"之间似乎有时会存在某种紧张。大家比我更清楚,我们无法否认源于欧美的研究规范、表达方式、问题意识和学术价值观念长期占据主导地位的事实,我们也鼓励自己的学者到国际一流的学术期刊上以西方人看得懂的方式发表学术论文。但我们也都知道,这几十年间我们所经历的中国社会、经济、政治、学术和文化领域的巨大变化,其速度之快、范围之广、影响之深远,在几千年人类历史上可以说是绝无仅有的,"中国经验"对传统社会科学理论提出了挑战,而且这种挑战还可能是颠覆性的。我们要从这样的背景出发,去理解中国文科学术发展的新契机。文科的学者们告诉我,越来越多的欧美同行重视中国的经验,那么,我们这些在这片土地上生活,对中国文化有切身体验,又亲身经历这场巨大变革的中国文科学者,应该更有发言权,更有可能以"中国经验"为基础,做出世界一流的成绩。

在这方面,我们学校也有一些不错的案例。也许历史人类学的例子比较典型。我原来不知道历史人类学中心的学者们整天"跑田野"到底有什么用。今年暑假我带着顺便度度假的心情,与几位学者去了一趟贵州,在黔东南苗族侗族自治州的清水江流域跑了几天,对他们的工作方式、培养学生的方法、学术如何为边远地区的经济社会发展服务,有了新的体验。有一天,在从锦屏到黎平颠簸的公路上,被侗族老乡灌醉了的几位教授喋喋不休,一遍又一遍地讲着同一个话题,吵得我睡不成觉。我想,与其抗拒他们的声波,不如静下心来欣赏。听了半天,才发现他们在酒醉状态说的,居然是他们这个被欧美和日本学者称为"华南学派"的研究团队最核心的、对欧美同行有"致命"冲击的一个命题。

传统的西方汉学家从外部看中国,把中国看成是一个具有很高同质性、"铁板一块"的研究对象,这是他们工作的出发点。这几十年欧美同行有更多的机会到中国进行实地调查和研究,发现中国有着巨大的地域文化差异,不同地方的中国人有着很不相同的物质生活和精神世界,结果就把中国地域社会的"多元化"当成重要学术发现。而对于我们这些"华南学派"的学者来说,中国地域社会"多元化"只是他们研究的出发点,那是不言而喻的,他们认为真正有价值的问题,应该研究中国这个有着如此多元的文化传统、地域差别如此之大的国家,居然能够在几千年的时间里,一直维持成为一个有共同文化认同的、统一的伟大国家,其背后有哪些历史的、制度的和社会的机制在起作用。其实,这两种结论的背后,牵涉到对中国未来发展前途的两种判断,前者蕴含着中国会走向分裂的预言,而后者则说明了中国之所以能够长期统一的机制。

听了他们的酒话，我才知道两派学者在中国和美国的杂志上，已经打了两年的笔仗，现在欧美许多30多岁的年轻学者，已经接受"华南学派"的观点。要在这一类的学术争论中立于不败之地，必须有扎扎实实的研究作为基础，不能只是凭空构想一个理念。"华南学派"的结论，就是建立于他们20年来在华南、西南和华北乡村地区进行田野调查的基础上的。

也就是说，在人文社会科学领域讲"中国特色"，同样是要有"干货"的，不能只是"口水"。只有对本国经验长期的学术积累，才能达致"世界一流"，这是我们的一个基本认识。我们在"985工程"三期建设的经费配置中，专门有一块用于支持社科学者建设数据库，用于长期积累有关中国社会变迁数据，也是出于这样的考虑。现在是一位社会学教授在负责这个项目。我们认为这样的研究积累，意义重大。

我还想讲的是，社科研究在面向经济社会发展时，缺少内行的真正能解决问题的行业专家，可能是当前我们国家社科研究比较薄弱的一个环节。我感觉到，当前的社会科学的学者比较重视大的理论阐述，而比较缺乏要成为行业专家的自觉。什么叫行业专家？我个人以为，这些学者有较强的深入行业内部实际问题的意识，不仅仅从事本学科一般规律的研究，更要深入某个行业，掌握其特殊规律，真正能够解决制约行业发展的一些实际问题。在实际的研究中，我们常常看到，成为行业专家的学者，更容易做出有影响力的成果。比如，作为经济管理领域的优秀学者，我们有两位教授分别担任了农业部设立的生猪和对虾养殖的首席经济学家，作出了卓有成效的工作。再比如，关于农民工问题的研究报告、关于社会保险问题的研究报告，得到多位国家领导人的关注，还有的教授由于熟悉财务预算，从这方面研究政府管理，因此成为国务院、全国人大的咨询顾问。主要的原因，就是这些学者的成果抓住了这些领域的关键实际问题，以对社会负责，对国家负责的态度，在研究问题，解决问题。

（2010年12月4日在高校社科科研管理研究会议上的发言）

文科:"无用"即"大用"

前段时间,我参加了宝钢优秀教师特等奖的评审,宝钢一位主要领导在理事会上说,他把票投给了中大一位文科学者,但当时就估计她不会当选,结果获奖者果然都是以理工科为主的学者。这件事情从一个侧面反映出了我们国家文科科研评价的某种窘境。目前的国家学术评价体系中,理工科有院士、有杰青等称号,还有各种国家级奖励,而文科明显处于劣势,没有国家级的学术奖,长江学者人数很少(像文、史、哲这样的基础学科,每年只有一个名额),"千人计划"也只限于经济管理类。

产生这种情况,可能关系到文科学科评价的特点,人文社会科学学术成果的价值,确实不如理工科的评价标准那么客观,那么容易把握。陈春声曾经有过一个比喻,说文科的成果就像齐白石画的虾,挂在客厅的墙上,只有品位,没有用处。我只是同意这个说法的一半,文科好的东西当然是很有品位的,但我们也都知道,"无用"其实是有"大用"的。我们认为,重新建立人文社会科学的评价体制和荣誉制度是非常必要的。

在这方面我们也做了一些探索,前不久学校出台了"中山大学卓越人才计划",主要是对有突出贡献的中青年学者实施特别津贴,在确定评审条件的时候,学校坚持文科与理工并举,我们把教育部哲学社科基金重大课题攻关项目主持人、国家社科基金重大招标项目主持人、马克思主义理论研究与建设工程项目首席专家,与承担国家重大科技计划的首席科学家划归同一类标准;教育部高等学校科研优秀成果奖二等奖以上第一完成人,与国家科技三大奖获得者列为同一类。

更重要的是,在中山大学的日常学术管理和行政运作中,文科学者一直拥有相当大的话语权。这对学校良好管理文化的形成,尤为重要。这十年来,中山大学所有重要的改革举措,其专家组成员大多以文科教授为主,我个人与许多文科教授相识,都是从他们向我提意见开始的。

我们有一位中层干部,曾经对学校这样评价,在一所学校里,愿意提建设性意见的人一般是不多的,能听进意见的就更少,而听得进去还能改正的更是少之又少,幸亏这样的人在中大都有。我认为,这用一种通俗的方式,给学校总体的行政文化环境作了一个评价。

(2010 年 12 月 4 日在高校社科科研管理研究会议上的发言)

医科必须培养"成品"

医学教育是最具有职业色彩的专业教育

医学教育的目的是培养合格的临床医生,这是与其他行业背景的专业教育的最大差别。大学文理工学科培养出来的学生,虽然也参加实践或实习,但他们毕业后不一定要求立即成为成熟的行业从业者。打个不一定恰当的比方,他们或者可成为"毛坯",有待日后在该领域工作的进一步磨炼。医学教育则不同,其目标必须是培养出合格的、能够独立执业的临床医生,必须是"成品",否则医学教育就是失败的。

"接受医学教育"对于"成为一名医生"的重要性而言,还在于这是一个必要条件。因为目前的社会不可能接受一个未接受过正规医学教育的医生,这一点与其他职业的专业教育也是不同的。国家每年都组织的临床执业医师资格考试,对医学生而言就是一个重要的行业准入标准。从另一个角度来看,这也是目前衡量临床医学教育水平和医学人才培养质量的客观标尺。近年来,我校连续在国家执业医师资格考试中保持通过率名列前三位的水平。为此,我们也感到非常欣慰。

医学教育是最具有职业色彩的专业教育,还体现在人文素养在医学教育中的重要性。医生是要与人打交道的职业。在某种程度上,医生能否与患者进行良好的沟通甚至会影响到诊疗的效果。因此,我们在医学教育的过程中,还要注重培养医学生的健全人格,强调献身精神、协作精神、人道主义精神,强调爱心、耐心,高度的责任感,强调精益求精、追求卓越,艺术性地处理临床难题的能力,这些无不与医生的人文素养密切相关。因此,医学教育不但要强调专业知识技能和科学精神的培养,还要特别注重人文修养和健全人格的养成。

基础与临床的融合是医学教育的核心问题

由于医学教育的特殊性,使得我们在培养过程中面临一个核心问题,就是如何能够让医学生将基础与临床的问题有机融合、统一起来,最终成为一名真正的医生,可以说,这是医学教育永恒的主题。

20 世纪初,美国大学的医学院出现了以学科为中心的医学教学模式,即在课堂上系统地传授医学基础知识和临床理论,并在医学院的后期阶段进行见习和实习。这改变了此前"师徒式"的培养模式,解决了医生培养缺乏规范的问题,然而,这种模式也产生了基础与临床脱离的问题。为了解决这一问题,60 年代,加拿大的一所医学院(McMaster University)采用了一种将医学教育的课堂教学设置到复杂的、有意义的问题情境中,让学生通过主动学习学会独立解决实际问题的教学模式,被称之为以问题为基础的教学模式(Problem-based learning, PBL)。80 年代,哈佛大学医学院发展了 PBL 教学模式,尝试以器官系统为中心来开展教学,并称之为新途径的课程模式(New Pathway)。此后,各国的许多医学院也纷纷探索课程模式的改革。由此可见,医学教育界对基础与临床融合这一问题的探索,从来都没有停止过。

其实,换一个角度来看,所谓的"基础"与"临床"也是一种人为的划分,本来人体是一个完整的机体,医学也是一门完整的学科,并不存在"基础"与"临床"之分。如果扩大了这种人为的划分,就会导致二者的"割裂"。医学的最终目的是为了征服疾病、维护健康,在生命科学飞速发展的今天,要达到这一目的需要多学科的通力合作,因此这种人为的割裂显然不利于医学以及医学教育的发展。当然,这种"割裂"也会因大家的关注而得到弥合。

一直以来,我们也在不断探索医学教育的规律。例如,学校坚持"早期接触临床、早期接触科研、早期接触社会实践"的"三早"医学教育新模式,特别是早期感受病人、感受医生、感受医院、感受社区医疗现状,让医学生从大一开始就把成为优秀临床医师作为追求的目标。此外,为了狠抓实践教学,提升临床教学质量,我们斥资着力建设了临床技能培训中心,就是为了能够在基础与临床、理论与实践之间搭设一架桥梁,让我们的医学生更好地学以致用。我想,类似这样的办法、措施还有很多,兄弟院校也一定有更好的经验,但其目的是唯一的,就是为了能够将基础与临床、理论与实践有机地融合、统一起来,从而培养出合格的临床医生。

医科管理体制可以而且也应该多种形式并存

我们应该认识到,医学教育作为最具有职业色彩的专业教育,其特殊性不容抹杀。同时,我们也看到,很多学校设立了医学部,而职能不尽相同,但我认为,医学教育的特殊性没有必要扩大为医学部的特殊性,因为在医科内部的药学、公共卫生学、生物医学工程等专业,它们与理科或者工科的培养模式更具有共性。

正是基于这个原因,我们在探讨医科管理体制时,或许也应该多一些灵活性。我认为,医学教育的管理体制并没有固定模式,只要是符合医学教育规律,有利于医学教育发展和高素质医学人才培养的模式,有利于实现基础教学与临床教学的统一和融合,都是可行的医学教育管理体制。而且,国外医学教育的管理体制也是因国情、校情而异,并无定论,究竟采取何种体制,都不过是一种选择。

关于八年制医学教育的培养模式问题

我认为,与医科管理体制一样,八年制医学教育的培养模式也是不少高校正在探索的重要问题。有的观点认为,八年制的定位就是培养高级临床医师,在培养的过程中特别注重专科医师的培训。也有观点认为,八年制不仅要打好扎实的基础、掌握准确规范的技能操作,而且要注意培养科学思维和方法,在临床和科研领域都具有发展潜力的人才。或许对于八年制的培养模式还有其他的观点,但我觉得这些探索在目前并无对错,都是有意义的,究竟采取何种模式也是因校而异,同样也不过是一种选择。

但对于中大而言,我们的培养目标侧重于第二种观点,目前的培养模式也是按照这一思路设计的。为此,我们积极倡导以宽广扎实的科学、人文和博雅教育为基础,注重有目的地培养学生不同学科的背景知识和思维方法。我们对八年制设计为"2.5+5.5"培养模式,即前两年半分别在理工学院、化学与化工学院和生命科学院完成;后五年半进入医科专业课程的学习。在培养的过程中,注重健全人格养成与科学教育、人文精神与科学方法以及基础与临床三个方面的互相渗透,同时,继续坚持"三基三严三早"的教学特色。我们希望通过这样的探索,能够对国家八年制医科教育的发展做些有益的工作。

关于探索医学专业博士、硕士与专科医生培训相衔接的问题

目前,卫生部有专科医师培训项目,教育部有医学专业学位培养项目,但二者之间并不接轨。国家学位办也正在致力于专业学位研究生教育的改革工作,并已在各个专业领域开展了试点。我想强调的是,医学专业学位研究生教育在该体系中尤其具有特殊意义。一方面,正如前面提到的,医学教育本身就是一种最具职业色彩的专业教育,如果能够取得有益的经验,那么对其他专业学位教育将更具指导和借鉴意义;另一方面,这一项目也存在一定的压力,如果我们的医学专业学位教育培养出的硕士、博士不被社会认可,老百姓还是"害怕找博士看病",那就说明这一项目还不如专科医师培训,可以说是失败的。为此,我校已在附属第三医院和肿瘤防治中心等单位开展了一些尝试性的工作,并愿意围绕专科医师培训与医学专业学位教育接轨的问题,为医学专业学位培养模式和培养体系的改革上继续做一些探索工作,同时也希望

得到兄弟高校的帮助和支持。

（2009 年 11 月 8 日在全国医科八年制峰会开幕式上的讲话）

医科科研要以疾病为导向

医科科研必须坚持以人类疾病为研究导向

这是医学之所以为医学，而不同于其他生命科学的根本原因。此外，坚持以疾病为研究导向，对于中国的科学家而言更具意义。这里我讲一个例子，我校华南肿瘤学国家重点实验室的一个重要研究领域是鼻咽癌研究，我曾经访问过与我校肿瘤防治中心开展合作研究的瑞典卡罗林斯卡医学院，他们也关注这一领域的研究，但是在瑞典那一年的鼻咽癌病例总共才有一个，最多的年份也不超过十个，而鼻咽癌在中国特别是华南地区是高发病症，因此，我们进行鼻咽癌的研究不仅具有区域意义，更具有世界意义。可见，由人口资源带来丰富的临床案例，是中国科学家开展医学研究的一个重要优势。如果我们的医学研究与疾病越直接、越密切、发挥临床资源越充分，那么我们在世界上取得重要成果的可能性也就越大。

为此，我们启动了旨在提升临床研究水平的"5010 计划"，即遴选 50 个临床课题，连续支持 10 年，期间将通过中期考核，进行淘汰与增补。我们希望通过这一计划，使得医科能够取得若干具有重要影响的临床研究成果，同时培养出一支临床医学研究队伍。

医科科研必须注重基础与临床的结合

当今医学界科学研究的一个重要特征是，疾病问题的解决在科学研究上的突破点正在越来越向基础领域前移。如果说，20 世纪人类通过发现青霉素而取得了医学领域的重要突破具有一定的偶然性，那么，在今天的时代，科学家而不一定是医生就可以直接对某个疾病的致病基因进行研究,一旦成功,即是具有针对性的、本质上的突破,这样的例子数不胜数。今年的生理学与医学诺贝尔奖,就是美国科学家因发现端粒和端粒酶在细胞分裂中的重要作用,进而揭示其在引发衰老、癌症和某些遗传性疾病中的机制,对开发新的临床治疗方法起到了重大推动作用,这是基础研究应用在临床的绝好例证。另一方面,我们也不得不承认,仅仅通过改进医疗技术和手段来提高诊疗效果的空间也越来越小。因此,我们呼唤更多的临床医生进入科学研究领域,同时也呼唤更多的科学家进入对疾病的研究和诊疗的过程当中。

为此,对于医学院而言,所有的研究平台、中心都应该是以疾病研究为导向;教授应该深入医院,参与相关科室的医疗、科研活动,我校生命科学学院有一对夫妇,双双是"杰青"、"长江",他们取得科研突破的一个重要因素是将实验室建在了学校附属肿瘤医院,直接从临床病例中筛选问题、寻找规律。对于医院而言,要在临床研究上取得大的突破,就必须扎实地从事基础研究,非如此不足以推动医学的进步。中山大学的附属眼科中心和肿瘤中心,就是在相关基础研究的积累上,分别建设了国家重点实验室。对于大学而言,我们也有可能通过资源配置、学科布局的合理调整等管理手段,将医科基础研究与临床研究的融合做得更好。

(2009 年 11 月 8 日在全国医科八年制峰会开幕式上的讲话)

大学附属医院的特殊性

对于一所医院来说,首要的当然是医疗水平,这个水平决定了医院在社会上的地位;但作为大学的附属医院,还必须要有与普通医院不同的特质,这就是教学和科研工作。一所医院在国际上的地位,正是与它的科研水平密切相关的。因此,大学的附属医院,既要满足医疗市场的需求、扩大门诊量,又要考虑学科建设与发展的问题。对某个医院而言,这或许是院长面临两难选择的问题,但对于大学而言,其解决办法就是打造一支医疗集团,既要有实力强大的综合性医院,又要有特色鲜明、特征突出的专科医院。

正是基于这个思路,我认为,中山大学附属医院的发展方向应该是很明确的:一方面,我们要继续做强做大综合性医院,满足医疗服务、医学教育和科研的需求;另一方面,专科医院对于学科发展最易产生成效,我校在医科的两个国家重点实验室均建在专科医院,因此,大学新建的附属医院则以专科医院为主,或在原有综合性医院内建设专科医院,原则上不新增综合性医院,从而使医疗布局向技术更精良、组合更合理、服务更全面的医疗集团模式发展。

毫无疑问,大学合并是国家根据高等教育整体发展需要采取的一种战略性调整行为,不宜主观地根据个人好恶对其进行评价。但是,我们要清醒地认识到,合并带来的不应只是一些办学指标上的简单叠加,而应通过深度融合产生"1+1>2"的"协同效应",进而带动包括医科在内的大学综合实力的提升。在这其中,大学的管理者所应做的,就是尽可能多地思考,尽可能多地尝试,并及时总结和调整,实现大学的科学发展。同时,我们也衷心希望国家的政策可以日趋完善,为大学的发展创造更好的外部环境。

(2009 年 11 月 8 日在全国医科八年制峰会开幕式上的讲话)

中山大学与"岭南学派"

对于这个问题,我想先做个说明,"岭南学派"或者"华南学派"的称谓,不应是自封的,而应该是得到学术界的共识与认可的。此外,要为之努力的也不仅仅是中大一家,华南学者都应当、或许正在为打造"岭南学派"而共同努力。

当然,我们所说的学派是一个比较模糊的界定,我也没有作过概念化的研究,但或许具备了以下三个条件,其边界可能就比较清晰一些:一是要形成一个科学的共同体,在学术界都有学者在共同关注、研究这一学科领域的问题;二是要有一个公开出版的学术刊物,能够刊登这一领域学者们的成果;三是要能够招收这一研究方向的研究生,以实现学术的传承与创新。下面我将要提到的几个学科或者研究团队,都具有以上的条件。

中大地处岭南,岭南文化的影响渗透到大学的学术领域,使得我们的不少学科被学术界称作为"华南学派"或者"岭南学派"。在此,我想对这个问题的思考进行一下梳理,或许对我们中大未来的发展会有所裨益。

岭南的文化:以岭南画派为例

岭南画派是公认的中国画的一大流派,起源于被称为"岭南三杰"的高剑父、高奇峰、陈树人。他们都曾追随孙中山先生参加辛亥革命,首先是革命者,其次才是画家,或者说他们是喜爱国画创作的革命者,他们将革命的理念注入艺术之中,吸收西方和日本的绘画技法,赋予中国画以清新的艺术气息,因此,岭南画派应是我们这个民族在特定的历史环境下所产生的一种艺术思潮。当代的关山月、黎雄才等大家,也有高尚的人格,以及对真理和美好事物的不断追求。此外,他们虽然在名义上有师徒名分,但在绘画的艺术表现上,却不一定要体现出非常明显的沿袭师辈的特点,弟子在老师的基础上不断创新,又自成一格,并不断地在求变与折中的过程中体现生活化的艺术形式。岭南画派自己的概括就是"融汇古今、折中中西","求变、折中和生活化"。其中,求变但不求全变,渐变体现了其灵活性所在。折中则主要指技法的包容性,吸收东西方的绘画手法,洋为中用。生活化则主要是指表现对象,虽不善于内容的深度,但有广度,以艺术再现生活,其中应该有许多"务实"的因子。

我认为,岭南画派是在艺术领域充分体现了岭南文化的特征。其实,广东人有着非常鲜明的性格特征:一是灵活求变,从辛亥革命到改革开放三十年的中国历史,足可以说明广东人不安现状、求变革新的性格特点;二是开放包容,广东话有个说法叫做"生猛",是说愿意去冒险,什么东西都敢试的意思,敢饮"头啖汤",这说明广东人愿意接纳新事物,有一个开放包容的心态;三是求真务实,广东人的追求非常实在,他们很平民化,生活得真实、淡定,也非常热爱生活。

我所理解的岭南学派

中大地处岭南,作为中国学术与文化在南方的重镇,打造岭南学派自然有其责任和义务。而且,我认为,岭南学派不仅仅在于地域上的意义,更重要的是岭南文化渗透到学术研究之中,从而形成一种与众不同的学术风格。

在自然科学领域,我们在华南地区的研究较多地受区域因素的影响,也就是说运用自然科学的一般方法来解决具有华南甚至广东特色的问题,例如我校热带病防治教育部重点实验室,与港大合作建立粤港传染病监测联合实验室,并牵头国家传染病重大专项,为国家提供包括禽流感和呼吸道传染病的防控策略等在内的决策咨询,并成为华南地区传染病联合防控机制中的重要力量。又如海水养殖、海洋药物等领域的研究也都是根据地域特色而凝练出的科学问题,从而发展起来并形成了自己的研究特色和学科地位。但是,自然科学较多地强调规律性、可重复性,对于岭南文化特性的吸纳则不如人文社会科学来得鲜明,因此我们谈岭南学派或者华南学派或许更多是指人文社会科学领域。

中大的人文学科,例如古代戏剧的研究,在詹安泰先生的诗词研究、各体文学的基础上,20世纪50年代,戏曲学家董每戡、王季思教授创建了古代戏曲研究方向,培养了一批中青年研究骨干。90年代以来,他们有意识地培养学术团队,在继承传统的基础上,不断引入新的研究方法,以期形成独树一帜而不同于京派和海派的研究风格。近年来,他们建立了教育部人文社会科学重点研究基地"中国非物质文化遗产研究中心",创办了自己的学术刊物,出版了一系列著作。2002年,王季思教授主编的《全元戏曲》获全国高等院校人文社科研究成果一等奖,去年完成的《全粤诗》也是国家社科基金的优秀成果。

又如历史人类学的研究,在梁方仲教授奠基的社会经济史学科的基础上,许多学者的工作注重文献分析与田野调查相结合,构成了我校历史人类学学科发展的重要学术基础。除了既有的学术基础之外,我校历史人类学的学者之所以被同行称为"华南研究"或者"华南学派",部分原因还得益于地缘优势,正因为是地处广东,香港的一些优秀学者会很自然地与中大教授合作,并扩大到海外,有的甚至加入到他们的研究团队中来。对其而言,并没有去刻意追求国际交流合作,反而这些早已是日常学术生活中自然而然的部分,已经成为一种常态。单线的师承关系并非是其学术联系的纽带,而是志同道合的人走到了一起。还有一个例子体现了他们的研究地位,去年哈佛大学拟聘请一位历史人类学方向的终身教授,在世界各大学邀请的七位评审人中,有四位是中大"985工程"基地团队的成员。因评审是匿名进行的,直至获知该教授聘任案顺利通过,几位评审人一起谈天时,才发现大家都应邀提供了评审意见。这其实说明了历史人类学团队及其研究已经得到了国际学术界的认可。

例如民族考古学的研究,从20世纪30年代起,中大的学者就开始在华南和西南地区从事民族文化史的研究,以华南和西南地区物质文化遗产的发现、保护和研究作为主要发展方向,尤其重视泛珠江流域物质文化遗产的研究。将民族学与考古学相结合,坚持人类学田野调查研究,并形成自己的一套研究方法和学术传统,从杨成志、梁钊韬等老一辈学者开始,这一脉络始终没有中断过。这也是为什么目前中大的考古学专业设置在人类学系,而不是设置在历史学系的缘由,这样的学科专业设置在全国也是唯一的。

中大的社会科学,尤其是在港澳珠三角研究领域,已经具有一席之地。例如珠三角地区的专业镇研究就凸显了务实的特征,他们借鉴日本学者提出的"一镇一品"的概念,结合意大利等国家的研究经验,抓住珠三角地区民营经济体系中的行政边界问题这个切入点,从地方的实际需求出发,引入"专业镇"的概念,从而在地方经济体系的发展中,将政府的力量安排在比较恰当的位置。值得一提的是,这支队伍集中了经济学、社会学、管理学等多个学科领域的教授,而有趣的是,这些教授也是来自五湖四海,他们运用各自学科的理论和方法来研究共同的问题,并将成果整合在一起,被称为是"面向实践的集群研究"。他们研究的虽然是珠三角区域性的问题,但却得到国内外学术界的共同关注。

港澳珠三角的问题,既是地域的,更是全国的。特别是《珠三角地区改革发展规划纲要》的实施,已经将加快珠三角地区改革发展上升为国家战略,我们必须深刻意识到其中的责任。学校积极采取了一系列的落实措施,最近,我们主办的"珠三角一体化"论坛已经开讲,期望为拓展粤港澳三地合作、实施《纲要》作出自己的贡献。今年初温总理召集《政府工作报告(征求意见稿)》座谈会,散会以后,温总理特别向我询问关于中大的情况,我回答说,除了理科、医科努力承担国家重大课题之外,学校最关注的还有港澳及珠三角地区研究的问题,如果说中大能够为国家有所贡献,那么最大的贡献之一就是这方面的研究成绩了。温总理听后表示了认可和赞赏。省委书记汪洋同志也曾表示,对于广东而言,学习实践科学发展观的最重要任务就是把《纲要》落实好。我希望大家能够意识到这个道理,如果没有中大,社会一样能发展,《纲要》也一定能实现,但中大如果没有抓住这个机遇,发展就一定会受到制约,甚至会被社会所抛弃。

(2009 年 4 月 24 日在中山大学深入学习实践科学

发展观活动专题报告会上的讲话)

如何打造"岭南学派"

学术研究更应关注特殊规律

我曾经提出,中大的学者不应只是关注一般规律,更要去研究特殊规律。比方说,我们学校的附属医院水平都是比较高的,但在全国具有比较大影响的，并且建立了国家重点实验室的还是两所专科医院，这说明要真正深入到某个领域研究，才有可能比较容易作出成就。在学术研究方面同样如此，这些年来，国内引进了西方经济学、管理学的很多理论，但这些理论是一般性的知识，而且很多是建立在解决西方国家经济管理问题的基础上总结出来的，因此，不一定适用于中国。如果要解决中国的问题，就必须与中国的实际情况相结合。所以，我也一直强调，我们的学科不要只去研究学科的一般规律，而是特别要去结合某个行业研究特殊规律。特别是中山大学处于改革开放最前沿的广东，更应该在探索中国特别是广东的社会经济的特殊问题上先行先试，作出我们的贡献。这也是中山大学服务社会，实现科学发展的最好体现。

我们也一直强调，大学要为社会服务，而这种服务应该是高层次、有明确定位的，应该是面向行业和专业领域的。而且，中大的学者应更多地关注社会、关注民生，要考虑将国家面临的重大问题与自己的研究相结合，要将研究的立足点放在解决国家和广东省的经济建设和社会发展的战略需求上。大学应该主动建立为支柱行业发展服务的平台，通过对行业和专业领域的研究来实现为社会服务的目的，这是学校长期坚持的方针，同时也是我们办学的一个特色。

团队或学派不应以单线的师承关系为基础

对于这个问题，我想再举个艺术领域的例子，无论是在京剧还是越剧等传统戏曲中，"唱念做打"十分程式化，讲究"像不像"，从一个动作、一句唱腔，内行就知道你是哪门哪派的，师承或者说完全继承是他们追求的目标。而我们前面讲过，岭南画派中"学生"的画里可以完全看不到"老师"的影子，其艺术表达形式并不追求程式化，也不强调继承，而是体现为不断求变、不断创新。

我不懂艺术，或许在艺术领域追求师承是其一种特殊的发展规律。但我认为，在学术上一味追求单线的师承关系肯定是没有前途的。毫无疑问，在以创造知识为目的的学术研究中，我们应该学习的是岭南画派,学习他们开放、包容的态度,学习他们追求多元、不断创新的精神,这一点对于大学的团队建设或者学派形成是十分重要的。

在我前面讲过的例子中,可以看到,从历史人类学研究到珠三角的专业镇研究,都不是以单线的师承关系来作为维系纽带的。学者之间以共同关注的学术问题相联系,团队构成要么是由多学科交叉而成,要么是具有多元的国际化的特征。在此基础上形成的学术团体,就很少会有论资排辈的现象,即使有师承的关系存在,彼此间的地位也都是平等的。我想,只有在这样的学术氛围中,才能有利于实现学术创新。如果学校的每一个学院都能够营造这样的适宜发展的环境,那么,团队建设或者学派形成就是健康的和有生命力的,中大的发展也指日可待。由此我也想到了学校聘任教师的一个政策,就是强调要严格限制本校的应届博士生留校任教,避免近亲繁殖,鼓励跨专业、跨学校的学生留校,这其实也是符合学术规律的。

(2009 年 4 月 24 日在中山大学深入学习实践科学
发展观活动专题报告会上的讲话)

中大的经验就是不出经验

大学应该坚持脚踏实地,不要去刻意追求某种"辉煌"的头衔或者地位,尽量不要成为舆论的中心,因此,我说我们学校的一个重要经验就是不要"出经验"。因为经验不能是刻意追求的结果,而是根据实际需要,在工作中自然而然形成的。

长期以来,我一直坚持,即使某件事真的是我们第一个做的,也没有必要去说。在一些场合,我听到有的老师和干部说做了某件事,是全国第一,我认为没有必要刻意追求这个"第一",即使是首创也并不说明什么问题。因为在中山大学,我们绝对不会因为要成为"第一"而去做某些事情,只要看准了、值得做,当然要"敢为天下先",但不能刻意去追求这个,应该是自然而然、水到渠成的事情,也就无所谓"敢"或"不敢"

的问题了。几年前,我们推行人事制度改革时,相比其他兄弟高校,态度是务实和低调的,没有成为舆论的中心,实际的进展也很好。我想还是那句话,发展是硬道理,只要学校真的发展了,只要我们的改革有利于教学、有利于科研、有利于师生就可以了,没有必要去图那个虚名。

同样,有些是学习兄弟院校、或者海外高校的先进经验,只要是适合学校发展的好办法、好制度,我们都会吸收,而且是发自内心、自然而然地去学习。因为学习人家的经验也是很光荣的事,"首创"毕竟是少数,更多地还是彼此间的相互学习。我想,这其实也体现了岭南文化的包容与务实。

我又想到了另一个例子,原来《中山大学学报(社会科学版)》编辑部的"内规"之一,是为了提高转载率和引用率,规定所刊载文章的篇幅一般不超过8000字。前年改版,文科的学者纷纷要求学报改变这一规定,能够发长文,因为人文学科有分量的学术论文,常常要写到2万字左右。当时学校对新上任的主编说,中大的学报不应再以引用率高低来评价学报的水平,学校也不会以此来考核主编的工作成绩,只要坚持严格审稿,按照学术发展的内在规律,坚持用高水平的论文就可以了。结果两年下来,根据统计,在2008年度"复印报刊资料"全文转载率方面,反而从原来的十几位跃居全国学报第二位,转载率也在全国4000多种社科报刊中排在了第四位,真的可以说是"无心插柳柳成荫"了。

总之,我们相信大道自然,相信天道酬勤,按照学术的内在规律,做好自己的事,不刻意追求某项东西,反而可能收到意想不到的效果。

(2009年4月24日在中山大学深入学习实践科学

发展观活动专题报告会上的讲话)

务实、互惠,以我为主、为我所用

学校的国际交流与合作工作应该遵循两个原则:一是务实,二是互惠。

所谓务实原则，就是通过支持国际合作项目、人才培养，以提升学科的科学研究水平为根本目的，推动具有实质内容的国际合作。

在教学上，国际合作中的学生交流应强调对等的原则，积极扩大交流学生数量。要善于利用对方优质的教学资源，为我所用。积极推进合作办学，例如，我校与香港高校共同设置的"2＋2"的办学模式要总结经验，可以在其他学科中推广。办学要鼓励与国际上知名的大学进行合作，必须明确学校的目的不是为了赚钱，更不能成为替别人打工的工具，要强调以我为主、为我所用，通过交流与合作提升教学质量。

在科研上，我们的学院在进行国际交流与合作的时候，要培养和确立长期固定的战略合作伙伴，要为学校的长远发展战略服务，要通过合作研究培养和锻炼一批具有国际视野和国际竞争力的人才队伍，使教师们进入国际的主流学术圈并且能够立足，在主流学术圈中听到我们的声音。要通过合作研究集聚一批稳定的优秀国际合作群体，通过参与重大的国际合作项目，产生一批在国际上有较大学术影响的研究成果。

例如，我校与丁肇中先生的国际空间站的合作项目，理工学院、工学院和信科院参与了这个项目，使得这些学院都进入了航天技术领域，而且是国际前沿领域的研究，由此也结识了很多国内外的同行，学习到了人家的先进的研究方法，扩展了我校在空间试验物理的专业方向。再举一个例子，我校已与美国宾夕法尼亚大学签订了合作研究和联合开发的协议，主要研究内容是与我校附属第三医院合作进行基因药物和疫苗的研发。合作的开展将大大促进三院基础研究的发展，包括疫苗研究、分子生物学研究和基因疫苗研究等学科的发展。更为重要的是，此项研究的主攻对象是严重威胁广东省人民身体健康的登革热疫苗，以及 SARS 疫苗、艾滋病疫苗、流感和禽流感疫苗等，这就完全符合我校"985 工程"二期建设"国际水平、国家需求"的总方针，对于我校融入国家创新体系以及区域创新体系有积极的意义，换句话说，就是学校对广东省有一个"交代"。

同样,举办国际学术会议也要本着务实的原则,会议要有实际内容和实际成果,要减少徒有虚名的所谓"研讨会"、讲座的次数。要以我为主,注重邀请的学者的学术成就和发展前景,注意他们的研究是否与本学科的教师们的学术兴趣和学科发展方向相契合。对于一些并无实际内容和成果的"务虚"会议和讲座请求,学院领导应该坚决地通过适当方式予以回绝。坚持国际交流与合作的务实原则,就要严格限制行政人员的出访,学校坚决反对那些没有实际意义的学习、考察,我们的副校长、副书记们要带头这样做。

所谓互惠,就是要有目的性,要为我所用,只有坚持双赢和互利,合作才能持续。

我曾经与陈新滋院士有过这么一番对话。我说,陈院士来药学院做名誉院长,做了大量的实际工作,对于我们学校在精细化工等学科发展起到重要作用,而陈院士又不拿学校一分钱,对我来说真是"天上掉下的馅饼"。陈院士却反过来对我说,与中大的合作,他也觉得是"天上掉下的馅饼",因为通过合作项目,他可以得到中大优秀的研究生,帮助他们从事研究工作,这对于香港的高校来说是很难得的。

这番对话给我印象十分深刻,从事国际合作的模式可以有所不同,但关键是双方各有所得,共同受益,不是互惠和双赢的合作,一定是不会长久的。

我还要强调一点,人才培养和科学研究是我们大学的责任,国际交流与合作的过程是可以将学生培养和科学研究捆绑起来进行的,这也是我们进行国际交流与合作的重要动力。大家要认识到,我们的学生是非常优秀的,这也是学校的财富和资源。通过学生的交流,可以让学校彼此之间增进了解,因为认识一所学校,最直观、最生动的载体就是这个学校的学生,学生已经成为我们学校与境外高校进行国际合作的重要桥梁。当然,学校对于派遣交流学生的态度是负责的,因为与我们学校进行合作与交流的学校一般都是具有一定层次的高水平的学校,我们的学生去到这样的学校里深造,对于他们自己来说也是一个很好的学习机会。所以,这种方式的合作得益的不仅是双方学校,学生也将从中受益,是一个多赢的局面。

归结起来,就是要把国际合作作为我校发展战略的一个重要方面来考虑,在国际交流与合作的过程中,要遵循务实和互惠的原则,以我为主、为我所用,这些原则还需要大家通过实践落实到工作中去。

(2005 年 11 月 7 日在中山大学国际合作工作会议上的讲话)

四、大学精神与大学文化

中山大学的气质

　　大学如果失去精神，就是一所普通的教育机构；大学如果没有文化，那也将是一所平庸的学校，就无法在历史的长河中留下自己的位置。中山大学承载着大学的精神，并且从建校之初就逐渐形成了自己的文化，这就是中大的"气质"。由于地处岭南，中大的气质深受岭南文化的影响，可以说，是既开放又内敛，既维护原则又包容差异。

　　中山大学是开放的。中大地处广州，而广州是近代中国对外开放的一个窗口，对吸收外来文化有着天然的优势，岭南文化兼具中国文化与外来文化的特点，兼收并容，这些都深刻地影响着我们这所学校，影响着生活在大学里的人们。可以说，中大的内外环境让我们具有了开放性的特点，我想，即使目前我们并不是国际化程度最高的学校，但我们起码是比较容易国际化的大学，是放眼世界的大学，因为我们有这样的文化和传统。

　　中山大学又是内敛和务实的。我想，这一点更加可以从岭南文化的特点中找到依据。广东人务实，喜欢实干而不愿争论，这种文化性格同样影响着我们的大学。中大应该脚踏实地、厚积薄发，而不应去追求一时的"辉煌"。我的看法是，大学不要成为舆论的中心，更不要成为社会上"说事"的对象，所以我认为我们学校的一个重要经验就是"不要出经验"。作为校长，我想，没有什么比在校内营造一个和谐的氛围更重要了。我们推行的校内人事制度改革，学校的态度是务实和低调的，效果也很好。我想还是那句话，发展是硬道理，只要学校真的发展了，这就够了，经验还是让别人去"出"，只要我们的改革有利于教学、有利于科研、有利于师生就可以了，不必去图那个虚名。

中山大学有自己"有所为有所不为"的原则，即使面临压力，也必须顶住。我想，我们常说的大学的自主性，其本质的含义不仅仅在于它可以做什么事情，更重要的是在于它有能力拒绝某些事情。一个有责任感的大学必须要有自己的原则，要有自己的核心价值，要有一种不随波逐流的品格、信心和勇气。

中山大学还是包容的，海纳百川，有容乃大，这是我们中大更为重要的一种气质。兼容并包是岭南文化的重要特征，这种文化性格包容"异类"的存在，允许人们有新的尝试。我们学校有位教授曾经说过："中大之所以是中大，不在于大，而在于中。""中"指的是对事情把握适度，"中"还包括忠恕宽容的内涵。我想，中山大学就应该以包容的精神，最大限度地发挥教师们的积极性和创造性。

当然，大学的包容也是相对的，这里还有一个立场和取向的问题，例如，当我们在关注国家和地方的各方面建设时，就应该有一个正确的取向。我想，正确的取向应该包括以下几个方面：第一，在从事相关的问题和课题研究时，要端正学术立场，提出具有建设性的、有利于国家稳定和发展的对策性意见，而不能添乱，更不能被别有用心的组织和机构所利用；第二，教师在讲坛上和在指导学生的过程中，要把先进的科学、正确的理论传授给学生，用正确的观点、方法去引导学生认识现实中的困难、问题和某些复杂事件，不能误导学生；第三，要充分认识到，我们在大学里必须营造宽松、和谐的学术环境，但是决不能宽容和放任错误的思潮和出格的做法，这两者之间是有根本区别的。对待错误的思想和出格的行为，如果宽容和放任，最终会破坏良好的学术环境，会损害学校的声誉，我们不能因为满足了个别学者的学术自由而影响了学校大部分学者的学术自由。总之，我们鼓励教师理论联系实际，研究国家和地方经济社会发展中的重大实践问题，我们也将努力营造有利于科学发展和学术研究的良好环境和氛围,但是必须把握正确的方向和导向,这一点是不能含糊的,希望大家对此有清醒的认识。

(2006 年 9 月 1 日在 2006 年新教职员岗前学习交流会上的讲话)

大学精神与中大文化

所谓现代意义上的大学,是以科学思想为基础,是追求真理、创造知识的地方,它总是严肃地、批判地把握人类社会发展的一些永恒价值。大学既是人类精神家园和文化的守护者,也是社会良知的灯塔。大学既承载着人类终极的价值追求,也体现着时代的精神。只要人类的文明延续,大学前进的步伐就不会停止。因此,我认为,大学精神所包含的,并非某一个特定大学的精神面貌或者文化特质,它包含的是人类文明进程中一些最本质、最美好的东西,诸如对真理的向往,对自由、独立的精神等一切真善美的东西的追求。

就我而言,我并没有能力去对什么是"大学精神"下一个定义。在很多情况下,我们能够感悟到的东西却往往无法用理性或者简单的言语表达出来,可以意会,但难于言传。而且,对于大学精神,不同的大学的理解与作出的反应是不同的,即使同一所大学,在不同的时代,也会有不同的理解。大学的发展是一个薪火相传的过程,大学精神的形成也是一个传承不息的过程,它不断积淀,不断发展,与时俱进。因此,我们不能、也不应该用几个确定的字眼来固化它的内涵,正如西方先哲所言,"凡不可说的,应当沉默",因此,对于大学精神,只能靠我们慢慢地去感悟。

然而,大学精神并不虚无缥缈。中山大学是承载着大学精神的大学,这种精神,在学校日常的学术生活中可以时时处处地感受到。

我想举几个例子。2004 年,哈佛大学将哈佛学院喜乐斯图书馆(The Hilles Library)捐赠给我校,这是国外大学图书馆第一次比较完整地向中国高等院校捐赠其图书馆藏书。后来,我们的图书馆馆长告诉我，对方捐赠的初衷之一就是他们认为中大校训所表达的思想与哈佛大学的办学理念是一致的，因此决定选择中山大学。

去年，我们学校接受了教育部本科教学工作水平评估，评估组驻校一个星期。在总结大会上，评估组组长、中国人民大学校长纪宝成教授对中大作了八个字的评价——大度、淡定、从容、有序。我并不认为我们已经达到了这样的一个水平，我想，这也许是纪校长感受到了我们正在努力形成的这样的一个文化氛围，我更愿意认为这是评估组对我们的鼓励和鞭策。

几年前，由于与我们有长期的密切交往，哈佛大学教授、哈佛—燕京学社社长杜维明先生在有一次闲聊时对我说，他能够感受到中大继承了岭南大学平等和谐的文化传统，也继承了陈寅恪先生追求的"独立之精神、自由之思想"的学术精神。我深以为然，又补充说，除此之外，中大也继承了中山医严谨治学的优良传统，而中山先生为我们题写的校训，更是引领和激励着一代代中大人不断成长。

中山大学的发展过程始终渗透着大学精神的光芒，这说明我们的大学是一所好大学，但好大学很多，由于历史背景、地域环境等影响，不同的大学可能具有不同的文化性格。中山先生为了国民革命的成功，在中国的南方亲手创立中山大学，因此中大的气质是深受这些因素影响的，其文化气质可以说是既开放又内敛，既维护原则又包容差异。

受这种文化气质的影响，中大形成了自己的办学理念，我们提出，"大学是一个学术共同体"，"教授就是大学"，"善待学生"。在这些理念的影响下，我们探索了人事制度改革，以期营造校内宽松和谐的氛围；我们尊重学院的发展而从不给学院设定指标；我们提出"国际水平、国家需求"的学科发展定位；我们强调大学必须承担为社会服务的责任，等等。

（2009年4月24日在中山大学深入学习实践科学
发展观活动专题报告会上的讲话）

中山大学的学术文化

以教书育人为本,视教学质量为办学的生命线。

我们很多老教授、老领导从学校不同岗位上退下来后依然活跃在教学、科研的第一线。最近参加的医科几项活动令我感受颇深。上个学期,我在北校区参加了医学教务处主办的青年教师中英文授课比赛,这类比赛已经举办很多年了,参赛老师的水平都很高,尤令我感动的是,原中山医的老校长卢光启教授亲自主持中文的授课比赛,并对每一位参赛老师作了点评;老书记卓大宏教授主持了英文授课比赛,并且亲自用英文进行点评。我觉得,这其实体现了我们中山大学医科的优良教学传统,学校老领导关注教学的行动,是很了不起的事情,这是对学校最大的支持。我想,我们应该珍惜这种传统,并且将它发扬光大。前不久,我在肿瘤医院与一位现任领导谈及肿瘤专业领域的现状,他说,医院有几位老领导,从行政岗位上退下来后,仍然是各个医科委员会的主委,在医院里起着"定海神针"的作用,在医院和学术界传为美谈。还有就是原副校长、生科院的李宝健教授,他继 2005 年在 *Nature Medicine*(《自然医学》)杂志上发表了一篇高水平的学术论文后,目前还在科研的第一线,与助手和学生们进行着一系列的高水平研究。

正是因为这样一批老学者的努力,我们中大优良的学术传统得以代代传承。学校也采取了一系列有效措施,切实保证教学质量。例如,我们对教师的教学质量采取了学生评价、督导评价、同行评价和管理部门评价等多层次评价体系,如果有一个方面的评价反映不好,就应该引起教师的警惕;如果几个评价系统都反映不好,那就说明教学一定有问题。这几年,对教学质量存在严重问题的教师,学校在职务聘任的过程中采取"一票否决"的办法,因为我们认为,如果连最基本的教学工作都不合格,当然也就没有资格受聘更高的教师职位。

又比如，根据研究生院统计的情况，今年我们学校的博士生从论文申请答辩到最终答辩的一次不通过率达到 27％，有的学院甚至达到了40％。我想，这充分说明了学校狠抓教学质量落到了实处，说明了我们提倡严谨、踏实、创新的学风落到了实处，说明了中山大学培养的博士有着足够的"含金量"。除了在研究生培养过程中采取严格措施，保证培养质量以外，我们还建立了博士学位论文抽查制度，这个举措已经实行了三年。每年我们从应届博士学位论文中随机抽取 10％，寄往国内有研究生院的兄弟高校进行匿名评审，并将评审结果在校内进行通报。去年，我将论文匿名评审中有不合格评价的博士生导师逐一请到办公室，我称之为"诚勉谈话"，就是告诫和劝勉这些导师，要关心自己的学生，要对自己和学生的学术行为负责。

在中大的优秀教授看来，学术不仅是一份职业，更是一种生存方式。

我想，可以用四个字来理解和概括这一点，那就是"学术至上"。这里我想结合我们的教师职务聘任工作说说这个问题，今天在座诸位中的很多人将开启学术之路，走上讲台，从事研究。然而作为中大的老师，是有合约约束的，你们必定会经历职务聘任的考核。这里，我想特别向大家说明的是，学校所列出的教师职务聘任指标，是我们对候选人申请某一职位的最低要求，而不是说你达到了这个指标，就一定能够申请成功。这是一个必要条件，不是充分条件。这就如同一个门槛，你能够跨过这个门槛，只能说明有资格去申请受聘更高一级的教师职务而已。很多学院都根据学校《教师职务聘任规程》，在学校标准的基础上，制定本学院更高的标准，我认为这是一种积极的做法，应予肯定和鼓励。因为学校人事处和各个学院的工作，就是筛选出一个可以提交学校聘任委员会讨论的名单，最终的结果，则取决于每一位评委心中的那"一杆秤"，因为他们十分清楚中山大学的教授应该是一个什么样的水平。我时常会接待一些"落榜"老师，听取他们的"申诉"，我会告诉他们这些道理。我希望大家明白，在中山大学，对学术的评价，最终体现的是在学术共同体中学者之间的"清议"。"清议"什么呢？就是看你对待学术的态度，看你是否把学术作为生命的一部分来看待，同时也看你是不是真有水平，真有本事，是不是真正达到了职务水准。学者间的"清议"其实就是一种纯学术的评价，其力量是巨大的，它是一种评价的标准，它甚至可以决定一个人能否在学术圈中立足。我想，这就是我们倡导的学术至上的理念。

我还想举个例子作为佐证。前不久，我听校办的一位同志说过这样的事情：他们有一次同门聚会，一位毕业后任职于省内某高校的同学说，他们学校招聘处长，教授们都争相报名。他的导师听了感觉非常不解，想不通为何有那么多教授愿意竞争这个处长的职位，他说，在我们中大不是这样的。确实，我们学校的几个处长岗位，要物色到合适的人选，相当困难，学校选中了合适的教授，需要再三动员，甚至我本人也曾找过几位教授谈话，请他们出山，但还是被婉言谢绝。我十分理解这些教授的选择，因为教授从事的是学术研究，从事行政工作，就是改变了他们的生存方式，在学术上就一定会有所损失。这其实也说明了中大不是一所"官本位"的学校，我们的行政部门领导更多的是为教学科研服务，说明我们有一种学术至上的风气。当然，我也希望在学校需要的时候，我们选中的教授能够出山，在学术上作出一些牺牲，为学校做事。

教师视大学为安身立命之所，对这个学术共同体有着深切的认同。

教师是大学的主体，学校的一切工作都是围绕教学和科研来开展的，学校的各项工作也要得到教师的理解和支持。上个学期末，学校举行了学位授予仪式，这次仪式与以往不同，历时四天，共 14 场，我为每一位学位获得者颁授了学位。学校的这个工作得到了教授们的支持，每一个院系都派出了德高望重或深受学生喜爱的教授作为主礼教授，特别是当我们的工作人员逐一落实执中山大学权杖的教授时，得到的都是他们肯定而爽快的答复，尤其是年近九旬的夏书章教授接到电话，当即表示"我愿意来",更令我肃然起敬。我想,这不仅仅是因为执大学权杖是一种荣誉,更因为他们是出于对中山大学这所学校的认同感和责任感,是出于对学生的深厚感情,是出于对教育这一神圣事业的热爱和执著。

我还想到另一例子,上个学期学校进行了博士研究生培养机制的改革,原则上要求招收博士生的导师应为学生支付一定的培养费用和生活费用,虽然学校对基础学科设置了保护底线,但相对来说,这个政策还是比较有利于应用学科尤其是有课题经费的教授招生。然而,在一次座谈会上,一位基础文科的系主任表示了对这一政策的理解和支持,他说,制定这个政策并不仅仅是鼓励教授多争取课题,多拿经费,而是鼓励学生融入导师的课题研究当中,在导师的指导之下从事科学研究,无论文科还是理科,无论是基础研究还是应用研究,都应在这种理念下完成我们人才培养的任务。我当时就想,这就是我们中大教授的水平,他对政策的理解和诠释,有一些甚至连制定政策的职能部门都没有意识到。这令我十分欣慰,也非常感动。

我们的学生尊师重道,既脚踏实地,又志存高远。

我们的学生,是百里挑一的优秀青年,认真培养他们,使他们成为国家和社会的栋梁之才,是我们办学的应尽之责。这里,我想说的是,学生也是大学的财富,学生的精神面貌同样也反映了大学的传统和文化。

我们学校有一个系列讲座,叫做《艺术与人生》,邀请国内著名的艺术家来为同学们作讲座。这个讲座,我夫人很愿意去听,她说不仅是可以看到一些名人,感受他们的人生经历,而且她很享受现场的气氛,因为学生的提问很精彩,并且他们知道什么地方应该喝彩。听到这些,我不免就会有些得意,我想,这就是因为我们的大学是好大学,我们的学生是高水准的学生。最近在讨论这篇讲话稿时,我与陈春声教授谈到这个话题,他说也深有同感,他刚从台湾待了一个学期回来,走访了许多学校,他的感觉是可以从学生的提问中感受到这个学校的水平。好大学的学生提问,决不会只是去问如何找工作啊,如何考研究生啊等等这些急功近利的问题,他们求教于人的往往是高深的学术问题、是有关国家民族大义的话题,是富于建设性而引人深思的问题。我想,我们中大所拥有的就是这样的学生。

(2007年8月30在新教工岗前学习交流会上的讲话)

中山大学的行政文化

我们的领导班子是以学校的发展作为共同目标,并为此努力工作的。

我认为,我们学校领导班子成员,是在"做事",而不是在"做官",这是我们形成良好行政文化的一个重要基础。我还记得在两校合并时,我们提出以"和气待人,大气处事"的原则来做好两校合并过渡时期的各项工作,当时新的领导班子的定位是要团结一致向前看,这些都为学校的融合与发展奠定了良好基础。

大学领导一定要有一颗"公心",我们的工作方向是为了中山大学更好地发展,学校发展了,在中大的历史上就会留下我们这一代的印记,否则,后人就会说我们这一代碌碌无为。如果我们都想通了这个问题,那么任何的个体私利、个人权威就都显得微不足道了,我们要怀着对历史负责的态度,形成共同促进学校发展的合力,而不是反作用力,这才是我们努力的方向。曾经有几位院长同我说过,在中大做事,只需考虑做好事情就行,而不必去考虑做这件事是校长高兴、还是书记高兴,不必去考虑有可能会"得罪"谁。我想,这就是党政团结给学校带来的优势,班子团结才能彼此尊重、互相信任,才能使学校在稳定中得到发展。我希望学院、机关里也应该这样,教授、学者可以专心思考学术问题,行政人员认真做好本职工作,而不必有所顾虑,不必去揣摩别人的心理。

我们的机关行政部门已经树立了为教学、科研服务的自觉意识,形成了步调一致,服务大局的工作氛围。

我们已经形成了一个共识,那就是,学校努力集中一切资源为教学、科研服务,所有人都必须围绕这个中心工作,这也正如前面所说,中大不是一所"官本位"的学校。我甚至曾经向学校机关的行政人员提过"二等公民"的概念,大家看到,这个"二等公民"是打引号的,意思并不是说行政人员与教师在人格上有差别,而是要强调在大学里教学和科研的首要性,大学行政人员的职业要求,就是必须从属于教学和科研工作,并服务于它。现在,我感到,学校机关的服务理念已蔚然成风,深入人心。从暑假期间学校各个校区许多部门尽职尽责的工作就可以说明这一点。我认为,评价一所大学,可以从其假期中的状态来判断,看看假期教师们在做什么、行政人员在做什么。我想,那些一放假就找不到人的学校一定不是好学校,因为大学里出色的教师都会利用假期做学问、争项目、找资源,教师没有休息,为他们服务的行政人员当然也就没有休息的时间,这或许就是一所大学是否在蓬勃发展的一个标志。因此,我还希望学校的人事部门应该对我校行政人员(包括校级和院系)的寒暑假有一个更明晰的指引,严格地说,对于高校行政人员的休假,应称为"轮休",而不是"放假",其时间相对于教师应该适当缩短。寒暑假的值班必须切实执行,必须保证在放假时学校的正常运作不受影响。这是大学行政人员的职业要求决定的,我相信一定会得到我们广大行政人员的理解。

其次,我感觉,机关的部处长们也是在做事,而不是在"做官"。学校机关各部门已经逐渐形成了一种善于协调工作,勇于承担责任的职业精神,这种职业精神正是在以大学发展为共同理念的前提之下形成的,这是一种"全局意识"。我们的机关人员,特别是部处领导,不是局限在本部门之内,而是把自己作为学校全局中的一员,不是去计较小单位、小集体的局部利益,而是站在中山大学整体的角度上来思考问题,面对新情况、新问题,他们勇于担当、善于协调、相互配合、彼此默契,这一点,还是可以通过这次学位授予仪式看出来。今年的学位授予仪式是一项大型的组织工作,由校长办公室会同研究生院、学生处、团委、宣传部、医学部办公室、教务处、医学教务处、网络中心、保卫处、总务处、后勤集团,以及全校各个院系等部门共同实施。在整个组织实施过程中,无需校领导出面协调,各部门相互支持,通力合作,任务的分配和落实未出现任何障碍,没有谁推诿,没有人叫苦,也没有一句怨言。学校各级行政部门表现出令人欣慰的合作意识、令人赞叹的办事效率和令人为之动容的勤奋精神。我想,通过成功举办这样一个参与者近2万人、四天14场的大型仪式,从一个侧面表明,我们学校已基本形成了善合作、高效率、高品位的行政文化,同时,也展示了学校的管理水平。

我们已经有了一个不仅在学术上可以领军,而且具有先进管理理念的院长群体。

可以说,学校现在的一批院长、系主任是非常出色的。他们有良好的教育背景和学术经历,在相应的学科领域有重要的学术影响,更重要的,是他们有着宽阔的胸怀和出色的科研组织能力。他们学术造诣深厚,在本学科领域拥有较大的话语权,带动学科的发展;他们视野宽广,能够理解学校提出的办学思想和发展思路,并将大学的办学目标作为本学院的发展目标;他们心胸宽广,有容人的气度,是一流的院长。我想,也正是因为我们有这样一批一流的院长、系主任,学校才在近年规模迅速扩张的情况下继续保持了长期以来的办学特色,保证了高水平的教学质量,并在此基础上有序、稳步发展。这里,我真心地感谢院长、系主任们为学校事业发展作出的贡献。

但是,我在为院长们的出色工作和各个学院的发展感到高兴的同时,不能不对目前个别院、系行政人员的工作作风感到忧虑。据我所知,部分院系一到放假,办公室里就找不到人了,只是请几个学生助理值班，办公人员遇到有事情就想办法"往外推"，个别学院在放假期间，遇到像人才引进这样的重要事情都没有办法推进，这与学校大部分机关假期办公形成了鲜明对比。我想，这些由于放假而暴露出来的局部问题，实际上反映的是部分院系行政体制存在的深层问题，一些院系的行政机构还残留着无所作为、凌驾师生之上的不良习气，一些行政人员不仅缺少行政效率观念和服务意识，而且缺乏责任心，极个别人甚至行为散漫、态度不好，得过且过混日子。

我想，学校的发展已经到了一个新的阶段，校级机关行政部门已经逐渐形成了为教师服务，为教学、科研服务的良好风气，个别院系行政部门的消极作风已经影响到学校的进一步发展，势必要进行改革。我建议党办、校办会同人事处与院系一起考虑这个问题，要建立一个院系行政人员尤其是办公室主任的培训、考核和轮岗制度，形成竞争机制，优胜劣汰，从而建立一支更加年轻、素质过硬、爱岗敬业、气氛融洽、有效率、有大局观念和良好服务意识的院系行政人员队伍。

（2007 年 8 月 30 日在新教工岗前学习交流会上的讲话）

每个人都是他人的外部环境

好的学术文化包括了良好的师生关系，关爱学生是教师首要的职业道德，这体现在关心学生的成长，帮助他们在心智上取得进步。我们提倡大学教师应该"崇教厚德，为人师表"，在学生面前，我们应该既要做传授学生以知识的"经师"，又要做教学生做人道理的"人师"。"得天下英才而育之"，是人生最大的乐事，更是一件光荣而神圣的使命，在座诸位无论是教师还是行政人员，都希望大家牢记。我想，在我们学校，师生关系不和谐，首先要问责教师。

大学里每个人都是其他人的外部环境，和谐的整体正是由每一个"互为外部环境"的个体共同营造的，虽然我们每个人都有短处，都有弱点，但"尺有所短、寸有所长"，我们应该学会看到别人的优点和长处，这样,彼此之间才能融洽,大家心情才会愉悦。因此,不只是师生之间,教授、学者之间也应该相互尊重、相互欣赏,要承认学科之间的差异,尊重别人研究的学问。同时,这种"相互尊重"、"相互欣赏"的品质应该扩散到整个学校,成为全校共有的品质,教师、管理人员内部要互相尊重,教师与管理人员之间也要相互尊重,因为只有形成这样一种氛围,才能有助于营造宽松、和谐的校内工作环境。

除了要有相互尊重、相互欣赏的心态,我们还要尝试站在别人的立场上看问题,要尝试去"理解"别人。我给自己定过一个规矩,凡是老师约见,我一定见,我并没有希望说一定能够解决什么事情,我只是想给他们一个陈述的机会,一个沟通甚至是发泄的渠道,因为一些心理包袱是可以通过交流和疏导而化解的。我想,学校不能积累怨气,要想方设法去疏导矛盾,这一点,学校的院长、处长们尤其应该注意。总之,中大必须要有一个适合自身发展的和谐环境,有了这种环境,我们才能实现学校发展的目标。

中大的发展就是我们共同的事业,这里也就是我们共同的家园,值得我们每一个人去珍惜和爱护。尽管当下的舆论环境似乎对于教育界并不有利,大学成为经常被拿来"说事"的对象,我们仍然有责任共同维系大学的核心价值,维护大学的声誉。我们每一个人都可能在今后的工作中遇到各种问题甚至困难,我希望大家还是要持有一颗热爱中大之心,相信学校的主流是公正和公平的,我们应该采取积极的态度去面对,通过正常的渠道去沟通和解决,而不应采取极端的措施,做出损害学校形象、影响学校声誉的事情。因为一时的冲动,往往会导致不良的后果,而这种后果还是要由本人来承担,得不偿失。

在中山大学,不管是教师还是管理干部,都是中山大学事业发展不可缺少的人才资源,师资队伍和管理干部队伍的建设是中山大学人才工作不可偏废的两个方面。事实上,管理干部队伍仍然是中国大学发展的一个瓶颈,要解决这个问题,还有赖于国家干部人事制度改革的进一步深化。当然我们也要看到,近年来,我校管理干部队伍的素质已经有了很大的提高,以往教师队伍和管理队伍"两张皮"的现象也有了明显的改观,现在,我们机关的服务意识有了很大的增强,寓管理于服务之中、真心诚意地为广大教职员工服务的意识已经成为了机关管理干部中的一种主流意识,这是一个十分令人欣喜的变化。但同时我们还要看到差距和不足,我以为,这个不足还在观念。现在我们学校的各机关部处之间仍然存在着条块分割的现象,大家似乎总是习惯性地守住自己的那一块。其实,不管分工有多么明确,在实际工作中,各部处之间必定还会有交叉的部分,无法泾渭分明。这就出现了彼此之间的沟通与协调问题。经常会有这样一个现象,一项工作一旦涉及多个部处,就必须由校领导来协调,这样做当然会很顺,因为校领导当了裁判,边界不清时,由校领导来划界。但我们是否想过还有另外一种做法,就是部处之间的主动协调与沟通。许多事情,总是会有一个职能部门来牵头,如果涉及其他的职能部门,那么这些可能涉及的部门是否可以主动一些呢?而牵头部门的负责人是否也可以主动地和其他部门协调呢?这其实还是一个观念问题,只要大家不要把各自的职责视作井水不犯河水,既然大家都在为中大的事业而努力,目标是一致的,那么这个彼此之间的沟通和协调也就不会是困难的了。所以,我以为我们的处长们也应该有宽阔的胸怀,这样,我们部处之间的协调和沟通可能就会顺畅很多,我们的工作也会更有效率。我想这可以视为一种行政文化,我们中山大学也确实需要一种新型的行政文化,这种行政文化是和谐的、高效的,最终也将有利于学校事业的发展。

(2004年10月25日在中山大学2004年人才人事工作会议上的讲话)

　　各项制度的革新,需要校内各业务部门的支持和配合,大家应该密切地关注各种情况的变化,及时地调整各项规章制度,以适应形势的发展。在这里,我想讲一个观点。我们的各个政策的执行部门包括各个部处以及各学院的行政部门,如果只是知道按规章制度办事,是不够的。对一个处室是否高效、对一个处长能力的评价,并不在于他们是否做到了按章办事,做到这一点相对是比较容易的,不容易的是在对一些"擦边球"的处理上,对一些可以这样、也可以那样的事情,如果处理得好,这个处长就是优秀;如果处理得不好,这个处长也就是一个维持会长而已。我们的行政管理人员要更加解放思想,要把工作的思路更好地与重铸中大辉煌这一伟大的事业结合起来,使我们的管理工作更好地为学校的发展主流服务。我们的处长们要有一种价值判断的能力,面对一件事情,首先应该考虑的是该不该做,而不是能不能做,该做的,就应该尽可能去促成,已有的规章制度如果被证明是不适合形势发展的,就要考虑去改变它。我认为,行政人员的能力和真正水平应该体现在执行各项规章制度的过程之中。学校将大力推进课题负责人制,我们的职能部门,就应该考虑在各项规章制度的制定上为这些课题负责人的工作提供便利,营造一种更为宽松的氛围,使学校的管理部门与教师之间形成一种融洽的气氛。

(2003 年 11 月 26 日在中山大学科技工作会上的讲话)

中层干部应该超脱些

强调工作的主动性,就是希望我们的部处长不能凡事都靠校领导,一定要校领导有了指示才去工作。学校的各项工作已经分解到了各个部处,在座的诸位每人都管着一摊子,你们就是自己管着的这一摊子的负责人。这就要求大家一定要有一种主人翁的姿态,主动去考虑自己负责的工作,提出有益的建议,想出各种办法,把自己负责的工作做好。

作为一个部门的负责人,大家对本部门的工作一定比分管校领导更了解,更有发言权。因此,大家应该比校领导考虑得更多,考虑得更全面,应该以一种主动的姿态去提出问题,发现问题,解决问题。从某种意义上说,大家在各项工作上,应该推着校领导向前走,从而推动学校各项工作的开展。各位机关部处的负责人与学校、与分管校领导的关系绝不仅仅是领导与被领导的关系,而应该形成一种互动的关系。

说得更加直接一些，我想，看一位部处长是否合格，关键就在于"主动性"这三个字。中山先生说做大事与当大官的区别，核心在立志，是要看立的是做大事的志向还是当大官的志向。我们看部处长是否合格，其核心的区别就在于是否有主动性，是主动地去工作、去思考，还是被动地去思考、去工作。我想我们的部处长们应该立起"主动地工作"这个志向。

　　发挥工作的主动性要围绕学校的中心工作。现阶段，我们学校的中心工作就是学科建设，因此各机关部处就应该围绕这个中心，主动地考虑问题，提出思路，拿出办法，妥善地解决在工作中可能出现的各种问题。我们的科研部门、教学部门、人事部门、后勤部门等等，都应该认真主动地动动脑筋，看怎样才能配合学校的中心工作，发挥本部门的作用。最近，学校十分重视扩大国际交流，提升中山大学的国际影响，开展粤港之间的教育合作。我们的部处长是否已经注意到这一点了呢？是否已经把粤港教育的交流与合作以及中山大学的国际化纳入了自己工作的思考范围呢？这就是一个主动性的问题。现在学校提出了要重视国际化工作，这个工作绝不是国际合作与交流处一个部门的事情，做好这一工作，涉及全校的方方面面，所谓牵一发而动全身，我看仅仅是交流学生一项，就已经值得教务处、学生处、招生办乃至后勤部门的领导们认真考虑了。希望大家一定要围绕学校各个阶段的中心工作，更多地发挥主动性，多考虑一些，多出一点主意。

　　总而言之，我们机关部处的负责人，不能仅仅停留在常规事情的操作上，陷在事务之中，大家应该超脱一些，这样才会有思路，有想法。曾经有人问我，什么样的处长是称职的，我说，如果这位处长在休息的时候还会经常想着工作，想着如何把工作做得更好，那么这个处长就是主动的，就是称职的。这么说可能有些"残忍"，但我们中大实在是太需要这样的中层干部了。

　　我还希望我们的机关部处负责人在考虑问题时还要有效益意识，要站在学校全局的角度去考虑本部门的工作。

最近送到我桌上的几乎所有的请示、报告,开头都必定是建设高水平大学,就应该有一个高水平的什么什么,而我们现在什么什么方面的工作还处于落后的位置,这与建设高水平大学的目标是不相称的,为了达到这个高水平就需要学校给多少多少的钱。这种说法有对也有不对,因为实际上学校是不可能往学校工作的各个方面平均地投钱的,如果人人都只看着自己的那一块,而不从全校的大局考虑问题,是不可能建设高水平大学的。

我知道现在大家都在看着这 12 亿,也有很多人问我,有了这么多钱,你准备干什么?我真的感到很难,以前是没钱很难,现在是有了这12 亿更难,因为方方面面都看着这 12 亿。其实,这 12 亿对于建设一所高水平大学而言,实在是很少很少。如果从资金的投入方面来看高水平大学的建设,我们国家对大学的投入实在还是很少的。这次去香港访问,听说香港大学建设一座医学院大楼,就投入了 32 亿港元,这在内地的大学是很难想象的,而且我们与香港以及西方发达国家的这种差距在现阶段、在短期内还是很难缩小的。

所以我想在我们校内是否可以达成这样一个共识,就是:对于建设高水平大学而言,这笔 12 亿的资金是远远不够的,办学资金相对匮乏的局面还会持续下去,我们要有过紧日子的思想,而且这个紧日子还要过很长很长的时间。对于学校来说,在重点建设高水平大学专项资金的使用上,一定要坚持有所为有所不为的原则,只能是重点支持,而不是"撒胡椒面"。

我们每一个部门当然都希望本部门是最优秀的,但这种对最优秀的追求是不能建立在管理成本大幅度提高的基础上的。我希望大家在考虑本部门管理工作的过程中,要树立起效益意识,希望大家能在现有的人力和物力条件下做出最大的努力,提出更新更好的思路,把本部门的工作做得更好。

我们要避免想到做好工作就想到钱,想到激励机制就想到钱的思维惯性。我始终相信,对学生、对教师的激励,除了钱之外,精神上的鼓励同样也是十分重要的。奖学金并不是越高越好,对于学生的鼓励,重要的还是要让学生有荣誉感。科研工作也是如此,不能总是想到老师发一篇论文奖多少,其实,老师的论文发表数与业绩津贴是挂钩的,这种单纯的物质奖励未必会有更好的效果。而且我始终相信,我们的老师写论文这一行为的本身,并不是为了得奖,我们的老师一定更为看重的是科学研究的过程,他们享受的是这一过程给他们带来的快乐。我们的老师之所以能够取得这么多的成就,最主要的是由于他们对事业孜孜不倦的追求,是发自他们内心的强大驱动力。我们所要做的就是要为他们提供更为公平和宽松的工作环境,给他们更多的关爱。这一点,对于高层次人才而言就更是如此。

我们经常说,有多少钱干多少事,这句话当然有道理,但我总是觉得里面少了一些东西。我想在现阶段的中山大学,我们更应该要有一种"没有钱也要做事,也要做好事"的精神,要力争用最少的经费投入做出最大的成绩来。

(2002 年 4 月 26 日在机关处级干部培训班上的讲话)

要有"官心",不要有"官气"

中山大学事业的发展离不开全体师生员工的共同努力,中山大学的荣誉是由全校教师、学生和管理人员共同创造的。我校的各级党政管理人员承担了学校最为繁杂的事务性工作,特别是中层管理干部,是学校改革与发展的推动者、支持者和执行者,是我校管理队伍的中坚力量。可以说,我们的管理干部队伍,尤其是中层管理干部队伍,是国内高校管理干部中最优秀的一部分,诸位能够成为这样一支优秀队伍中的一员,应该感到自豪和骄傲。

从事行政工作,"当官"、"升官"绝不是目的,从事行政工作的过程,就是享受在工作过程中不断闪现的自我实现的瞬间的一个过程。我想,现在大家最关键的,是要保持一颗平常心。

走上了中层干部的岗位，说得更直接一些，就是大家"当官"了，在这个时候，我想大家就有必要明确什么叫做"当官"。大家都知道中山先生的那句名言，就是"要立志做大事，不可要做大官"。我想，在大学里"当官"，应该有这么一个基本的认知："当官"，是要"做事"，是要"做大事"。我希望大家在当了这个"官"以后，能够再重新考虑一下自己的人生目标。现在，学校里面的中层管理干部越来越年轻了，三十几岁就升了副处甚至正处的干部大有人在。我想，如果我们的这些年轻干部只是将自己的人生目标定位在做更大的"官"，如果副处只想着做正处，而正处也都只想着何时成为副厅，那么我想大家在仕途上大概就只能不断地感到生不逢时，此恨绵绵无绝期了。道理很简单，职位永远是一种稀缺的"资源"，这就像是一个金字塔，越往上，可能性必定是越小的。就以我们学校为例，我请组织部和人事处统计了一下，学校实职岗位的校级领导有 15 人，处级干部 214 人，科级干部 303 人。很明显，数字之间的比例差距甚大，不可能所有的科级干部都会晋升到处级，处级干部更不可能都晋升到校级。如果我们的干部都以升官作为人生的终极目标，那么失望的必定是大多数。我经常说，做行政工作，付出与获得在很大程度上是不成正比的，其中有机遇，还有很多偶然的因素在起作用，是否可以晋升，在很大程度上是可遇而不可求的，如果我们只是单纯地追求晋升，就难免会做出一些"动作变形"的事情，就有可能不择手段，也有可能自暴自弃，那我们的工作和生活又还有多少意义可言呢？当然，有人可能会问，如果不把官阶的晋升作为人生的目标，作为一个行政人员还有什么奔头呢？我想，晋升固然是奔头之一，但行政人员的奔头是绝不仅仅在于升官的。大家现在成了处级领导干部，其最大意义，就在于大家已经得到了一个更大的平台。我们所要做的，就是要在这个平台上，更好地发挥自己的才干，实现自己的抱负，在做事和做大事的过程中克服一个又一个工作中出现的难题，享受这个工作过程给自己带来的快乐。

　　说到做事，大学的行政部门是不同于政府机构的，政府是科层体制,明确要求下级必须对上级负责,这种体制的存在有其合理性,它可以保证政令的畅通,但同时也往往会导致另一个后果,就是会产生对权力的敬畏,惟上级之命是从,导致人们对官位的级别特别看重,而责任又往往被忽视。我想,在大学的行政体制中,当然也可以借鉴政府科层体制,因为政令的畅通也是我们所需要的。但是必须明确的一点是,大学的行政人员与政府机构的公务员是不一样的,大学的行政人员,不应该仅仅是一个权力的敬畏者,而更应该是一个学术的敬畏者和知识的敬畏者。大学的行政人员,应该牢记自己最重要的责任是为师生服务,要给他们以方便,要为他们排忧解难。我们是不是可以定一个原则,叫做"不拒绝原则",就是在遇到师生们提出要求的时候,只要是没有明确规定禁止的,我们的行政人员就不要立即拒绝。尤其是处级领导干部,当面对师生们提出的要求时,是不是应该首先不考虑能不能办的问题,而是应该考虑这些要求该不该为他们去解决:能不能,就是要按规矩办;该不该,就是要动脑筋看在规矩之中甚至规矩之外还有没有办成的余地。有了这个"不拒绝原则",我们做起事情可能就会更加人性化一些了。比如,我们学校的人事处,过去曾经被老师们称为最怕进的部门之一,而现在,我已经听到了这样的评价:"到了人事处就像回到了家的感觉一样。"所以,希望大家牢记,在任何时候都不要对我们的师生轻言不行或者不能,在可做可不做的情况下,只要不违反党纪国法、不违反校规校纪,就应该尽量为他们提供方便,帮助他们。

上面所说的,是我希望的作为一名处级干部的最基本的意识。在这个前提下,我觉得,我们的处级干部们在工作中还应该注意以下几个方面。

一是要慎用自己手中的权力。学校里有一些事情是必须通过集体讨论才能通过的,个人无权做出决定。比如我们研究生招生工作中的破格录取,一定是研究生招生领导小组集体讨论后作出的决定。请大家注意,特别是遇到操作周期较长、涉及范围较大、连带问题较多的事情,尤其要通过集体讨论,并请示分管的校领导以后才能作出决定。

二是要善于协调工作,勇于承担责任。一方面要求处级干部慎用权力,另一方面又要求善于协调,勇于承担责任,这个要求可能高了些,这其中的尺度,希望大家认真把握。在任何组织体系中,部门的设置永远都有边界,都是有一定职权范围的。但是在实际工作中,无论怎样分工,怎样划清边界,也还总会遇到一些边缘性问题的归属是可能模糊的,好像你也可以管,我也可以管,但实际的结果往往就是大家都不管。我想,这个时候,我们的处长们就应该有一种全局观,不要把自己局限在本部门之内,而是要作为学校全局中的一员,站在中山大学的角度上来思考问题,要善于协调工作,勇于承担责任。举一个例子,不久前,医管处和研究生院的有关负责同志向我反映学校医科临床专业的研究生面临职业医师注册的问题,这里面涉及医院、医管处以及研究生院等若干部门,情况比较复杂,为此我还专门请教了教育部高教司的负责人,都没有得到一个满意的答复。我心有不甘,请医管处和研究生院学位办的负责同志尽其所能咨询其他兄弟高校的做法。很快,他们回复我说,上海某些兄弟高校对类似事件的做法是可以借鉴的,这件事还是有办法做好的。一个问题看似超出了有关部门的职权范围,但是通过变通、通过想办法是可以促成问题的解决的。所以我想,衡量一个处长是否合格,不是要看他是否具备履行规章制度的能力,关键是看他在遇到新情况、新问题时能否变通、能否想办法协调各种资源去解决新问题,去解开那些看似无解的问题。

学校经常会遇到一些突发性的事件,发生这些问题,我们的处长们往往会第一时间赶到现场。中山大学正是依靠这么一批出色的同志的辛勤工作才能正常运作,我真心地向他们表示钦佩,表示感谢。我认为,面对突发性问题,不是推卸责任,而是通过采取适当办法妥善处理,尽可能减少给学校带来的负面影响,这体现了处长们的水平,体现了他们出色的协调能力和工作能力。我曾经说过:"成功者想办法,失败者找理由。"他们就是去想办法解决问题的典型,希望大家都去做"想办法"的成功者。

三是希望大家要享受工作的过程,而不是享受开会的过程。首先,大家要明白，无论是座谈会还是协调会，目的都是要做成事情、解决问题，绝不是为了开会而开会，会议不是目的，而是布置工作、解决问题的手段。其次，大家也要记住，在召集会议之前，组织者应该对会议内容心中有数，不能把解决问题的会议开成"神仙会"。对于开会，我自己有个原则，对与经费相关的和与家属区生活相关的问题尽量不在校长办公会上讨论，因为类似这样的问题比较复杂，众口难调，短时间内往往无法达成统一的意见。例如要在校内建垃圾站，大家一定都会觉得这个地方不能离自己太近，当然也不能太远，无论选在哪里总会有人提出不同意见的。所以，这样的问题，应该由职能部门去协调，通过征求各方面的意见，就可以确定了，开会反而会降低工作效率。即使是座谈会，也是要为了解决某些问题才开，什么时候是小范围的会议，什么时候是大范围的会议，组织者要对会议的设计十分清楚。总之，千万不要把开会当成一种嗜好，我说过，会议的组织者如果不能控制会议时间，不能有效地解决问题，那是执政能力不强的表现。

四是希望我们的处级干部们在工作中要多汇报，少请示。我始终认为，如果遇到问题，在一线工作的干部应该要比分管的领导更清楚形势的发展，更具有发言权。所谓汇报，就是处长们在与分管领导讨论之前，对所讨论的问题应该已经有了自己的想法或者解决办法。他们在汇报的时候，是给出一道"选择题"，而不是事事请示，问上级应该怎么办，让他们做"填空题"。我想，假如学校的中层管理干部都有了这种意识，在工作中更加具有自觉性和主动性，那就会有利于工作效率的提高。

五是希望我们的处级干部要在空闲的时候多读一些书，多看一些报。我认为，虽然现在的职务存在上下级的级别，但是上下级之间的差别很多时候并不在于水平的高低，而在于信息量的区别。比如我去教育部开了会，回来传达，我掌握的信息无论如何都比没有去开会的人要多，理解也会更深刻。所以，在现代社会中，我们的干部要学会获取信息、善于分析，并以此来指导我们的行动。获取信息的途径是很多的，除了要学习诸如国家、广东省的中长期发展规划等等这样的文件之外，一个重要的途径就是要习惯于读书、看报。当然,我是反对在工作时间看报的,看到有的人上班的时候看报纸,心里总是会有些不舒服的。我的意思是希望大家能够形成一个不断学习,不断积累的习惯,我想"书到用时方恨少"这句话,大家一定是深有体会的。所以,各位要学会从书报中学习、向别人学习,不断地充实自己。

《论语·子张》有"仕而优则学,学而优则仕"这句话,大家可能对后半句比较熟悉,知道前半句的可能就不多了。对其中的"优"字,一般的理解是优秀的意思。所谓学而优则仕,就是如果书读得好就可以去做官了。但是按照朱熹的解释,优是有余力的意思。我觉得朱夫子的解释是有道理的。他说:"仕与学理同而事异,故当其事者,必先有以尽其事,而后可及其余。然仕而学,则所以资其仕者益深;学而仕,则所以验其学者益广。"意思是说,"仕"与"学"虽有不同,但道理是相通的,"仕而学","官"可以当得更好;"学而仕",则可以通过当官检验其学识。我觉得"仕而优则学"这句话最简切的意思,就是说做官而精力有余,就应该去读读书,做做学问,因此,我觉得"仕而优则学"这句话的境界特别适合在座诸位的情况。大家今天到了这样的位置,读书已经没有功利目的了,作为学校的中层管理干部,希望大家能够在工作之余的闲暇时候"非功利"地读读书,去体会一下读书过程中那种愉悦的心情。

鼓励大家读书还有一个意思,就是希望大家不要忘记自己是一个读过书的人,而且大家现在还在大学里工作,因此就要立志做一个读书人。我对我的秘书就有一个要求:他不一定是一个学者,但他起码应该是一个读书人,是读书人,对老师,对学生,对学术,他就会有一种天然的情感,就不会做出一些诸如对着老师、学生打官腔的举动来。同样的道理,我们的管理人员如果不能对师生充满感情,也就不会急师生之所急,想师生之所想,就更谈不上为师生服务了。所以,我希望大家要做一个读书人,这样才会对师生们有一种"理解的同情",更好地为他们服务。

今天在座的大部分是新任的副处级干部,所以,接下来我想再专门对诸位新上任的副处级干部说几句。

民间有句话,叫做"吃饭要吃素,当官要当副",意思是说副职在一个部门中,上面有正职承担责任,下面有人跑腿、做具体工作,应该是一个悠闲的职位。但事实上,你们可以看看学校的领导,我的体会是,作为校长,我的感觉是越来越不忙了,因为学校中大部分事务性工作已经由分管的副校长完成了,而我则是越来越多地做一些关于学校发展的增量,做一些"加法",所以,我要感谢副校长们努力而出色的工作。同样,学校里大部分部处的副职也都是既出谋划策、又亲力亲为的干将,正是通过这些人的努力工作,我们的学校才得以正常运作。在讨论这篇讲稿的时候,我和校办的同事回忆,我经常会直接咨询和布置工作的副职有哪几位,他们说,印象最深的就是人事处和财务处。的确,由于更多地关心人事工作和分管财务工作,我会经常就不同问题咨询两个部门的副处长,反而是与处长见面的机会比较少。此外,我也会经常直接向科技处、医科处和教务处等部门的一些副处长请教问题和布置工作,也都能够从他们那里得到比较满意的结果。我想,这一方面说明这些副职非常熟悉所承担的工作,工作也很努力,同时也说明了这些处的处长们的工作是得力的和成功的,因为他们很好地发挥了副职的作用。

但是,我也知道,在个别的处室,是规定副职不能越级向校领导汇报工作的,我觉得这并不是一个明智的举动。部门领导之间应该加强沟通,相互信任,一种良好的校内工作氛围的关键就在于言路的畅通,否则是不利于提高工作效率的。我想,一个合格的部门正职应该用好自己的副职,要尽可能地让副职独当一面,去处理本部门日常事务性工作,而正职则应该从全局的高度更多地去考虑日常工作以外的增量,思考处理一些边缘性的工作,以及应对突发性的情况。我想,这和校长与副校长的关系是同样的道理。

此外,我还要提醒大家,要有一种紧迫感和危机感,要有随时可能被后来者超越的心理准备,"长江后浪推前浪,一代新人换旧人",这是自然规律。现在的大学已经成为优秀人才最向往的地方之一,从我们每年招收管理人员百里挑一的激烈竞争程度就可见一斑,新进人员的素质一茬比一茬高，能力和素质也越来越强，他们会有很强的后劲，大家作为"前浪"，一定要不断地充实和提高自己。

总而言之，我是希望大家要牢记自己的责任和使命。有人说，所谓大师就是"有匠心、无匠气"之人，意思是说大师的水平是通过自己的学术素养和真才实学体现出来的，而绝不会在生活中流露出一点自以为是的傲气。我想，做官是否也可以借鉴一下这个说法，好官就是"有官心、无官气"的人：所谓"有官心"，就是要把自己当做一回事，要有责任感；而"无官气"，则是要懂得，作为大学的行政人员，说到底是为师生们服务的，千万不要以为自己是一个官，"太把自己当回事儿"。行政人员和从事学术研究的专业人士是不一样的，学者有点脾气并不奇怪，人们可以忍受他们身上有一些突出的个性。但是行政人员在工作中是不能容许有太大的脾气、太强的个性的。目前，学校对管理人员的招聘，已经形成了一套有效机制，可以说是走出了一条创新的路子。在这个机制下，应聘者的专业背景已经越来越不重要了，考核的关键在于他们的综合素质，要看他们是否能够融洽地与人相处，要求他们在工作中要成为一个职业化的人，这是对任何行政工作人员提出的一个基本要求。

当然，在工作中没有个性并不等于没有原则和底线，要严于律己，宽以待人，但这条原则和底线是深藏在心里的。中国传统文化提倡的"君子"应具有"外圆内方"的人格，说的就是这个意思，用现在的话来说，就是既要有较高的情商来处理人际关系，又要在内心有一个心灵的家园和基本的处事原则。这个"外圆内方"，应该成为我们大家努力追求的目标。

最后我还是希望大家牢牢记住这样一点：在大学里，教学与科研永远是第一位的，如果说大学的职能部门手里还有一点权力的话，那也只是国家和人民给予的为师生服务的权力，还望诸位善用之。

（2006 年 5 月 18 日在新任中层干部培训班上的讲话）

干部要谋事

首先,希望大家摆正态度。所谓"干部",尤其是学校的中层干部,我开句玩笑,是否可以将其解释为"为学校干活的部队",大家晋职成了副处、正处,不仅意味着大家"升官"了,更重要的是大家肩上的责任更重了。学校各项事业的改革与发展,都是由处长、院长们来具体执行和推动的。作为中层干部,你们是学校事业发展的骨干力量。同时,大家还必须明确,学校的中心工作毫无疑问是教学和科研,因此,无论是机关还是学院的管理干部,都必须紧紧围绕学校的这一中心工作,都必须时刻将尊重教师、善待学生作为我们开展一切工作的出发点和根本归宿。在这个意义上,所谓"升官",就是有了更大的责任去为师生员工服务。对于大学的职员来说,"同事"的意识特别重要,不管是讲师还是院长、普通科员还是校长,大家都是在大学这个学术共同体中做事的,我们有共同的事业、共同的理想、共同的目标、共同的利益和共同的荣誉。

其次,中层干部是学校各职能部门和学院的管理者和服务者,更是一个部门工作的组织者。孔子说,"不在其位,不谋其政",换言之,"在其位"就必须"谋其政"。因此,作为一个组织者,中层干部的首要任务,就是要充分发挥自己的聪明才智,审时度势,在服从大局、服从学校事业发展总体目标的前提下,主动细致地思考问题,找出解决问题的最佳办法,就是要"谋事"。思想决定行动,只有善于"谋事",最后才能"成事",也许这就是古人所说"知行合一"的意思吧。

记得一年多以前,在春节前夕,我曾经给每位院长写过一封信,信中希望院长们要立足长远,要为本单位发展而积极谋划,切不可做"维持会长"。所谓"维持会长",就是得过且过,安于现状,所有工作只是等待上级的指示,而不主动地去谋划发展。我们不需要"维持会长"式的干部,一个优秀的中层干部,要敢于挑战自我,带领本单位的同事去谋划未来,为学校的发展寻求突破,要有思路、能谋事,要谋大事,谋公事,最后还要谋成事。

学校对行政序列中不同位置的同事有不同的期待。对普通职员、科以下干部而言,学校更多的是期待他们兢兢业业、勤勤恳恳地做好本职工作,保证大学日常工作的正常运行,大致说来,可以讲是"无过便是功"。实际上,在校内津贴和薪酬制度改革中,学校也努力体现这样的理念,对职位不高但年资较长的同事,适当有所照顾。但是,对于在座诸位这样的处级干部来说,学校更希望你们要富于主动性、积极性地去谋划学校的发展,成就大事。对于诸位来说,上面那句话可能要调过来说,即"无功就是过"。因为组织上把这么重要的(甚至可以说是"稀缺的")职位给了你,就是希望你能积极谋事、成事的,饱食终日、无所用心,就会辜负学校和同事们的期待。

干部谋事,要谋大事。

诸位是学校的中层干部,到了这个层面,大家心里考虑的就应该是某种具有全局意义的事情,也就是通常所说的"大事"。干部谋事,要谋大事。

谋大事必先谋全局。"不谋万世者,不足谋一时;不谋全局者,不足谋一域。"因此,大家必须在熟悉本职工作的前提下,对学校全局工作以及本部门的大局有一个了解和把握,才能在工作的开展中得心应手。

首先要了解学校全局,也就是要弄清楚学校的中心工作是什么。前面我已经说过,学校的中心工作就是教学与科研工作,一切行政管理部门都是为这个中心服务的,这是对大学行政人员的职业要求。此外,还有两点是我们应该特别重视的:一是要注重营造大学内和谐、宽松的氛围,无论是学校的领导班子,还是部门领导内部以及部门之间,都要相互团结、相互信任,这样学校才能在稳定中得到发展;二是要强调大学的社会责任感，现代大学不再仅仅是象牙塔，更是社会发展的发动机，大学要得到社会认可、获得更多资源、实现自身发展的最重要途径就是要为社会服务，为国家和地方的经济社会发展服务。我想，这些应该算是学校的中心工作，大家应该心中有数。

其次要清楚本部门工作的大局。无论是学科专业的带头人还是管理部门的领导，还必须了解相关领域国内的形势，了解兄弟院校的同行在做什么，要清楚自己在全国的位置，比方说院长们应该知道本学院的学科在全国的地位，处长们应该清楚同类高校的相关部门的工作动态，等等。

知全局才能谋大事。对于大学而言，我们所说的大事，就是人才培养、师资队伍建设、科学研究、学科建设等等，这些既是学校的经常性工作，也是综合性、长远性的中心工作，其重要性不言而喻，无论如何强调也不过分。除此之外，我想，合格的中层干部还要为学校谋资源、谋话语权，这些对学校而言，也是大事。

先说谋资源。我们目前还是发展中国家，各方面的投入很有限，资源分配的游戏规则也有自己的特色。如何争取更多的资源，这是涉及学校长远发展的重要工作，不仅中国高校这样，国外高校也是如此。那么，如何争取资源呢？我想，第一要靠教授们的学术影响和学术地位，第二就要靠管理干部特别是中层干部的组织谋划。中层干部既熟悉学校的优势和特色，更了解其他高校的特点，这样就能够知全局而谋全局，更有针对性去组织策划争取资源。这一点，学校的科研管理部门就做得很好，他们协助老师们争取了可观的科研资源，例如去年的国家自然科学基金项目，学校就获得资助经费近1亿元。

此外，我还想强调一点，那就是除了申请项目、经费是争取资源的一种方式以外，名额也是一种十分重要的资源。最近，学校人事部门正在组织推荐享受政府特殊津贴专家的人选，我看到一位医科十分著名的教授也在申请人之列，觉得很奇怪，因为他是该学科全国的主委，按学术水平和影响，理应早就享受政府特殊津贴了，一问才知道是名额所限。目前我校每年可以申请政府特殊津贴专家的名额甚至少于合校之前，我感到如果名额问题不能解决，将有可能伤害到很多教授的积极性，甚至可能影响学校的和谐氛围。这件事情给我的触动很大，让我再一次深深感到"名额"作为一种资源的重要性。学校在这方面也有很成功的例子。比方说，虽然省内的名额有限，但研究生院还是争取到单独向教育部上报"百篇优秀博士论文"的名额，使得学校连年在"百优"上都有收获。还有就是"长江学者"的申报名额，学校也尽力争取推荐更多的教授，事实也证明这些努力是有成效的，从 2004 年到 2007 年四年间，学校共新增"长江学者"16 人，这在国内高校中是不错的。

再说说谋话语权。岭南文化有务实的因素，广东人愿意只做不说，或者先做后说，这固然有积极的一面，但负面的影响就是难以进入主流，难以"逐鹿中原"，因此，在国内无论政界还是学界都很少听到广东的声音。就大学而言，这样的局面对学校发展是很不利的，我想，无论是在学术研究上还是在行政管理上，院长、处长们都应该融入主流圈之中，甚至参与到政策制定的过程之中，应该在政府主管部门中听到中山大学的声音。企业界流传这样一句话："一流企业做标准，二流企业做品牌，三流企业做产品。"我想，这句话所蕴含的道理同样可以用来评价教授和处长，什么样的教授是好教授呢，我想能参与国家"十一五"发展规划制定的教授，能成为"973"、"863"以及各类支撑计划等重大项目首席科学家的就肯定是出色的教授，当然还有其他方面的情况。同样，那些能够参与到上级部门决策讨论和制定过程的处长就一定是出色的处长。当然，这并非一日之功。我们有些同志在这方面是很出色的，他们的共同体会是，要参与主管部门的决策，光靠感情沟通是不够的，要融入决策圈，关键还在于自己的眼界和工作能力，要坦诚地提出有建设性的意见，要善于出点子，要成为政府主管部门的工作助手。说到这里，我又想到一个问题，鉴于目前处长薪酬低于教授的现状，我认为还应在推行职员制的同时延用教育管理研究系列的职务聘任，让处长们也能够有申请高级职称的机会，但是，评聘标准不是按照发表文章数量等传统标准，而是要根据处长们的工作成绩，而成绩是否突出的标志之一，则在于他们是否能参与到相关政策制定的主流圈中去。

干部谋事，要谋公事。

我们强调干部要谋事，要谋大事，有一个前提，也就是所有的"谋"，必须出于"公心"，干部谋事，要谋公事，不是谋官位、更不能谋私事。组织和人事部门提供过一些材料，显示有个别干部刚应聘到一个岗位工作不久就去又应聘另一个岗位，我想这些人要求"进步"的心情也过于迫切了些，当然，如果确因学校需要而调整岗位的情况则另当别论。我想强调的是，我们学校需要的是脚踏实地、尽心谋事的干部，而不是朝三暮四、急功近利的谋官位之人。

我认为，无论是处长还是院长以及学院书记，甚至是校领导，在涉及资源分配，是无权为自己或者自己所在的学科谋利益的，因为这个岗位是为大家服务的，是绝对不能用来为自己服务的。走上领导岗位，意味的是牺牲，包括牺牲小团体的小利，包括牺牲个人的时间、兴趣、健康等等，甚至还包括牺牲某些人之常情，而绝不意味着利用这个岗位获取利益。为官不谋私，这一点是关键，是我想再三提醒诸位的。

院长、书记、处长们如果真正地做到公正诚实，言而有信，坚持原则。我想，即使触犯了别人的利益，也会逐渐得到别人的体谅，更重要的是自己问心无愧。一位负责重大专项管理和使用的处长，当财务处询问如何处理某校领导的批示时，他坚决拒绝，并说："违反专项经费管理制度的事，校领导签字了也不能办，即使是校长签了也不行。"我想，这样的干部是有公心的，他谋的是公事，他是在为学校而不是为自己考虑事情。像这样的干部,是我们中山大学的脊梁。

我们提倡"谋事",但坚决反对"谋人"。我所反对的"谋人",指的是揣摩别人尤其是揣摩领导的心理,这样的"谋人",在任何时候都是非常可怕的,长此以往,必定会损害人与人之间正常的关系,乃至损害学校和谐的氛围。因此,我们必须再三强调并且理直气壮地明确这样一个观念,大家目前所谓的"官"的位置不是为领导服务的,而是为师生服务的。我认为我们党用了最经典的一句话,十分清楚地表达了这个党之所以伟大的根本理由,那就是毛主席所说的"为人民服务"。我希望大家再次认真地思考一下,一个中层干部如果将自己的心力过多地放在揣摩领导的心理上,那么他对服务学校大局、服务师生员工的考虑就必然会有欠缺,因为在这个"谋人"的过程中,已经掺杂了许多个人的利益,也就是说有了私心。有了私心,动作就会变形;有了私心,就会不择手段。在我看来,这真是一件很可悲的事。作为一校之长,我也经常会对一些人的态度心存忧虑。本人对那些过分恭敬甚至恭维领导的人没有什么好感,甚至会反感。因为我相信,如果他总是一味地"恭敬"上级,心理一定很难平衡,不平衡的结果,就会要求手下对他同样地"恭敬","媚上者必欺下",说的就是这个道理。我们学校也确实有个别中层领导将所管辖的部门视为自己的势力范围,要求下属要对自己毕恭毕敬,行为举止不得越雷池半步,还不容许别人染指,甚至尽力防范上级领导了解本单位实际的情况,这是十分错误的。

我真心地希望诸位能够依着正道,坦坦荡荡地去做人做事,这样做人做事,再苦再累,心里也必定是充满阳光的,如果总是想着"谋人",那或许晚上睡觉也会不安稳的。

我还希望诸位树立这样一个观念,就是大学的干部不是政府机关中的公务员,大学中层干部也不是政府官员,理由只有一个:大学不是政府,不能按照政府的运行机制来运作。政府组织采用科层管理体制,要求下级必须对上级负责,以保证政令的畅通和高效率,自有其组织上的合理性;而作为学术共同体的大学则不同,大学自有其理想和追求,大学自有其气质和品格,大学肩负着传承人类文明薪火、创造知识、固守信念的责任。正是基于此,警惕大学的行政化倾向已经成为目前中国高等教育界最为关注的问题之一。我们学校也特别强调在干部任用的过程中淡化行政级别,尤其是对本人身份是教授的中层干部,任职时是院长、书记、处长,不任职了,还是教授,在医院还是医生。这个理念至关重要。我认为,在我们中山大学,教授或者医生愿意成为中层干部,那是牺牲了个人的研究工作而为大家服务,不再任职后回到教授的岗位,回到医生的岗位,那就是回到了学术、回到了本职工作,这是一件理所当然、并且让人高兴的事情。要知道,我们强调"教授就是大学",而没有说"处长就是大学"、"院长就是大学"或者"处级干部就是大学"。我强烈地感到,淡化行政级别这一观念必须重申,必须让它深入人心,在大学里,行政工作永远都是从属于教学和科研的,行政人员无论什么级别,他的工作就是服务师生。如果不能确立这样的观念,大学的发展就会受到这样那样的阻碍,就势必会影响到大学作为一个学术共同体的存在,影响到学校来之不易的和谐氛围。

干部谋事,要谋成事。

干部要谋事,归根到底是要成事。谋事而不成事,就只是清谈家,中山大学需要的是坐言起行的实干家。我们常说"谋事在人,成事在天",在开展工作的时候,我们的确总会遇到许多不可控的因素,很多时候要成一件事情,确实要看机遇,要看"天意"。但我们还是要强调事在人为,我们要相信"谋事在人,成事也在人"。

在我个人看来,要成事,应该注意下面几个问题,这也是我对诸位的几点希望。

首先,要有一个积极的态度。随着工作的不断开展,诸位应该成为各自所在岗位具有专业性的权威，因为在这个岗位上，可能没有人比你更熟悉情况，更清楚形势的发展，因此你应该比别人（包括校领导）更有发言权。处长们要有一个积极的态度，要把工作考虑在校领导的前面，要成为一个"谋士"，要对事件有一个从本岗位专业角度理解而得出的想法和处理方案，而不是事事请示校领导该如何做。这也就是我曾经说过的，处长们应该"多汇报，少请示"，如果要请示工作，也应该给校领导出"选择题"，而不是"填空题"。我记得有一位校领导对他分管的部门有三句话的评价："他们的工作不用具体去管，遇到重大事情他们会有方案来请示，方案得到认可后也不用再具体去管了。"我觉得这三句评价很精彩，说明这个部门在谋事直至成事的过程中所体现出来的自觉性和主动性，这是一种积极的态度。

积极的态度还体现在处长们不墨守成规，"没事找事"，去找对学校发展有利的好事。有位副处长曾对我说，任职后，总在考虑如何在做好日常工作的同时拓展与本职岗位相关的其他工作。这些工作是衍生的，要办成它，需要付出很大的精力，但不能不去做，因为这些工作只有在这个岗位上的人才能考虑，如果不去做，心里就会觉得不安。我想，这也是一种积极的态度。我们的处长如果只满足于完成日常事务性的工作，而不去考虑如何将自己的工作有所拓展，有所延伸，就不是一个优秀的处长。中山大学的持续发展，靠的就是处长、院长以及所有关心热爱中大的人们所想出来的"增量"。换句话说，如果没有大家在工作上积极的态度，没有这些自己"找来"的事情，学校也就不会有更大的发展。

其次，要乐于并善于合作。我注意到，现在无论什么部门招聘，总会看到有这么一条要求，希望应聘者要具有团队精神。团队精神已经被认为是员工最需具备的一种素质。我想，这是完全正确的，团队精神是成事的一个重要因素，所以我希望诸位要有团队精神，要乐于并善于与他人合作。

团队精神的本质就是处理好人与人之间关系。在中国古代，儒家就非常推崇"忠恕之道"。"忠"者,尽力为人谋,中人之心,故为忠;"恕"者,推己及人,如人之心,故为恕。我的理解是,在人际交往的过程中,我们应该学会换位思考,习惯站在别人的立场上去思考问题。这样别人才会认为你是一个可以交流、合作的人。

最近的一件事情让我感触颇深。本科教学水平预评估结束后,我与医学部的同事讨论,认为医学教育体制的核心在于解决基础教学与临床教学衔接的问题,这是医学教育永恒的主题,也是永恒的难题,而究竟何种体制"好"并无定论,如果在评估期间讨论体制问题很容易让评估专家对我们的医学教育质量产生误解。医学部的同事们对此表示了赞同。他们还告诉我,在合校之初,中山医的校友其实是不太认同的,对中山医这个名字有着很深的眷恋,但是,参加最近一些校友活动的中山医校友包括香港的校友,观念有了改变,大家都认为中大就是中山医,大家是一家人。听了以后,我深有感触。无论是对合校后医科体制的讨论还是中山医校友们对母校的怀念,其中体现出来的,都是对中山医的眷恋之情,而这种感情是真挚的,是完全可以理解的。我们确实应该换位思考,充分地理解和尊重这种浓厚的中山医情结,在我看来,中山医情结,其实就是一种爱校的情结。实际上,国内的许多合并大学同样都存在着这样的问题,既然是大学的合并,就总会有一些学校的校名不复存在,人们对原来学校的眷恋同样也应该看作是对合并之后的学校的爱。

在讨论这篇讲话稿时,几位处长都不约而同地提及这样一个问题,那就是在工作中总会遇到某种"边界",某件事好像你管,又好像我管,结果是必须协调几个部门共同来参与完成。他们说,在这种情况下,如果对方是善于并乐于合作的人,大家都是为了学校的利益,遇到困难共同努力,多为别人着想,那么在工作中就容易产生火花、产生灵感,就会更强烈地激发起大家共同干事的欲望,因此工作也就容易顺利开展。相反,在工作的过程中,如果总是强调己方如何困难,推托责任,甚至遇到困难就抱怨别人,这样的人就很难与之合作,甚至无法开展工作。

总之,学校的工作特别是涉及重大活动时,任何部门都不可能独立完成所有工作。因此,每个部门尤其是部门的负责人就必须要善于与人沟通,尊重别人,懂得以恰当的方式同其他人合作,学会领导别人与被别人领导。

最后,要注意细节、重视过程。有一种说法是,领导做事情要"抓大放小",但我在这里要强调大家在工作中要谋成事,还必须"从大处着眼、从小处着手",这就是所谓"细节决定成败"。正如我不相信那些在课堂上接听手机甚至衣冠不整来上课的老师是好老师一样,我也不相信心浮气躁、粗枝大叶的处长能够把事情做好。在我们现在的社会中,想做大事的人很多,但愿意把事情做细的人则不多;我们不缺少雄韬伟略的战略家,缺少的是精益求精的执行者;我们也不缺少各类管理规章制度,缺少的是对规章条款不折不扣的执行。总之,做事情多想一些、想得细一些总是会有好处的,希望大家做一个有心之人。

总之,"谋事在人,成事也在人",这就要考验我们的协调能力、组织能力、动员能力、沟通能力和执行能力。我想,我们中大需要的也正是这样的"全能"型人才。

当今时代,文化越来越成为社会凝聚力和创造力的重要源泉,因此,一种良好的大学行政文化也将对大学发展和大学精神的凝聚起到重要的推动作用。我认为,今天的中山大学已经形成了一种善合作、高效率、高品位的行政文化,希望诸位新任的中层干部都要主动融入到这种良好的行政文化当中来,不仅要谋事,更要谋大事、谋公事,最终还要谋成事。我想,我们必须营造这样的氛围,让愿意谋事的人心情舒畅,让善于谋事的人大展拳脚,让懒于谋事的人坐立不安,让谋私事的人无地自容。我期望大家继续成为学校各项工作的中流砥柱,更好地实践学校"善待学生、尊重教师"的理念,把我们的中大建设得更好。因为说到底,中山大学是属于我们大家的。

（2008 年 4 月 23 日在新任处级干部培训班上的讲话）

沟通也是生产力

沟通,是一个使用频率很高的词汇,辞典解释"沟通",是指"挖沟使两水相通,比喻使彼此通连、相通"。这个词延伸的意思,就是人与人之间、人与群体之间的思想与感情的传递和反馈的过程,通过沟通,人们可以达到思想的一致和感情的通畅。从人类的原始本能来看,作为一种群居动物,人不能离开他人而生存,彼此之间必须相互依靠、相互配合,要达到这个目的,交流和沟通就成了一个重要的手段。

沟通可以是语言的,也可以是非语言的。沟通可以是直接的,也可以是间接的。现在的社会,通讯手段非常发达,也就出现了很多"宅男宅女",通过电脑、网络和手机短信获得信息,与他人交往。我以为,其实这是有些问题的,特别是在大学这样的学术共同体内部,最有效的沟通还应该是面对面的,也即是通过语言和非语言两种沟通方式的结合,更容易"心有灵犀一点通"。即使原来相互间有些不理解或不一致甚至有矛盾,面对面沟通也容易达致所谓"相逢一笑泯恩仇"的效果,只要"相逢"了,面对面了,就容易"一笑泯恩仇",问题就容易解决。

沟通可以在个人之间进行,也可以在群体之间进行,还可以发生在个体与群体之间。而作为教师,重要的是与学生的沟通;作为行政人员,除了与同事沟通外,更重要的是与自己的服务对象沟通;作为现代大学的从业者,我们还要与大学外部的同行、政府部门和社会公众沟通。我们除了要善于进行个人与个人之间的沟通外,还要努力做好个人与群体之间,个人与他人所代表的组织、机构之间的沟通。

沟通是促进社会组织良性运转的有效方式。

一个组织机构要顺畅地运作，从理论上说，当然靠的是各种各样的规章制度，制度可以规范各部门的责、权、利，制度也可以规范个人的各种行为，以及在这个组织机构中人与人之间的关系。但理论归理论，事实不仅仅如此。制度要面对的是一个个活生生的、充满着差异性的、有自己情感和利益的人，所以，要保证一个组织机构的顺畅运行，除了制度以外，更重要的，还是要靠人与人之间顺畅的沟通。因此，我们说，沟通是一种重要的工作、学习和生活的方式。

（一）学术研究离不开沟通。

我曾经讲过，大学不是一般的社会组织，不同于政府部门，更不是盈利机构，大学是一个学术的共同体，而与共同体这个词的英文 Community 同源的 Communication，就有传达、交流的意思。一方面，在学术共同体中，一个真正的学者，学术就是他的生存方式，而学者之间的相互沟通和交流，对于启迪思想、发展学术起着关键的作用。在学术圈里，特别明显是表现在国外的学术界中，很多重要的科学发现和思想发明，都来自于学者之间在饭厅、咖啡馆、教职员会所、休息室（Common Room），以至办公室走廊中有意无意的聊天、讨论。或许可以说，没有沟通与交流，就很难产生一流的学术成果，很难形成学术共同体的共识，也很难在同行间形成学术"清议"的气氛与压力。在这个意义上说来，沟通就意味着学术。

然而，在国内，这种为学术而沟通的工作伦理在学术界似乎还有待完善。比方说，大学里经常有各种各样的讲座，在我们学校，如果有的讲座与学者本人的研究并不直接相关，那么这位老师是很少会去听的，他们还没有形成这样的意识，就是要从其他的学科中吸收营养，得到思想的激励与启迪。更有甚者，即使那个讲座与他的研究相关，许多老师也不参加。所以，我们的不少讲座是学生多、老师少，与国外大学形成明显反差。

当然，沟通还需要合适的空间，在大学的配套设施方面，中大还没有一个教职员会所，方便老师们轻松、自然地沟通的场所还太少，校内现有的几个场馆商业化氛围太浓，没法吸引普通的教师、学生。然而，我很高兴地看到，一些学院也正在努力营造有利于教师交流和沟通的氛围。药学院有每周一次的院内交流会，专门开辟了一个空间，设计成很舒适的 Common Room，还有一个规定，每次讨论会由一位教授负责，从水果饮料到点心雪糕，后勤保障一应俱全，讨论会的氛围轻松，但谈的都是严肃的学术问题。药学院的 Common Room 已经日常化了，咖啡、奶茶每杯 1 元，学院补贴一些，这里已经成为药学院老师们彼此交流的重要场所，很多来访的外国学者也十分喜欢这个地方。生科院也有每周固定时间的教授午餐会，利用这个时间，大家可以一起交流。可见，我们的教授们也已经意识到学术上沟通的重要性了。像药学院、生科院这样的安排，在海外好的学术机构中也是常见的做法。我希望各个学院能够行动起来，先在本学院内部开辟一个类似的空间，而最终形成学者之间启迪思想、交流学术的氛围。

（二）教学活动离不开沟通。

大学的根本任务是培养学生，在人才培养的过程中，沟通更是一种不可缺少的方式。我们强调，大学必须通过学术性的教学（而不是职业教育或者技术教育）、创造性的科学研究来全面地塑造学生。大学与职业学院最大的不同，就是教师必须有自己的研究。也就是说，中大的老师上课，要讲自己的东西，这是中大与一般的教学型学校的不同之处。教师将自己的学术成果在课堂上与同学们交流，其实是思想上的交流，也应该是心灵的交流。要知道，我们面对的学生是非常出色的，是全部考生中最顶尖的前 1.5% 至 2% 的孩子（今年在广东省大约是前 1%），他们都非常聪颖，从心理学的角度说，人群中智力在前 3% 以内的都可以被称为"天才"。我们学生中的绝大部分完全可以领悟老师的思想，许多学生有很强的创造性学习的能力。所以，我要强调，我们的老师必须重视与学生的沟通，授课时要面对学生,眼神、心灵和感情要与学生交流、互动。这么多的好学生之所以来上中山大学这样的国家重点大学,而不是去念广播电视大学或网络学院,就是因为他们期待有一个能与老师面对面沟通的课堂,能享受关心他们的老师的"耳提面命",而不仅仅是为了看那几张冷冰冰的 PPT,记诵一些书本上已有的硬邦邦的知识。上个学期,学校专门开了课堂教学工作会议,文理医科的教学督导组长从不同角度对本科课堂教学进行深入分析,提出了很好的意见和建议。我想,只有通过加强课堂教学这个重要环节,让课堂上师生之间面对面的沟通有更好的效果,才能真正对得起信任我们的学生和家长。

沟通是否做得好,关键是老师的"心"在不在学生的身上。这种沟通是一种爱护,是出于人类知识传承的合乎自然的本性,而不能居高临下,更不能"目中无人"。沟通里有老师对学生的关爱和尊重,更包含老师个人的自信和学术魅力。我们要把能否与学生很好地沟通作为一个老师是否合格的重要标准。当然,学校也会为此创造各种机会,例如我们规范了课堂教学的环节与内容,规定要有课堂讨论,规定老师必须与学生有一定的交流时间并提供了场所,从这个学期开始规定博士生要担任本科课程的教学助理,等等。学校鼓励师生之间的沟通,这对所有老师都是适用的。

除了教学工作之外,学校里修订与学生相关的制度,都应该以适当方式听取同学们的意见和建议。上学期末,我参加了学生口几个部门组织的"学生提案活动"的总决赛,深深地感受到同学们对学校发展的关心。我觉得,如果换个角度看,同学们提案的内容,也许恰恰是我们没有做好的工作环节,但同学们却非常正面、非常积极地和我们一起面对这些问题,而且还帮助学校分析可行性、核算成本,甚至连效果评估方案都详细地提供出来,我非常感动。活动结束后,我专门要了十本提案材料,在征求了几位校领导和相关部门的意见之后,在"十大提案"筛选出了五个,学校划拨了专门经费,由学校的有关职能部门与学生提案者沟通,实施提案的内容。在实施这些提案的过程中,还尤其强调学生的参与。目前,各职能部门已经拿出了方案,在这个学期,相信这些提案都会得到很好的落实。

在讨论这篇讲话的时候,分管教学工作的陈春声副校长告诉我,他在与学生的沟通方面也有过"教训",起因就是我们刚刚开始实施的三学期制。上个学期,学校筹备实施三学期制,适当缩短两个长学期,每学年增设一个短学期。这样做的目的,一方面是针对多校区办学的实际情况,在短学期中开设跨校区的主辅修课程和通识教育课程;另一方面则是希望利用短学期加强实践教学的环节,即夏季短学期与暑假连接,形成一个长约三个月的时段,用于实践教学。毫无疑问,学校实施三学期制的初衷,就是希望通过改革提高教学质量,归根到底是为了学生,特别是改善同学们的知识结构,提高学生的综合素质和社会适应能力。然而,这个完全是为了学生利益的改革,在筹备的初期却恰恰没有和同学们沟通过,以至于网络上一片质疑声,还有的同学建立了专门的网页,批评这一举措。幸好具体负责此项工作的陈副校长的女儿也在本校读书,她告诉了父亲同学们的反映,陈校长专门跑到本科生最多的东校区,参加一个《中大青年》报社组织的关于三学期制的论坛,面对面地向同学们解释学校实施这个政策的初衷和相关措施,也就未能及早与同学们沟通表示歉意。最后,一位主持网络论坛并与他同台辩论的同学,也对学校的决定表示理解,从起初最激烈的反对者,成为了这个政策的支持者。

上个学期,我有意识地参加了一系列学生活动,如"维纳斯校园歌手大赛"、"学生创业技能与策划大赛"、"校园十大提案活动",还在"赴西部和基层就业学生表彰活动"仪式上为即将奔赴西部支教的"中山大学第十一届研究生支教团"授旗,也分别为学校支教团和舞蹈团出版的纪念文集写了序。参加学生的活动越多,我就越感到与同学们接触、沟通的重要性。我们的学生有着强烈的与老师、与学校沟通的愿望,再以前面提到的"校园十大提案"为例,同学们对于那些学校里有待改进的工作,从正面的角度提出极具建设性的解决方案。我想,对于组织者而言,这是一种创造性的工作,通过"提案"的活动,其实达到了化被动为主动、化消极为积极的效果;对于同学们而言,他们面对问题,没有简单抱怨和消极对待,而是勇于担当,勇于将责任放在自己肩头。我相信,在这些同学们的心中,必定有着强烈的社会责任感和使命感。无论是提案活动和创业大赛的参与者,还是西部支教团的志愿者,这些中大学子用自己的行动,不仅实践着中大"博学、审问、慎思、明辨、笃行"的校训精神,他们更参与创造着中大精神。

上个星期,我参加了一次学生线干部的会议,在那里,我表达了对从事学生工作的同事们深深敬意,因为每次参与学生活动,我都可以看到学生处、研究生院、团委、就业指导中心、心理咨询中心以及校友会同事的身影,领略到学校学生线干部的能力与风采,他们热爱学生、团结协作。我深深感到,中大的学生管理队伍是值得我们尊敬和信任的一支队伍。我希望今天在座的新教工同事,特别是学工干部和辅导员,要多向老同事学习,用心与学生们沟通,保护同学们的热情,激发他们的责任感,引导同学们真正成为学校发展的推动者。

(三)大学的管理也离不开沟通。

多年来,学校党政工作的一个共同目标,就是要营造和谐的校园环境。其中,学校领导班子内部首先应该是团结和相互信任的。在具体的工作中,有意见分歧是很正常的,做决定前多听取不同的意见,还可以避免工作的片面性。但班子内部要知道彼此的想法,而且,对外的声音也必须一致,这就需要沟通。只有班子内部经充分沟通,达成一致的意见,才能形成学校发展的合力,干部们做事也才会感到舒畅。我曾经说过,希望大学里的行政人员,尤其是中层干部要多谋事,而不要去"谋人",而领导班子的团结和相互信任,就会让大家感到只要努力做好本职的事情就行了,不需要花费心力去"谋人"。在这次学习实践科学发展观活动中,我和郑德涛书记就非常注意沟通,针对学校领导班子的学习实践活动,我提了两点意见:一是要求在学校领导班子分析检查报告中,凡是涉及以副职作为批评对象的内容建议都予删除;二是根据学习实践活动班子成员内部要求开展批评与自我批评,建议我们两位正职通过与每一位副职进行单独谈话来完成批评的要求,而在班子民主生活会上都以自我批评为主。因为我觉得,正职应该为副职承担责任,更重要的是,领导班子由沟通而形成互信,进而达到一致的目标,对于大学的发展是至关重要的。

此外,大学要有效运作,还需要政策制定者与执行者、政策涉及的群体之间的有效沟通。许多问题学校不是没有相关的政策,而是在执行的过程中,当事人以及相关职能部门在理解和把握上存在着偏差,且常常只是观念上的问题。国家、社会对大学的要求和学校的改革进行得太快,我们的同事、老师和同学常常在观念上跟不上形势和制度的变化。因此,学校的各个职能部门应该有这样的气度和能力,不仅要制定政策,更要承担起宣传、解释和沟通的责任。还要提醒的是,在各个相关领域,职能部门其实代表的就是学校在这方面的带有专业性的权威,部门里任何一个人的言行,都在某种程度上代表了学校,所以,在各个职能部门工作的同事,要有更高的专业化程度,才能更有效地实现政策制定者、执行者与政策适用者之间的沟通。

沟通是一种人生态度。

在以上的讨论中,我们从科研、教学、管理等三个方面,讨论了沟通作为一种工作方式对于大学的重要意义。事实上,沟通不仅仅是人与人之间的关系问题,而且还是让我们更好地产生学术思想的火花,更有效率地工作的一种重要工作方式。从这个意义上讲,沟通可被视为一种自己可以选择的工作态度,本质上也是一种人生的态度。

我曾听说某个学校领导班子的故事,由于种种原因,这个学校的领导班子成员之间,刚开始时是"不注意沟通",渐渐地,演变成"不愿意沟通",最后就出现"不能沟通"的局面了。这样一种状况,对一所学校发展所产生的负面影响,是可想而知的。也可以说,沟通实际上是一种态度,并不是"不注意"、"不愿意"就是可以搪塞过去的,为了大学事业的发展,这个学术共同体的成员必须要能够很好地沟通。

（一）沟通是一种学习。

在工作中的沟通,应是一种带有主动性的行为,而事实上,沟通的过程也就是一种学习的过程。在大学这个学术共同体中,学术研究意味着学者之间经常性的沟通和交流,在这个意义上,沟通当然是一种学习。沟通作为一种学习的过程,还不仅仅体现在学术上,在日常的工作、生活中,只要留心,总是能得到启发,体验和学习到别人的长处。孔子说,"三人行,必有我师焉,择其善者而从之,其不善者而改之",说的就有这个意思。

暑假期间,我接到肿瘤医院院长曾益新院士的电话,说想商议关于与广州市合作的事情。第二天,我到医院去与他聊了两个小时,受益颇深。从曾院长处得知,广州市拟通过建设"南方健康城",打造自己的城市品牌。他认为,广州要实现这个目标,学校以及附属医院大有可为。的确,这是十分符合广州作为国家中心城市定位的一项举措,而中山大学拥有全国规模最大和十分先进的附属医院医疗团队,广州市要建设"南方健康城"的目标,恰恰是我们最大优势所在,我们也有很大的把握,为广州实现这个目标做好服务。与此同时,我也开始反思,我们学校一直都在致力于为地方经济社会发展服务的工作,但都拘泥于产业服务,例如在广州我们就是主要针对华南新药创制中心和生物岛的建设服务,的确较少考虑特别突出学校的医疗服务优势。通过这次交谈,我才意识到这一点,拓展了学校服务地方的发展思路。对我个人而言,这次沟通的确是一次学习的过程。

（二）沟通是一种享受。

实际上,沟通还是一个享受的过程。作为校长,我有机会与不同学科、不同教师交往,从而领略到他们各自独特的风采。我本人是学数学的,又长期在以理工科见长的浙江大学工作,初来中大时,我就被一些文科教授们的风采所吸引,他们博学而富有智慧,与他们聊天其实是一种享受。

上个学期的学位授予仪式，我给 1.4 万多名学生一一颁授了学位，历时四天，共 15 场。今年的学位授予仪式上，我和同学们进行交流是比较多的，由于国际金融危机的影响，就业形势非常严峻，因此，我在台上问得最多的就是"找到工作没有？"我大概抽样了 10%，从现场随机询问的情况来看，我还是感到非常欣慰的。更有意思的是，外国语学院的一个学生，我问她，"找到工作没有？"她说还没有。我鼓励她，"肯定会有的，慢慢来！"后来学校宣传部在采访时刚好碰到这位同学，她说毕业典礼后一个小时左右，她就拿到一家上海公司在广州办事处的录用通知了！

那些天总是有很多人问我，每场一个半小时，连续站四天 15 场是不是很辛苦。的确，完成这样的仪式是有一些体力上的付出，但是，当你面对一张张充满阳光的笑脸、听到他们一声声真挚的问候和对学校的祝福，那种愉悦的心情是其他任何人都无法体会和享受得到的。所以，我觉得与同学们以这样的形式沟通，其实也是一种享受。

（三）沟通是一种理解和信任。

在今天这个场合还有很多医生，其实，沟通对于医务人员而言也是很重要的。现在的医疗技术越来越发达，但是医患关系却不容乐观。前不久，我看了一篇报道介绍国内一项大样本调查，显示门诊医生平均只肯听病人述说病情 19 秒，超过这个时间，医生就会打断病人开处方了。我听说过，现在看病有所谓"三长一短"的现象，即"挂号时间长、候诊时间长、取药时间长、看病时间短"，但平均只有 19 秒未免也太短了。如果我们站在普通患者的角度上考虑，遇到医生还没有听自己讲完病情，就已经开出处方或者验单的情形，当然会对医生的态度和水平大打折扣，他会想，连病情都不太了解就开出的处方怎么可能治好病？此外，现在绝大多数的医患纠纷并非医疗技术方面的原因，更多的是由于互信和情绪方面的问题，所以说，医务工作者除了要有过硬的医学理论基础和临床技能之外，多了解病人及其家属的心理，掌握一定的沟通技巧也是十分必要的。

如果我们将沟通作为一种工作、学习乃至生活的态度,那么,我们就确实可在沟通的过程学到许多别人的长处,同样,我们也可以在这个过程享受快乐。

沟通是一种工作艺术。

沟通是一种重要的工作方式,也是一种重要的人生态度,但如何可以进行有效的沟通呢? 人与人之间存在着差异性,要达成有效的沟通,其实也是一种工作艺术。关于这个方面,我有以下几点体会。

(一)沟通的前提是要相互尊重。

既然人是有差异的,那么我们首先应该尊重和理解这种差异,在沟通的过程,我们应该抱着一种相互尊重、相互欣赏、相互理解的心态,去发现别人的优点、弥合彼此的分歧、宽容对方的过失、理解人性的弱点。

我一直认为,我周围的同事朋友,大家虽然阅历有异,但智商都差不多,特别是在第一线工作的同志总是会更加熟悉情况,对政策把握得也相对到位。在某个领域问题的处理上,只要没有违反原则,我总是会信任他们,并且尊重分管校领导以及职能部门的意见,因此,千万不要认为上级一定会比下属聪明。

同样的道理,我们不仅要尊重同事,更要尊重历史,尊重历史其实也是与历史沟通、是在继承历史。古人说"灭人之国,必先去其史",要想征服一个国家和民族,最有效的途径是消解其历史,使其失去记忆。对于大学而言也是如此,我们要认识到,一方面,现在的工作成绩都是在前人留下的基础上取得的,今天获得的一个重要奖项,也许是十年前工作的积累,未必全是最近出台的某项政策的结果,我们不能贪天之功为己有;另一方面,我们更要继承好中大优良的历史传统。其实,只要我们稍加留意和总结,就可以发现,我们有很多值得保持和发扬的工作,例如我们的研究生支教团,例如已有近 700 期的中外优秀文化讲座,甚至还有坚持办了 23 年的维纳斯校园歌手大赛,等等,这些都可以说是中大的文化积淀,能够形成我们的历史传统。这就是我们自己的办学特色，中大人应该珍惜、更应该坚持。

正是在这个基础上，我们也有理由相信，中大的未来会更加美好的，我们的继任者总会比现在做得更好。总之，我们尊重历史，相信未来，大学一定是会继续向前发展的。

更重要的是，带着欣赏的心态去期待别人，往往会收到意想不到的效果。有这样一个例子，哈佛大学的罗森塔尔博士曾经在一所学校作过一个很著名的实验：在新学期，校长对两位教师说，根据过去几年来的教学表现，你们是本校最好的教师，为了奖励你们，今年学校特地挑选了一些最聪明的学生给你们教。记住，这些学生的智商比同龄的孩子都要高。校长再三叮嘱：要像平常一样教他们，不要让孩子或家长知道他们是被特意挑选出来的。这两位教师非常高兴，更加努力教学了。一年之后，这两个班级的学生成绩是全校最优秀的。结果出来以后，校长不好意思地告诉这两位教师真相：他们所教的这些学生智商并不比别的学生高。这两位教师哪里会料到事情是这样的，只得庆幸是自己教得好了。随后，校长又告诉他们另一个真相：他们两个也不是本校最好的教师，而是在教师中随机抽出来的。

正是学校对教师的期待，教师对学生的期待，才使教师和学生都产生了一种努力改变自我、完善自我的进步动力，这种企盼将美好的愿望变成现实的心理，在心理学上称为"罗森塔尔效应"，也叫做"期待效应"。在这个大学当了十年校长，我一直相信中山大学的教师是最优秀的，学生是最优秀的，职员也是最优秀的。这不是在今天这个场合为了应景说的，这样的评价真的出自我的内心。我理解的"期待效应"，还有一层意思，就是我们在沟通的过程中是否应该留给别人一些思考的空间，比方说，这次我与教授们到澄江访问，我提出澄江之行是一次学习之旅，提出要向社会学习、向历史学习、向教授们学习，而教授们在参观了澄江几处办学点、了解了中大的澄江办学历史后，则纷纷表达要继承中大的办学传统，努力做好教学和科研工作。这正是我们访问的初衷之一，所以有些话不必说得过于直白，依旧能够达到我们教育的目的。

总之,我相信,以积极、正面的心态与人沟通,得到的将是双赢的结果,如果我们把相互尊重、相互欣赏的品质扩散到整个学校,成为大学共有的品质,那么毫无疑问,这对我们形成和维系宽松、和谐的校园文化氛围和工作环境将起到十分积极的作用。

(二)要作有所准备的沟通。

要实现有效沟通,其前提是必须有所准备,有准备才会有自信,才能在关键时候体现出能力与水平。

梁庆寅常务副书记跟我讲过这样的事情,他曾经与几位老师访问美国某著名大学,寻求开展学术合作。一开始,美方院长说,自己多年前曾来过中大,只是记得校园很美,再就是招待得很好。他虽然表达得很客气,但言外之意是,中山大学的学术并没有给他留下太深的印象。但梁书记一行是有备而来的,随行的几位老师英文也非常出色,他们通过几次会谈,充分展示了学术水平和研究实力,最终让美方改变了与一所韩国大学合作的想法,转而与我们建立了学术交流与合作关系。

学术上是如此,在行政管理领域也是这样。我一直强调,一个优秀的中层干部遇到问题应该"多汇报,少请示",也就是说,在与上级讨论一个问题之前,自己应该对这个问题已经有了一定的想法甚至解决办法,在汇报的时候,要么告诉上级这件事情的处理结果,要么提供对此事的处理方案,也就是说,要尽量给上级出"选择题",而不是事事"请示",问上级应该怎么办,让他们做"填空题"甚至"问答题"。我想,假如学校的管理人员都有了这种意识,在工作中更加具有自觉性和主动性,那么上下级之间的沟通就必然会更为顺畅,我们的工作效率也一定会有很大的提高。此外,"少请示"其实有利于工作的开展,试想一下,下级向两个上级请示,如果得到的指示一致还好,但很有可能会得到不同甚至截然相反的指示,无法开展工作,责任当在请示者本人。因此,我在中大要求尽量避免"多头请示",请示了分管领导的事情,不必再来请示我,只需要将事情进展结果"汇报"就可以了。

（三）沟通要注意换位思考。

对于行政部门而言，大家在工作中会经常遇到这样的问题，就是在工作中总会遇到某种"边界"，某件事好像你管，又好像我管，结果是必须协调几个部门共同来参与完成。不知诸位是否有这样的体会，遇到这样的情况，如果对方是善于合作的人，大家都是为了学校的利益，遇到困难共同努力，多为别人着想，那么在工作中就容易产生火花、产生灵感，就会更强烈地激发起大家共同干事的欲望，工作也就容易顺利开展。相反，在工作的过程中，如果总是强调己方如何困难，推托责任，甚至遇到困难就抱怨别人，这样的人就很难与之合作，甚至无法开展工作。其实，学校的工作特别是涉及重大活动时，任何部门都不可能独立完成所有工作，因此，每个部门尤其是部门的负责人就必须要善于与人沟通，站在他人的角度思考一下，懂得以恰当的方式同其他人合作，学会领导别人与被别人领导。

（四）沟通要注意细节、重视过程。

有一种说法是，做事情要"抓大放小"，但我认为在工作中更要善于"从大处着眼、从小处着手"，所谓"细节决定成败"。在待人接物的过程中，多想一些、想得细一些总是会有好处的，我们应该做一个有心之人。

例如，在学术方面，我们要引导青年学者主动融入本领域的核心学术圈，要尽快进入角色，有的学院已经支持了两三位青年教师主办全国或国际学术会议，学院搭台，让青年人唱戏，唱主角，通过学术会议实现学术交流，从而扩大其学术影响，逐渐建立其学术地位，这正是我们希望看到的。又如，在邀请国内外一流学者访问时，陪同工作是否可改由具有优秀专业发展潜质的青年教师、博士后研究人员和博士生主要负责，从而为他们创造与知名学者密切接触、逐步融入核心学术圈的机会，等等。

在座各位老师日后必然会申请各种科研项目的资助，我曾经听到个别老师申请纵向项目被 PK 下来，就抱怨说资源有限，是千军万马挤独木桥。的确，如果眼睛只放在政府教育部门、科技部门、基金委等"传统"的项目资助方，确实资源有限。但如果大家的视野更开阔一些，把目光投向自己所研究领域的政府职能部门，比方说农业部门、环保部门、水利部门、文化部门，甚至国家和地方各级的发改委，就会发现，争取研究和发展资源的空间，要开阔许多许多。当然，要在相关的政府部门有话语权，得到他们的信任和支持，前提是要有核心技术，更少不了与人沟通的能力。

除了科研工作以外，做思想工作也是如此，特别是与个别个性比较偏激、对有些问题有不同看法的人谈话时，更要注意细节。有的领导担心言语不慎被抓住把柄，就要求几个人在场，这样的谈话效果一定是不好的，因为多人对一人，弱势者必然会有心理上的抗拒，肯定难以起到说服教育的目的。相反，如果能够以理服人、以情感人，单独谈话也不失为进行有效沟通的一种方法。

说到这里，我想起前不久，广东省在全国范围进行了一次公选干部的招聘，但在面试过程中是几个评委听取应试者的自我介绍，而且为了防治舞弊要求评委不得提问。由于中大的干部也有参与，因此在组织部门前来考察时，我对他们说，按照这样的招聘方法，结果一定是文科多、理科少、医科基本没有，因为整个过程更像是演讲比赛，这样的方式更适合与具有文科背景、口才出众的应试者入选。组织部门的领导回答说，结果基本就是这样的学科结构。当然，我并不是说公选的结果有问题，而是感觉如果在招聘的过程中，更注重评委与应聘者沟通的细节，或许还能发现到其他一些人才。

我本人在这方面也有一些亲身体会，我到了中大以后，给自己定了一个规矩，告诉秘书如果有人约见，只要是中大的教职工，无论他是教授还是普通职员，都尽量安排，到目前为止还没有违例。我并没有希望说一定能够解决什么事情，我只是想给他们一个陈述的机会，一个沟通甚至是发泄的渠道，因为一些心理包袱是可以通过交流和疏导而化解的。有的人说，只要让我把话说完，至于结果怎么样已经不重要了，这样的例子有很多。

特别是在职称聘任结束之后，一些没能评上的老师总是回来"反映问题",如果一句"投票未过半数,我也无能为力"的话,其实也可以简单打发,但这未免过于冷冰冰了,有的时候,帮他分析一下不足,让他明白,在作为一个学术共同体的大学里,是有一股"清议"的力量存在的,除了做好自己的事情,还必须得到大家的认可,这样的解释往往比较容易得到来访者的理解。

记得有一次,我与一位市委书记聊天,谈到双方共建的研究院,他很满意学校派出院长的工作,我开玩笑说这个人除了学问做得好之外,还很能"忽悠",那位书记半认真半开玩笑地说,"忽悠也是生产力啊"。现在想来,换个角度看,所谓"忽悠",不就是沟通和说服么,沟通可以带来资源,沟通可以提高效率,沟通可以促进和谐,沟通可以建立良好的生产关系,沟通可以促进生产力的发展,这确实是一种工作艺术,而且,已经成为了一种社会的共识。

我今天围绕"沟通"讲了一些故事,权且当做漫谈。事实上,我也是想以一种比较放松的心态来与大家沟通的,希望大家通过这些故事,能够感悟到我们这所学校提倡的是什么、不提倡的又是什么。同时,我也更加希望大家通过不断的"沟通",尽快融入到中山大学这个学术共同体中来。因为,对于个人而言,一个乐于并善于沟通的人,其心态总是阳光的,也更容易走向成功;而对于大学而言,由彼此沟通、理解而形成的宽松和谐的氛围,将更有利于这个学术共同体的不断发展。

(2009 年 9 月 7 日在新教工岗前学习交流会上的讲话)

办公室的定位

顾名思义,办公室就是一个办事机构,当然,这是一个广义的说法。而对于校院二级的办公室而言,有其更为确切的涵义,我听校办的同事说过,他们在行内对办公室的定位有一些套话的,例如"沟通上下,协调左右",例如"办文、办事、办会",例如"领导的参谋和助手",等等。这说明，办公室这个办事机构，实质上是一个综合协调部门，它是一个单位政令是否通畅、行政是否有效的关键部门，它是一个桥梁和纽带。在这个意义说，办公室并不等于通常意义上的职能部门，办公室虽然也会有许多固定的职能、许多日常的事务性工作，但它的意义更多的是在于综合与协调，它应该是一个单位的总管部门。

对我而言，接触得最多的应该就是校长办公室了。正如前面所说，校办也有自身的日常职能，但还要应对一些其工作计划之外的任务，但我所说的计划外的任务并不是指那些临时的会议安排、接待工作，而是为了学校事业发展，需要校办协调、组织并且参与其中的各种事务。我记得曾经对校办主任说过一句话，"要能够请处长们来开会，但不能请院长们开会"，也就是说，学校的办公室成为协调机关部处的一个重要部门，要帮助校领导来协调学校方方面面的工作，但这样的协调不能影响我们正常的教学、科研秩序，尽量不去干扰院长、教授甚至普通教师的正常工作。

我知道，今天在座诸位大部分是来自各附属医院、学院、直属系办公室的同志，还有各机关部处的综合科长们。对于诸位来说，工作环境可能与校级办公室是不相同的，为此，在准备这篇讲话时，我请校办的同志翻阅了前段时间各院系举行的本单位办公室建设座谈会的纪要，希望能对大家的工作状态有一个大概的了解。其中，有一个学院总结了本学院办公室工作的特点，这里不妨说说，他们说学院办公室的工作可以概括为"四多"、"四难"。"四多"是工作头绪多，应急情况多，突击加班多，吃苦受气多；"四难"是沟通协调难，化解矛盾难，提高主动性难，催办公务难。据我了解，这个学院的办公室还被校内同行们认为是工作比较出色的，那么他们的"心声"不知是否具有一定的代表性呢？

我想，这"四多"、"四难"说明了院系办公室工作的繁杂，因此有人形容学院办公室工作是"上面千根线，下面一根针"，学校有多少职能部门，就意味着有多少条"线"，这些"线"上的工作落到了学院的层面，就几乎都是通过院系办公室这根"针"来穿引的，所以院系办公室的确是担负着繁重的工作。因此,我也很理解诸位肩上所承受的巨大压力。

但一方面学院办公室不断在叫苦,另一方面,我同样也听到有许多院长在叫苦,说学院办公室不得力,很多事情还是要院长、副院长去做,许多与行政相关的事务性工作还是要教授出马,许多学院的会务、庆典活动不仅要由院长、书记出来牵头,甚至还要事必躬亲,操心细节,因此,院长们都希望学院的办公室还可以承担更多的工作。

我觉得院长们的希望也还是有道理的。我们此前强调办公室是一个综合协调部门,着眼点可能经常是在学校的层面。其实,学院的办公室也是一个综合协调部门,随着学校办学规模的不断扩大,学院的自身工作以及对外交往越来越多,确实要求办公室要发挥更大的作用。

我也了解到,也有一些院长对自己的办公室主任是满意的,这些学院规模较大,而且对外交往频繁,如果没有一个强有力的办公室,其工作是很难落实的。有的院长就很得意于本学院的办公室的协调组织能力,说他们学院的所有大型学术会议,都是由办公室一手张罗的,作为院长,他们没有操什么心。校办的同事也曾经跟我说过,很多学院的办会能力让经常办会的校办同仁感到惊讶,因为校办操办会议,可以动员全校的力量,而学院办会,可以动用的力量就相对较少了,尽管如此,他们往往也还是可以办出一些很漂亮的大型会议,做成出色的工作。

因此,我觉得,院系办公室不应该仅局限于日常事务性的工作,还应该发挥更大的作用。这就要求大家要主动地与学校主流相契合,与大局相契合,而不是零敲碎打,只是纠缠于具体的事务之中。这是我对校级办公室的要求,同时也是对各院系、附属医院办公室的一个要求,希望你们能够参与到学校的主流中去。

什么是学校的主流呢?大家知道,在中山大学工作,首先要记住三个关键的观念:一是"学术共同体",中山大学是一个与学术相关的机构,它不是政府机构,不是衙门,而是一个学术机构;二是"教授就大学",在这个学术共同体中,学者是一个关键,如果没有了教授、学者,大学也就不成其为大学;三是"善待学生",学校的最根本任务是培养人才。这三个观念,体现的就是学校的主流,学校的各级办公室应该融入这个主流。像中山大学这样一所巨型大学,是一个复杂、庞大的系统,如果没有一套行之有效的行政管理系统,这所大学的良性运转是难以实现的,我们致力建设这样一个系统并努力保证其有效、良性的运作。各级办公室系统在其中是起着纽带式的关键作用的。

正因为办公室是一个单位、一个部门综合协调的总管机构,因此,办公室在大学中的地位就是不言而喻的,办公室是一个单位的脸面,从某种意义上说,外界对中山大学,对中山大学某个学院的观感,首先来自对办公室的观感。因此,请大家要清楚地知道,诸位的水平,诸位的态度,诸位的作风,其实是代表着中山大学的形象的。可以说,学校各级办公室的工作作风,工作效率,实质上直接影响到大学运转。因此,明确办公室的地位,提升办公室、尤其是院系办公室人员的素质和水平就成为了一件必须关注的大事。

(2008 年 6 月 20 日行政文化与办公室建设系列讲座上的讲话)

办公室人员的职业化

我们知道,作为学术共同体,教师是大学的主体,所以我们才会倡导"教授就是大学"。但是,我也认为,办公室人员或者说学校的行政办公人员是维持大学运作不可或缺的重要保障。说到这里,我想起楚汉相争后,刘邦建立了汉朝,当他分封功臣时,他认为功劳最大的不是帮他攻城略地的韩信,也不是运筹帷幄的张良,而是帮他镇守后方,安抚百姓,不断供给军粮的萧何。我想,学校的行政人员正是充当了萧何的角色,你们的工作对维护学校正常运作起到的关键作用,学校也不会忽视更不会忘记你们所作出的重要贡献。

正是出于这个原因,提升包括办公室人员在内的全校行政人员的素质,已经成为关系到学校下一步发展的重要问题,因为毋庸讳言,我们学校办公室系统人员的素质其实还没有达到令人满意的程度。而要建设高效的行政办公系统,关键还在于人,因此,提高办公室人员的素质,已经成为适应学校事业快速发展的重要因素。事实上,近年来,学校行政人员的素质无论是学历层次还是综合素质都正在发生根本的变化,为了充实学院行政人员的力量,今年学校公开招聘的二十多名党政管理人员也将全部分配到学院。目前我们面临的问题是,如何使这些新生力量人尽其才,使他们尽快地成长起来。我想,路子大概只有一个,就是职业化。

职业化本不是一个问题,因为办公室工作本来就是一个职业,之所以会成为问题,是因为长期以来,我们往往将各级办公室看成了一个干杂事的地方,看成了一个安置人员的地方,许多同志在工作中虽然也兢兢业业,但由于能力的原因,工作的效果就难免会差一些。我们强调职业化的一个出发点,就是认为包括办公室系统在内的行政系统是高校运作非常重要的一个方面,因此我们有必要像重视师资队伍建设那样,同样重视这支队伍的建设。

首先,敬业是职业化的最基本要求。既然大家选择了从事办公室的工作,就要尊重这份工作,做好自己的本职工作,其实也是对自己的尊重。如果说教师的天职是做好教学的工作,那么,我们办公室行政人员的天职就是要为学校的教学、科研工作提供自己的职位所要求的支持性的工作,说得简单一点,就是要服务师生,这就是大家的本职工作。然而,据我所知,我们一些院系的行政机构还残留着无所作为、居于师生之上的不良习气,一些行政人员不仅缺少行政效率观念和服务意识,而且缺乏责任心,极个别人甚至行为散漫、态度不好,得过且过混日子。正如我前面说过,大学是一个学术共同体,教师当然就是这个学术共同体的主体,因此才有所谓的"教授就是大学"之说。所以,学校各级办公室特别是院系办公室的行政人员,都必须做到尊重教师、善待学生,这是大家工作的最根本的出发点,做到这一点,才叫做"敬业"。

其实,有一些工作看似繁杂,但只是起步时的工作量比较大,一旦建立了数据档案,就很方便日后的工作。比方说,院系办公室是否可以为每位老师建立一个综合学术档案，基本信息是固定的，只要把发表的论文、申请的课题和科研经费等学术成果定期更新就可以了。这样，如果要填报表格，就可以按图索骥，最后再请老师核定，这样就节约了老师们的时间，同时，学院也可以适时掌握了所有老师的综合资料，无论学校统计科研、人事、财务还是设备等何种指标，都可以比较快速地应对。

其次，在本职之外，应该遵循"不拒绝原则"。这个"不拒绝原则"，是我在为学校新任处级干部培训时所讲过的，意思是说，在遇到师生们提出要求的时候，只要是没有明确规定禁止的，行政人员就不要立即拒绝。我想，对我们办公室的工作人员也要有这样的要求，当面对师生们提出要求时，不要忙着说"不"，而是考虑一下这些要求"该不该"为他们去解决，要动动脑筋看看在规矩之中甚至规矩之外还有没有办成的余地，有了这个"不拒绝原则"，我们做起事情可能就会更加人性化一些。

比方说，目前很多学院办公室的人员比较紧张，不少同志身兼数职，我知道在座的很多主任就是如此，这说明大家都有自己的职责。那么，当老师学生们请求你们帮忙时，希望人事秘书不要遇到问题就把老师们往人事处推，科研秘书也不要动辄让老师们跑科研处，教务人员也不要动不动就把学生"赶"到教务处去。我真心希望大家能够积极主动地为老师学生提供服务，而且是一站式的服务，让他们回到学院就有像回到家一样的感觉。

第三，要善于协调，乐于沟通与合作。办公室内部的工作虽然有分工，但在实际工作中，无论怎样分工，怎样划清边界，也还总会遇到一些问题的边际可能是模糊的，特别是遇到突发应急的情况，好像你也可以管，我也可以管，但如果大家都不管，只是强调自己的困难，推托责任，甚至抱怨别人，就很容易延误解决问题的时机。这个时候，不仅仅要求办公室主任要有协调的能力，而且办公室内部的成员之间也应该积极沟通，要能够站在全局的立场、起码要站在学院的角度上考虑问题，要乐于并善于与他人合作。

第四，要注意开展工作的方法。无论是校级还是院系的办公室，其工作的开展往往会涉及本单位的全局，因此，尤其要注意到工作方法，考虑到事情造成的影响。记得几年前，我们邀请广东省委领导同志来校作关于自主创新的报告，由于我们当时还邀请了相当一部分的企业家校友参加，而小礼堂的座位又十分有限，所以当时会议组织者只通知了校内部分部处的负责人参加，但在派发通知时写的是"各相关部处"，结果报告会一结束，就有几位处长向我"发难"，说没有收到通知，来了却没有位置，仔细再问才知道自己是"不相关"的部处。我又向会议的组织者询问了情况，他们也感觉委屈。这件事虽然不大，但给我留下的印象却很深，我觉得，这其实就是在工作方法上没有考虑周全，结果就可能导致一些误会与不和谐的事情发生。

我想，院系办公室应该也有类似的情况出现，无心之失甚至好心做错事一定会有，这就要求我们在处理与全校或全院相关的事情时要格外小心，特别是在化解矛盾的时候，尤其要注意处理问题的方式方法。

最后，希望大家要善于学习，非功利地读些书，不断充实自己。我从来不认为职务上的级别就表示了水平的高低，上下级之间绝对没有智商的差别，上级绝不一定比下级高明，关键在于你是否熟悉情况，是否掌握第一手材料，是否掌握充分的信息资源。比如，作为学校领导，我会经常去教育部开会，直接接受到各种信息，回来传达之前还要自我消化，所以我对政策和信息的掌握无论如何都要比没有去开会的人要多，理解也就可能更深刻一些，当然，作为年长者有些资历，我的经验也会更丰富些，我想这就是我的优势，仅此而已。对于大家来说，作为办公室的工作人员，担负着诸如教务、科研、人事、财务、设备等岗位的职责，就要认真学习各级文件和政策，要充分领会文件和政策的精神。只有领会了文件精神，才能在执行和操作的过程中游刃有余。

说到学习，我还想对大家说几句，我们这些同志并非都是所在学院的相关专业出身，这不要紧，但大家应该去对各自学院所拥有的学科专业有所了解。我不是要求大家像本科生或者研究生那样去学习专业知识，而是说如果大家能去了解全国本学科、专业的发展，了解一下其他兄弟高校的基本情况,了解一下本专业的特色等等,那就可能对自己工作的开展更有些帮助,从而与老师们有更多的共同语言,或许对自己发展会有些帮助。

今天来的同事中,有相当一部分的是各学院以及医院办公室的主任,这里,我想特别对主任们说几句。

希望大家公正处事、坦荡做人。我知道,有不少办公室主任的岗位是由副院长或者院长助理兼任的。毫无疑问,你们是学院的骨干力量甚至是学院领导,手中有一定的权力,这就要求大家应该具有一颗"公心",对办公室其他人员既要以身作则,不徇私情,当然更要勤于沟通,善于合作,努力营造一个共同干事的氛围,这样才有利于办公室工作的开展;要积极配合院领导的工作,成为院长的参谋助手,为领导决策提供准确可靠的信息和依据,这样才能使院长有更多的精力用于学院的学科发展;要善于同兄弟单位以及学校机关部处协调工作,要懂得尊重别人,懂得以恰当的方式同其他人合作,学会领导别人与被别人领导。

最后,我想再向大家通报一下学校岗位设置的相关工作。最近,按照教育部的统一部署,我们完成了学校的岗位设置工作。在教育部的文件中,明确了高等学校岗位分为管理岗位、专业技术岗位、工勤技能岗位三种类别。对管理岗位实行职员制,将高校管理人员纳入国家职员岗位体系,实现在制度上基本入轨,逐步建立一支高素质、专业化的职员队伍,适应增强高等学校运转效能、提高工作效率、提升管理水平的需要。职员制一个最大的特点就是为职员的发展预设好"跑道",完善职员职务与职级体系,促进职员职务与职级相结合。职员即使不能升任上一级领导职务,经过一定工作年限、考核合格的,也可以择优晋升上一级职员职级,并享受相应的待遇。

我觉得,此次职员制的实施,为我校行政人员的职业化,为我校着手改善学校行政队伍的机构、提高行政人员的素质提供了一个很好的机会。由于在实行职员制后,工资是与职级而不是职务挂钩的,因此,一些比较重要的主任的岗位就可以考虑更合适的人来承担，一些年纪比较大的同事，可以考虑退出现职，但工资待遇则可以按照本人的职级保持不变。这应该是一个两全其美的做法，一方面，许多工作了很长时间的老同志可以摆脱繁琐的事务工作；另一方面，一些真正有才华的年轻人也可以脱颖而出。学校也在考虑在进行一次科级和处级干部的重新聘任，逐步建立起干部能上能下的良性机制。机关、学院的科级岗位承担着所在单位的基本工作，这些岗位上的很多同志一干就是很多年，人事部门对科级岗位人员现状统计的结果是"年龄偏大、学历偏低"，这种情况对于工作的开展以及个人的发展都不一定有利。此外，在学校近几年公开招聘的党政管理干部中，也涌现出很多优秀的青年干部，他们综合素质好，工作能力强，学校的基层管理工作中需要充实这样一批有活力的年轻人。因此，随着今年下半年科级干部首次聘期考核的开展，学校将调整出一批机关、学院的科级岗位，面对全校特别是青年干部，择优选拔，而原有的部分科级干部将保留待遇、让出岗位，学校将逐步实现科级管理干部岗位考核与交流的制度化，要让科级干部考核、交流成为学校人事工作的一个常态。

总之，我认为，正是诸位的努力工作，才保证了我们学校日常有序的运作。在此，我代表学校，向各位长期以来的辛勤工作致以由衷的感谢。最后，作为大学中的一员，我希望各位同事能够明确自己身上的责任，努力地干好这份职业，并通过我们的努力，把我们的中大建设得更好，因为中山大学毕竟是属于我们大家的。

（2008 年 6 月 20 日行政文化与办公室建设系列讲座上的讲话）

第二编　教授就是大学

希望每一位教师都应该有独立之精神、自由之思想,有超越个人生活经验的学术追求,都应该负起传道授业解惑的责任,教授不是雇员,"教授就是大学"。

从某种意义上说,大学的水平并不在于得了多少的奖项,而在于这所大学中教授的水平,更确切地说就是,高层次人才积聚的质与量将最终决定大学的水平。我们说一所大学是一流的大学,实际上就是要看这所大学有多少一流的学科,而要看有多少一流的学科,归根到底还是要看这所大学有多少一流乃至大师级的教授。

我常说,在中山大学,名教授的地位是高于校长的,校长任期一满就离开了,而中山大学的声誉却是靠着一代又一代的名教授的努力而逐步积累起来的,现在我们说到文科就会想到陈寅恪,说到理科就会想到蒲蛰龙,说到医科就会想到陈心陶等一大批老一辈的学者,学术的承传、学校的声誉正是与这些名闻遐迩的名字息息相关的。

一、教授不是雇员，教授就是大学

教师仅仅是大学的雇员吗？

我看到过一个故事。1952年，艾森豪威尔将军接受了哥伦比亚大学的聘请，担任这所大学的校长。上任伊始，将军巡视校园，会见校董会、行政人员和学生，最后参加了学校教授为他举行的欢迎大会。艾森豪威尔谦恭地表示，有机会见到在场全体哥伦比亚大学的"雇员"，万分荣幸。这时，德高望重的物理学教授、后来成为诺贝尔奖得主的拉比教授站了起来，对将军说："先生，教授不是哥伦比亚大学的'雇员'，教授就是哥伦比亚大学。"

这段故事给我留下了深刻的印象，因为我将它与中国大学的情况作了对比。美国大学是要与教师员工签订聘用合约的，但是，长期以来的大学传统让教师们并没有把自己仅仅当做是大学的"雇员"，而是把自己当做大学的主体，因而才得出"教授就是大学"的结论。而在中国的大学，在我们学校，岗位聘任制度虽已为广大教师所接受，但还是"新生事物"，学校与教师签订聘用合约，形成了一种契约关系，然而这种契约关系不能简单地被视为教师与大学关系的全部，不能因为聘任制的实施，就将教师与大学的关系等同于雇佣关系，否则就容易理解为教师是在为学校"打工"，就会产生"打工心态"。什么是"打工心态"呢？我想，那就是一方面在学术上就不思进取，在教学上得过且过，甚至顶着学校的牌子热衷在外面干私活；而另一方面，则是欺下媚上、见风使舵，对学院、学校的所谓领导恭恭敬敬，而对同事、对学生则是另一个样子。

因此，在这里我要强调，大学——在中国起码是我们中山大学——不是官场，也不是公司企业，作为大学校长，我从来没有认为与教授、老师之间是领导与被领导的关系、上下级的关系，我认为我们之间是平等的同事关系，更多的是一种朋友关系。我也希望，大家都能够首先将中山大学看成一个学术共同体，并对这个共同体有深切的认同。希望每一位教师都应该有独立之精神、自由之思想，有超越个人生活经验的学术追求，都应该负起传道授业解惑的责任，教授不是雇员，教授就是大学。

（2008 年 2 月 23 日在 2008 年中山大学工作研讨会上的讲话）

教师与学校一荣俱荣，一损俱损

这里我想着重说一说教师与学校的关系问题。前段时间我们看奥运会，为什么会这么自豪，金牌不是我们拿的，我们自豪是因为我们觉得这些金牌是中国的，我们其实是在为中国自豪。教师与学校的关系同样也是如此，它们是相辅相成的，一荣俱荣，一损俱损，学校发展了，我们的教师们出去腰杆也会硬些，别人也会多敬你三分；如果学校停滞不前，甚至倒退了，脸上无光的首先是我们的教师。同时，学校的发展靠的又恰恰就是我们广大的师生员工们，只有大家共同努力了，学校才会向前发展。所以，我想在这里再提一次我已经在很多场合都讲过的话，就是：我们要有主人翁的精神，要把自己与学校视作一个共同体，作为中山大学的一员，我们应该多想想我们为学校贡献了什么，而不仅仅是想学校给了我们什么。不要只说"这样不对"，而应该更多地考虑"这样做才对"，只有大家都来想"学校应该怎样做"，我们的学校才会有大发展的希望。我们学校对外提出"以贡献促共建"的口号，这表达了学校的社会责任，表明了学校与社会的关系，也就是说，学校应多想想我们为社会贡献了什么，而不仅仅是想得到社会的支持。我想，教职工和学校的关系与学校和社会的关系是相类似的。

我很想表明这样的一个观点，就是，希望我校的全体教职员工，少一点抱怨,多一分建议;少一点评论,多一份参与。

(2000 年 10 月 19 日所作的"三讲"辅导报告)

大学教师的"准入条件"

我以为,要成为一名合格的大学教师,应该具备三个方面的素质:教学能力、科研能力和服务社会的能力,我们也可以将这三个方面看做是入大学教师这个"行"的准入条件。

教学是教师的天职,是大学教师入行的前提。

从进入学校开始,中大的教师就面临着两个任务:不仅要成为一名学有专长、以学术为志业的学者,而且必须要成为一名合格的教师。从某种意义上说,后者更为重要。教师是诸位的身份,是教师,就要教书,这是大家的天职,是一件天经地义的事情。所以我们说,教学是一个前提。人才培养尤其是本科人才培养是大学的基础。我常说,大学与科学院最大的不同,就在于大学是教书育人的地方,没有本科教学也就不会有大学。重视本科教育也是世界上许多著名大学一个共同特点,对优秀生源的争夺,最主要的就是对本科生源的争夺。诸如哈佛、牛津、剑桥等大学,他们的本科招生,都有一个在学校的层面对申请入学的学生进行面试的程序,而研究生的招生则只是由导师本人面试而已,可见本科学生对于一所大学的重要性。目前中国的大学,已经完成了从精英教育向大众化教育的转化,学生与学校的关系,在某种意义上已转化为一种消费关系,他们有理由要求得到更好的更高质量的教育。这也是为什么从教育部到我们学校,都要求教授必须为本科生授课的原因所在。对学生来说,一所大学有多少科研成果,得了多少奖项,并没有多少实际意义,他们在大学中学习,最关键的是要得到名师的指点,要有一批好的老师给他们上课,为他们传道、授业、解惑。如果教授们不上课,或者教师们上课仅止于应付,那么学生在大学消费的就是伪劣商品。

在我们中山大学,从本科到硕士到博士,各个学历层次都有,但从人的一生来说,本科无疑是最重要的。本科阶段,是一个人的人生观、价值观和世界观形成的关键时期,在这个阶段接受什么样的教育,碰上什么样的老师,至关重要。所以,我们不仅要强调教授上本科生的课,而且还要强调每一位为本科生授课的教师都要兢兢业业。学校要求所有教师都必须重视本科教学,如果一位教师在教学上马马虎虎,那他肯定不是一个合格的大学教师,即便他在学术可能是优秀的,也难以在大学立足,原因就在于他失去了一个"入行"的前提。

大学教师的任务,是以恰当的方式将科学问题呈现出来,使一个未曾受学但具备领悟力的头脑能够理解这些问题,进而能对它们进行独立的思考。我们中山大学的本科学生,是百里挑一的优秀青年,如何认真地培养他们,使他们在走出校门的时候成为国家和社会的栋梁之才,这对我们来说是一件最重要,也是最艰巨的任务。我们中山大学的教师,同样也是百里挑一的拔尖人才,诸位就是这样的人才,但是书读得好,科研做得好,未必就意味着一定能成为一名合格的、优秀的教师。诸位加盟中山大学,首先要过的一关,就是要成为一名优秀的老师,成为一名可以给本科生上课,并且得到学生认可的老师。诸位中的大部分刚刚获得博士学位,大家应该尽快使自己从学生的角色向教师的角色转变,适应教学岗位,这个过程中还有诸如教育学、心理学以及教学方法等多种学科知识的积累,因此,大家不仅要注意自我学习,更要向老教师学习、请教。从今年开始,在李延保书记的倡议下,学校启动了新教师和首次开课教师培训计划,李书记有一个观点,一个好的学者,他可能可以做很好的研究,可以带硕士、博士研究生,但他未必能够上好本科生尤其是一年级新生的课。上一年级的基础课,是一件神圣的事情,因为这些学生刚进大学,一切都刚刚开始,如何开好这个头,至关重要,所以,我们要对新教师和首次开课的教师进行培训。我非常同意这个观点。今后,学校将把这一培训纳入教学队伍建设的常规性工作,并把培训情况作为教师职称晋升的依据。

我们提倡大学教师要"崇教厚德，为人师表"，在学生面前，我们应该既是"经师"（教学生以知识），又是"人师"（教学生做人的道理）。孟夫子说，得天下英才而育之，是人生最大的乐事，教师的职业是光荣而神圣的，我们应该尊重自己的这个职业，而不能仅仅把它看作一个谋生的饭碗。为人师表，是一个很高的要求，它要求我们有高尚的人品、渊博的学识，也要求我们不断地学习和提高自身的素质。教书育人的过程是一个教师自身不断成长，不断"养成"的过程，是一个人全面发展的动力。

具备科学研究的能力是中山大学教师的生存条件。

在中山大学这样一所研究型大学里做教师，除了教书，还必须要有较强的科研能力，我们应该成为一名学者型的教师。我想，这可能会是大家在中山大学工作的一个立身之本，具备科学研究的能力是我们中大教师的一个生存条件。相信在不久的将来，诸位中的大部分人都会开始带研究生，诸位即将感受到，过去做研究生，是跟着别人做研究；现在做老师，就要带着别人做研究了。这里有一个逐渐转变的过程，完成了这个转变，就可以说诸位在中山大学站稳脚跟了。

说到科研，我想在这里强调一下科研工作中的团队意识。随着社会的进步和科学的发展，大学在组织自身的科研时，科研团队的作用已越来越重要，单靠一个人的力量是做不成大事的，几乎所有的重大科研项目的完成和现实问题的解决都要通过科研团队的协作来实现。

团队精神是一个优秀学者的重要素质，具有良好团队精神的人，不仅要善于领导别人，还要善于被领导。对于学校来说，如果每位学者都想当头，最终也就只能是群星灿烂，没有月亮。我们常说"不想当元帅的士兵不是好士兵"，这句话当然对，但还是有其片面性，一个团队如果人人都想当元帅，最终也就无所谓团队精神，我们也就有可能一事无成。我们强调科研中的团队精神，这不仅是一种从事科学研究所必备的素质，而且也是大家在处理其他社会关系时应具备的一种与他人良好合作与沟通的立身处世的素质。

当然，学校也充分考虑了各学科的差异性，出于这种考虑，各个学科的科研组织形式各不相同。就拿科研团队来说，其组织的形式也是不同的，可以是一个教授牵头，带领一批教授合作攻关的紧密型组织，也可以是一种松散型的组织，比方说在人文学科的许多领域，个体的探索可能会更多一些。但是，如果营造一个学术氛围，让不同学科的学者在一起碰撞、形成一个争鸣的局面，我认为这也可以说是团队的一种形式。我觉得，组织一种什么样的团队，关键要有一个合理的制度，通过制度把我们的学术精英整合起来，让他们建立一种彼此合作、相互认同的关系，共同去争取大的项目，取得大的成就。

我们强调团队，强调要通过跨院系、跨学科、跨地区的大型合作来组织国内外科研资源的集体攻关，但同时也决不排斥学者们基于个人兴趣的自由探索，我们把这些自由探索的学者叫做"孤独的思考者"。我们始终认为，大学之所以成为大学，核心在于"大"字，在于包容，"有容乃大"。但是，我也必须向大家说明，大学的资源永远是有限的，从学校的层面，在现阶段，学校的投入必定是倾向于团队的，因为我们希望要有突破，要建设中山大学的学科"高峰"，就只能是认准少数的几个科研团队加大投入，这也是国内外著名大学的普遍做法。

说到资源，我想大家还应该确立这样一个意识：要做学术研究，没有资源是不行的，但是大家要资源，眼睛不能只盯着学校，也不能仅仅盯着国家以及省、部级的有限的科研基金，大家的眼界不妨放得更宽一些，要放眼全社会。这样做，不仅可以打开你的学术视野，而且也可能争取到更多的科研资源。中山大学的学者要学会从市场中获取学术资源，与企业合作、与社区合作，我认为，从某种意义说，这种通过市场中的竞争而取得的学术资源或者更有意义，因为说明了我们的教师的研究能力得到了社会的认可。学校对教师的横向课题与纵向课题在政策上是一视同仁的，我们称之为给横向课题以"国民待遇"。

争取横向课题的意义还不仅仅在于争取科研资源。目前,在广东高校的科研总经费中,纵向经费超过 60%,也就是说,政府投入还是大头。但从国际流行的规律而言,企业才应该是自主创新的主体,所以大学应该在产学研合作中发挥更大的作用。在这方面我们做得还不够,还要加倍努力,希望大家在今后的研究中,为广东企业自主创新能力的提高多做一些事情。

社会公共服务是大学教师的应尽义务。

我们要看到学术的社会责任。学者要以学术为志业,同时也应该以人类的文明与进步为己任,以自己的知识为社会服务。毫无疑问,大学应该是研究高深学问的机构,但同时它还是推动社会文明进步的发动机,现在的中国仍处在发展中阶段,就更需要大学为之提供社会、经济发展的动力。这是民族所赋予我们大学的责任,我们要勇敢地担当起来,责无旁贷。

诸位一定知道孙中山先生为我校亲笔题写的校训——博学、审问、慎思、明辨、笃行,归根到底落实到一点,就是要"行"。这个"行",我想是可以理解为"服务社会"的,上面所说的人才培养、科学研究和服务社会三个方面,其实是三位合一的,最终还在于对国家、对民族、对人类社会的回报。诸位应该把服务社会看成是一件快乐的义务,助人乃快乐之本。我们大学用的是纳税人的钱,我们对这个社会有所取,就应当有所回报,作为大学教师,应当有这样的境界。

上面,分三个方面说了作为一名大学教师应具备的素质,也就是大家要入大学这个"行"首先要注意的问题,也可以说是大学教师的"准入条件"。在这里谈这个"准入条件",实际上也是一个动员,我是希望新同事们在入校之初就具备一种意识,养成一个习惯,以教书育人为天职,以学术为志业,以服务社会作为自己的义务,共同在中山大学营造一种良好的氛围,成为一个真正合格的中山大学的教师。

(2005 年 8 月 26 日在新教工上岗前学习交流会上的讲话)

大学教师的定位

要正确对待教学与科研的关系。

记得在一次青年教师座谈会上,有一位青年教师对我说,学校什么都好,但对他而言,就是教学的压力太大,无法完成教学工作量,没有时间去搞科研了。我觉得这位老师的思路可能有些问题,他将教学和科研对立起来了。作为教师,教书是天职,把书教好是成为一名大学教师的前提,这是一种本分,在这一点上,是没有什么讨论余地的。做一个优秀的学者与做一个优秀的教师并不矛盾。我们学校有很多优秀的老师,他们同时也是很优秀的学者。我是学数学的,就以数学系作为例子。邓东皋教授,学问很好,是老一辈的学者了,直到现在,他都坚持教一年级的高等数学。所以,科研绝不是忽视本科教学的一个借口,杰出的科研水平应该成为更好地教好本科的底气。从某种意义上说,一个大学的老师能够上好一门本科课程,正是他在大学中实现其人生价值的一个基础和起点。作为一名中山大学的教师,是必须要成为一名学者的。成为一名学有专攻的学者,是诸位成为一名优秀的教师的"底气"所在,因为中山大学是一所研究型而不是教学型的大学,我们所要教给学生的不仅仅是知识,更重要的是进一步获取知识的能力。这种能力,关键就在于创新,而要将这种创新的能力教给学生,首先就要求我们教师本身是一个有创新能力的学者。所以,既然你是一名中山大学的教师,那你就必须教学科研两不误,否则你就不会合格。

要明确研究型大学在科学研究上的要求。

在科学研究的过程中,应强调以科学问题为导向、以创新为追求目标的原则。大家要有这样的准备,即任何科学研究,特别是原创的研究都是长期积累的结果,应该而且必须是一个长期坚持的过程,它是探索未知领域的工作,要取得重大发现有较大的随机性,需要长期积累,锲而不舍。研究者的刻苦与成功往往不成正比,可能不成功,但不能不努力。请大家记住,大家追求的目标不是发表论文,科学研究以发现问题、解决问题为目的,而论文只是阶段性研究成果的记录。从事科研,我们要着眼长远,要力争避免学术上的浮躁心态。

正确对待大学的考核制度。

大家一定都已经知道,学校现在实施的是真正意义上的岗位聘任制,诸位成为中山大学的教师,是有合约约束的,诸位在学校工作,必须要通过学校对诸位在教学以及科研方面的工作量的要求,如果不合格,那么,三年以后就有可能会被淘汰。这看上去有些无情,但认真想一想,其实也很正常,世界上没有不进行考核的大学,只不过是在形式上有所不同。目前中国高校的考核制度很容易引来非议,认为现在的考核制度只会要求老师们去追求数量,从而引发了中国高校中学术上的浮躁现象。当然,我们的考核制度一定还有缺点,但我们不能因为有缺点而不实行,我们只有尽可能通过不断的改进去避免存在的缺点,尤其重视教师的科研质量。但我也要说句可能比较刺耳的话,目前学校里有一些教师,几年都没有一篇论文,我想,这些老师大概就不能以质量为托词吧。我们当然也知道学问上"十年磨一剑"、厚积薄发的道理,但我们担心的是,如果没有一些硬性的规定,不作一些数量上的要求,那用十年"磨"的那把剑,到头来还是一把"锈剑"也未可知。

事实上,我们中山大学的考核制度中对教师的要求应该是十分宽松的,相信以在座诸位的才华,完成这些工作量是不会有问题的。6月份学校开了一次全校院长、系主任会议,会议的主题是"考核预警",就是要提醒全校教师,三年一考核的期限即将到来,学校在考核到期时,是一定会动真格的。如果不动真格,教师职务聘任制最终只会是一句空话,我们是不会让这个制度流于形式的。因此,借此机会,我也想提醒诸位,希望大家在入职开始就要充分了解学校的考核制度,明确自己的任务,并认真加以对待。

（2005 年 8 月 26 日在新教工上岗前学习交流会上的讲话）

大学的使命与教师的责任

我们知道,大学是时代精神的象征,是社会良知的灯塔,也是人类的精神家园和民族文化的守护者。大学应该既体现着某一时代的精神,同时又承载着人类终极的价值追求。只要人类的文明延续,大学前进的步伐就不会停止。目前,社会上对大学的各种讨论越来越多,但无论如何,我认为大学的本质并没有改变,大学就是要以培育人才、创造知识为根本使命,以服务社会、造福国民为己任。

美国加州大学前校长克拉克教授曾经对 1520 年以前成立的各类组织做过一个统计,迄今仍以同样的名字存在的,全世界只有 85 个,其中,70 个是学校,15 个是宗教组织。追求永恒是绝大多数组织的终极目标,看了这个例子,也许有人会说,大学具有永恒的属性,是可以一直延续下去的。但是,1520 年前,世界上的学校一定不止 70 个,为什么只有 70 个迄今仍然存在,我想,那是因为它们传承着某种精神,所以我们或许可以得出这么一个结论:那些承载着大学精神的大学才有可能是永恒的。

中山大学就是这样一所承载着大学精神的大学。作为中山大学的教师,应该牢记大学的责任和使命,把传承知识、创造知识作为自己最根本的任务,因为这是一个大学教师的天职。

在中山大学,我们要求教学与科研并重,因为教书与做研究是分不开的,我相信,不做科研的教师是很难成为出色的教师的,也就是说,在中山大学这样的学校,要把书教好,有一个前提,就是要做好研究。这就是中大与一般的教学型学校的不同之处。中大的教师应该有实力和志气从事独立研究，有信心开辟出一片自己的学术天地。当然，大学课堂的主要任务还是传授知识和文化，我们鼓励大学教师独立研究，更多的是希望老师们创造性地传授知识，让我们的学生也学会独立思考，学会批判地继承。总之，教学和科研是中大教师最根本的任务，是天职，诸位必须尽力为之。

　　服务社会，是大学义不容辞的责任，大学不仅是社会良知的灯塔，同时也是促进经济社会发展的发动机。大学应该融入到社会中去，为经济建设和社会发展提供支持与服务，这是我们多年来一直强调的办学指导思想。中山大学的总体定位和建设目标应该是"国际水平，国家需求"。具体而言就是，学校各个学科应该以国际水平作为研究方向和建设目标，而其立足点则应该在于解决国家尤其是广东省的经济建设和社会发展的战略需求。更具体地说就是，我们所研究的科学问题应该是从解决国家尤其是广东省的战略需求中提炼出来的，只要是符合这一需求的学科，即使目前还不是我们学校的强项，出于大学对国家和社会的责任，我们也应该在学科规划中适当布局，这是学校应该长期坚持的一个方针。长期以来，我校的发展得到了广东省的大力支持，我们理所当然地要为广东省的经济社会发展作出应有的贡献，中山大学要成为广州的名片、广东的名片。

　　这个问题还有另一个方面，我认为，服务社会，大学当然责无旁贷，但这个功能并不应该全面地落实到每一个教师的头上。大学教师的任务是很明确的，就是教书育人和创造知识。各学院可以而且也应该根据各学科的特点组织老师们承担政府或企业的项目、课题，各位学者可以根据自己的研究，针对当下的社会事件对媒体发表参考性的评论，为社会舆论提供学术性的意见，一些有社会影响力的学者也可以担任校内外的公共学术职务。我曾经在湛江参观过生命科学院的对虾养殖基地，最近还到林芝地区参观了生命科学院的冬虫夏草孕育基地。这些学者的工作是寓科学研究于服务地方建设当中的,这是非常值得肯定的。总之,我的看法是,对于大学教师而言,服务社会的任务可以与教学科研相结合,与学科的特点相结合,希望诸位量力为之。

在这里,我还想请老师们注意,学校里有个别教师在得到了讲师或副教授职称以后,学术上就不思进取了,以"自己不愿与别人争教授"为借口,不做研究,教学也得过且过,有的还顶着中大的招牌热衷于在外面干私活。我认为,这种做法对自己对学校都是不负责任的。对于中山大学的教师而言,讲师和副教授都应该是过渡阶段,学校之所以会聘一位教师,是在于认为他是一个人才,最后是可以当教授的。如果没有这样的发展潜力,从讲师升不了副教授,这位教师是要离开的。副教授升不了教授的,虽然可以在副教授的职务上当下去,但我们也不希望这样的人太多。在这里,我想表明学校的态度,学校对于每一位教师的聘任,包括在座诸位,都是通过聘任专家委员会严格筛选、讨论通过的。学校相信大家具有学术研究的潜力,应该在学术道路上有更好的发展。如果有个别教师主动放弃以创造知识为己任的学术信念,根据学校教师职务聘任条例的规定,他们将不适合继续从事学校教师岗位的工作,学校也不再与他们签订新的聘任合同。

总之,大学不同于企业,不是一个营利组织,如果说获取尽量多的利润是一个成功企业的标志,那么一所大学,则一定是以为社会创造了知识,并培养出了具有创新精神的合格学生作为成功标准的。历史已经告诉我们,若干年以后,人们不会记得一所学校在某个时期曾经有过多少经费,而只会记得这个学校某个时期培养的人才和涌现出来的著名学者。我希望诸位为中山大学能够成为这样一所成功的大学而共同努力。

(2006 年 8 月 26 日在新教职员岗前学习交流会上的讲话)

二、人事制度与人才队伍建设

营造和谐，着眼长远

经过二十多年的改革开放，80年代初期的人才断层现象、脑体倒挂现象已有了根本的改观，人才资源是第一资源的观念也已日渐成为社会各行各业的共识。随着干部人事制度改革的进一步深化，人才的流动在国民的心中也逐渐成为了一种理所当然的事情。中央人才工作会议召开以后，教育部、广东省也开了人才工作会议，从中央到地方，一些有利于培养人才、吸引人才、用好人才的政策正在陆续出台。在目前的中国，人才工作已被提到了一个前所未有的、全局和战略的高度，这是我国全面建设小康社会的历史任务所决定的，也是事关国家发展和民族振兴的一个大问题。可以说，一种适合于人才发展，有利于人才脱颖而出的社会氛围已经形成。这是我们在这里讨论人才工作的一个大气候、大前提。

在这个大气候和大前提下，近年来，我校在人才工作方面进行了许多卓有成效的努力。我们提出了"引进与培养相结合，以制度激励人，以学术氛围吸引人，以资源保障人，全面创造适合创新人才引进与成长的宽松的学术氛围和良好的学术环境"的人才工作指导思想。

宽容应该是大学人才工作的一个指导思想。

我们要高度重视从事科研的学者之间的差异问题，提倡学术的自由精神，对不同的学科、不同的人，要建立起不同的评价和考核体系。

科学研究的精髓是自由，学术自由既是大学科研的精义，也是大学成为大学的基础。从这个基础出发，大学对于教授的要求应该是"不强求"。具体地说，大学对待教师的学术追求应该持宽容的态度，可以采取激励性的政策奖励与大学成长目标相容的教师，同时也不能强求每个教师都采取与大学成长目标一致的行动。无论是学科的交叉融合，还是个体基于学术兴趣的钻研，或者热心于为本地经济发展作贡献，都应该是允许的。

对于基础学科，我们应该要有一种更加宽容平和的心态，要有"养士"的决心。对于那些以学术为生存方式的学者，大学应该给他们良好宽松的学术环境和生活空间，给他们以足够的经费支持，而不应该有过多的规划上的要求，不应该以量化管理来制约其创造力。大学对这些学者的投入有些像风险投资，要有投入而得不到回报的心理准备，也要有对优秀学者最终"十年磨一剑"、厚积薄发的信心。

要讨论中山大学的人才工作，对人才差异性的认识必须成为一个先决条件。科研是如此，对待一些在教学上特别优秀的教师，对待一些在临床上特别突出的医生，对待实验人员、教辅人员也是如此，我们要看到这些人才的特殊性和差异性，要给他们以支持，给他们以良好宽松的环境和发展空间。我校近年来实施的教师职务聘任制改革的着眼点，就是要为各类人才提供更大更好的发展空间，让各类人才在中山大学力争上游，找到他们发挥才华的舞台。同时，我们也关注到不同学科、不同类型的学者之间的差异性，我们给少数优秀的学者以特殊津贴而不硬性规定他们的教学或科研工作量，也正是希望给他们以更为良好和宽松的学术环境。

当然，从学校长远发展的层面，在现阶段的中山大学，仍然要大力发展应用学科，因为这是与国家的需要相适应的，我们也仍然要强调学科的规划。我们应该在尊重学术自由和倡导独立思考的同时，提倡科学研究以问题为导向，要重视学科规划，重视优势学科的整合，尤其需要重视为优秀团队的建设营造宽松良好的学术氛围，以期有大突破，出大成果。我想,这也正是基于科研差异性的一个总体考虑。

大学之所以成为大学,核心正在于"大",有容乃大。在这种意义上,宽容应该是大学人才工作的一个指导思想。我们应该给不同的人才以足够的空间,从而体现这个"大"的精髓。基于这种考虑,在对教师的评价和考核体系的设计上就要切忌机械划一的模式,应该根据不同学科的特点制定相应的评价考核标准。如果一定要说出一个标准,我们就应该看各类人才在不同的领域所取得的成就,应该看他们在科研上取得突破的能力,看他们发展的后劲。以这个标准来衡量人才,可以避免在人才评价考核过程中的简单化倾向。

人才评价和考核体系的建立实质上是一个制度建设的问题。通过良性的制度建设,一方面可以保证人才的引进,另一方面也可以使人才在中山大学心情舒畅地工作,学校也才能对各类人才用其所长,使他们的创造力得以充分发挥,为中山大学的事业贡献自己的力量。中山大学也才能成为人才成长和发展的一块沃土、一个乐园。

不管是引进的,还是原有的,都是中山大学的人才。

从上面提到的人才评价标准,让我联想到了所谓引进人才和校内原有人才的关系问题。引进高层次人才一直是学校人才工作的一个重点,由于要引进,学校也就为他们提供了较为优厚的条件,例如科研启动费、房屋补贴等,而这些待遇往往是校内原有人才所没有的,于是就难免会产生一些不平衡的心理。例如说,引进的是人才,原来的就不是人才,甚至有些优秀的教授还开玩笑说,不如我先跳出去,然后你们再把我引进来吧,这样该有的就都有了。确实,流动可以使人才增值,但人才的价值不能仅仅在流动中体现。实际上,不管是引进的,还是原有的,都是中山大学的人才,这两者其实只是一种时间概念上的区别。如果把引进的概念理解得更宽泛些,中山大学现在所有的人才,不管是以特聘教授、讲座教授、"百人计划"的方式引进,还是调入,或者毕业留校、应聘上岗,都是"引进"的,而从进入中山大学的那一天起,这些"引进"的人才又都成为了"原有"的人才了。这是一个矛盾统一的问题。所以如果辩证地来看;原有的即是引进的,引进的也会变成原有的,它们虽说看上去是两个群体,其实只是一个,是不应该有所区别的;大家都是中山大学的一分子,都是中山大学发展不可或缺的人才。

但是,为了学校的长远发展,我们仍然要强调高层次人才的引进工作,我们还要继续为引进的高层次人才提供具有足够吸引力的待遇,所以必须承认,"引进的"和"原有的"人才之间可能还会存在一些事实上的区别。要解决这个现实中可能存在的差别,我想首先是观念的转变。按劳取酬、按能力取酬、按贡献取酬是我校目前实施的分配制度的一个原则,在校内各类人才中,待遇不同是必然的。目前我们所面临的问题是:当原有的学者与引进的学者能力与贡献相当时,应该如何平衡两者之间待遇的差别。我以为,解决这个问题的出路,在于我们要逐步淡化引进和原有的概念。对人才的评价标准,就是要看他们的能力和后劲,看他们所作出的贡献,看他们在国际、国内学术界的地位。对于中山大学而言,我们对人才的评价更要看他们是否与学校高水平的研究型大学的定位相一致。看一个学者的贡献和能力,数量是一个方面,而更重要的是质量,我们需要的是真正的学者、真正的知识分子。我们的老师们写文章,不应该只是为了升职称,而应该是为了科学的进步和社会的发展,应该瞄准科学的前沿,去争取具有世界影响的大成就。眼科中心最近出台了一个政策,对科研人员的奖励以在 SCI 上的影响因子来决定,我觉得这是更为关注学者研究质量的一个很好的做法。既然人才评价的标准是一致的,那么不管是引进的还是原有的,只要能力和贡献相当,就应该享有相同的待遇。要做到这一点,在我校现行的政策下可能还有一些难度。难点在于,我们是不是敢于比照引进人才的待遇给原有的、更少数的、与引进人才学术地位、能力和贡献相当的优秀学者以同样的待遇?解决了这一点,或者我们就可以说,对于所谓引进的和原有的人才,我们评价标准是一致的,我们的待遇是趋同的,在中山大学,优秀人才的价值是得到了充分尊重的。

虽然存在着上述可能的矛盾,在这里,我还是要强调高层次人才尤其是学术领军人物的引进工作,这对于中山大学的长远发展是至关重要的,因为他们可以为学校带来新的学科增长点,可以尽快提高学校的学术水平。随着经济的发展和国际地位的提高,中国的吸引力正变得越来越大,中国大学的吸引力也正变得越来越大。目前,就有不少外籍学者在我校任教,大批归国留学人员更是成为了学校科研的主力军。可以说,目前我们引进高层次人才的大环境是非常好的,所以,我们的目光应该更多地放在海外,放在海外归国留学人员这个群体之中,学校特别鼓励从海外引进高层次人才。我们也注意到,在最近教育部出台的一系列人才计划如"新世纪优秀人才支持计划"、"长江学者与创新团队发展计划"、"高层次创造性人才计划"中,都十分强调从海外引进人才,反对国内高校之间的挖墙脚现象。这是国家人才计划中的一个导向,当然也关系到国家利益。这是我们在高层次人才引进过程必须认真关注的问题。

作为中山大学的院长,主要是干好两件事:一是争取资源,二是营造氛围。

说到引进高层次人才,在这里我还想对各学院的院长们提一个要求。我以为,作为中山大学的院长,主要是干好两件事:一是争取资源,二是营造氛围,这个任务与校长的任务其实是一样的。我们去争取重点实验室,争取各类课题,开展与地方政府的合作,这都是在争取资源,而在所有资源中,最重要的是人力资源,也就是说,院长们要尤其重视高层次人才的引进和培养,提升学科建设的水平。前面我提到大学之"大"的一层含义是宽容,我想这"大"字还有另一层含义,那就是大学中人气魄要大,眼界要高。我曾经说过,看一个院长是否合格,有许多标准,但其中最重要的是看他是否大气,是否有广阔的胸怀,要看他对高层次人才的态度。一个真正优秀的院长,并不仅仅在于他本身在学术上是杰出的,更重要的是要看他能不能在学院内营造一个良好的学术氛围,团结一大批优秀的学者干成大的事业。院长必须要与教师们多沟通,多交流,及时地解决教师们工作中的难题。重视人才,用人所长,这是评价一个院长的基本指标。在这一方面,哲学系和药学院就做得很好,他们的系主任和院长在引进人才的时候对我说得最多的一句话就是"他比我强",我觉得他们是优秀的。从敢于引进比自己强的人这一行为本身而言,就说明这个院长是有自信、有水平的。一个学院只有人才集聚,强者云集,这个学院才会有一个美好的未来。

大学与政府和企业不同,政府在很多时候关注的是政绩,企业则更多地关注利润,我以为,大学应该关注长远。我们之所以如此重视人才工作,重视延揽人才,就是着眼于中山大学的长远。中山大学想要在现有的基础上百尺竿头更进一步,重铸鼎盛和辉煌,单单靠现有的人才是远远不够的,我们要以更广阔的胸怀延揽天下英才,为中山大学的长远发展奠定雄厚的人才基础。

我们要在校内营造一个宽松、和谐的工作氛围,充分发挥各类人才的积极性和创造性,形成一个人人想干事,人人想出成绩,适合于各类人才成长的良好环境。中山大学是一个整体,每一个中大人都是这个整体中的一分子,整体环境的和谐有赖于其中每个个体的共同努力。因此,机关和院系的领导固然是营造宽松、和谐的工作氛围的主要方面,但这个氛围的营造绝不仅仅是校领导、学院领导的事情,全体中大人都有责任、有义务为共同营造这个氛围作出努力。我们不仅要享受和谐的工作环境,同时更要投身到这个环境的建设之中。我以为,在上下级之间,在管理干部与教师之间,在每一个中大人之间,都应该抱有一种与人为善的想法,人与人之间相处,应该多往好的方面去想,应该相信大家的出发点都是为了中山大学的事业。这样,就会少一些攻击,多一些善意;少一些抱怨,多一些建议;少一些紧张,多一些宽容。作为各级领导,要善于体察下情,为广大教师员工排忧解难,而作为广大教师和干部职工本身,对领导们也要有一定的宽容度,要对他们有信心,给他们时间，不要动辄告状。只有这样，我们所倡导的宽松、和谐的工作氛围才可能实现。

（2004 年 10 月 25 日在中山大学人才人事工作会议上的讲话）

大学人事制度的根本性改革

作为内部管理制度改革的一项重要内容，学校最近出台了教师编制核定、职位设置和职务聘任的一系列规定。这是学校从全局的角度，以 2000 年中共中央组织部、人事部和教育部联合颁发的《关于深化高等学校人事制度改革的实施意见》为指导思想，根据 2002 年国务院办公厅转发的人事部《关于在事业单位试行人员聘用制度的意见》，学习和借鉴国际知名大学和国内一流大学的经验和做法，而作出的一个重要的决定，是我校人事制度的一次根本性的改革。在这里，我想对这一制度的有关原则谈一些想法。

第一，学校选择在目前这个阶段实行教师职务聘任制度，在很大程度上是为了把握学校事业发展最有利的时机。随着广东高等教育的进一步发展，我校本科生和研究生的扩招将是一个必然的趋势。预测未来几年，我校教师的编制总数将处在相应增加的态势之中。现阶段，我校绝大多数学院教师缺编，全校教师缺编超过 400 人。据初步测算，实行聘任制以后若干年内，尚有 42%—48% 的教授职位要向国内外招聘，28%—32% 的副教授职位也需要招聘。因此，我们就可以有说服力地告诉大家，选择在这个时机实行聘任制度，有某种"机不可失，时不再来"的意义，学校将立足现实、尊重历史、实事求是，参照职称评定的基本要求，对现有人员作一基本承接。从总体而言，这个规程不是激进的，而是比较稳妥的，对教师的考核要求，不是紧的，而是比较宽松的。实行聘任制的目的，绝不是为了解聘现在的在职教师，而是为了建立一个与国际接轨的更具国际化色彩的大学人事制度的框架，以便更多更好地吸引国内外优秀人才，满足学校发展的迫切需要。

第二,学校力图通过教师职务聘任制度的实施,进一步完善校院两级的管理制度。我关注到网上教工论坛关于聘任制的一些意见。有教师认为,这一规程的出台是为了管教师,尤其是管那些职称较低的教师,更有甚者,认为是在"折腾"教师。我想,产生这些看法是出于对职务聘任的误解。1999年,学校曾进行过一次校内管理体制改革,当时的对象是学校机关。在那次改革中,机关中层干部"全部卧倒",重新竞争上岗,其他机关工作人员的岗位也有了很大的调整。近年来学校机关工作作风的转变是与那次改革分不开的。因此,学校的人事制度改革当然是面向全校教职工的,9月份以后,学校还将陆续出台有关机关管理人员、图书资料人员、实验室人员及其他职务系列人员的聘任规定。所以,我们不能说,此次人事制度的改革是专门针对教师的。

我们应该看到,教师职务聘任规程的出台,不是为了单纯地对教师的工作量进行考核,一些教师似乎只看到了规程中"管"的一方面,只看到了对教师的考核,而忽略其中最重要的一点,就是定编。定编是学校管理的一个重要手段,没有定编,学校的管理就会成为一句空话,而如果没有工作量的核定,定编就无从谈起,所以定编与工作量的考核是紧密联系在一起的。此次对各学院教师的定编,就是以教学工作量为主要的考核依据来进行的。学校正是通过编制的核定来实现对各学院的宏观管理,这就像教育部对各高校的管理也是通过定编来实现的一样。教师定编以后,学校实际上将用人权放到了学院,这是向由学院而不是学校聘任教师这一目标走出的第一步。这样做,可以使各学院根据各自不同的情况,自行决定本学院教师的聘任。因此,我们也不妨将教师聘任制视作实现校院两级管理、管理重心下移的一个关键举措。过去我们所习惯的人事制度对院系也有定编的规定,也有职称评聘,但从未把教授、副教授、讲师等职位的设置具体落实到每一个院系,结果,所谓的定编和职称评聘都难以真正落到实处。这次改革以动态的、可以计量的方式,将各个院系教授、副教授、讲师的职位数确定下来。这样做,使各院系有可能根据各自不同的情况,自行决定本院系教师的招聘计划。副教授以下职务的聘任权力下放到院系;教授聘任的最后决定权在学校,但院系在教授聘任问题上的权力,也比以往评审教授职称时全校"打擂台"的做法,要大出许多。我相信,这一制度的实行,为进一步实现校院两级管理的长远目标,解决了一个带有根本性意义的问题。

第三,在通过聘任制建立学校与教师之间的契约关系的同时,学校高度重视在各种可能的利弊之间保持平衡,以服务于学校长远发展的根本利益。对教师工作量的考核当然是这个规程的一个重要内容。实际上这个规程的重要意义,就是明确了在学校与教师之间是应该有一个契约的。学校与教师之间这种契约性的聘任关系,是各个发达国家的大学普遍采用的人事管理模式,已经被几百年来大学教育发展证明是成功的经验。

作为一个庞大的教学科研机构,现代大学是必须要有一种效益和成本核算观念的。近年来,国家和地方政府大幅度提高公务员和事业单位工作人员的薪酬,由于新增薪酬中的一部分必须由学校自筹配套,再加上学校发放的校内津贴,因此,学校近几年自筹用于教职工薪酬和津贴方面的开支成倍增长。去年学校用于每位教授的平均人员开支已达 8.8 万元,而全校的平均人员开支则已超过 5 万元。这样的情况,让我们这些受国家委托管理大学的人,不得不认真地考虑办学的效益和成本核算问题。尽管聘任制度规定了教师每年教学工作量的要求,但即使在这个新的制度下,每个学时的成本仍然要达到 300 多元。我充分认识到这个问题的严重性和紧迫性,稍不留心,我们就会给继任者留下难以承受的历史包袱。如果对教师没有一个工作量的约定,没有一个契约,就无法在学校办学规模不断扩大、学生人数日益增多的情况下去充分地调动校内的教学科研资源。讲得再透彻一点,如果我们的教师在薪酬得到明显提高的情况下,还是像在旧体制下那样过日子,那么,学校最终将会无法承受沉重的人员经费所带来的压力。当然,效益和成本核算观念的建立是一个长期的过程,但无疑是非常必要的。

也有教师提出，此次的聘任规程，只强调了教学工作量，似乎学校是只重教学不重科研了。我认为这样的理解可能有一些片面。中山大学的教师是以知识创新为己任的，也就是说，科研水平是对中大教师的一个基本要求，是一个合格的中大教师的必要条件，他的教学是必须建立在科研水平的基础上的。换句话说，一个教师的科研水平，是学校之所以聘任他的一个前提，而教学工作量则是对他在聘任期内考核的一个基本内容。教书是教师的天职，因此教学对于教师来说，是硬任务而不是软任务。

最后要说明的是，我们在用契约关系合理地调配校内的教学科研资源、调动广大教师积极性的同时，还要继续高度重视校园文化氛围的建设，重视热爱学生、献身学术的职业精神的培养；在对教师的教学和科研业绩提出基本要求的同时，我们要加强对教学质量的监控，采取更有效的措施提高学校学术研究的总体水平；在对大多数教师应聘的条件和受聘后的工作责任提出一般性要求的同时，我们也高度重视对出类拔萃的优秀人才的创新性精神及其特殊的工作要求的保护。一方面，希望我们的老师们能够以平常心对待自己和自己的这份工作，勤勤恳恳，敬业尽责；另一方面，作为校长，我也反复强调要为杰出的学者和杰出的研究留下足够的不被制度的条条框框束缚的空间。出于这样的目的，这次公布的制度规定，在教学和学科建设中有突出贡献，或其研究成果有重大学术影响的教师，可免于基本工作量的考核。中国科学院院士、中国工程院院士、国务院学位委员会学科评议组成员在以《教师职务聘任合同》为基础的考核中为当然合格。制度还规定，参加重大课题研究工作且在项目中负有较重要责任的教师，在课题进行期间，可额外享受不超过两年的带薪学术假。这个制度还赋予各院系领导和学校负责人在人事问题上多方面的酌情权。

（2003 年 7 月 3 日在中山大学第六届教代会上所作的工作报告）

教师的身份，博士后的工作

目前，我校的博士后工作还存在一些问题，如博士后在站规模没有做大、在站工作效益不明显、培养质量有待提高、博士后流动站的影响不大等等，博士后工作还有很大的提升空间。要解决这些问题，关键是理顺两个关系——学校与导师的关系、导师与博士后的关系，使博士后培养工作逐步与国际上通行的做法靠近。

学校与博士后导师的关系应该是：由导师根据研究计划和科研项目的需要，向学校提出招聘博士后的申请，学校则根据其科研实际情况分配博士后名额。学校对计划内博士后指标的分配将重点向院士、长江特聘教授、国家杰青获得者等高层次优秀人才以及高水平的科研团队倾斜。学校还将改革博士后经费的发放模式，仅向计划内博士后提供基本生活费和社会保障的费用。

导师与博士后的关系应该是：由导师根据科研岗位的需要对博士后进行招聘、管理和考核，并提供基本的科研条件和必要的科研经费，指导和支持他们完成博士后阶段的研究任务，导师还可以根据博士后的工作情况、科研情况和项目经费情况，在一定范围内调整博士后的待遇水平。要充分发挥博士后作为学校科研生力军的作用，就要扩大导师对博士后管理的自主权，明确博士后要成为导师的科研助手。

明确这两个关系，相信还有一个观念转变的过程，要真正用好博士后资源，就要强调使用也是一种培养方式。对于博士后来说，做导师的助手是接受深层次科学训练、提高研究能力的重要经历；对于学校和导师来说，用好博士后不仅完成了国家交给我们的任务，而且也为学校增添了一支重要的科研力量，这是一个双赢的结果。

我校的博士后工作还有另一个问题，以往为了避免"近亲繁殖"，我们规定本校的博士毕业生只能通过跨学科的方式来留校从事博士后工作，这是有道理的，但不能"一刀切"，因为这样做将或多或少地限制导师对优秀生源的选择空间,我们应该采取适当的措施,扩大我校优秀博士毕业生成为博士后的比例。

(2006年2月28日在全校中层干部会上的讲话)

　　我国的博士后制度是20世纪80年代初,国家为了吸引、培养和使用高层次特别是创新型优秀人才而建立的一种有利于人才流动的用人机制。经过近30年的发展,博士后已成为国家的重要科研力量和高校师资队伍的重要后备力量。

　　但是,目前博士后体制还存在着一些问题,主要集中在两个方面,一是导师招聘博士后的积极性不高,二是博士毕业后从事博士后工作的积极性也不高。因此,如何使博士后在学校学科建设、师资队伍建设中发挥更大的作用,是我们急需解决的重要问题。

　　针对导师积极性不高的问题,学校认为,必须要理顺博士后与导师的关系,从"合作导师制"转变为导师指导的形式。这里面,需要明确两个关系,即学校与导师的关系、导师与博士后的关系。我想解决了这两个关系,应该可以在某种程度上解决导师积极性不高的问题,从而使博士后真正成为导师科研团队的重要力量,从而有利于学科发展和团队建设。

　　博士毕业后从事博士后工作的积极性不高是一个更加重要和紧迫的问题。应该开辟一个新的渠道,提高博士后工作的吸引力。我想,这个渠道可以概括为一句话,就是"教师的身份,博士后的工作"。

　　所谓"教师的身份",是指将博士后作为学校师资的一部分,履行作为教师的部分职责,如完成科研任务,承担部分的教学任务(如助教工作)及其他社会工作,完成学校规定的新教师上岗前的分项培训和考试等。在工资以及其他福利水平上,博士后按照教师的工资标准,还包括住房公积金、住房补贴、公积金、养老保险及统筹医疗保险等补贴和福利。此外,如果在博士后出站后能够继续被聘为学校的教师,那么他们在校教龄将从博士后时期算起。

所谓"博士后的工作",是指博士后将与学校签订合同,并按合同进行考核。博士后主要是在导师的指导下,以从事科学研究为主,较其他教师而言,教学任务的负担相对较轻。而根据合同的要求,博士后的聘期或称为考核期则是两年,较普通教师更短,更有利于选拔和流动。

我想,对于这一类型的博士后可以有个比较形象的说法,叫做"师资型博士后",学校鼓励各院系招收国内外优秀应届博士毕业生从事师资博士后工作。我们初步的设想是,通过院系申请,学校审批,师资博士后进站后签署两年协议,院系则可根据本学科特点提出科研、教学工作量的基本要求,进站一年后经中期考核不符合师资博士后要求的,将视情况终止其师资博士后待遇,调整为普通博士后,严重者则作退站处理。而对年度考核优秀的博士后,根据需要并通过一定程序,可调整为师资博士后。这样,博士后工作就不仅仅是导师个人的事情,而是使博士后成为学院师资队伍建设的一部分,成为学科建设的重要力量。

(2007年12月4日在中山大学第七届教代会第一次会议上的工作报告)

聚集"水涨船高型"人才

学科建设说到底就是人才建设。世界一流的大学,都拥有一支高水平的师资队伍,名师荟萃,群星灿烂。当年西南联大之所以举世闻名,就是因为它拥有了500多位国内一流的教授,清华大学的老校长梅贻琦有一句众所周知的名言:"大学者,非谓有大楼之谓也,有大师之谓也。"大学的荣誉不在它的校舍和人数,而在它一代代教师的质量,一个学校要站得住,教师一定要出色。

人才问题有量与质两个方面的内容。

目前,我校的生师比为17.7:1,也就是说,在我们学校,一个教师要面对近18个学生。教育部要求的比例是15:1至20:1,也就是说我们在这方面做得很好。但是必须指出的是,我校现在的这个生师比例,在目前相当于师专的水平,而国内的著名大学如北大、清华、浙大、南大等,这个比例一般是 10:1 至 11:1,也就是说,这些大学在教师数量上远高于我校。实际上,我们是以相当于别的学校一半的师资力量在与这些大学相比较。近年来,我校的教师在完成繁重的教学任务的前提下,经过共同的努力达到了中山大学今天这样的水平,很了不起。

在教师总量的控制上,学校的决策应该有一个导向。今后,学校将逐步把我校的生师比调整到一个比较合适的、与建设一流大学的目标相适应的水平。学校一方面要精减机关工作人员,另一方面要适度增加教学科研人员的数量。

但是,数量的增加并不意味着质量的提高,只有有了大批高质量的人才,才可能有一流的学科。

培养人才,关键还在于制度。在学校的人事制度改革中,我们应该考虑制定更为积极的人才政策,要通过明晰的人才政策,让院长系主任们心里清楚,在引进人才时,什么样的人才学校可以提供什么样的条件。学校还将通过修订完善岗位业绩津贴方案,适当考虑设一些特定的岗位,明确岗位的待遇,如住房、启动经费、工资、津贴等等。有了积极的人才政策,我们才可能以大气魄、大胆略,花大力气引进在国际国内具有重大学术影响的学术带头人,实现我校顶尖人才在增量上的突破。

关于引进人才,还有一点要强调的是,学校对人才的引进,不应过分强调生理年龄,而应着重强调学术年龄。如果一名学者一直站在学术的前沿,那么他就永葆着学术的青春,这样的学者就是我们宝贵的财富。

在重视引进高层次人才的同时,学校还将十分重视校内现有人才的培养,调整校内人才的结构,提高人才的学术起点,大力提高博士学位获得者在教师中的比例。对在国际国内已有一定影响的教师,要创造有利条件,重点扶持,为他们提供施展身手的舞台,尽可能提高他们在国内国际学术界的学术知名度。我们还要重视建立学科建设的阵地,一些有条件的学科,应该争取建设自己的学术刊物,建立自己的学术阵地。一个学科如果有了一流的刊物,也就意味着这个学科会成为国内国际学术交流的中心,也就会进入学科的主流,历史系在这方面已走出了第一步,为主办学术刊物提供了一种模式,相信可以启发大家的思路,希望大家能够作深入的交流。

我们要尤其强调学术带头人的作用,我们需要各学科的将才,尤其需要各学科的帅才。学科带头人对于学科建设的重要意义,是怎么强调都不为过的。

加州理工学院之所以在1999年的美国大学评估中位居第一,用他们院长的话来说,主要原因就是它的实验物理和航空技术学科有两个杰出的学术带头人:一个是密立根,诺贝尔物理奖获得者,他使加州理工的实验物理迈进了世界一流;一个是冯·卡门,钱学森先生的老师,他把美国的航空技术带起来了。有了这两个人,加州理工学院就世界知名了。

一位教授曾作过这样一个比喻,学术带头人有两种,一种是"水涨船高"型的,他的带头人地位是以他所在的学术梯队整体水平的不断提高为基础的;一种是"水落石出"型的,他的地位的提高以他所在学术梯队整体水平的下降为前提的。我们所需要的当然是前者。

一个出色的学术带头人,应该具有作为帅才的素质,他不仅是一个学者,而且更是一个科研的组织者,找一个合格的校领导难,找一个出色的学科带头人更难。作为一个出色的学科带头人,自己要有专门的学问,要有把握学科前沿动态的敏锐的眼光,特别重要的是,要有全局的观念,要有广阔的胸怀,要组织科研,提携后进,注重学术梯队的建设。

学科带头人的培养和引进是我校今后学科建设的一个重点和难点,一定要找出一个明确的对策。

(2000年12月22日在中山大学"三讲"教育工作总结大会上
作的学科建设动员报告)

高层次人才的积聚体现大学的水平

当我们要讨论一所大学的水平的时候,有很多考量的因素,例如这所大学的学科建设、人才培养、科学研究、社会服务以及管理体制等等,但如果我们将这些考量的因素简单化,我们就会发现,大学的水平其实关键在于人才。从某种意义上说,大学的水平并不在于得了多少的奖项,而在于这所大学中教授的水平,更确切地说就是,高层次人才积聚的质与量将最终决定大学的水平。我们说一所大学是一流的大学,实际上就是要看这所大学有多少一流的学科,而要看有多少一流的学科,归根到底还是要看这所大学有多少一流的乃至大师级的教授。因此,从这种意义上说,大学的建设过程实质上就是一个高层次人才不断积聚的过程,我们现在实施"985工程",是一个手段,其目的归结为一点,就是要不断培养人才,引进人才,积聚人才。有了一大批高层次的人才,大学的水平才可能得到提高。

人才的成长需要一个过程。我们现在培养和引进的人才,其实是在为5年或10年以后作准备。目前我校的一些优秀的中青年学者,都是在20世纪90年代中期引进和培养的,他们都有着相似的成长轨迹,先后获得杰出青年科学基金的资助,成为"长江学者",其间承担了一些重大的科学研究任务,获得了一些重大的国家级奖项。现在,他们都已在各自的学科领域崭露头角。

人才的积聚也需要一个过程。去年,经教育部批准,我校聘请了6位"长江学者"特聘教授和讲座教授,今年,我校有7位青年学者通过了国家杰出青年科学基金的答辩。我认为,这并不是我们学校去年或者今年的成果,而是对我们前些年来花大力气不断引进和培养优秀青年学者的一个回报。

然而,积聚人才恰恰是最不可能成为政绩的,因为现在的一些人才要真正地成为大师级的学者,成为学科的领军人物,可能会是10年以后的事情,这也就是我们在"985工程"建设过程中尤其强调着眼长远的原因所在。大学一定要有长远的眼光,即使我们不得不面对各种各样的评估,我们也仍然要坚持着眼长远,坚持不断地引进、培养和积聚人才,为大学的长远发展奠定基础。如果说近年来中山大学的工作还取得了一定的成绩的话,最主要的就是我们通过大学管理体制的改革,初步形成了一种良好的氛围,使各类高层次的人才都能在学校里有自己的用武之地。与此同时,我们也很清醒地认识到,我们学校仍然处于人才积聚的初级阶段。最近一位文科教授对我说,他生活在中山大学,感受到了一种良好的氛围。他说,他参加很多的学术会议,发现其中的大部分人都有着各种各样的头衔,而他仅仅是一名普通教授。然而正是这样,他更深切地体会到了学校对学者的真正重视和尊重。在这种氛围下,教授的价值取向自然是崇尚学术,追求知识的,而不会太在意头衔或名分。我想,我们常说的良好的氛围看来并不是不可捉摸的,这位教授所说的就是一种良好的、宽松的氛围,我甚至觉得,他的这个说法,是对我这个校长工作的最大肯定。在一所大学,如果教授们都能够安安心心,心情舒畅地从事于学术,那才是一所大学的希望所在。这种良好的氛围的营造仍将是我校今后工作的一个重点,也是我们进行"985工程"建设的一个大的思路和总的指导思想。

(2005年10月14日在保持共产党员先进性教育专题报告会上的讲话)

形成尊重人才的"软环境"

高层次人才积聚的质与量将最终决定大学的水平,这是一个不需要加以论证的命题。以这个命题作为前提,我们所面临的就是一个如何做的问题,如何培养人才,引进人才,积聚一大批高层次人才,提高大学的整体水平,是我们应该认真考虑的问题。

积聚高层次人才关键是要形成一个尊重人才的"软环境"。以我们中山大学的理解,要形成这种"软环境",就是要在校内营造一个宽松、和谐的工作氛围，充分发挥各类人才的积极性和创造性，形成一个人人想干事情，人人想出成绩，适合各类人才成长，从而达到自我实现的良好环境，这是我校人才工作的一个重要的努力方向。

那么，怎样才能营造这种尊重人才的良好环境呢？在我看来，主要有三个方面的因素：

第一，高校领导班子的团结是营造尊重人才"软环境"的基础。

近几年来，中山大学最大的变化就是人心齐了，俗话说，"人心齐，泰山移"，学校的面貌已发生了可喜的变化，这与我校领导班子的团结是分不开的。高校党委与行政工作的最终目的从根本上说是一致的，就是要调动全校教职工的积极性，劲往一处使，为中山大学的全面振兴贡献力量。我十分欣赏我校党委书记李延保同志对校党委工作提出的十二字方针——不抢事，不推事，做实事，抓大事。在这个方针的指导下，多年来，我校领导班子成员不断提高个人的素养，相互团结、相互信任，党委与行政的密切合作，让学校在稳定中得到了发展，同时又在发展的过程保持安定团结的大好局面。所以，就我个人的体会，党委领导下的校长负责制是适合于中山大学的，它是中山大学近年来不断向前发展的一个重要保证。

人才问题是学校党委始终关注的重大问题，我校党委常委会曾明确要求，每一位校领导各有分管的工作，侧重各有不同，但人才工作则是每位校领导都必须关注的工作，全体校领导要主动推进人才强校战略，为中山大学广纳贤才。正是在校领导班子的团结协作，共同努力下，在中山大学正在逐步形成这样一种文化：树立尊重人才意识，创造良好的校园人文环境，营造宽松的学术氛围，以博大的胸襟和气度接纳人才，给人才事业发展提供广阔的空间和平台。正是基于学校领导班子对人才工作的高度重视，"人才资源是第一资源"已经成为我校人才工作的指导思想，学校提出了"以制度激励人，以学术氛围吸引人，以资源保障人，全面创造适合创新人才引进与成长的宽松学术氛围和良好学术环境"的人才工作要求。学校还不定期地召开高层次人才座谈会，由学校主要领导、职能部门负责人参加，了解他们工作、生活的情况，及时帮助他们解决问题和难题，尽可能减少他们办事周折的时间，使他们将更多的时间投入到教学科研中去。为此，学校成立了"人才工作办公室"，加强了人才工作的服务职能，做到专职负责、专项跟进、专人落实，切实做好一站式服务，使学校引进的人才从进入大学的第一刻开始，就感受到温暖，感受到一种制度化的和谐氛围。

第二，在学者之间形成一种"尊重知识、承认差异、相互欣赏"的氛围，是营造尊重人才"软环境"的重要条件。

我们提倡教授、学者之间应该相互尊重、相互欣赏，要承认学科之间的差异，尊重别人研究的学问。我们觉得，这样一种氛围是有助于一个良好的校内学术环境的营造的。

在这方面，院系主要领导和学科领军人物是建设人才软环境的关键。在高层次人才引进和培养的过程中，各学院的院长、系主任及学科带头人起着关键作用，因为只有他们才知道谁是本学科的优秀人才。因此，我校希望院系的主要领导和学科带头人要学会做帅才，要有宽阔的胸襟和高远的眼光，敢于和乐于引进、培养胜于自己的人才；知识分子尤其是杰出的人才往往都有较鲜明的个性，因此不能简单地用一种标准、用全面苛求的观点去对待他们，要有诚意，讲方法，因为优秀人才并不是单单靠招聘启事就能引进的，而要靠我们去寻找，去努力，用"三顾茅庐"的诚心打动他们。

我们学校有一个系，近年来引进了在国内外学界很有声望的学者，有人问这位系主任说，常言道"一山不容二虎"，而你们系就养了四五只"老虎"，怎样才能让这些"老虎"彼此相安无事呢？这位系主任说，只要为他们提供一个好的平台，有一种好的制度和氛围，别说是二虎，就是二十只老虎也容得下。我想，学校的院长、系主任们就应该有这种胸怀和气度，这样，学校人才工作就会是一个"满园春色"的局面了。

第三，进一步改善机关行政作风和服务态度是营造尊重人才"软环境"的关键。

前面已经提到,营造这种尊重人才的"软环境",领导班子成员之间的团结和信任是一个前提和基础,而学者之间形成的尊重知识、相互欣赏的氛围,是营造这一"软环境"的重要条件。但是,我认为,要在校内真正形成一个宽松、和谐的工作氛围,营造关爱人才、珍惜人才、理解人才、善待人才的"软环境",最关键的还在于进一步改善机关人员的工作作风和服务态度。

合理的制度设计、各项制度之间有合理的逻辑联接,是保障学校日常事务正常运作的前提。高层次创新人才发展的软环境直接地与学校实行的各种制度和政策相关。而高校的行政管理部门,既是制度的设计者,同时也是制度的具体执行者,他们代表学校行使着各方面的管理职能,但是说管理,强调的并不是管,并不是让处长们在校内做官,而是要寓管理于服务之中。因此,我校对行政部门的要求,首先是服务,我们认为,校内行政人员的工作态度和工作作风,对于营造学校宽松和谐的氛围所起的作用是决定性的。关于这一点,我想可以从两个层面来讨论:

首先,教师与行政人员在学校里应该是两个相对独立的系统。他们的工作性质不同,因而考核、晋升的标准也应有所区别。对于教师,他们的工作任务简言之就是教学与科研。那么,对于行政部门工作人员的要求是怎么样的呢?很简单,就是做好服务工作,这是大学行政工作人员应具备的最基本的要求。

在学校,教学与科研绝对是主流,是一个学校生存与发展的重中之重,大学的行政人员必须从属于这个"重中之重"。为师生服务,是大学行政管理人员最重要的责任,大学的特质决定了行政人员的职业就是辅助性的,既然我们的行政工作人员选择了这个职业,就必须遵守这个职业最基本的入行要求。在学校,行政工作人员就是要做到为广大教师服务,这是一个刚性的要求。我们的行政人员必须善待学生,善待老师,尽最大的努力为他们服务。

作为校长,我对自己也有一个刚性的要求,就是只要是教师提出要见校长，校长办公室必须尽量安排。因为我很清楚，虽然有些问题即使见了面也不一定就能解决，但是，如果连见都不见，那么老师们就连倾诉的途径都被堵住了。我想，虽然不能解决全部问题，但与他们见面关键还是让他们感觉到有一个沟通的渠道。我想，做到这一点，是一个大学校长应尽的责任，也是一个大学校长的职业要求。

当然，要把大学的机关行政工作做好，仅仅有这种刚性的要求还是不够的，这就涉及第二个层面的问题，那就是，大学的行政人员还应该"有心"，应该时刻保有一颗对学术、对知识的敬畏之心。我曾经说过，大学里的行政人员与政府机构的公务员是不一样的，大学的行政人员，不应该是一个权力的敬畏者，他们更应该具有一种对学术，对知识的敬畏之心，只有这样，才能在日常的工作中由衷地、自然而然地流露出善待老师的感情来，才能从心底里去真正关心我们的老师。

这里我想举个例子，在今年的新教工岗前学习交流会上，有一位去年留在我校环境学院的博士作为教师代表发言，他说，作为去年入校的教师，他曾在交流会上提出，他是北方人，吃不惯甜的馒头，建议学校食堂做馒头的时候能不能不放糖。他说这个问题一提出来，他自己都觉得很不好意思，因为事情太小，事后也就忘记了。但就在今年年初，他接到学校人事处一位科长的电话，说他当初提的那个问题，李萍副校长和学校领导都非常重视，专门为此与食堂进行了沟通，不久食堂就有了两种馒头，一种是甜的，一种是淡的，这位科长问他吃到淡馒头了吗？现在生活是否习惯，还有什么困难？这位老师说，他真的很感动。

俗话说，世上无难事，只怕有心人。近年来，学校不少引进的人才非常感慨地说，"过去进大学人事处等职能部门，心里直打鼓，今天进这些部门，却是到家的感觉"。我们人事处的一位领导也曾对我说，她害怕被老师批评说工作做得不好，所以总是很怕见到教授们。我想，这从一个侧面也就说明了学校的机关作风发生了可喜的变化，大部分的职能处室在工作作风和服务态度上都有了很大的转变。

当然，如果要求所有的机关行政人员都做到"有心"也是不现实的。

因此,我们觉得还是要不断强调对行政工作人员从业的刚性要求,要将行政人员的职业要求规范化、制度化,为各位行政工作人员定出一条职业的底线。在这条底线之上,才能要求我们的行政做到时时刻刻为老师着想、做到"有心",这是一个更高的要求,也是我们今后工作的努力方向。

(2005 年 11 月 23 日在全国高校人才强校战略研讨会上的发言)

名教授的地位高于校长

关于人才队伍的建设,我想有两层意思,一方面我们要重视高层次人才的引进工作,另一方面,我们也要十分重视为校内现有人才创造宽松的学术氛围和改善开展科学研究的基本条件。引进人才和校内现有人才队伍的建设并不矛盾,其目的都是一个,就是要从根本上提高我校人才队伍的整体水平。

各单位在制定学科建设实施计划时,应高度重视高层次人才,尤其是学校"百人计划"第一、二层次人才的引进工作。各单位的学科建设专项资金指导数中20%必须用于本单位人才引进,超出部分由学校解决。另外80%部分资金的使用也应体现对本学科现有优秀人才的倾斜。

曾有教授问我,学科建设资金中有20%用作引进人才,那么对现有人才有什么措施呢?我的回答很简单,就是80%。各单位的学科建设实施计划要以人才为本,以人才为核心,围绕本学科的优秀人才来制定,为人才创造更好的工作条件和学术研究的氛围。事实上,我们校内就有着一批与"百人计划"第一、二层次条件相当的优秀人才,我们不能等他们想要走了,才觉得他们是人才,我们不仅要在物质上为他们提供各种各样的工作条件,更重要的是要营造一种更为宽松的氛围。一个人的心情是否舒畅,往往不在物质,而在精神。我希望,作为学院、医院的领导,作为制定学科建设实施计划的领导小组成员,要有气度,要更多地考虑本单位、本学科内的优秀人才,为他们创造条件,让他们心情更为舒畅地投入到科研工作中去。在这次珠海会议上，有一位医院院长就提出，要在自己的单位里，为各类优秀人才搭一个"感情平台"，我觉得这个比喻就很形象，搭这样一个平台很重要。学校也正在考虑，要为校内现有的优秀人才切实地改善条件，为他们提供帮助，这既包括工作条件的改善，也包括生活条件的改善。在今年的发展战略研讨会上，我提了一个建议，对校内现有的符合"百人计划"条件的优秀人才，给予引进人才同样的待遇，得到了与会者的热烈鼓掌，一致通过。目前，人事部门正在制定有关的办法。

在重视现有人才的同时，我们仍然要十分重视高层次人才的引进工作。对于像我校这种层次的大学而言，引进高层次的学术带头人，事关学校长远发展的大局。强调这一点，并不是忽视了我们现有的人才，事实上，就是靠我们现有的人才，中山大学照样会发展，但这种发展可能会是按部就班的。中山大学如果要实现飞速的、跨越式的发展，要在日新月异的科技发展中抢到先机，要寻找更多的学科增长点，就不能仅仅寄希望于学校原有人才调整科研方向或者"改行"，如果不能引进已有一定基础的学术带头人，我们的学科调整、寻找新的学科增长点就只能是一句空话，我们当然也会进步，但恐怕会永远跟在别人的后头。"千军易得，一将难求"，有了新的领军人物，我们才会有新的学科增长点，中山大学的学术地位、学术水平才能得到超常规、跨越式的提高。

全校都要有人才意识，都要有一种尊重人才、爱护人才的氛围。在人才队伍建设的工作中，我们一定要注意处理好校院两级的关系。我们说引进人才，学院、医院是主体，各学院、医院的领导们应该是引进人才的主力军，我们希望由学院和医院的院长去物色人才，向学校提出人选，学校则提供各种政策；我们说为现有人才创造良好的工作、生活条件，学院、医院也是主体，各学院、医院的领导们对此是十分重视的，学校也将更为重视各学院、医院对校内优秀人才的推荐意见，为他们提供更好的条件。总而言之，意识是重要的，氛围是重要的，只要全校上下都来重视这项工作，中山大学的人才建设工作就会迈上一个更高的台阶。

必须看到，现在各兄弟学校都十分重视人才队伍建设，给人才所创造的条件也大同小异，许多到我们学校来工作的教授，从兄弟院校出来时也有很好的条件，他们之所以选择了中山大学，就是因为在中山大学他们有用武之地，中山大学可以为他们提供更好的氛围。这种氛围的营造要靠我们学校中的每一位同志，包括各学院（医院）的院长们，还有我们各个职能部门的工作人员。有时候可能就仅仅是一件小事，就可以决定一个高层次人才的去留。最近，我们就召开了有机关各部门参加的人才队伍建设协调会，学校正试图建立起引进人才、为优秀人才做好服务的"一条龙"机制，目的就是要为优秀人才创造一种良好的氛围。我们相信，只要学校上下都树立起人才意识，就一定会形成适合于人才发展的良好的服务机制，中山大学就可以在全国乃至全世界有一种好的影响，中山大学就会成为一片梧桐林，不愁没有凤凰飞上枝头，也不愁会有凤凰飞出我们这片梧桐林。

在一次会议上，我对各职能部门的同志说，希望大家对待各位学科带头人，不管是校内的还是即将加盟中山大学的，都要像对待我这个校长一样。到中山大学三年多来，我一直感到十分温暖，中大人并不排外，我希望我们的教授也能有像我一样的感觉。我常说，在中山大学，名教授的地位是高于校长的，校长任期一满就离开了，而中山大学的声誉却是靠着一代又一代的名教授的努力而逐步积累起来的，现在我们说到文科就会想到陈寅恪，说到理科就会想到蒲蛰龙，说到医科就会想到陈心陶等一大批老一辈的学者，学术的承传、学校的声誉正是与这些名闻遐迩的名字息息相关的，正是一代又一代的著名学者共同锻造了中山大学这块金字招牌。我们现在之所以反复地讲人才队伍建设的重要性，讲要为人才营造良好的氛围，讲得大家耳朵都快起茧了，实在是因为我们看到了这些名教授对中大的未来将会产生的重要影响。现在正在中山大学各个岗位上工作的同志，都应该有一种历史的使命感，中山大学发展至今已经快 80 年了，我们正在延续着学校的历史，我们的生命是有限的，而中山大学的生命则将不断地延续下去，我们都应该为中山大学声誉的提高尽自己应尽的一份职责。

（2001 年 3 月 7 日在全校教授、中层干部大会上的讲话）

大学要有"公心"

记得当初我刚来中山大学，到日本访问，与池田大作先生曾有过一段交谈。他问我："作为中山大学的校长，你对孙中山先生的哪一句话印象最深刻？"我回答说是"天下为公"。这些年来，我本人对这四个字也有了更深入的认识，我想即使我们做不到"为公"天下，起码应该让自己保持一颗"公心"，这或许应该是我们作为大学领导、学院领导应该具备的一个最基本的素质。

什么是"公心"呢？我理解，"公心"就是中山先生所说的"为社会福、为邦家光"的使命感和责任感，"公心"要求我们应该具有"胸怀天下"的大气度和"公正诚实"的道德心。

"天下为公"这四个字出自《礼记·礼运》，原来的意思是说天下是天下人的天下，为大家所共有，只有消除家天下带来的弊端，才能使社会充满光明，百姓得到幸福。正因为如此，孙中山先生曾不止一次地题写"天下为公"这四个字，并一生持有一颗"公心"，将毕生力量贡献国家、贡献社会。我想，中山大学作为中山先生亲手创办的大学，我们每一位中大人都应该谨记先生的教诲，按照"天下为公"的意蕴去身体力行。

《孔子家语》中有一个"楚王失弓"的故事。春秋时楚恭王出游打猎，不慎将自己的一只十分精美的弓弄丢了，手下人四下寻找都找不到，楚王说，"楚人失之，楚人得之，又何求之"，意思是我楚王虽然丢了弓，但毕竟是在楚国的境内丢的，最终还是被楚国人捡到，不用找了。后来，孔子知道了这个事情，说楚王的气度是很大了，但还不够，如果说"人失之，人得之"就好了，何必一定要局限在楚国呢？

楚王和孔子的态度都有值得借鉴的地方，但是他们在认识层面确实存在不同。在楚王的心目中，他自己与他的臣民一样，都是"楚人"，

"楚失楚得"从一个方面体现了气度和"公心",这不能不说是一种认识上的飞跃。我想,从学校到各个学院,都可以看做是大大小小的"楚国",如果负责人都能达到楚王的境界,都能持有一颗"公心",那么学校就会营造一个更加宽松和谐的人际氛围。

孔子"人失之,人得之"的评价,比楚王更胜一筹,因为他的视野更宽了,体现了一种更广泛的人文主义的关怀,或许可以将其理解为人与社会的和谐关系。我们一直提倡大学的科技成果"零转让"的理念,目的就是希望促进大学更好地服务社会,从而能为学校的发展营造一个和谐的外部环境,这里面也就有"天下为公"的意思了。

大家知道,现代大学自其存在的第一天起就肩负着传承知识、创造知识的社会责任。作为追求真理的象牙塔,大学总是要以培育人才、创造知识为根本使命;作为社会经济发展的发动机,大学又要以服务社会、造福国民为己任。大学肩负的使命与责任归根到底也就是要使社会进步,人民幸福。因此,大学必须具有"公心"。

大学作为一个由众多学者构成的学术共同体,其"公心"体现在学者的"公心"上。"学术乃天下之公器",学者就是手持公器的人。学者的言行对培育人才、引导社会理念都具有潜移默化的影响。国内外许多大学者的成长经验表明,没有"公心"的学者是做不出大学问的,这就是我们经常说的"做学问先做人"的道理。因此,学者必须拥有社会的良知,拥有"天下为公"的胸怀,对社会负责就是对自己负责。这里,我要特别强调的是,目前学校施行了教师聘任制,大学与教师签署聘任合同,双方存在着合同关系,但是,这种合同关系并不是大学与教师之间关系的全部。大学老师所从事的知识创新与传播是一项神圣的事业,而不能简单地归结为一种普通的职业。如果把学者简单地等同于企业中的雇佣工,那就大大降低了社会赋予学者的"齐家治国平天下"的责任,从而也就失去了学者持之以恒地勤于思考、不断创新的内在驱动力。所以,对于学者来说,有"天下为公"的胸怀,才有做大学问的抱负。这是我对我校教师的一点希望。

我认为,大学任命的院长同时也是优秀的学者,除了应该具有学者的"公心",还需要拥有胸怀天下的大气度、公正诚实的道德心和追求卓越的进取心。我认为,在我们的大学文化中,似乎还缺乏一个重要特质,就是我们一直在提的——缺乏一种"侵略性",用目前教育界比较时髦的话来说,就是缺乏追求卓越的气魄。追求卓越意味着要去不断地超越自我,意味着我们要尽可能地做到更好。不追求卓越,就不会对历史和现实进行反思;不追求卓越,就不能对以往工作进行创新;不追求卓越,大学就不能为国家、为社会贡献最大的力量,而且还有可能偏离这个方向。

中大是中国的中大,我们必须放眼全国,在经过了一段时间的积累,我们就应该在国家和社会需要的时候发扬"亮剑"精神,积极地展现自己,在学术圈里赢得自己的一席之地。否则,如果教授们只是陶醉于有限的学术小圈子,整天奔波、忙碌于承接一些小项目,是不会有大的作为的。这样,我们的教授、我们的学科又怎能"扬名天下"呢?大学里所谓的"十年磨一剑"又怎知不是一把锈剑呢?

此外,我还想提醒各位,作为一院之长,必须持有一颗公正、公平之心,这也是我多年做大学领导的体会。院长要带领学院发展,除了要有目标、有思路之外,还必须让别人信任你,愿意为你做事。靠什么?靠给人好处,靠封官许愿行么?你这次给了好处,他愿意听你的,你下次不给好处,他不但不会支持你,还会反对你。群众的眼睛是雪亮的,作为一个领导,有众多目光在期待,你的一举一动、一言一行群众都在关注。

因此,要得到绝大多数人的信任,跟着你做事,你就必须有一颗"公心",如果院长们真正地做到公正诚实,言而有信,坚持原则,我想,即使触犯了别人的利益,也会逐渐得到别人的体谅,自己也会问心无愧。人们是不是信任自己的领导,很大程度上并不取决于他的决策对自己是否有利,而是取决于他的决策是否公正。

因此,我希望院长们葆有这颗"公心",葆有一种胸怀天下的大气度、追求卓越的进取心和公正诚实的道德心。这是我心目中的大学院长应有的基本素质。

（2007 年 3 月 2 日在 2007 年中山大学发展战略研讨会上的讲话）

院长最重要的工作是"找人"

我觉得院长们最重要的工作就是两个字：找人。或许有人会说还应当包括"找钱"，但我认为还是"找人"最重要，因为只要找到了合适的人，他们就能拿到项目，找到钱，组织起好的研究团队。对于学校来说，学科发展的关键就是人才队伍的建设，可以说，大学人才队伍建设的重要性怎么形容都不过分，这里我就不必过多论述。

其实，找人也要有"公心"，《礼记·礼运》中说，"大道之行也，天下为公，选贤与能，讲信修睦"，意思就是懂大道理的人，一定具有公心，高明的人最重要的就是选择有才能的贤人，发挥其作用，同时要讲诚信，懂得与他们和睦相处。

那么，大学究竟要找什么样的人，我们如何才能找到要找的人？这是我主要想讲的内容。

我们要找什么样的人呢？我曾讲过，一流的院长找一流的教授，二流的院长找三流的教授。前面的一句容易理解，一流的院长愿意而且能够招募那些学术水平比自己还高的教授，并组织、支持教授们开展科研工作，承担研究项目，这对于一个学院来说是十分重要的。院长除了要善于找人进门落户，还要善于找人与自己合作，积极组建团队，培养科研梯队，这样我们的学者才能进入国际学术前沿领域，加强国际学术交流，而学院的学科也才能生机勃勃的发展。

二流的院长找三流的教授，这是十分糟糕的事。这样的院长是"武大郎开店"，容不得比自己强的人存在，只能聘任那些不如自己的人，或者只知道招募自己的弟子徒孙。希望大家不要做这样的院长。

有一位教授对我说，找人应当重点找两种人，一种是比现有优秀教授还优秀的人，一种是与优秀教授的学生年龄相仿甚至更年轻的人，我觉得很有道理。那么,我们如何才能找到这样的人呢?我想,我们目前施行聘任制的目的就是在找这样的人。

聘任制的目的就是要最终选择好的老师、好的教授。所以,有人说"我不愿与别人争教授,不当教授行不行",我就告诉他,不可以。对于中山大学的教师而言,讲师和副教授都应该是过渡阶段,学校之所以会聘一位教师,是在于认为他是一个人才,最后是可以当教授,能够成为一个优秀学者的。

如果经历了一段时间,大学所聘的学者还没有展示他的学术才华,从讲师升不了副教授,那就应该知道自己并非做学问的料,应该有自知之明了,应该离开了,而学校也就不会签继续聘任的合同。那这"一段时间"应该多长呢,我想,这与"知识的生产特点",或者说与创造知识的周期有关,根据国际大学选人的普遍体制,应该是六七年。六七年内应该可以表现出来他的学术水平,是否具备从事大学教师的条件。我想,这与我们学校施行的聘任制的规定也是吻合的。

我们必须要形成这样的文化,教授不是靠时间"熬"出来的,而是凭真本事得到的,到那个时候,我们的教师就会同国外大学的一样,把在副教授位置上退休都看作是一个很高的荣誉。

作为本单位教学、科研工作的组织者,我希望院长、系主任们能够营造一个宽松和谐的学术氛围,但和谐的氛围并不等于"搞平衡",因为和谐的氛围是为了学院、为了学校进一步发展,而"搞平衡"最终只会阻碍学校的发展。

(2007年3月2日在2007年中山大学发展战略研讨会上的讲话)

引进人才的原则

要在学科建设上取得更大的进步,引进人才是必要的。但在引进人才方面有两个原则必须把握好。

第一个原则是看引进人才的学术专长是否与学科凝练的发展方向

一致。我认为现在的中山大学已不是处于学科布局的阶段,而是处于需要"堆人"的阶段。在引进人才的选择上,要更多地从学科发展的主流方向考虑,加强这些方向的队伍建设,形成强势团队。我去中南大学时,发现他们的材料学科有一支庞大的队伍,一共有 61 个人,号称"六十一个阶级兄弟",他们做出来的成绩有目共睹,这就是"堆人战术"的效果。从国家重点学科的评估与增列的情况来看,我们学科的体量是不够的。在资源有限的情况下,我们选择在同一个方向上堆积一部分人,造出一片声势来,才是明智的选择。我们并不怕人多,怕的是不可用的人多。

第二个原则是看水平。"堆人"当然要看水平,我与陈新滋院士有一个协议,他的实验室可以配五个人,但只要水平达到或接近杰青的水平,这名额就可以不算入五人之列。我与孔祥复院士也有相近的协议。学院要对拟引进人才的学术水平进行评价,在这方面,我们需要改变以往的评价标准。我认为,不能光看这个人发表文章的数量,而是要看他的学术贡献,即他发表的文章对学科的贡献度。今年,地理学院一位教授有位博士毕业留校,作为学科的代表作,他有七篇论文是与这位博士合作发表的,我听了之后马上就同意了,这样的人对学科来说一定是非常必要的。

看待一位教授的水平,不要看他一共发表了多少篇文章,而是要看他的学术贡献,看他在学科里有没有代表作。这一点不但适用于引进人才,也同样适用于在校人才。今后我们在教师晋升职称和博士生导师遴选的评价指标方面,一定要充分考虑这两方面:一是学术贡献,看他是否解决了学科里的科学问题,看其论文是否是学科的代表作,这是纵向的指标;二是社会服务,看他对行业的贡献程度,看他是否掌握了关键技术,产生了社会影响,这是横向的指标。这应该成为一个指挥棒,引导教师向这两方面发展。

人才引进工作的主导权在学院手里。学院需要引进什么人,由学院物色,包括拟订引进人才的待遇和其他问题,也由学院先提出。我的任务是尽力满足要求，提供协助。不要因为编制问题而停止进人，关键是水平要高，如果能找到高水平的人才，对学科的主流方向的发展十分有利，学校甚至可以加强投入。此外，我们也鼓励通过灵活的方式来加强师资队伍的建设，一些学院可以双聘一部分教师，前提是要经过充分的协商。因此，我希望院系领导在编制任期目标时，也应对院系的队伍建设有所考虑。

（2008 年 12 月 26 日在 2008 年科技工作会议上的讲话）

期待新一代学术带头人

关于紧迫感

中山大学要继续解放思想，关键还在于要振奋全体中大人的士气。我们是一个团队，一个团队要共同前进，士气至关重要，气可鼓不可泄。士气是一种精神，这种精神，在现阶段，我觉得就是我们必须要有一种紧迫感。

近十年来，中山大学的事业之所以可以取得很大的进步，主要是因为十年来，学校有一批在国内、国际学术界具有重要"江湖地位"的学术带头人脱颖而出，而这些目前在学科建设和学校管理中拥有很大话语权的人物崭露头角之时，都相当年轻。时隔十年，我们学校这些当时的年轻的学术带头人，都已超过了可以获得杰青的年龄了。现在，他们当然还在"当打之年"，而且在国内乃至国际的学术主流圈中拥有地位，中山大学的发展还要继续依靠他们。但是，自然规律是无法抗拒的，依常理而言，当一个人进入中年，"功成名就"的时候，其进取心、创造力就难免会有所衰退，学术、行政事务日益繁多，不免心烦气躁，前进的动力也就难免有所减弱，而且变得不如以前单纯了。从学校发展的大局和长远考虑，目前的中山大学迫切地需要有一大批年轻的学术带头人。青年天生富于进取心和创造力，我希望诸位青年学者应该始终保持一种紧迫感,要敢于挑战权威,挑战上一辈的学者,要超越他们,甚至"打倒"他们,到国内国际的学术主流圈中去争取一席之地。

青年是最富于朝气、最富于创造力的人群,如诸位这样能够加盟中山大学的青年学者,都是百里挑一的人才,事实上,我们学校也已经有了一批优秀的青年教师。我让科技处做过一个统计,2007年度国家自然科学基金我校共有立项项目222项,其中中级职称的有42人,他们绝大部分都是入职年限不长的青年讲师,有10人还是入校不到一年的青年教师。今年,信息学院共获得自然科学基金面上项目14项,其中青年基金8项,有7项的负责人为讲师,其中有4人是去年9月才到校的青年学者。我认为这些都是非常了不起的成绩,这些年轻人,入校时间不长,但已经具备受聘为教授的必要条件之一了。我觉得,从这些青年教师中,将成长出我校新一代的学术带头人。我相信,他们之所以可以取得这样优异的成绩,正在于他们在科研上的紧迫感。青年时期是在学术上出成果的黄金时期,如果错过了这个黄金时期,就很可能一辈子一无所成。我希望诸位以他们为榜样。

在我们学校,许多教授是有着强烈的紧迫感的。事实上,紧迫感应成为目前中山大学更快发展的一个基本动力,它应该存在于学校工作的各个层面。就我个人而言,这种紧迫感就无时不在。因为我知道国家对我们大学的期待,也看到了兄弟高校的突飞猛进,深深感到加快发展学校的紧迫性。我同样也希望我们的院长、处长们,希望我们的全体教师和行政人员,都应该具有这种发展学校的紧迫感。有追求,才会有激情,才会迸发出创造力。

关于压力

说到这里,我想说一说青年教师普遍反映的"压力"问题。在目前学校考核评价体系下,青年教师确实承受着较大的压力,这种压力一方面来自学术,例如获得项目、发表文章;另一方面来自生活,例如住房问题等等。这些压力是客观存在的,关键是我们怎么去看待它。在我看来，一个人在年轻时候没有压力是不可能的，或者说，一个人的成长，必须要有一定的压力。没有压力，就不会有紧迫感，也就不会有动力。曾经听一些年轻教师说过，本来选择进入大学就是为了这里的安稳，压力较小，没想到进来以后，觉得各方面的压力都很大。我想，在这个充满着竞争的社会，没有压力的地方是不存在的，如果认为高校没有压力，那真是一个误解。一个年轻教师如果要摆脱这些压力，首先就必须要直面这些压力，通过不懈的努力，在学术上有所成就，这才是摆脱压力的最佳方式。如果现在在压力面前选择轻松，选择逃避，或者干脆为了能够尽快买得起房子而选择去挣钱，那今后的压力就会更大，而且这个压力可能会伴随你一辈子。所以，面对压力，我们最重要的还是要有紧迫感，以只争朝夕的态度去争取成绩。

在大学从事学术工作，与在政府或其他行政机关工作，最大的不同就是，对你的学术工作的评价，远远超越你的工作单位的范围，是由具有国际性的学术界同行来进行的。你如果真的有贡献，是不会因为单位领导或同事的忽视、妒忌而被埋没的。但同样可怕的是，如果你在中山大学工作了十几年、二十年而一事无成，那么唯一要被责怪的，也只能是你自己。以我在大学工作几十年的经验看，只有死心塌地，在学术上努力进取。取得成绩的教师，才有可能真正心安理得地直面自己的职业选择，也才可能真正摆脱各种世俗的压力。

我们说，"教授就是大学"，说的是教授是大学的主人，如果没有教授，也就没有了大学。诸位刚刚进入大学，作为教师，首先就要抛弃"打工心态"，如果只是认为自己是一个"打工仔"，做一天和尚撞一天钟，领一天薪水干一天活，像社会上的普通人那样过日子，那么你就会缺乏斗志，也就失去了工作上的进取心。

当然，有压力，有紧迫感并不意味着急功近利。我在这里尤其想再三强调学术道德对诸位的重要性。做学问是一种需要耐得住寂寞的事业，如果你以学术作为你的生存方式，那做学问也是一种快乐的事业。但是，如果为了一时的名利而在学术上作假，那就会害你一辈子。我们学校里也存在着各种学术道德问题,例如一稿多投,例如抄袭,例如伪造实验数据,例如"以译当著"等等,学校对待这类问题的态度是严肃而鲜明的,一旦查实,一定严肃处理。过去几年中,已经有若干位教师,经学术委员会组织专家鉴定,认定剽窃他人学术成果情节属实,被要求离开中山大学。更重要的是,学术道德在本质上是学者的良心和自律问题,若要人不知,除非己莫为。学界中清议的力量是强大的,一个学者,如果在学术上作假,那就不可能在这个圈内立足,就可能身败名裂。学术不能造假,只是作为一个学者的底线,一个真正的学者,还应该致力于创新与发明,如果只是满足低水平的重复,那就只会生产一批"学术垃圾",这与学术的真谛是背道而驰的。

中山大学是一个学术共同体,学术是大学最重要的指标,因此,前面我主要是对即将成为教师的新同事提出希望。但是显然,对于行政人员而言,这种紧迫感同样也是必需的。一流的大学要有一流的管理,近年来,进入学校管理队伍的青年人的素质正在日益提高,诸位同样是中山大学的希望所在,学校同样也希望你们可以发挥自己的聪明才智,为现代大学制度在中山大学的建立和完善而努力。

关于制度的设计

要培养新一代学术带头人,青年学者增强紧迫感,认真刻苦固然重要,但就学校而言,更重要的是在于通过制度的设计,为大家的成长搭建一个平台。长江后浪推前浪。学校应该在制度的设计上为青年搭建一个可以施展才华的舞台。我想借此机会,再次请求各单位(尤其是各独立法人单位)要正视这个问题,在课题组织、项目申请、论文发表等方面,尽量将青年人推到前台,尽快让他们进入学术的主流圈,从而获得应有的学术地位。

在考虑学科建设时,我们也应该反思,怎样才能为青年教师提供更好的学术研究条件。暑假期间,我们讨论了这个问题,并作出了一个决定:从今年开始,学校将为新入校的、具有博士学位的青年教师提供一定的科研启动费,以使他们的科学研究尽快进入轨道。我相信,随着讨论的不断深入,学校一定会出台更多有利于青年学者成长的制度。现有的制度也要抓好落实,包括年轻教师学术假、出国进修等等。

作为校长,我还是想学校应该在制度建设上,尽量为大家解除生活方面的后顾之忧。上个月在浦东举行的中管高校主要领导座谈会上,我准备了一个发言,内容之一就讲到目前大学的住房政策急需调整。住房制度已经成为学校人才建设的瓶颈之一,这个问题也确实让许多青年教师感到困扰,学校正在采取各种措施,争取各级政府的支持,借鉴香港各大学的经验,建设与大学长远发展相适应的教职员住房制度。

中山大学学术的发展,还需要校内其他各项制度的匹配,例如,在现阶段,我们就应该对学校长期以来实行的行政人员的寒暑假制度作一个认真的考虑。

我曾经说过,看一个教授是不是好的教授,只要看这位教授在假期里忙不忙就可以了;看一所大学是不是好的大学,只要看这所大学在假期里有多少教授没有休息就可以了。在假期里停不下来的教授就一定是好教授,同理,在假期里停不下来的大学就一定是好大学。基于这样的观念,我曾经提出,一流大学的行政人员是不应该与学生一样放寒暑假的,原因在于,大学教师在假期里工作是不会停顿的,我们的老师都在备课、做研究、搞调研、带学生,那么为教学科研服务的行政机关也就应该与之同步,可惜的是,这个观念并未受到大家的认可。事实上,国内的许多一流大学,行政人员在学生放寒暑假期间实行轮休的制度已经实施多年了。厦门大学在几年前就作出规定,学生放假期间,各行政部门必须有2/3的人员在岗,以保证学校的正常运转。我想,我们可以参考厦大的这个做法,要求校级以及各学院的行政部门从下一个寒假开始,实行轮休制度。当然,我们可以循序渐进,从实际出发,先要求各部门必须保证有1/3的人员在岗,一些人数较多的部门,也可以根据情况自定比例,但原则只有一个,就是我们必须做到在假期里,学校的运转不能停下来,整个学校应该跟没有放假时一样。我想,起码有两个部门必须首先做到，一是校长办公室，它是学校行政运作的中枢，应该要有足够的人力来保证学校的正常运转；二是财务处，起码报账不能停，停止报账，对在假期中工作的老师影响是很大的。我知道，这样做，与以往相比，我们的行政人员可能会付出更多（事实上，休假的时间还是远远比上班的时间多），但我们相信，这样的制度安排，对于学校的整体发展一定会有好处的，因此，我们应该下这个决心。

关于理想和现实

在前面，我们说到，在大学里，有三个观念至关重要：第一是"大学是一个学术共同体"，第二是"教授就是大学"，第三是"善待学生"。在我看来，这三个观念决定了大学的气质，也就是说，大学是不同于寻常的，它关乎理想和精神，大学理应与世俗生活保持某种距离。

我们常说，大学应该是一方净土，应该是象牙塔，说的就是这个道理。当然，现在的大学已与社会有着太多的联系，早已不是净土，也已不完全是一个象牙塔。但相对而言，大学仍然是比较干净的一个所在，大学仍然是应该崇尚某种理想主义的。即便浊世滔滔，大学也应该唯我独清。

人是靠精神支撑的，而大学则是靠理想支撑的。我们非常遗憾地看到，在现在的大学里，在现在大学里的年轻人身上，现实的东西越来越多，而理想的东西则越来越少了。我们的许多青年，做人做事的"目的性"太强，目的性强，则难免会急功近利，从而做出一些不恰当的事情来。因此，我想诸位进入中山大学，对于理想和现实首先应该有一个比较清晰的认识，我们应该有能力固守某些东西，也有能力去拒绝某些东西，这是大学精神的真义所在。

我们说"大学是一个学术共同体"，那么我们在做人做事的过程中就应该首先以此为依归，一些社会上行得通的事情，在大学里就未必是行得通的。一些世俗生活中被视为自然而然的观念，在大学里应该是没有其存身之地的，例如，官本位、等级观念、性别偏见等等。

我们说"教授就是大学"，那么大学里的教授首先就要像一个教授。对于大学教师而言，我们应该提出更高的要求，我们应该以学术作为生存的方式，我们应该具有较高的学术造诣，更重要的，我们还应该有着相对较高的道德底线。

（2008 年 8 月 26 日在 2008 年新教工岗前交流会上的讲话）

为青年学者搭建施展才华的舞台

我们一直强调的是和谐宽松的学术氛围，强调的是"以人为本"的人才培养和集聚的环境，但这并不表示学校对学院发展尤其是各个学科青年人才的发展没有要求。我想，正是围绕这个"以人为本"的思想，我们的院长、书记们就更加要清楚本学院的拔尖人才或者有潜力成为拔尖人才的学者在哪里，要设计出一系列能够孕育青年学者成长的制度安排，营造一个适宜他们发展的氛围。

对于青年学者、对于新一代学术带头人，院长、书记们要善于发现、善于培育，不断地摸索适应青年人脱颖而出的各种有效途径和方法。关注新一代的学术带头人，就是关注学科的长远。我们必须要有一种紧迫感，特别是在制度的设计上要为青年学者搭建一个足以施展才华的舞台。在这里我再次恳求各个学院尤其是医院的领导班子要高度重视这个问题，在课题组织、项目申请、论文发表等方面，要尽量将青年人推到前台，尽快让他们进入学术的主流圈，获得相应的学术地位，得到国内同行的认同，从而让一大批优秀的青年学者尽快地脱颖而出。

期待新一代学术带头人是摆在我们大学面前紧迫而艰巨的任务，也是大学所肩负的历史使命。我衷心地希望，为了中山大学的长远发展，全校动员起来，尤其是院长们、大牌教授们要有战略家的眼光和气度，为如何发现和培养出一批青年学者而出谋划策。青年一代也要努力站在学术舞台的前沿，并且要善于反映自己的心声。这样，我们学校培养青年、选拔青年的氛围才能营造起来，期待新一代学术带头人的工作才能不断推进下去。"少年强则国强","少年进步则国进步",青年人有希望,国家和民族才有希望。我想,这个道理同样可用于我们学校,青年强则中大强,青年进步则中大进步,而中大的希望则正在于我们的青年一代的学者。

(《再谈期待新一代学术带头人》,发表于 2008 年 11 月 10 日

《中山大学校报》第 189 期)

青年教师是学校的未来

关注青年教师就是关注学校的未来,学校高度关注 35 岁左右青年教师的工作生活状况,为青年教师创造一个有利于成才的良好环境是学校的中心工作。为了进一步推动青年教师尽快地脱颖而出,今年,学校决定评选享受特别岗位津贴的副教授,就是为了给优秀的青年学者以更大的支持,解决一点实际困难。

下面我想就几个具体的问题,与青年教师谈点看法。

如何看待我们的责任?

诸位都是伴随着中国的改革开放长大的,你们的身上有着很多这个时代的特征,喜欢独立自主地思考、做事,崇尚自由,乐于表现,这些性格要素对于充分发挥每一个人的潜能,推进社会发展有着积极的作用,也反映了当前时代对年轻人提出的要求。但也要认识到,无论在哪个时代,年轻人对国家、对社会发展都应该有所担当,这也是社会对青年的期待。

在中大 86 年的办学历史中,经历过很多次社会变迁,每个阶段办学水平的提升,都得益于一批著名学者的努力。在创校之初的 20 世纪 20 年代,学校吸引了当时一大批优秀学者,这是学校在 30 年代能达至鼎盛,成为当时中国标志性大学的重要原因。新中国成立后,陈寅恪等一批大师级学者宝贵的学术和精神遗产,至今仍然令中山大学的后学

诸生受用不尽。改革开放以来,也正是端木正、何肇发、夏书章等一批知名学者,开风气之先,在国内最早复办了法律学系、社会学系、政治学与行政学系,这是中山大学为中国高等教育发展作出的重要贡献。

近十年来,中山大学的事业取得了很大的进步。今年9月英国《泰晤士报》公布的2010年世界大学排行榜上,中大的综合排名进入了世界大学200强,从一个侧面反映了学校的整体水平已经上到一个新的层次。学校有一批在国内、国际学术界具有重要"江湖地位"的学术带头人脱颖而出,而这些目前在学科建设和学校管理中拥有很大话语权的人物崭露头角之时,都相当年轻。

我曾经多次强调"大学是学术共同体",讲的是大学必须以学术为本。"教授就是大学",强调的是教授的水平代表了大学的水平。从学校经历的这些"往事"来看,这是显而易见的。可以说,正是由于学校发展过程各个时期都有一批学术造诣高、勇于担当的学者,中山大学才有可能取得今天的成就。学界或社会上评价哪个大学、哪个学科好的时候,无一例外都会说,有哪几个著名学者在这个学校。在一所大学里,最能够代表学校的就是教授,尤其是教授中的领军人物的水平。

再过10年甚至更短的时间,在座的各位年轻教师就要担负起中大发展新的历史使命,能否承担起这个责任,将实现个人价值与学校发展紧密结合起来,在一个新的高地上推动中山大学实现新的辉煌,这既是时代赋予你们的责任,也是你们人生中最重要的机遇。

在最近的一段时期里,我经常听到有人反映,说有些年轻老师课讲得不好,有些青年教师似乎更多的是将大学教师仅当成了"饭碗"而不是事业。我一直以为,作为一个老师,对学生应该有一种天然的感情,如果一个老师上课不认真,最大的原因就是他对学生是没有感情的,如果只是把上课作为一种谋生的手段,那就只能得过且过,这其实是没有尽到老师的基本责任和义务。

我们说"善待学生"是学校的核心理念,强调大学要着眼于学生的未来发展,对他们的一生负责。这种观念不能只停留在口头上和纸上,需要每一位教育者的身体力行。每个人都有这样的体验,当回顾我们成长经历的时候,总有那么几位老师给予更多的教育和帮助,让我们一辈子感激。试想一下,诸位现在教的这些孩子们,20年后再回母校,他们一定是来看你这位老师,而不是来看校长的。因此希望青年教师要珍惜"老师"这个世上最尊贵的称呼,要将高等教育作为自己毕生追求的事业,对中大的发展有所担当。这是我要跟各位年轻教师交流的第一个观点,也是学校对大家最大的期望。

如何看待事业初期的困难阶段?

我知道,我们绝大部分的年轻老师,是将教书育人作为自己的抱负和志向的。同时,我也非常清楚,在工作和生活的压力之下,大家也有很多困难,例如住房问题、收入相对较低等等。我们也曾经年轻过,知道年轻人上有老,下有小,要养家,是经济上最困难的时候。我们也不能要求现在的年轻教师,满足于像我们这样的老一辈几十年前的生活水准。我在很多场合都说过,我做了十多年的中大校长,如果要说什么最对不起中大人,可能就是没有很好地解决住房问题,虽然这不是仅凭学校之力可以企及,但心中总还是觉得愧对大家。

然而,我们也应当认识到,无论哪个年代,在理想与现实之间,由于客观条件限制,总是会存在差距。面对这样的困境,通常有两种态度,一种是简单的宣泄,明知道做不到的事情,还要不断地要求,表达不满,不断地抱怨,这显然是一种消极的做法,是不可取的。例如住房就是一个例子,学校不断在努力,但受制于政策等因素,不能从根本上解决。在这个时候,如果还不断地纠结于此,就是一种消极的做法。我们常说"成功者想办法,失败者找理由"。面对暂时的不如意,我们应当提倡的是一种建设性的阳光心态,提倡的是一种艰苦奋斗的精神。我们要始终坚信,只要能够坚持努力,在教学和科研中作出成绩,事业初期的困难阶段很快就能过去,这也就是"与其临渊羡鱼,不如退而结网"的道理。要改变自己的现状,我们只能抱一种积极阳光的心态,对于青年来说，在自己的本职岗位上有所成就，是唯一的人生出路。这其实也是一个很简单的人生道理，不仅对于教师，对于学校里所有年轻人来说，都是一样的。

从学校层面来看，目前年轻教师的奋斗路径其实已经非常清晰。近年来，在国家和地方的政策框架下，学校结合自身实际，已经形成了一整套帮助青年教师成长成才的制度体系，对青年教师不同的成长阶段都有了针对性很强的支持措施。

对于青年教师，我们有"青年教师起步资助计划"。规定为新入校的35周岁以下的应届博士毕业，获聘讲师（包括师资博士后）职务或从其他单位出站、获聘我校教师职务的博士后人员提供学术研究起步资助。这一计划主要是为青年教师学术生涯开始之初最急需的启动经费，以使他们的科学研究尽快进入轨道。

对于中青年骨干教师，我们有"青年教师出国研修计划"，选派一批45岁以下具有较大发展潜力的中青年骨干教师赴国外高水平大学从事合作研究和进修。我们还有"青年教师培育计划"和"青年教师重点培育计划"，对青年学者的科研工作进行较大额度的资助。今年起，学校又实施了教师特别津贴方案，对表现突出的副教授给予特别岗位津贴。近年来，在这些举措的支持下，学校已经有一大批中青年教师开始有能力承担国家和地方重要教学和科研项目，并取得了很好的成果。

对于学科带头人等高层次人才，学校也有相应的资助计划，已经开始实施的有重大项目培育和新兴交叉学科培育资助计划、高层次人才特别资助计划以及卓越学者奖励计划等。

我想，对于一名立志成才的青年教师，只要在中大勤奋扎实地努力，坚持自己的信念，你的前途就一定是光明的。上个星期，学校举行了第二届中山大学卓越服务奖颁奖典礼，为在学校工作超过45年的38位老同事授予了荣誉。他们缘于对事业坚持而所创造的卓越，已经凝结成中大精神的一部分，是学校宝贵的财富，很多受奖的老同事谈了感想，我很受感动。我以为，这对年轻人如何看待事业发展是一份很好的教材,校长办公室专门制作了一本纪念册,我建议大家可以找来看看。

如何看待学术影响力?

很多青年教师也有这样的困惑,现在资助措施多,我们也很努力,为什么比我们老师那一辈学者成名要难。

我们也发现,现在40岁以下的年轻人能够在各学科中脱颖而出,成为学科带头人的,相比起你们老师那一辈的学者,确实还是少数。十多年前,许多三十五六岁的青年学者已成为学科带头人,有的还做了院长,而现在想选拔一个40岁以下的青年任副院长都有困难。我想,之所以会产生这样的现象,并不是说现在的年轻人不出色,更多是因为时代已经发生了变化。当时,由于"文革"的原因,中国学术界造成了近十年的断层,五十多岁的人退下来,只能由三十多岁的人顶上去,这个断层恰恰成为了当时三四十岁的青年学者脱颖而出的一个机遇。而今天,改革开放已经30年了,国家已经步入正轨,学术界和学校内部各年龄段人才济济,这种正常的状态就很难避免地出现了一定的论资排辈的现象。当年的那批青年学者现在已经成为了今天中大乃至国内学界的中流砥柱,在国际和国内学术主流圈中拥有地位,而且都还在"当打之年",中山大学的发展还要继续依靠他们。另一方面,由于他们光芒的遮掩,我们的一些青年学者拔尖的可能性就大大减小了。这是我们必须面对的现实。

关于这个问题,我想有三个方面值得大家考虑。

首先,必须明确,这个问题并不是中大所独有的,更不是针对某几个年轻人的,这是你们这一代人青年学者都必须面对的问题。同时大家也应当认识到,由于人生的客观规律,老一辈的学者也不可能总是保持着年轻时那样富有创造力与冲劲,属于你们的时代必定会来临,当你们这批学者站上历史舞台,成为主流的时候,各类资源的分配必然会按照它以往的规律进行,很大程度上将由你们当中的杰出者来支配。诸位青年学者应该看到,你们最大的挑战是国际国内学术圈里同辈的学者,因此,年轻学者应当把眼光放得更高远一些,不仅要在中大找到自己的发展定位,更要在国内、国际学术界的同辈学者之中脱颖而出。事实上,中大目前已经有青年学者在国际学术界崭露头角,有的已经在 *Nature Genetics* 等国际顶级学术刊物上发表了高水平论文。所以,我希望大家要始终保持一种紧迫感,首先要争取在校内的学术科研团队找到自己的位置,进而取得成就,再者要敢于挑战权威,在同领域科研和学术的竞争中不断提升自己的实力,要勇于到国内、国际的学术主流圈中去争取一席之地。

其次,学术界里的"名气"不应该成为学术追求的目标,所谓"名气"只是做出优秀成果后的诸多反映之一。大家也只有做出了令人瞩目的成绩,才可能在学术界成名。事实上,按照学术的规律,你们现在正是一生中最富于创造力的时候。学校曾经对校内获得"杰青"的学者做过调查,结果显示,完成最有代表性成果的平均年龄是 37 岁。当然,学科不同,这种年龄与学术表现的相关性可能有差别,但 40 岁左右的阶段,积累充分,思维活跃,一般是被认为产出学术成果的黄金时期,希望大家能够珍惜当前的美好时光,能够潜心学问,真正做出成绩来。

我还要特别提醒大家,虽然副教授和教授不再有聘任的压力,但学校绝不希望教师在获得这些职位后,就放松对自己的要求。作为青年教师,早早地在学术上产生退意是可怕的,这也是学术功利化的一种表现,会对科研和教学带来很多不利的影响,对学校不负责任,更是对自己不负责任的表现。学校有一群研究人类学的学者,十几年如一日地开展田野调查,始终默默地在自己的科研道路上坚持探索,我认为最可贵的,是他们从心底里觉得自己这么做都是应该的和必须的。我以为,对学术始终怀着敬畏之心,对真理始终保持着渴求,以学术作为自己的生存方式,是一名优秀学者最宝贵的品质。

另外,也要看到,由于学科性质的不同,学者成名的早晚也会有所区别。相对来讲,理工科、医科因为有比较硬性的评价标准,工作目标更为明确,学者成名可能也会早一些。人文社科方面,由于评价标准的原因,这些领域的学者可能一般要到 40 岁以后才会做出引人注目的成果,所以老一辈学者一直强调的,做学问要耐得住寂寞,要有甘愿坐冷板凳的精神,永远不会过时。

（2010 年 11 月 17 日在优秀青年教师研讨会上的讲话）

第三编　善待学生

　　不必说太多的大道理,我们只需要问一下自己,如果我们自己的孩子在大学读书,我们希望他们在学校里受到什么样的待遇。善待学生,本来就不需要什么理由,我们首先要体会的其实只是作为一个父亲或者母亲的心情。

　　"师道尊严"与"善待学生"这两个观念并不矛盾,关键是我们要在其中找到一个平衡点,这个平衡点在许多优秀的老师身上是一直存在的,这个平衡点的取得,就是一种良好的师生关系。

　　我心目中理想的大学生,应该是一个具有领袖气质的"文明的现代人",他们诚信知礼,积极向上,敢于超越,勇于担当;他们顺应时代的发展,善于吸收现代世界文明,富有开拓进取的创造精神。

　　我希望我们中大的学生都能在中大的学习过程中塑造和完善自己,在自己的血脉中注入中大精神,并终身以此为荣。

一、善待学生是中山大学的
核心理念

善待我们的学生

一直以来,作为校长,我的主要精力一直放在学校的学科建设,高层次人才的引进和培养等"大事"上,事情一多,对学生这个学校中最大群体的重视程度就难免会打了折扣。我想,我们的教职员工都十分清楚,对于一所大学而言,学生是最重要的元素,学生的事情当然是"大事",但往往也是事情一多,对学生的事情就会有所忽视,学生的事情就好像成了"小事"了,这真是一件让人惭愧的事情。所以我谈一些我的感想,看看我们应该怎样地转变我们的观念,善待我们的学生。

我们要明确学生在目前中国大学中的地位。

我经常说,一代更比一代强,现在大学生的整体综合素质是很高的。相比于我们这一代,他们的个性更强,眼界更开阔,思维更活跃,他们是新生的力量,是国家和民族的未来。但是,我们也要看到,由于我们还处在现代社会的转型时期,在这个过程中,一些旧的、传统的思想观念还或多或少地对我们产生着影响。因此,在目前的中国大学中,学生与老师、学生与管理者之间的关系似乎仍然是不平等的。在老师面前,学生是受教育者;在行政机构面前,他们是受管理者。在学校里,我们的学生似乎并没有太多说话的权利,被学校各种各样的制度所约束。这种状况绝不是我们中山大学的个别现象,在中国的大学中,这种现象也有一定的普遍性。

我想，上述这种现象的出现，有两个方面的原因。

第一，中国传统文化的影响。在儒家的传统中，"师道尊严"是师生关系中的主导方面，所谓"一日为师，终身为父"。"父亲"的概念在中国古代的传统伦理中是至高无上的，所谓"君君，臣臣，父父，子子"，君臣、父子关系是绝对的不平等关系。在我们中国人内心的深处，师生如父子，这种关系天生就是不平等的。当然，在孔夫子那里，师生关系并没有那么紧张，他是力求在师生间建立一种平等关系的，他对学生关爱有加，充满爱心，在《论语》中我们就可以看到很多孔子与学生们平等融洽相处的场景。因此，在中国的传统中还是有着"爱生"的观念的，这一观念与"尊师"相辅相成。但是很遗憾，这种观念似乎远没有单纯的"师道尊严"来得深入人心，"尊师爱生"在很大程度上只是一种理想，在中国的传统观念中，师生之间的关系并不是平等的。

第二，新中国成立以后长期实行的计划经济体制的影响。在这种体制中，大学基本上可以视作政府行政机构的一个组成部分，而且长期以来，中国大学实行的是精英教育，大学教育是免费的，学生毕业，也由国家统一分配，学生进入大学，实际上就成了这个行政机构中的一员，成了国家的人。大学中的老师和管理人员，是受国家的委托来教育和管理学生的，学生当然是只能服从，只能是受教育和被管理的对象。现在，虽然情况已经发生了变化，但是这种观念在我们的心中仍然是根深蒂固的，至今我们还未能摆脱它的影响。

上述两点，直接影响了中国的大学生在学校中的地位，长期以来，我们似乎已经习惯了这种现实。我觉得，我们真的已经到了改变这种现状的时候了。

我们要转变观念。

上述这些现象的存在，关键还在于我们的观念，这些观念其实存在于我们所有人的脑子里，包括我这个校长在内，概莫能外。提出这个问题的目的，就是要转变我们的观念，在我们学校里形成一种善待学生的氛围。这种观念的转变我想大概有以下的四个方面：

（一）要建立一种平等和谐、良性互动的师生关系。

在中国的传统中，"师生如父子"的观念深入人心，这一观念往往会使我们把师生关系局限在传统的父子关系之中，学生对老师的服从成了理所当然的事情。但是，如果我们换一个角度想一想，我们现代的父子关系，则绝不仅仅是教育与服从的关系，里面还有许多平等的因子，还有许多关爱。在这种意义上，现代社会中的师生关系应该可以获得更多平等与和谐的可能性。

研究型大学最重要的标志是"创新"，它是研究型大学最为本质的特征，研究型大学的任务，不仅仅是传授知识，更重要的是要以创造知识为己任。因此，"创新"是我们校内每一位教师必须关注的事情，这是对研究型大学中的教师的一个基本要求，我们所培养的学生，也应该是具有创新精神的高素质人才。我们现在一直在讲素质教育，在我看来，当代大学生最重要的一个素质，就是不甘人后的创新精神。因此，作为中山大学的老师，就决不能仅仅满足于教学生以知识，而是要教给学生进一步获取知识、不断创新的能力。在这样的要求下，建立一种良性互动、平等和谐的师生关系就显得至关重要了。用满堂灌的方式照本宣科，只是要求学生被动地记住知识的方式，是无法培养出富有创新精神的学生的。我们的老师应该鼓励学生的创新精神，以平等的方式与学生交流，要习惯于被学生打断，被学生质疑，只有这样才能真正做到教学相长。"师务必强于弟子，弟子不必不如师"，这是提倡师生之间良性互动、平等和谐关系的一个必然要求。

（二）我们要有职业伦理的意识。

在以往大学的教学和管理实践中，我们往往存在着这样一个认识上的误区：老师认真地教学，受到了学生的爱戴，管理人员尽职尽责，受到了学生的好评，于是，这些老师和管理人员就成为了楷模和典范。我们当然还要大力弘扬先进人物的先进事迹，但我们不能以降低职业伦理的底线作为代价。老师认真教学，管理人员尽职尽责，就是一种职业伦理的底线，你要从事这个职业，就必须遵守这条底线，就必须认认真真地教书，就必须尽职尽责地为教职工和学生服务。

应该看到，长期以来我们的职业伦理意识基本上是缺失的。我们现在就要认真地树立起职业伦理的观念，按照职业的要求，你做到了，这不是高尚，而是理所应当。提高这条职业伦理的底线，对于实现中山大学的目标是有好处的。诸位今天在这里参加岗前学习交流会，我想首先就要做好这样的职业伦理的准备，是老师，就要认真地做学问，认真地教书；是管理人员，就要兢兢业业地完成分内之事，服务师生员工，这是一个基本的要求，也是我们必须转变的一个观念。只有这样，所谓善待学生才能有一个逻辑的起点。

（三）学生不仅是教育和管理的对象，更重要的是服务的对象。

在计划经济时代，大学相当于一级政府机构，学生之受教育和受管理是理所应当的事情，这种观念影响了我们每一个人。但在进入市场经济时代的今天，过去的精英教育正在向国民教育转化，大学生已经绝不仅仅是教育和管理的对象，更重要的是我们服务的对象。

现在的学生是交费读书的，目前，学生所支付的学费大约占教育费用总数的 25% 左右。从市场经济最基本的道理而言，他们与学校之间的关系在某种意义上已经转化为一种消费关系，他们交了钱，也就完全有理由要求得到更好的更高质量的教育服务，这实际上是一个契约。我们的老师和管理人员已经不能再如过去免费教育时代那样高高在上了，那个时候大学是国家的代表，而现在则正在逐渐转变为为广大国民提供教育服务的一级教育机构，这个机构与消费者之间的关系应当是平等的。

这种学校与学生之间关系的转变将直接影响到当今中国大学运作模式的变革，尤其是对中国大学行政机构以及后勤系统的改革提出了一个更高的更为直接的标准。在这种意义上，善待学生其实是一个无可置疑的基本要求了。

（四）大学生是成年人，要让他们有自我管理的空间。

我们过去的大学管理，是包办一切的，我们基本上是将学生作为管理的对象,学生与学校的关系是被动的,我们只是要求他们执行学校各种各样的规章制度,而这些规章制度的制定却往往没有征求学生的意见。这种局面已经延续了很长的时间,以致于我们的学生也已经有了依赖心理,这在某种程度上使我们的学生缺少了一种参与意识,一种自己管理自己的意识。而实际上,我们的学生在入学时就已经是成年人了,他们应该有对自己的行为负责的能力,因此,我们大学的各项与学生有关的各项规章制度的制定,就应该基于他们是成年人这一前提,给学生以自我管理的空间。最近,广东省教育厅有一个决定,不准在校大学生在校外租房居住,这个决定的愿望是良好的,因为有利于学校对学生的管理,但我仍然觉得,最关键的还在于学生的自律和自我管理,管得太死是不利于学生成长的,是管不住,也管不好学生的。这一点,在提倡培养学生的创新精神、强调素质教育的今天更为重要。我们应该通过学生的自我管理,培养他们的自信心和责任心,自我管理实质上是大学生素质教育的重要组成部分。

我校珠海校区在这方面已经有了一个良好的开端。一个典型的例子就是2000级学生关于宿舍晚上是否要断电断网的讨论。珠海校区刚刚开始运转时,我们最担心的就是没有了师兄师姐的大一新生如何适应大学生活的问题,甚至有人说,中大2000级的新生有可能会成为"高四"学生,因为在当时一切都是全新的珠海校区还完全没有大学的氛围。为解决这一问题,学校提出让学生自我管理。

2000级开学没多久,我的案头就有了许多学生和学生家长的来信,说由于宿舍晚上不断电,有些学生通宵上网,影响了同宿舍同学,所以坚决要求断电断网。当时学校没有马上作出决定,而是让同学们自己讨论,于是有了各种各样的意见。有一种意见我觉得很好,学生们说,他们已经是大学生了,完全可以自己管好自己,而且一个宿舍四个人,如果连四个人之间的关系都处不好,将来如何走上社会呢?这次讨论,大部分同学都赞成不断电,于是学校就采纳了这个意见。按照以往一贯的做法,是否断电的决定权在学校的职能部门,大可不必征询学生的意见，但这样做的结果，必定会使一部分学生心生不满，而通过学生的讨论，这件事情的解决就显得顺利多了。我想，这就是学生自我管理的好处，而实际上我们职能部门的工作也好做了。因此，给学生以自我管理的空间，实际上是对他们的尊重，这也是善待学生的一种表现。

我们可以做些什么？

上面说了转变观念的四个方面，那么，在转变观念的同时，我们可以做些什么呢？或者说，我们可以通过哪些做法来推动和促进这种观念的转变呢？我以为，我们可以试图推进以下几个方面的工作。

（一）要加强职业伦理教育。

上面已经提到职业伦理观念的重要性，尽职尽责，是从事一种职业的底线，我们的老师、我们的管理人员应该时刻牢记并坚守这条底线。

坚守这条底线，其实是一种态度。在很多时候，人还是那些人，制度还是那个制度，态度改变了，事情也就会随之发生变化。学生的一些不满甚至愤怒，很多时候是因为我们职能部门个别办事人员的态度问题，有些同志可能由于各种各样的原因在面对学生的时候心情不好，于是态度也就不好了，这就给我们的学生留下了效率低下，甚至态度恶劣的坏印象。我始终相信，我们行政部门中的绝大多数同志都是兢兢业业、敬业爱岗的，但总会有个别人态度不好，这就影响了我们行政部门的整体形象。我经常说，对于一些与学生的利益密切相关的事情，如果按照学校的规章制度还有回旋的余地，没有明文规定不能做的，那我们就应该向着有利于学生的方向去努力，尽量为他们提供服务，而不能抱着多一事不如少一事的想法，以规章制度为理由，断然拒绝学生。这里所强调的，也还是一个态度问题。

我这里所说的态度就是服务意识。最近几年来，我们一直在教育广大机关干部，所谓管理，首先是服务，我们要寓管理于服务之中。我们也很欣喜地看到,我们的机关管理人员对老师们的态度已经有了很大的转变,服务意识已经有了很大的加强,老师对机关作风的投诉少了。但是对学生,我们的态度仍然没有太大的转变,我们的服务意识还有待进一步加强,我们仍然视学生为管理和教育的对象,甚至还有个别部门的个别人,眼睛总是盯着学生的口袋,想方设法在学生的身上谋取利益,结果取的是小利,而损的却是学生对学校的感情,这种因小失大的做法应该停止了。

说到职业伦理的底线,我想再多说几句。我们经常说要"高标准、严要求",这种提法当然是有道理的,尤其是对工程项目是如此,但如果从职业伦理的范畴来看,标准既高,往往就难以对从事这个职业的全体从严要求。所以我想是否可以换一个角度来考虑,比方说,有时候我们不妨提提"低标准,严要求"这个说法,这个"低标准"其实就是从事一种职业的道德底线,也就是最起码的要求。既然是底线,那么从严要求就是理所当然的事情,因为如果突破了这条底线,也就失去了从事这个职业的前提,是非严不可的。举个例子,我们经常看到报上的宣传,说一些医院要求医生要视病人如亲人,我说这个要求就太高了,很难要求人人做到,我想,如果是从职业伦理的角度来提出要求,那么要求医生视病人如"人"就可以了,因为这是一个医生的职业底线,是必须从严要求的。

学校中与学生的学习、生活密切相关的机构如教务处、财务处、学生处、各学院的学工部以及宿管科等后勤部门,要尤其好好地思考一下——大家的那条职业伦理的底线在哪里?怎样才能真正尽心尽力地为学生服务,真正地管好学生?这个问题同样也值得经常与学生在一起的老师认真考虑,我们的辅导员,我们的任课老师,都应该牢记这一点。

我经常在想,每年到毕业生离校时,我们总能看到学生们奔波于学校的各个角落,去办各种各样的手续,去盖各种各样的章。我们的行政部门是否想过,是不是可以想一些办法方便一下学生呢?大家看看报纸就会知道,现在很多地方的政府部门为了方便群众,开设了诸如政府事务服务中心之类的机构,让群众在一个地方就可以办完以往要花十天半个月才能办完的事情。与政府机构相比,我们学校毕业生离校所涉及的事务远没有那么复杂,那么我们是否也可以学习一下政府的做法,将需要同学办手续的部门集中在一起呢?这对我们只是举手之劳,对学生却是一个德政,这个办事大厅其实最多也就只要设一个星期,但这样事情就会简单许多,学生的心里就会少一些怨气。我想这类工作,由学校的综合行政部门出面协调一下,很快就能做到。以此类推,许多事情都是这样,关键是一个态度问题,一个观念转变的问题。我们说要加强职业伦理的教育,其根本的目的也就是为了善待学生,让我们的学生满意。

(二)要改革现行的机关管理体制尤其是后勤服务体制。

要真正地善待学生,把对学生的管理和教育寓于服务之中,除了上面所说的之外,归根到底还是要改革现行的机关管理体制尤其是后勤服务体制。

在大学里,有三种基本的内部人员结构,一是教师,二是学生,三是机关管理人员。改革的目的,就是要使这三种人员成为三种健康互动的力量,共同推进学校事业的发展。我们应该以职业伦理为主导,建立一种竞争激励和淘汰机制,要给管理人员和教师以压力,给大家设定一条职业伦理的底线,其中,更好地为学生服务应该成为一个重要部分。

后勤服务体制的改革已经迫在眉睫。作为学校的辅助服务系统,后勤的效率会直接影响学校的声誉和形象。我们必须看到,尽管我们从事后勤工作的同志大多非常尽职,非常辛苦,但因为他们的工作与广大师生员工的生活直接关联,所以也就最容易成为大家议论的对象,同样,学生意见最大的恐怕也还在学校的后勤体系,如我们的饭堂,如我们宿舍管理部门等等。这一点不仅我们中大如此,全国高校都存在着这样的问题。因此,引入竞争机制的后勤社会化必须坚定不移地实施下去,我们要用制度来保障学校的资源不至于成为一些小单位、小集体用作创收的工具。建立起一系列行之有效的制度,学校也就有了依法治校的依据,从根本上说,制度比一而再、再而三的宣传、教育要有用得多。

(三)建立健全学生自我管理的机制,让学生参与到学校的管理中来。

学生的自我管理是我们学校学生工作的一条重要经验,既然这是一个好的方法,那我们就不能仅仅满足于让它停留在试验阶段,而应该有一种机制来保证它的实施,让学生参与到学校的管理中来。

说到这种机制的建立,我想到了学生会。首先我要对团委和学生会的工作表示赞赏,我们中山大学的学生活动在国内著名高校中可以说是独树一帜的,有着良好的口碑。从1987年开始的一年一度的校园艺术节已经成为了中山大学校园文化必不可少的组成部分。事实说明,团委和学生会的工作是卓有成效的。但我仍然觉得有些遗憾,我觉得我们的学生会还应该加强它的另一个重要功能,就是要反映同学的心声,参与学校的管理。

我很重视学生给我的来信,我也尽量使这些信得到了有效的处理,因为我知道,学生不是到了无路可走的时候,是不会轻易给校长写信的,我这里其实已是最后一站。但我也时常觉得,如果我们的学生最后都只能把解决问题的希望放在校长身上,那么这个学校的运作就一定在某些方面出了问题。

所以我认为,除了学校的各个职能部门之外,校学生会也应该发挥更大的作用。如果要建立健全学生自我管理的机制,让我们的学生更多地参与到学校的管理中来,学生会的作用是不可替代的。团委和学生会应该认真地考虑一下,如何建立一种机制,制度化地向学校反映同学们的意见。从某种意义上说,学生会应该成为学校管理机构的一个组成部分,它应该成为学生的"头",学校管理机构的"尾",简单地说,就是要成为学生与学校行政机构之间的一个中介、一座桥梁。我们应该形成一个习惯或者制度,就是一些与学生的学习、生活密切相关的规章制度，例如体育场地的使用和管理方面的规定，尤其是关系到学生课外活动场地的规定，又例如学生饭堂的管理，都应该有学生的参与，学生会应该成为组织者，把同学们的意见及时地反映到学校来。只有这样，我们所提倡的学生自我管理的机制才可能真正顺畅地实施起来。

归根到底其实还是四个字——善待学生。我想，也不必说太多的大道理，我们只需要问一下自己，如果我们自己的孩子在大学读书，我们希望他们在学校里受到什么样的待遇。善待学生，本来就不需要什么理由，我们首先要体会的其实只是作为一个父亲或者母亲的心情。这一点，对教书育人的老师如此，对机关管理人员而言也一定如此。在诸位走上工作岗位之初，作为校长，我真诚地希望以这四个字与诸位共勉——善待学生。

（2004 年 8 月 27 日在 2004 年新教工岗前学习交流会上的讲话）

大学最根本的使命在于人才的培养。我们必须时时关注和思考这样一个问题：如何通过若干年的大学教育，使一批批来到学校学习、具有良好潜质的青年成为社会的栋梁之才？在长期的办学历程中，中山大学对这一办学根本问题的回答是"善待学生"。

从字面上理解，"善待学生"就是很好地对待学生。作为教育者，我们应该以父母之心对待这些来校求学的孩子们；作为老师，应该从学业上关心他们，爱护他们；作为行政人员，应该以他们为中心，为他们提供最优质的服务。

我们讲"善待学生"是中山大学的核心理念，或许会让人产生误解，因为通常的说法是，人才培养、科学研究和服务社会是大学的三大使命，只提学生，是否会失之片面呢？我以为，从本质上说，大学的这三大使命都是围绕育人这个核心展开的，进行科学研究和为社会服务的过程，同样也是一个育人的过程。在这个过程中，大学培养了学生，也培养了教师，而教师在科学研究和服务社会中提高了学术水平，归根结底仍会作用于对学生的培养上。这是一个更广泛意义上的育人概念。或许可以这样认为，人才培养与科学研究、服务社会三者，就其重要性而言，并不完全是平行的，人才培养有更重要的地位，是大学的根本任务。正是基于这样的认识，我们认为"善待学生"理所当然应该成为中山大学的核心理念。

"善待学生"，看上去是个非常普通的说法，可能有人会认为，将这样一个说法作为学校的核心理念提出，标准会不会太低了。实际上这是一个"知易行难"的命题，若能"小题大做"，将其作为大学的核心理念，使其真正"润物细无声"地落实于学校工作的方方面面之中，则可能全面改变和塑造一所大学的精神与品格，从而直接地影响学生的面貌与气质。

作为一所伟人手创、有着悠久办学历史的高等学府，中山大学长期以来形成了优良治学传统和特有的气质，给求学于其中的广大学生以无形的熏陶，校园生活环境自然而然地给予学生的这种人文精神的养育，不是所有大学都可以做到的。更重要的是，中山大学为学生提供了优秀的师资和良好的求学环境，在关爱前提下，对学生严格要求，使他们既成人，又成才，为他们的人生指明方向，对他们的一生负责，这就是根本意义上的"善待学生"。

（2008年5月19日在中山大学本科教学工作水平评估会上所作的报告）

"在大学里还有什么比本科教学更重要的吗?"

这个问题问到了关键，大学最重要的使命就是培养人才，大学与其他科研院所最大不同之处就是肩负着本科教学的使命。因此，教书育人就是大学教师的根本任务，是大学教师的天职。我希望诸位在今后的工作中，当面临类似要有所选择的情况时，也冷静下来扪心自问一下："在大学里还有什么比本科教学更重要确的吗?"

（2008年2月23日在2008年中山大学工作研讨会上的讲话）

学生是上帝吗？

这几年，中国高等教育完成了从精英教育向大众化教育的转变，学生进入大学，交钱读书，很容易让人将学生与学校之间的关系理解为一种消费关系。有人说，消费者就是上帝，那么，学生是上帝吗？

我们一直倡导要"善待学生"，我也曾讲过，现在学生交钱上学，在某种意义上确实与学校形成了一种消费关系，那是从学生要求得到更好、更高质量教育的角度而提出的一种思考。但是，学校与学生的关系绝不仅仅只是消费关系，我们也不能把学生看做是普通的"消费者"，他们更不是"上帝"。大学拒绝学生抱有所谓的"消费者心态"，学生的要求并不是所有都要满足的，因为大学不是商号，追求利润绝对不是大学的终极目标，大学的目标是要为社会创造知识，并培养出具有创新精神和良好综合素质的合格人才。所以在大学里还是要讲"师道尊严"的。

"师道尊严"这四个字出自《礼记·学记》："凡学之道，严师为难。师严，然后道尊，道尊然后民知敬学。"意思是说老师受到尊敬，他所传授的道理、知识、技能才能得到尊重。我想，今天我们所说的"师道尊严"，是否可以包含这样几层意思：首先，我们要对学术有敬畏之心；其次，从学之人（包括老师和学生）要相互尊重；最后，治学的态度要严谨、严格。"师道尊严"与"善待学生"这两个观念并不矛盾，关键是我们要在其中找到一个平衡点，这个平衡点在许多优秀的老师身上是一直存在的，这个平衡点的取得，就是一种良好的师生关系。我想，只有这样，学术才能得以延续，大学才具有存在的意义。

（2008年2月23日在2008年中山大学工作研讨会上的讲话）

什么是大学的素质教育？

素质教育本来就应该是教育的本义和宗旨，我们常说大学要培养高素质的人才就是这个意思。但为什么最近一段时期以来，素质教育在中国高校中成了一个最时髦的名词，以至于成为了一个问题呢？这是因为我们教育的本身出了问题。素质教育的反面，就是应试教育。长期以来，中国的大学存在着"为应试而教，为应试而学"的倾向，片面地强调专业教育，忽视了学生综合素质的培养，使我们的教育在某种意义上成了应试教育，从而影响了素质教育的全面实施和高素质人才的培养。

从 20 世纪 90 年代末开始，从中央到地方都把素质教育提到了一个前所未有的高度。素质教育的重要性已在全国形成了共识。

从本质上说，素质教育就是以提高国民素质为目标的教育。但是什么是素质教育，似乎又成为了一个问题。最近一段时期以来，只要说到教学工作，说到人才培养，就会提到素质教育，素质教育好像已经成了一个箩筐，什么都可以往里装。这种素质教育概念的泛化，可能会成为我们推行真正的素质教育的大敌。因此，在讨论素质教育前，我们首先应该有一个概念框架，我们有必要看一看——什么是素质教育？

要搞清什么是素质教育，首先要搞清什么是素质，或者说我们通常所说的素质包括了哪些内容。学术界通常将人的综合素质分为非智力素质、智力素质以及身体素质三大方面，非智力素质包括思想素质、道德素质、心理素质和政治素质等方面，这也是我们常说的情商（EQ）；智力素质包括文化素质、科学素质、技术素质、工程素质等方面，这也是我们常说的智商（IQ）。也有人认为，通常所说的素质主要包括思想道德素质、专业素质和心理素质等三个方面。

在我看来，不管学术界如何界定，说到人的综合素质的组成，不外乎我们一直所说的"德、智、体、美"四个方面。现在我们特别强调一个"美"字，是针对一直以来我国教育中艺术类教育缺乏而提出的。我认为，"德智体美全面发展"，其实就是素质教育的根本内容，"德智体美全面发展"的人才正是我们所要培养的人才。我们的目标其实是一贯的，只是我们在实现这个目标的过程中，手段和方法上出了问题。在我们以往的教育中,往往过分地强调了其中的一个方面,而忽视了最为重要的"全面发展"四个字,才有了需要不断地强调素质教育的今天。现在强调素质教育,从某种意义上说,其实就是要回到我们的教育方针上来,切切实实地推行这一方针。

素质教育是一种全方位、全过程的全员教育,是一个潜移默化、循序渐进的过程。

素质教育最为根本的一点,就是人的全面发展,它涉及"德智体美"各个方面,缺一不可,因此素质教育实际上涉及了教育的方方面面,是一种全方位、全过程的全员教育,它是一个潜移默化、循序渐进的过程。我们说一个人素质很高,不会有一个确定的衡量标准,我们只能是"模糊"地去把握它,一个人的素质往往是在细微处显示出来的,他衣冠楚楚,但可能仅仅是一个动作就会使他教养的高低暴露无遗。我们常说要培养学生的创新精神,培养学生国家和民族的意识,培养他们的诚信之心、爱心、公德心、团队精神,我们可能可以通过各种各样的活动来对他们进行教育,但其效果却不是立竿见影的,而是无形的,长期的,潜移默化的。

一个人的素质终将会体现为他的气质,所谓"腹有诗书气自华",而气质这种东西是最无法言传的,我们说一个人气质好,但好在哪里,不能一一列举。正因为如此,我们的素质教育是贯穿于我们教育的始终的,我们上的每一堂课,我们教师的一举一动,我们的学风校风,都与我们学生的素质息息相关。

由于习惯势力的影响,一提到素质教育,就会想到量化,想到考核。我们不能想象,为了推行素质教育,就在我们的课程表出现"素质教育课"这样一门课程,就有"素质教育老师"这样的岗位。现在在国内的有些高校就出现了这样的现象,我们必须避免这一现象,因为这样一来,素质教育实质上又成了另一种应试教育。

要认真处理好素质教育与专业教育的关系。

由于现阶段素质教育的概念是针对以往我国高校片面地重视专业

教育的弊端而提出的,因此在推行素质教育的过程中,往往又可能走向另一个极端,就是让学生什么都学一点,但什么都学不深,从而忽视了专业的教育。现在我们常说素质教育的概念,很大程度就是通识教育,通识教育与专业教育的矛盾,是高校中普遍存在的一对矛盾,我们要很好地处理好这两者的关系。我们必须明确,通识教育与专业教育不可偏废,大学教育的本质正是通过专业素质的培养从而实现学生综合素质的提高,没有了专业的素养,我们的素质教育也就无从谈起。我们必须寓通识教育于专业教育之中,如果这两者有所偏废,我们就可能面临两者皆损的局面。

要认真处理好人文素质与科学素质的关系。

长期以来,我国的大学重理工、轻人文的倾向比较突出,因此,提出素质教育就不可避免地不断强调人文素质对于学生综合素质提高的重要性。在推行素质教育时,我们的确要强调人文素质的重要性,但与此同时,我们不能忘了科学素质对于学生综合素质的提高有着同样重要的意义,这对于我们这所综合性大学而言尤其如此。我校的人文学科有着悠久的历史,也有着很强的实力,因此在中山大学就不能像一些工科大学那样只强调人文素质的重要性,我们还要重视对学生科学素质的培养。科学素质的训练、逻辑思维的培养对文科学生甚至理科、医科的学生而言,都至关重要。我们不能片面地强化学生感性的一面,理性的科学素质对于一个人的立身之本是不可或缺的。

在素质教育中,要尤其强化学生的国家民族观念。

推行素质教育事关中华民族的伟大复兴。中国的建设事业、中华民族的复兴大业需要一大批有着较高综合素质的劳动者,中山大学作为一所在全国举足轻重的大学,在这方面尤其要有一种使命感。我们强调素质教育,不能仅仅停留在培养学生优雅的气质,使我们的学生成为精神贵族,我们更应该培养学生为国家民族贡献才智的使命感,中山先生对学生要立志做大事的教诲,其立足点也正在于国家和民族的观念。强调这一点,在广东这个有着务实传统的地方尤为重要。我们应该教育我们的学生把眼光放得更远一些，要胸怀国家和民族，只有这样，为人处世才会大气，做事、做学问也才会有大的气魄。强调国家和民族的意识，就是要培养我们的学生要有大的气魄和胸襟，我们不能培养那种只顾着自己眼前那"一亩三分地"，只想着赚更多的钱，"老婆孩子热炕头"的"小资"（虽然在事实上，如今我们中国的大学已经培养了大量这样的"小资"，而且由于这支队伍的壮大，连"小资"这个名词也从以往的贬义变为褒义了）。"为中华之崛起而读书"仍然应该是中大学子学习的目的和动力，这句话还要一直说下去。

推行素质教育，要注重培养学生的个性。

强调培养学生的个性，就是强调对学生创新能力的培养。我们要认真地处理好教育中共性与个性的关系，鼓励学生的个性化发展，发挥其学习的主动性和积极性。我对中国足球队主教练米卢"快乐足球"的理念印象深刻，一个人只有当他对所从事的事业感到快乐的时候，才可能激发起不息的向前的欲望，也才可能真正成就一番事业。我们常说"兴趣是最好的老师"，这与"快乐足球"有异曲同工之妙，只有当学生视学习为一件快乐的事情的时候，他才会有真正的学习的动力，而个性化的学习正是"快乐地学习"的前提。我们应该鼓励学生冒尖，鼓励学生一马当先，甚至异想天开，因为这是素质教育的真义所在。

推行素质教育，要注重培养学生的团队精神。

在强调培养学生的个性的同时，我们还应该注重培养学生的团队精神。团队精神是素质教育的一个重要组成部分。要在学生中营造一种求真求知、崇尚科学、共同向上的良好的团队精神，只有在张扬个性的同时又富于团队精神的学生，才是一个真正高素质的人才。

随着社会的进步和科学的发展，团队的作用已越来越重要。单靠一个人的力量是做不成大事的。在我们的科学研究中，如果没有科研团队的协作，要完成重大的科研项目，是不可想象的。目前，国家自然科学基金委员会在全国范围内遴选科研团队，也正是关注到了团队精神在科学研究中的重要性。在我们的 MBA 教学中就有团队精神训练的项目。最近我还看到一个电视节目，介绍军队中团队精神的培养，其中的一个活动就是，要求一个人从高处在毫无保护的情况下平躺着倒下，而在下面接住他的，就是他的战友。我想如果没有良好的团队精神，没有长期以来在团队中培养起来的相互的信任，这个人是无论如何不敢就这么倒下去的。这些例子都说明团队精神的重要性。中华民族凝聚力的提高也有赖于无数富于团队精神的国民的共同努力。

团队精神是一种重要的素质，具有良好的团队精神的人，不仅要善于领导别人，还要善于被领导，如果人人都想当头，最终也就只能是群星灿烂，没有月亮。我们常说"不想当元帅的士兵不是好士兵"，这句话当然对，但还是有其片面性，在一个团队如果人人都想当元帅，最终也就无所谓团队精神，我们也就有可能一事无成。我们强调培养学生的团队精神，就是不仅要使学生具有一种从事科学研究所必备的素质，而且也是为了使他们将来进入社会后具备一种与人群良好合作与沟通的立身处世的素质。

推行素质教育，必须尤其强调教育者本身的自我教育。

我们在前面不断地讲素质教育如何，学生应该有怎样的素质，但是说到教育，首先是教育者的问题；说到素质教育，首先就是教育者的素质的问题。我以为，教育者的素质，也就是说我们老师的素质，我们机关干部的素质，是我们学校素质教育成败的关键所在。我们的行为对学生有着潜移默化的影响，更确切地说，我们的素质将直接地影响到学生的素质。所以要讲素质教育，首先就是我们老师自己要进行自我教育。

《资治通鉴》中有个故事，说汉代太原有一个叫郭泰的人，道德学问都很好，乐于提携后辈，在读书人中口碑很好。于是有一个叫魏昭的青年就拜到了他的门下，说："经师易遇，人师难遭，愿在左右，供给洒扫。"所谓经师，就是"专门名家，教授有师法者"，可以讲解经义、教人以学问的人；而所谓人师，则是"谨身修行，足以范俗"，自己的人品修养很好，足以成为学生楷模的人。魏昭认为郭泰是人师，所以愿意在他的身边帮他扫地。这里讲的就是"经师"和"人师"的区别。

我们大家都应该有过这样的体验,就是在我们的学习阶段有过很多老师,他们中的大部分可能已经从我们的记忆中淡忘了,但总会有那么几个老师,终身难忘,想起他们,我们就会心生感激之情。这是因为这些老师不仅教了我们知识,更教了我们如何做人,我们的人生观和价值观也正是在潜移默化之间受到了他们的影响,我们一定还会记得当时他们给我们上课时的情形,靠近他们,我们会感到温暖,感到如沐春风,这就是"人师",在他们的身上有着一种人格的力量。韩愈说:"师者,传道授业解惑者也。"这里的"师"就是"人师",传道、授业、解惑正是作为老师教书育人的职责所在,古语有云:"善歌者使人继其声,善教者使人继其志。"我们提倡的师生关系应该是一种亲切、温暖、坦诚的关系,要有人格的交流和情感的熏陶,要在愉快的氛围中把"道"传下去,把"德"传下去。

推行素质教育,就是要求我们的老师要在成为"经师"的同时,更要成为"人师",为人师表,我们的人格和修养应该成为学生的楷模。最近,教育部再三强调名教授要为本科生授课,其目的并不是一定要加大名教授的工作量,而是要通过名师授课的方式,让学生们切身体验到他们的学问之道以及他们为人的魅力和品格,这方面的熏陶可能会胜于我们的许多堂思想品德课。因为这些知名教授在上课的同时,已把知识的力量转化成了人格的力量,我以为这正是素质教育的要义所在。

上个学期,南校区组织学生评选"我心目中的良师",北校区也开展了"我爱我师——我心目中的好老师"的评选活动。在这些活动中,评选出了一批优秀的教师,我想这些老师一定是称得上"人师"的,他们对教育事业的执著追求,对教书育人的崇高使命感和强烈的责任心,足称中大教师的楷模,他们不仅以自己的学问,更以他们的人格魅力赢得了学生的尊重和爱戴,我们学校正需要一大批这样的"人师"。

曾子曰:"吾日三省吾身。"我也建议我们学校的老师们要经常扪心自问:我的品格和修养当得起"人师"这个称号了吗?我是否已经可以把知识的力量转化为人格力量,去教育学生,熏陶学生了呢?老师,是一个神圣的名字,多少父母把自己的孩子交到我们手中,我们没有任何理由不把他们培养成才。我们要经常反躬自省,不断地加强自身的修养,以"人师"作为自己奋斗的目标。这就是我们的"为师之道",这就是我们推行素质教育、培养高素质人才的前提。

如何推进素质教育?

要推进素质教育,我想我们可以考虑下面的一些措施。

第一,要加强制度建设。

要提高学生的道德素质、思想修养,当然要强调潜移默化的影响,润物细无声,但同时也要看到纪律和制度的重要性。实践证明,许多良好的素质其实是纪律和制度逼出来的,新加坡就是一个很好的例子,他们堪称世界第一的公民素质,很大程度上就是罚出来的。我们要培养学生的诚信,首先考试作弊就应该绝对禁止,如果在校内考试可以作弊,到了社会上又何来诚信可言呢? 强调制度建设,还要考虑到宽严适度,立"法"的时候就要考虑到执"法"的可行性,立"法"不能太苛,太苛的"法"往往难以实施。一旦建立了制度,就应该严格执行,现在遇到处分学生,我们往往会考虑从轻发落,从宽处理。这样不行,立法和执法是相辅相成的两个方面,立了法不执法,就等于没法。因此我想我们有必要重新审视一下学校的规章制度,不合适的,就应该作适当的修订。

第二,要加强师德教育。

要提高教师自身的道德修养,大力弘扬教书育人的良师,使我们的教师在成为"经师"的同时,更成为"人师"。我们必须正视我校的现状,在我们的教师队伍中,还存在着许多不尽如人意的地方,有一些教师过分关注自己的事情,而忘记了教书育人的职责,上课马虎,甚至随意取消课程的老师在我们学校还不乏其人,学生的意见很大。反躬自省,我们的许多老师离"人师"的要求实在还有很大的一段距离。我们学校的师德教育还有一段很长的路要走。推而广之,我们的管理部门,我们的机关管理者也应该想一想,我们为了通过教育主管部门各种各样的检查验收,迫于各种压力,是不是还存在着作假的现象?事实上,作假的现象在中国的高校中可以说还普遍存在。有一个很典型的例子,某重点高校为了通过教育部的一次关于校园环境的检查,为了使校内的一些空地变成绿色,种草来不及,就种上了麦子,麦子长得快,检查时就一片绿油油的了。试想一下,如果在学校的层面也在作假,又如何培养我们学生的诚信呢?我们作为教师,作为管理者的自我教育,真是任重而道远啊。

第三,要大力推进教学体制的改革。

我们可以考虑实行三学期制,给学生更多的选修专业以外的知识以及自我学习的空间,同时也可以使学生有机会走向社会,结合学术研究和专业教育开始社会实践。我们也可以考虑建立教学的"立交桥",一些专业如软件工程,以及将来的新闻与传播,可以尝试从二年级的学生中招生,同时鼓励优秀学生提前攻读硕士或博士研究生。我们还可以考虑推行大文大理大医的教学模式,新生入学后头一两年不分专业,加强基础课的训练,同时逐步建立文理医各学科间的互相选修制度。所有这些措施,都有可能对我们素质教育的发展产生积极的影响。

第四,要组织各类校园文化活动,提高学生的综合素质。

开展形式多样的各类校园文化活动,有利于学生树立正确的人生观和价值观,有利于学生综合素质的提高。最近我听到一个消息,很感动,"五一"前,珠海校区组织学生义务献血,同学们十分踊跃,甚至出现了排队轮候的现象,整个活动持续了近八个小时,共有400多位同学献了血,还有很多同学没轮到。一位同学对我说,以前他们知道的情况是大家想方设法开出不宜献血的证明逃避献血,但中山大学却不是这样,他们受到了很大的感染,因此主动要求义务献血。我想这是一个很好的例子,学生的爱心和社会责任心正是通过这样的活动慢慢地培养起来的。今后我们是否还可以组织一些类似的活动,例如,我们是否可以为学生提供做义工的机会,让他们感受到社会上还有弱者的存在。现在珠海校区正在安装攀岩设施,我很支持,因为攀岩活动可以培养学生接受挑战,坚忍不拔的性格。后天(19日),教育部一年一度的"五月的鲜花"大型文艺活动将在珠海校区举行,这是一个全国性的重要活动,这同样也是培养我们学生集体荣誉感以及艺术素养的一次很好的机会。

总而言之,在中山大学,素质教育应该是一个永恒的话题,它是我们人才培养的本质和要义所在。我们要通过学习来推进素质教育,使学生拥有扎实的专业知识;我们要通过欣赏来推进素质教育,使学生拥有善于发现美的眼睛;我们要通过体验来推进素质教育,使学生拥有正直的良心和向往崇高、追求至善的心灵。

学生是中山大学最为宝贵的财富,培养高素质的人才是我们神圣的职责,中华民族全民素质的提高,中华民族的伟大复兴的重任正在我们的肩上,我们责无旁贷。

(2002年5月17日中山大学教学工作会议上的讲话)

二、对学生的希望

我心目中的中大学生

众所周知,人才培养是大学最根本的使命,如何通过若干年的大学教育使一大批具有良好潜质的优秀青年"成才",是我们作为大学老师和管理者必须关注和思考的问题,而如何通过在大学中若干年的学习使自己"成才",则又是同学们必须认真关注和思考的问题。这是一个双向的问题。

说到大学生的素质,如果全面而言,那就是"德智体美"的全面发展,如果要具体而言,可能是见仁见智的,人们对这个问题或许会有不同的理解。我认为,大学培养学生的目标是要让他们成为人才,就是既要"成人",又要"成才"。所谓"成人",也就是说我们应该着眼于培养学生的理想人格;所谓"成才",就是要培养智力和能力,使他们成为有知识和本领、对社会和国家有用的人。在中山大学讲大学生的培养目标,就不能不讲我们的校训,孙中山先生希望中大的学生应该"博学、审问、慎思、明辨、笃行"。大家知道,这十个字出于儒家的经典,它们是达至孔夫子的"君子"境界的途径。我想儒家的"君子",就是古代圣贤眼中的一种理想的人格,它对于我们现在对大学生"成人"和"成才"目标的讨论是有着重要的借鉴意义的。随着时代的变迁,理想人格不断被赋予具有时代感的新的内涵。在这里,我不想就理想人格过多地谈古论今,只想谈谈我个人心目中作为一名优秀的大学生所应具备的一些素质,这些素质有以下七个方面:

1. 知礼。"礼"是一个宽泛的概念,简单说,它强调的是社会的规范和秩序。"知礼",则是一个人自处于社会的一个行为准则。中国古代历来重"礼",但目前的中国,随着社会的迅速转型,礼义的缺失已成为了一个必须正视的现实。孔子说过"不知礼,无以立",我们的大学生作为将来中国建设的栋梁之才,"知礼"自然是其必备的素质之一。

我们应该培养"知礼"的学生,在传授知识的同时,首先应该对他们的价值观念、行为模式乃至言谈举止有一个恰当的引导。一个"知礼"的学生,应该有敬畏之心,应该遵守社会的基本规范和秩序,应该懂得去尊重别人。作为教育者,我们应该让学生知道各种场合都有不同的礼仪,要自觉地去了解、遵守这些礼仪。这两年我们学校开始在校庆日举行学位授予仪式,其目的就是希望学生接受一种礼仪的教育,知道何为"敬畏",何为"感恩"。

最近我又向校长办公室提议,从今年开始是否对学位授予仪式再作一些调整,我想我应该给所有从中山大学毕业、获得学位的学生,尤其是本科生——授予学位。当然,如果这样做,大概要进行近二十场,但为了学生,我认为值得去做。同时我也相信,通过不断地探索,我们一定能形成一个符合中大实际、又具有鲜明特色的中山大学的学位授予仪式的。学校所作的这种种尝试,并不是心血来潮,而是重建大学礼仪的一种努力。重视各种礼仪制度的重建与规范,是中山大学乃至全中国的高校都必须面对的一个问题,我们希望通过这种"知礼"的教育,使我们的学生形成一种超越"工具理性"的人文素养,从而成为一个"文明"的现代人。

2. 诚信。我认为,这是做人的最基本准则,是一条底线,也是现代社会良性运行的基本保障。如果说"知礼"的教育强调的是对社会秩序的遵守的话,那么诚信的教育强调的就是一个人内在道德感的培养。只有内诚于心,才能外信于人。诚信是由内心诚实表现的自愿行为,同时也需要家庭、学校和社会的共同熏陶。诚信危机是当今中国社会的一个痼疾,建立诚信的社会道德体系是我国当今社会进步的基本要求。

因此,大学要为社会进步贡献力量,首先就要培养具有诚信素质的学生。讲"诚信",首先就要"知耻",内心不知耻,就无所谓"诚信"。例如大学中作弊现象,对待这一现象,在大学中甚至还不能说有着共同的价值观,许多学生在作弊的时候,并不以此为"耻",反而视之为理所当然的事情,"诚信"并不是第一考虑的选项。甚至是一些老师,还会为因作弊而受处分的学生求情,说这个学生"品学兼优"。大学应该是社会良心的所在,如果在大学里都不能形成一致的诚信的价值观,那我们整个社会的道德就真的令人忧虑了。这就是为什么我们学校一直以来对作弊行为严惩不贷的原因所在。

3. 担当。敢于担当,是一个大学生社会责任感的体现,孙中山先生对大学生"做大事"的期待,正在于"担当"二字,他亲笔题写的校训中强调"笃行",意义也在于此。我们知道一句话,叫做"天下兴亡、匹夫有责",我们也知道李大钊的话,"铁肩担道义,妙手著文章"。

大学生要敢于接受并承担责任,首先是要有道德心去担当社会责任,要有爱心去奉献社会。其次,大学生要有能力去担当起社会责任,要有一种敢于担当、舍我其谁的领袖气质。

一个有担当、有责任心的大学生,进入社会就是社会的建设者,而不是社会发展的观望者。这种责任心,从大处讲是将自己的发展与社会进步和国家、民族的发展联系在一起,是一种爱国精神,是一种勇于将责任放在自己肩头的勇气;从小处讲是一种意志坚韧而富有爱心的精神。如果一个人总是遇事推诿,逃避责任,那么与此同时,他就可能错过了成就事业的机会,担当和成功是相伴随的,是离开校门后有所建树的基本素质。

对于家庭来说,青年是家族的希望,所以,青年人都被父母亲朋寄予厚望。对于国家来说,青年更是国家的希望、民族的希望,青年人肩负着兴国安邦的使命。梁启超先生说得好,国家的责任,"不在他人,而全在我少年。少年智则国智,少年富则国富,少年强则国强,少年独立则国独立,少年自由则国自由,少年进步则国进步"。因此,在同学们的身上,其实肩负着家国的责任,任重道远。

4. **勤奋**。勤奋原是学生之为学生的题中应有之义,本没有太多值得讨论的余地。但我们面对的现状是,我们的学生在上大学前一定是刻苦学习、拼命读书的,否则是不可能进得了中山大学的,但一旦进了大学,就有一些松懈了,甚至还有些学生产生了厌学的情绪。因此,我们还是要强调读书的勤奋。知识的获得和积累是一个长期的过程,如果不勤奋,一切都无从谈起。这里我想强调的是,如果说在义务教育阶段,我们要提倡给学生减负,那么在大学阶段,你们已经是成年人,应该自觉地"加负",主动地去汲取知识。

这里其实包含了两种态度,一是要"非功利"地读书,一是要"去惰性"地生活。自觉地勤奋学习应该是一种发自内心深处的"非功利"的求学态度,是一种脚踏实地的风范,是一种自强不息的品质。与此同时,大学生活自由而多彩,而求知与读书确实是一件辛苦的事情,因此,同学们还要注意克服惰性,要把读书、尤其是"非功利"的读书当做一种习惯,成为自己的生活方式,这样才有助于克服惰性的生活。总而言之,勤奋就是好学,是善于学习,一个善于学习的大学生,在学习过程中就会主动地训练自己,从而达至提升自身综合素质的目的。

5. **超越**。敢于超越,是社会进步、国家强大的要求,中国的发展需要一大批富有创新精神和创造能力的人才。我们培养的大学生要在国家现代化和社会进步中扮演重要角色,就必须要有超越意识,要敢于超越前人,敢于超越自我,敢于超越常识。只有敢于超越,才会产生创造力,才会成为我们常说的"创新型人才"。

还有一点,超越又具有人生态度的意义。如果我们培养的学生,真正具有超越的意识,遇到各种事情的时候都能够超越世俗,超越个人的利害得失,能够理性、通达地直接面对内心不愉快的感觉,能够"将心比心"地去理解自己不喜欢或有感情冲突的人和事,那么,我们所取得的,就不仅仅是一般意义上的"教书育人"的成就,而是某种道德上的成就。

6. **阳光**。同学们应该有理想,应该胸襟宽广,应该自信向上。孔子说，"君子坦荡荡，小人长戚戚"。我曾经在一些场合说过，如果要交朋友，千万不要和那些经常抱怨世事不公，总是觉得人生暗淡的人做朋友，因为这样的人是不会给你阳光和力量的。换一个角度理解这句话的意思，就是说阳光心态的人会有很多朋友，可以说这是一个人有所成就的必要条件。

似乎可以这样说，越是担当重大的责任，可能遇到的"麻烦"就越大。以此推理，大家目前即使遇到了麻烦，也只能算是"小烦"，如果被这些"小烦"就击退了，当然更不用说去承担更大的烦恼了。比方说，有的人因为失恋了一次，就说看透了感情；因为找工作失败了几次，就说看透了社会。这种所谓的"看透"，其实是一种老年人的心态，是消极的态度。西方有一句谚语，叫做"有三岁之翁，有百岁之童"。所以，我在这里说要"阳光"、要永葆朝气，没有朝气，只有暮气，那不是一件好事。在座诸位是青年人，更应该有一股蓬勃朝气，那是一种阳光的、向上的、不循规蹈矩的、充满扩张性的精神状态。有一句话说：人要诗意地栖居，我想，人首先要热爱生活，才能像诗一样地生活。

青年人应该总是能够首先触摸到时代的脉搏，跟上社会前进的脚步，一个阳光的青年，应该表现出积极的精神面貌，体现出时代发展的特征。

另外，我还想强调体育对于阳光心态的培养。生命在于运动，体育对于一个人的阳光心态的培养是非常重要的，大学生在年轻的时候应该养成对体育的爱好，培养一项或几项擅长的、可以陪伴你一生的体育活动，这将使你受益终身。

7. **职业准备**。我们的就业教育应该贯串于整个大学教育的始终。我们的学生应该有一种契合社会发展要求的职业观，如果大学生的就业产生困难，对于中国这样国民平均素质较低的国家来说，就是人才的最大浪费。大学生应该在就学期间就不断地重新评价自己，认真考虑自己今后的职业取向，作好充分的职业准备。对于中山大学的学生而言，他不应将未来的职业仅仅看作是一个"饭碗"，还应该看到更崇高的职业使命，看到我们将来所从事的职业是否能够推动社会的进步，我们大学生的职业期望应调整到与社会进步联系在一起。这与前面所提到的敢于担当的社会责任心是联系在一起的。

以上七点就是我对大学生素质的一些个人看法，或者说是我所认为的中山大学对人才培养的一个预设目标。既是列举，就一定会有疏漏，但还是可以对上面几点作个总结，我心目中理想的大学生，应该是一个具有领袖气质的"文明的现代人"，他们诚信知礼，积极向上，敢于超越，勇于担当，他们顺应时代的发展，善于吸收现代世界文明，富有开拓进取的创造精神。

中山大学培养出来的本科生，尤其应该与众不同，用时下流行的话来说，你们应该是"社会精英"。举一个不一定恰当的比喻，大学本科可以说是一个人的"出身"，因为大学本科阶段是人生知识技能奠基、思维方式形成和人格日趋成熟的重要时期，在一所名牌大学所受的四年大学教育，完全可以改变一个人，甚至重塑性格。我希望我们中大的学生都能在中大的学习过程中塑造和完善自己，在自己的血脉中注入中大精神，并终身以此为荣。同时，我也相信，这样的大学生，才是真正适应中华民族复兴伟大事业的人才。

（2007年5月10日在"中大学子气质大讨论"启动仪式上的演讲）

用大学精神培养栋梁之才

也许有人说，大学培养人，无非就是组织大学老师上课，保证学生修满学分、最终顺利毕业而已。我想，这是对大学、尤其是像我们这样具有大学精神的学校的一种误解。大学教育可以重新塑造一个人，这绝非仅仅通过进修课程就可以实现的，否则，中山大学就与普通的教学型学校没有区别了。中山大学是具有大学精神的大学，所谓大学精神，应该是大学悠久的历史传统，是厚重的学术积淀，是和谐的校园氛围和蓬勃的发展趋势。这种精神不可捉摸，但可意会，它时刻在塑造着大学中的每一个人,尤其是可塑性更强的青年学生。

中大的文化传统毫无疑问地具有塑造人格的功能。1924 年,孙中山先生亲笔题写的"博学、审问、慎思、明辨、笃行"的校训,就是中大文化传统的一个重要象征。这十字校训,比较简单的解释就是:要有广博的学识,能仔细地探究,去谨慎地思考,可以明确地辨别,最后要切实地去实行。这十个字典出《礼记·中庸》,是儒家对于读书、治学、做人的最经典诠释,是达到"至善"之境的一个途径。

我想,中山大学已经形成了一个良好的文化传统,这是中山先生和学校的先贤给我们留下的宝贵财富,值得我们每一个中大人珍惜和传承。然而,在传统之外,我们大学还需要宽松和谐的学术氛围、蓬勃向上的发展态势以及以人为本的管理理念,这是我们所有中大人都应为之努力的目标。我想,这个目标,大学的管理者尤其应该重视,因为大学作为一个学术共同体,教师和学生无疑是主体,学校制定一切规章、制度都应以发展学术、尊重教师、善待学生为出发点,必须要以培养学生、培养人才为轴心。

当然,大学的管理不仅是保证大学课程的设置,还要为同学们营造良好的文化环境,例如,这次在东校区举行的"我与校区共成长"的植树活动,就是在校长办公会议上讨论通过的。学校认为,植树不仅是美化生活环境的活动,更可以让同学们产生热爱母校、热爱生活的感情,我从来不认为爱校乃至爱国仅是个口号,爱校也好,爱国也好,从来都是具体的,是要通过培养对母校、对国家的感情而逐渐形成的。当然,植树仅仅是一种形式,我们希望同学们都能够亲自动手,当你们的汗水浸入到这块土地之后,你们也就自然对它产生情感,在你们毕业之后,这将成为大家美好的回忆。更重要的是,你们的行动也将被定格在中山大学的记忆之中。

中山先生说,"学生要立志做大事",对于什么是"做大事",他说要"专心做一件事,帮助国家变富强"。我的理解是,我们专心做一件有意义的事,就是在做大事,就会对国家、对社会有所贡献,这也可以说是大学培养人才的终极目的。我希望同学们能够传承中山大学的精神,继承中山大学的血脉,要葆有蓬勃向上的朝气,成为一个有责任感和使命感的人,而最终成为社会的栋梁之才,这就是我作为校长对心目中学生的期望。

(2007 年 5 月 10 日在"中大学子气质大讨论"启动仪式上的演讲)

立大志向,干大事业

中山大学每一个学生的每一个成就,都在为我们学校争光。我们每一个学生都应该有向国内一流甚至国际一流水平看齐的勇气和信心,为自己争气,为学校争光,这就是立志,这就是立做大事的志向。

人无志不立。大家都知道七十多年前孙中山先生在这个礼堂所作的学生"立志要做大事,不可要做大官"的演讲。我想,中山先生这句话的关键并不在于是做事还是做官,而在于立志,中山先生是希望青年学生要立做大事的志,"要图国家富强","大家团结起来,共同向前去奋斗"。

中山先生在七十多年前所说的这番话,在今天还有现实的意义,所以,我希望同学们要立一个做大事的志向,"为社会福,为邦家光",努力为国家的富强尽一份心力。

大家同样也知道中山先生"博学、审问、慎思、明辨、笃行"的十字校训,"学、问、思、辨"是学习的手段和必经的途径,通过这些途径我们可以获取知识,而获取知识的最终目的就是"行",就是做事,就是要为社会、为国家去做事。所以,中山先生对我们的期望是一脉相承的,就是要笃志于行,就是要立做大事的志向。

我们不妨问问自己,我们读大学,读研究生为的是什么? 仅仅只是为了谋一个好职业、找一个好一点的饭碗吗? 如果这样,我认为很不够,作为中山大学的学生,我们一定要立起做大事的"舍我其谁"的志向,因为我们是中山大学的学生。

我们的研究生不仅仅是受教育的对象,对于一所高水平的大学来说,研究生更是学校科学研究的生力军,是一种重要的科研资源。但我们学校研究生参与学术科研的能力还较弱。我们的研究生要有一种全局的观念,要更多地考虑国家的需要、学校的发展以及自己在其中的位置。科学研究对国家来说,往往有着全局性的意义。一位地质学家曾对我谈到一个例子。最近,论证了几十年的青藏铁路工程终于上马了,这条铁路之所以论证了几十年,除了财力、物力的因素外,一个很重要的原因就是在冻土上是否可铺设铁路这一难题一直未能解决。现在,这个问题解决了,青藏铁路也就可以开始铺设了。这就是科学的力量,这就是大局。只有培养了大局的意识,我们才可能立大的志向。

研究生关键就在于"研究"二字,既是学生,又是科研人员;既是导师的学生,又是导师的助手。研究生除了继续学习外,更重要的是进行研究和创新。我们要求研究生要写出高水平的学术论文,也就是要求研究生要在创新上下功夫。

我们的研究生要敢于走到学科发展的最前沿,要善于从学科的交叉点上去下功夫。交叉学科往往是最容易出成就的创新点,我们要到学科的交叉点上去寻找突破口,解决新问题,去做前人没有做过的事情,去攻克科研的难关,要有超过自己的导师的信心、勇气和能力,争创一流,在科研上出高水平的成果,成为学校科研的重要力量,进而为国家和社会作出大的贡献。我想,这就是做大事的志向。

相对于研究生来说,目前,我们学校的本科生占了学校学生人数的绝大多数。今后,为了适应研究型综合性大学的目标,我校的研究生人数会有大幅度的上升,但即使研究生与本科生的比例达到 1∶2,本科生也仍然是我校学生的主要部分,因此,本科生的培养将一直是学校工作的一个重要方面。

从一般意义上说,大学毕业,就是人才了。的确如此,但我们还要进一步问一个问题,就是:中山大学的毕业生应该是什么样的人才?

个性是创造力的基础,发展个性与创新精神的培养密切相关,没有个性的发展就不会有创新的精神。我校的本科学生,除部分仍进入研究生阶段深造外,大多数将在若干年后走上社会,成为各方面的人才。我们应该在学习阶段注意打好基础,发展个性,培养自身的综合素质以及创新和创业的能力,把自己塑造成一个复合型的人才。只有这样,我们才可能成为国家建设的生力军。

因此,我想,作为在本科阶段学习的学生所应立的志向,就是基础与素质、个性与创新。因为只有这样大家才可能在竞争日益激烈的新经济社会中立于不败之地。

当然立了大的志向,还应该有一种平衡的心态,切不可急功近利。这就是另外一个话题了,我们可以以后再谈。

孔夫子曾经与他的学生"各言其志",可见立志一直以来就是每一个从事教育的人对学生最大的期许。以"立志"这两个字作为今天与同学们交流的主题,是我作为一个老一辈的读书人对大家的期望。古人有云,"取法乎上,仅得其中;取法乎中,斯为下矣","工夫须从上做下,不可从下做上",讲的都是立志的道理。只有立大志,才能做大事,中山先生对我们的期望是我们终身受用的至理名言。当今的中国正处在一个不断向前发展的关键时期,同学们生当其时,正是大显身手的时候,大家正应该趁年轻立做大事的志向,树立大局观念,用自己的知识与才能,报效国家,服务社会,也只有这样,大家才可以无愧于"人才"这两个字。

(2001 年 4 月 11 日在怀士堂举行的学生座谈会上的讲话)

我不断被同学们感动

各位同学:

按照程序,本没有我讲话的环节,但我还是主动申请在这一场讲一下这些天来我的感受。这段时间,是同学们最快乐的日子,也是我最幸福和最享受的日子。在校园里,看到到处飘舞的学位袍,感受着同学们散发出的青春气息与阳光活力,作为校长,我由衷地感到欣喜。在仪式上，一次握手，一声问候，同学们让我摸摸脑门，拍拍肩膀，或者抱一抱、击个掌，甚至要求捏捏我的脸，无不令我感到中大大家庭的温馨。有的同学搂着我说"校长，我舍不得离开中大"，我感受的是孩子们离别时对父母的眷恋。有的同学说"中大，我一定会为你增光"，我感受的是儿女们出征前的豪情。

一个多星期前，化工学院的一位同学敲开我办公室的门，说自己即将毕业，只想与我照一张相。在愉快的合影后，他留下一封信。在这封信中，我读到了一位学子对母校的深深眷恋之情，他说："中大是我们的家，是我们共同成长成才的神圣殿堂，作为一名中大学子，我必将永生铭记中大的恩情，以实际行动来回报母校的爱。"这一刻，我已被他质朴而真挚的言语所感动。

过了不久，我在办公楼的走廊里又遇到了亚太研究院的一位同学，他告诉我，自己放弃了《南方日报》的职位，选择了回到梅州家乡，到农村基层做一名选调生。他希望我写几句寄语，我拍拍他的肩膀说，"我们还是照张相吧！"他走后，我不禁对校办的同事感叹："我们的同学真的很伟大！"后来，就业指导中心的同事告诉我，去西部和基层工作的同学有近20人，他们中间还有放弃高薪而选择了去甘肃基层的医院。我读到去梅州工作的这位同学在会上的发言，他说："我对家乡、对农村、对农民怀着深深的感情，是他们养育了我。不管以后在哪里工作，我都要为家乡、为三农、为国家尽一份力，这才是一个合格的中山大学毕业生，一个敢于担当的当代青年应有的历史使命。"这一刻，我已被他平凡而高尚的行为所感动。

在这之后，宣传部的同事向我讲述了生科院一位同学的故事，这位同学11岁时得知母亲身患癌症，就不断用自己的行动鼓励母亲，从高中到大学，他每天都给妈妈打一两个电话，即使是在哈佛医学院实习期间也不例外。他用自己的不懈努力和出色成绩给母亲以生活的信心，而伟大的母亲在儿子的鼓励下，11年间击退了三种癌症，创造着生命的奇迹。这位同学为了母亲而与生命科学结缘，今天他和大家一起获得了学位，并且同时得到贝勒医学院和达特茅斯医学院的全额奖学金，而他的母亲和外婆也正在我们的仪式现场，此情此景，我怎能不为他那殷殷儿女情所感动？！

在前两天的学位授予仪式上，一位同学对我说，她要到西藏工作，我叫住她问是哪里人，她说自己是四川人，是被中山大学研究生支教团的奉献精神所感动，成为了追随支教团志愿者的一份子。当天下午，一位管理学院的同学上来就对我说"扎西德勒"，她告诉我，自己在西藏林芝中学支教一年，更令人高兴的是，她的学生也是这一天毕业。仪式结束后，我了解到，去西藏工作的那位同学曾受到"新鸿基助学金"的资助，并为其道义契约所感染，在学期间就多次组织慈善募捐，参加过在凉山彝族地区和西双版纳傣族地区的扶贫助学活动，甚至还将自己勤工俭学所得资助了贵州的一名苗族高中生，在毕业时她又毅然选择了去西藏工作。而那位支教学生是第九届中山大学研究生支教团的团长，我们的支教团已经坚持了十几年，这是一支有着优良传统的队伍，也是一支体现中大精神的队伍。我知道，第十二届支教团的志愿者正整装待发，此时此刻，我感受到中大学子的热血激荡，又怎能不为他们拳拳赤子心所感动？！

这样的例子不胜枚举，透过你们，我看到了一个个知礼、诚信，勤奋、阳光，敢于超越、勇于担当的中大学子的身影，看到了我们这个国家和民族的希望。在你们肩上，担负的是社会责任感和历史使命感，在你们身上，凝聚着中山大学的一种精神力量。作为校长，我深以有你们这样的学生为荣，也深深地被你们感动。中大学生是伟大的！中国学生是伟大的！中国青年是伟大的！在此，我也希望一代代中大学子能够继承中山大学的血脉，传承中山大学的精神，继续为我们的国家和民族尽一份力量。

谢谢同学们，我爱你们！

（2010 年 7 月 2 日在 2010 届毕业典礼暨
2010 年学位授予仪式上的讲话）

三、人才培养是大学的根本使命

人才培养是中心

就大学的三大功能而言,从大学的发展历史来看,人才培养是大学的立身之本,科学研究和社会服务是逐步衍生和发展起来的,三大功能相互支撑、相互渗透。要正确处理三者的关系,坚持以人才培养为中心,衡量高校发展水平的首要指标就是看人才培养水平,而科学研究和社会服务都应服从、服务于人才培养,有利于人才培养。

有一个比喻,说在大学里,科研工作有点像"下坡运动",不需要太大的外力推动,学者自己会努力去做好;而教学是属于"上坡运动",必须要有外在的支持和动力,否则就容易滑坡。高等教育界的共识是,重视教学、重视人才培养是大学的根本任务,其达成既要靠制度的保障,也有赖于在大学工作的各位同事、特别是教学第一线的老师们的共识和努力。

(2010 年 9 月 7 日在 2010 年新教工岗前学习交流会上的讲话)

提升育人质量

应当注意到,这一轮本科教学工作水平评估,是在我国高校大规模扩张之后展开的。扩招要求我们基本的教学条件(包括硬件和软件条件)也必须随之迅速提高,而评估正是对关系到本科教学的若干指标进行全面检查,评的是我们本科教学工作水平是否达到了要求。这次评估共设 7 个一级指标、19 个二级指标。我研究了一下，这些指标测量的是大学人才培养所必要的理论指导、必备的师资要求和必需的物质准备，评估归根到底是为了学生，这与我们大学的根本目的是一致的。因此，我们首先必须明确的是，这一评估作为对大学办学基本条件的检查是非常必要的。

当然，我们也应该认识到，本科教学工作水平评估所着眼的其实是办大学所必备的一些基本要求，考察的是我们给学生提供的基本学习条件，即使我们按照评估指标全部达到 A，也只能说明我们具有办像我们这类大学的资格，可以招收学生了而已，如果仅止于此，是不能保证培养出如上所述具备优秀素质的人才的。对于具有 80 多年悠久学术积淀和历史传统的中山大学而言，如果我们培养的学生只是达到教育部对一般大学的要求，那我们就愧对中山先生，也愧对学校的先贤。因此，我们中山大学必须在达到评估指标的基础上，对自身有一个更全面、更深层次的认识，在迎评的过程中，我们要超越评估本身，站在培养高层次人才的角度来要求自己。也就是说，中山大学培养出来的本科生，应该是与众不同的，用时下流行的话来说，他们应该是"社会的精英"。举一个不一定恰当的比喻，大学本科可以说是一个人的"出身"，因为大学本科阶段是人生知识技能奠基、思维方式形成和人格日趋成熟的重要时期。在一所名牌大学所受的四年大学教育，完全可以改变一个人，甚至重塑他的性格，我希望我们中大的毕业生都能在中大的学习过程中塑造和完善自己，在自己的血脉中注入中大精神，并终身以此为荣。

从这个意义上说，这次评估不是目的，而是我们中山大学提升自身人才培养质量的新起点。我注意到，在这一轮的评估要求中，教育部已将与本科教学有关的测评资料（如毕业论文或毕业设计、考试试卷等）准备的年限从三年改为一年，这绝不是一个简单的时间跨度的变化，不是一个量的变化，而是质变。准备三年的教学资料，往往容易让受评学校陷入应付的境地，甚至还可能滋生造假现象。而测评一年的工作，则

三、人才培养是大学的根本使命　301

有利于受评学校在评建过程中重新审视自身人才培养的理念和办学特色,从而可以借评估这个东风作为本校实施教学改革等新措施、新规范的起点。这样的评估,就不仅仅是审视过去,而是着眼于未来。

事实上,这一着眼未来的工作在我们学校已经开始了。我们近期调整了奖励办法,加大了教师绩效工资的比重,总额大幅提升,其中,绩效工资的构成重点主要来自本科教学,这无疑是提升本科教学质量的有力措施。此外,学校的教师职务聘任工作也引入本科教学的衡量指标,在教师职务聘任时,我们会特别“提醒”评委们要尤其注意候选人的本科教学情况,那些在教学工作中出现问题的候选人往往会失去竞争优势。

学校的办学实质上是依托各院系的,因此,学校要求每个院系也应该站在学校和本学院未来发展的高度,根据自身的特点形成特色培养的机制,进一步明确办学思想、理清办学思路,要将评估作为一个改革的契机,在迎评的同时形成新思路、制定新规范,进一步提炼本学院的办学特色,并且按照这样的特色和思路去准备评估,真正将评估作为我们教学改革的新起点。学校里几个学院的院长已经主动向我提出,要借此评估的机会,全面改革本科教育的课程体系和人才培养的模式,推进本科教学深层次的改革。个别学院甚至还在积极策划出版几套教材的可能性。我想,这样的学院就是真正读懂了评估的意义。

说到这里,我想特别强调一个问题,那就是,我们的管理必须以培养学生、培养人才为轴心,如果我们的管理制度和机制不利于甚至阻碍了学生的培养,就一定要调整、要改革。好的管理一定是有利于办学、有利于学生的,而不能是只求管理的方便和省事。例如,现在有些老师跨院系上课没有积极性,学院之间讨价还价,这就不利于学生形成更好的知识结构,甚至不利于他们的就业。而在国外许多大学,这已经不是个问题,学习多学科知识,乃至双学位都已经很普遍。关键是他们有一个适合于学生学习的制度和机制。我们要尽快改进这方面的不足,绝不能让管理成为培养人才的瓶颈。

总之,希望大家能够站在提升人才培养质量的高度上去看待评估。如果仅仅将此次评估的通过作为一个目的,那么大家就可能会认为这样的评估没有意义,其准备过程也会非常被动和痛苦。如果我们从深层次上重新审视此次评估,那我们就会将其作为学校教学改革的一个崭新起点,就会感受到评估所带来的鞭策力量,就会认识到教育部本科教学工作水平评估的重大意义,也就会领会到"以评促建,以评促改,以评促管,评建结合,重在建设"这一方针的真正内涵。

"好风凭借力,送我上青天。"如果把评估比喻为一股东风,那么,我希望我们学校能凭借这股东风,把我们的办学水平提升到一个新的高度。

(2007年3月28日在中山大学本科教学工作水平评估动员会上的讲话)

我始终认为,研究型大学最根本的使命在于人才的培养,借这个机会,我想着重对如何提升学生综合素质谈谈自己的一些想法。

1. 建立"师生互动时间"的制度。目前,学校的人事聘任规程对每一位教师都规定了教学、科研的要求,但对学生而言,虽然有的院系要求教师抽出时间与学生交流,但并没有作为评价教师教学的指标。而在国外的大学里,都规定教师必须设定一定的时间与学生交流,称之为"Office Hours"。我想,我们也应该而且有必要在教师聘任规程中明确规定老师必须安排一定量的时间用来与学生见面,权且可以称作"师生互动时间"。这段时间的内容不一定只谈学术问题,还可以为学生疏导心理矛盾、共商人生规划等等。我们一直提倡,大学老师既是教学生以知识的"经师",又是教学生做人道理的"人师",我想,通过这种形式的师生互动,或许可以更好地实现这个目的。此外,这个"师生互动时间"一旦写入教师聘任规程之中,就意味着它将成为教师考核的指标,是个刚性的规定,任何人都必须执行。当然,为了尊重不同学院之间的差异性,学校制定的将只是最低标准,各个学院完全可以根据学科与专业特点再作进一步的要求。

2. **完善保送研究生的"推免制度"。** 我们的教育改革目的之一就是改变应试教育为素质教育，然而，高考这根指挥棒，对应试教育的影响是挥之不去的。而且，大学生一进学校，各种考核又以考试成绩为主，我们稍不留心，培养的可能就是只会考试的"人才"，如果是这样的原因，那么我们就有必要重新审视校内研究生的"推免制度"，而不应再延续应试教育的模式。最近，我与研究生院、教务处等部门的负责同事沟通过，有这样的考虑，即目前学校正在开展教师岗位设置工作，对于教授二级岗，我们设置了较高的标准，因此，是否可以给予获得二级岗的教授这样的权利，学校每年划拨名额，让他们自主选拔一名本科学生作为自己的研究生，甚至是硕博连读的候选人。也就是说，只要教授点名，不必经过其他考核，本科生就有机会成为博士生。因为学校相信这样的教授具有"慧眼"，能够选中那些会做学术的人，而不是只会考试的人。当然，这里只是一个想法，学校将在时机成熟时建立相应的保障机制。

3. **克服多校区办学的困难。** 珠海校区和广州东校区的建立，极大地拓展了学校的办学空间，也为学校的发展奠定了物质基础。但是，多校区管理毕竟存在着一些固有的问题，这是客观存在的，我们必须正视和正确处理这些问题。多校区办学的问题体现在办学成本提高、学校管理困难加大、综合性大学的优势有可能会削弱、对教师授课造成不便等等，但我们不能因为多校区办学存在困难，就说我们做不好。我曾经说过，"成功者想办法，失败者找理由"，多校区办学，重在建设，面对困难我们采取了什么应对措施，我想，这是学校管理部门应该特别重视的事情。

首先，要注重多校区的文化建设。我们提出的多校区办学的定位是要办成"原汁原味的中山大学"，我们的四个校区，每一个校区都源自中山大学，每一个地方都是我们的管理干部，每一堂课都是我们正宗的老师，每一同学都是正规的学生。多校区办学也可以从学术文化、行政文化、制度文化延续中山大学的传统。在我们准备教学评估的工作中，我特别注意到，教育部在本科教学工作水平评估中特别要求重新审视和凝练大学在办学过程中形成的教育理念和办学特色，这个特色就是在长期办学过程中积淀形成的、本校特有的风貌。怎么样总结办学特色，我认为就是要总结大学的文化。说到文化建设，其中一个重要内容就是大学开设讲座的情况。这个学期初，我邀请教务处、医教处、校友会等部门的负责同志，专门就在四个校区开设讲座进行了讨论，会上几个部门进行了分工，领了任务。现在，我们可以保证每个星期在每个校区都有一个由大学组织的讲座，通过统一口径对外发布。除了讲座之外，我们还充分利用学生会、社团等学生团体把我们的大学文化延伸到每个校区，加强同学们之间的交流，丰富他们的课余生活。

其次，在人才培养上，我们还坚持了厚基础、宽口径知识平台的搭建。例如，学校的公共必修课目前大概 9 门到 12 门，这个数字听起来比较多，但根据这个暑假学校派团赴美国大学考察的情况，他们也大概有十门左右的公共必修课。此外，我们每个学年设立了大约 800 多门公共选修课，受益学生 3 万多人，平均可以保证每个学生一个学期选两门课程。此外，我们在四个校区施行辅修、双学位的制度。由于多校区跨地域，学生跨专业选课一定存在困难，根据调查，经贸类、工商管理类课程是比较受学生欢迎的，因此，我们在珠海校区建设了几个整建制的学院，例如国际商学院等，很大程度上也是出于为珠海校区的其他院系的学生提供选修课程的考虑。再比如，我们在每一个校区都建设了基础教学、基础试验的大平台，这同样是在为本科教学动脑筋。这里，我要特别感谢那些为学生着想、为教学出力的每一个院系。最近，学校评估办组织了学校包括 30 多个院系、50 几个职能部门在内的 80 多个单位汇报了自身的迎评工作。我参加了两次，听到很多学院阐述讲如何针对多校区办学而做的工作，他们考虑如何优化课程设置，最大限度地为学生着想。我想，这才是积极的做法，是大学应该提倡和鼓励的。

4. 鼓励学生适当参与学校管理。中大学生有一个优秀的传统，就是被称为"自我教育，自我管理，自我服务"的三自模式。学校注重学生实践经验的获得，为他们创造许多锻炼自己的机会，使得校园文化建设丰富了独立自主、开拓创新的内涵。正是由于有这样的良好传统，我们更应该鼓励学生参与到学校的管理中来,尤其是涉及与学生生活休戚相关的事务当中。这个暑假,很多学生由于实习、准备考研等原因留在大学城,然而,饭堂、超市等与学生生活密切联系的设施很多处于休业状态,给学生的生活造成了极大不便。如果买块肥皂就要让他们跑到城里去,地铁费要比肥皂还贵,碰到这种情况,我希望我们的管理部门,不管是在上课时间还是假期,要多为学生着想。我想,今年暑假大学城的情况是值得我们反思的,在这些后勤配套设施的招标过程中,是否真正考虑到了学生的利益,我们是否可以采取进一步的措施,能够听到学生的声音,又使得学生能有机会参与到学校管理之中。

提升育人质量、培养合格人才是一所大学对国家负责、对社会负责、对学生负责的一个基本态度,这与我们准备迎接的教学评估工作从根本上说是一致的。我真心希望大家能够认识到这一点,还是要爱护学生、善待学生,只有这样,我们才能对得起国家、对得起社会、对得起我们自己的良心。

(2007 年 9 月 30 日在本科教学工作水平评估中层干部工作会上的讲话)

一个好教师应具备的素质

1. **要有较高的学术造诣**。大学是传授知识和创造知识的地方,没有学问就会误人子弟,而误人子弟本身就是最不道德的行为,这是涉及师德问题的根本和基础。当前,很多有关师德的论述都强调要提高教师思想政治素质,改善教师的教学和工作态度,要善于与学生沟通,等等。我认为,这些确实很重要,但绝非是最重要的内容。大学教师最基本的入行条件就是要有相当的学术造诣,这才是关于"师德"的最重要因素。

2. **要爱护学生、善待学生**。大学老师除了要有较高的学术造诣之外,还要有一颗尊重学生、关心学生、善待学生的心。也许大家还没有忘记上学期生科院艾教授的网络事件,有一些人特别是一些网友认为,学校对艾教授的处理过于"仁慈",但是我认为我们的处理方式,其实也反映了学校对教师治学的一个态度。首先，艾教授在学术上是有水平的，对学生严格要求也无可厚非，这是影响我们处理结果的关键因素。其次，学校一直倡导要善待学生，要关注学生、爱护学生，因为师生之间在人格上是平等的，所以即使是事出有因，他以粗暴态度和方式对待学生也是十分错误的。我知道教师们教学和科研的压力很大，他们对学校、对学院、甚至对我本人发发牢骚，都可以理解，但是，无论以何种理由打骂学生，都决不能容忍，所以艾教授必须向学生道歉。这件事情的结果是，艾老师发表了《道歉与反省》的公开信，信中言辞比较诚恳，我们认为他真正触动了自己的思想，认真吸取了教训，所以并未对他进行停招研究生的处分。这次事件是一个极端的例子，事件告诉我们，教师在严谨治学的同时，更要注意去爱护学生、善待学生，我们坚决反对教师粗暴地对待学生。

3. 要注意教学态度和教学方法。在大学里，也许某位教师学问很好，与学生交往也很融洽，但如果他上课迟到或者早退、在课堂上接听手机、衣冠不整甚至穿拖鞋背心来上课，这样的人无论如何我都不会认为他是一个好老师。还有一个例子我印象深刻，上个学期我在北校区随机选了一间教室进去听课，站在教室后面足足十分钟，我多么希望那位主讲教师能看到我，但是很遗憾，这位老师就坐在讲台后，深深地埋着头，只是面对电脑操作着他的 Power Point，始终没有看我一眼，更不要说在课堂上与学生进行交流了。总之，我想，好的老师应该注意细节，应该谨言慎行，因为在课堂上的表现其实就是"言传"和"身教"，展示的是自己做人的标准，教师只有对自己负责任、对学生负责任，他们培养出的学生才可能对社会负责任。

（2008 年 2 月 23 日在 2008 年中山大学工作研讨会上的讲话）

高度重视教风、学风建设

学校一直在强调要建立教学质量长效保障机制，例如，学校启动本科教学质量监控"三个一"计划，要求校、院系领导每学期至少听一门本科课程，至少抽查一门本科生课程的考试试卷，至少检查一个班的毕业论文。这件事，我本人就是积极的执行者。学校还一直强调在教师职务聘任的过程中采取"一票否决"，学校教师职务聘任委员会在每轮投票之前，都会请教务处长宣读当轮参评人的教学考核情况，那些教学评价排在后面的教师，即使其他评价很好，也不能得到更高一级的聘任，至今无一例外。那些没有能得到更高一级聘任的教师，若向学校提出"申诉"或者"解释"，往往也比较集中说明他们在教学方面的情况，这从另一个角度说明重视教学的观念已经深入人心。除此之外，对于如何帮助任课教师提高教学质量，我还有以下两点想法。

一是建议组织名师教学观摩活动。目前，学校已经开展了"新教师和首次开课教师培训计划"，目的就是在于引导教师尤其是青年教师树立本科教学的神圣感和使命感，认清本科课程主讲教师的教学职责，掌握教学的技巧与规律，提高教学质量。我想，我们是否可以在此基础上，开展一系列名师教学观摩活动，教务部门可以会同各个学院，组织青年教师进行授课观摩以及学位论文答辩、开题报告等教学实践观摩活动。此外，对课堂多媒体（PPT）的使用也应该认真考虑一下，要考虑两个问题：是否所有课程都适用 PPT？ 如果一定要用 PPT，应该采取怎样的形式？ 在讨论这篇文章时，几位在场的教授都怀念当初老师板书的时代，板书可以让老师穿梭在讲台上，抓住学生对眼球，板书不仅仅是书写课堂内容，更是老师对讲台、对整个课堂的驾驭，出色的板书其实就是教师授课风采的展示。当然，我并不是说不让老师们使用 PPT，其实，我在武汉理工大学进行评估时，就见过一位老师利用 PPT 授课相当成功，他可以将授课难度较大的思想政治课通过 PPT 演绎得十分精彩。

二是我们还可以考虑实行一种特殊的"教学假"制度。目前，学校的教学质量监控工作相对而言是比较完善的，我们建立并有效实施了学生评价、督导评价、同行评价和管理部门评价等多种渠道的评价体系，如果有一个方面的评价反映不好，教师就应该有所警惕，如果有几个方面的评价都反映不好，那就说明教学一定有问题。我想，对于存在这样问题的教师，除了在教师职务聘任上要"一票否决"之外，学校还将考虑实施特殊的"教学假"制度，即暂停排课一个学年或一个学期，工资可以照发，但奖金和津贴暂时停发。我想，一方面，这是一种带有惩戒性质的硬性假期，教师可以利用这带薪的"教学假"反省一下，参照我前面提到的做一个好老师的标准，要么提高自己的学术水平，要么重新审视自己如何与学生沟通、是否做到了善待学生，要么好好思考一下如何改进自己的教学态度和教学方法。这种特殊的"教学假"制度实际上也体现了学校对教师的关心和保护，可以说，是一种积极的帮助。同时，这也是从根本上为学生负责的考虑。因此，我希望教务、人事部门研究一下这个问题的可行性，制定出实施方案来。

希望全校都对提升教学质量、开展师德建设有一个再认识，希望各位院长、处长们在重视学科建设和科研工作的同时，也要同样高度重视教风、学风的建设。我强调这些，并不只是针对教学评估工作，而是因为只有这样，我们才能对得起学生、不辜负国家和社会对我们大学的期望。

（2008年2月23日在2008年中山大学工作研讨会上的讲话）

以良好的人格影响学生

我们说"善待学生"，那么我们首先就要将师道尊严落在实处。大学是培养人的地方，这是天底下最神圣的事业，作为大学的教师以及行政人员，在学生面前，我们应该讲规矩，举止言行应该得体，应该杜绝不良的言行，以良好的人格去影响学生，用实际行动去维护师道尊严。

我想到了前不久在参加学校学生系统的工作会议时，面向学生系统的干部的一个讲话。之前，大家讨论辅导员的定位问题，学生期望辅导员应成为"服务者"，而辅导员自身定位为"教育者"，如何将这二者结合起来呢？我想，这可能涉及一个如何在工作上摆正自己位置的问题。我们的辅导员也好，管理干部甚至教师也好，在开展工作时，既要把自己当一回事，又不要太把自己当一回事。要把自己当一回事，是因为我们的确肩负着管理和教育学生的责任，为人师表、作育英才，事关重大；但又不能太把自己当一回事，因为即使是教育，我们也不要把自己孤立在一个简单说教的范畴，不要认为自己是一个理所应当的"教育者"，甚至为了所谓的"教育"而把自己伪装起来。我理解的教育，应该是通过不断自我学习、不断提高自身的素质，从而达到影响学生、感染学生的目的，这是一个潜移默化的过程，而不是一个简单生硬说教的过程。所谓的"为人师表"，其本意也是要在人品、学问方面作别人学习的榜样，是要以身作则的。

这一点，无论是辅导员、机关部门的工作人员还是任课老师，都应该认真思考。如果我们的教职员工都从这个角度上考虑和开展工作，那么对于学生而言，这样一个平等的、率真的形象往往会感觉更为可亲、更为丰满、更容易为他们所接受。

（2008 年 8 月 26 日在 2008 年新教工岗前交流会上的讲话）

辅导员要善于与学生交朋友

学生工作的重要性对于一个学校来说，怎样形容都不会过分。就我个人的体会，只有做好了学生工作，学校才能有一个稳定的环境，教学、科研工作才能够顺利地进行，我们也才能在这个基础上做一些增量，学校才能实现发展。学生是学校的基础，学生出了问题，对学校的影响是致命的。做好学生工作对于维护学校稳定、保障学校发展是十分重要的。

目前，对于大学有多种评价标准，一是通过评估教学过程的方式，比如教育部正在执行的本科教学评估，就属于此类标准；二是社会对大学的评价，比如毕业生到社会上工作，用人单位对学生以及学校的评价等等。我想，还有一个最关键的标准，就是学生对学校的评价：每一个同学一迈进校园的门槛，就会对这个大学产生某种期望；而临近毕业，同学们也一定会对自己大学生涯有一个评价。我认为，学生自己对学校的满意程度评价可以说是一种最重要的评价。我们的辅导员作为直接与学生接触的老师，对同学们的满意度有重要的影响，因此，我们辅导员的工作也是大学教育能否成功的重要一环。

除此之外，学生工作特别是辅导员工作直接面对学生，是学校与学生沟通的一个重要桥梁，而学生毕业后，多数辅导员又担负了与校友的联系工作。可以说，广大校友对学校的感情，在很大程度上是从对辅导员老师的感情中体现出来的。而做好校友工作，是事关学校长远发展的大事，上个星期，我们学校成立了企业家校友联合会，不少院系就是派当年的辅导员来参加会议、联络校友的。总之，学校高度认同辅导员的工作，你们对学校的发展作出了重要贡献。

当前，我国社会正处于转型期，社会的多元化和开放程度比十年前甚至五年前都有极大的提高，社会的多元化在学校里最直接的反映就是学生的思想观念、价值判断的多元化，这种变化也直接反映在学生工作上。同时，在学生中，独生子女比例的增加、家庭背景的差异、父母对子女的关注程度和方式的不同等等，都造成学生心理上的各种差异，学生心理也似乎越来越脆弱，以致于有些辅导员认为，现在的学生越来越不好管了。学校多校区办学的状况，也造成了学生管理人员的分散，特别是在新建校区辅导员队伍缺少有经验同志的传帮带，容易造成人员结构上的断层，对我校辅导员的工作就提出了更高的要求。

现在，辅导员已经从过去比较单一的思想政治教育工作，逐渐转变到既要关心思想政治教育，又要关心学生日常生活、经济困难资助、心理问题、人际关系问题甚至情感问题等实际问题的工作。而学生的情况也不同于从前，在强调通识教育或者素质教育的今天，特别是像中大这样有着"独立之精神、自由之思想"传统的综合性大学，学生的个性越发突出，思想越来越不"简单"，越来越难以用生硬的行政手段来发号施令,反而要靠辅导员的个人魅力去吸引学生,号召学生。

然而,经验证明,要更好地开展工作,除了弄清学生的特点之外,辅导员个人自身的素质修养也有非常大的影响。经常是这样的情况,如果辅导员具有"个人魅力",能和学生打成一片,做学生的朋友,他们就会容易在学生们中间树立威信,更好地组织和引导学生工作。因为在学生中间,行政权力所发挥的作用是远不及人格魅力对他们产生的影响的,因此,辅导员要善于与学生交朋友。

(2006 年 6 月 6 日在辅导员建设工作会议上的讲话)

创新人才培养的管理理念和措施

人才培养是大学最主要的任务,同样也是大学管理必须特别关注的一个方面。目前,各高校都在不断地强调要培养创新人才,强调要建立培养创新人才的新机制。但是,如果直面现实,我们就会发现,我们其实并没有找到一条培养创新性人才的有效途径,我们甚至可以更大胆地承认,所谓培养创新性人才,或者根本就没有一个统一模式可循,大家都尚在摸索之中,或许在每个大学不断摸索的过程中,会出现这样那样的模式。在各种模式共存的情形下,中国大学的创新人才培养就有可能出现生机。这个问题既涉及大学内部管理,也涉及大学如何适应国家需求的"外向"管理问题。

本科教育

在对外交流中,可以看到,每次中外大学校长交流,我国的大学校长喜欢说数字,例如有多少个博士点、多少个国家重点学科、多少个国家重点实验室、多少个"人才工程"的获得者等等,但外国的大学校长则更多地讲办学的理念,讲学生培养的方式。最近我访问了台湾的八所大学,在与各位校长的接触中,也有同样的感受。我相信,有这种感受的校长决不仅止于我。所谓校长,我想主要应该是"学生的校长",但对于本科教育、对于大学生,我们尤其是我本人关注得还真的远远不够。多年以来,学校更多的是关注师资人才,关注经费的获得,关注设备,关注外部环境,但恰恰最值得我们关注的学生,却或多或少被忽视了。我以为,我们应该树立这样一个观念,学生是大学最为重要的财富,他们对于大学的意义是长远的,是千秋万代的。

对本科生创新精神的培养,首先应该培养学生的个性,而个性的培养往往不在课堂上,而是在被称为"第二课堂"的学生活动中。我想,虽然创新人才培养会有各种模式,但科学实验与社会实践在其中所起的重要作用则是肯定的。我们应该更加强调社会实践对学生培养的作用,社会实践、志愿者服务等活动,更有利于培养学生的感恩情操,使学生认识社会和国情,甚至从中发现真实的科学问题。学生文化艺术活动、社会实践活动、志愿者服务等工作应该成为高校党政工作的一件大事。与此相关的,我们也应该考虑思想政治教育的方法创新,社会实践实际上应当成为思想政治教育的一个途径和方法,使学生从中学到环境保护、资源利用、协调发展、可持续发展等与科学发展密切相关的知识。中山大学也在认真考虑借鉴国内多个兄弟院校的经验,从新学年开始实行三学期制,短学期主要用于学生的实践教学、通识教育、辅修跨校区专业课程等,让应用性专业的同学有更多的实习时间,目的就在于培养学生的个性和实践能力。

研究生教育

从社会对于人才的实际需要看,研究生教育比较合理的结构,应该呈现一个金字塔的形状。其中学术型研究生应该少而精,更多的应该是职业型和修课型的研究生。应当看到,当前影响研究生教育质量提高的核心,很大程度上在于我国研究生教育结构的不合理,即学术型研究生比例过高,专业学位研究生比例偏低。针对这一问题,我们应该有这样一个观念,即研究生教育不仅是培养学术型人才,应该大力扩大应用型、职业型研究生的规模。要及时调整研究生的教育结构,更加强调研究生的分类培养,从生源、导师、课程、实践、论文、就业、评估等各个环节上进一步强化特色,对不同类型的研究生应有不同的培育程序和质量标准,从而保证研究生的培养质量。

为了更好地做好研究生的分类培养,进一步扩大专业学位的规模,建议教育部考虑在专业学位的设置上扩大高校的自主权,将专业学位授权下放到有一级学科自主设立博士点权力的高校,让学校根据社会经济发展的需求自行增设专业学位领域或设置联合课程学位,教育部则负责组织定期的专项评估。在评估时,对于不同类型的研究生应该有不同的考核标准,评估的标准应涵盖研究生在校时的课程、成绩、论文以及毕业后的实际能力、社会贡献和用人单位的评价等方面,对专业学位研究生应当更关注其就业率。

(2009 年 2 月 27 日在教育部直属高校工作咨询委员会
第 19 次全体会议上的发言)

调整研究生培养模式

作为研究型的大学,研究生教育的首要任务是要培养具有强烈创新意识并做出创新性成果的博士。

我国目前通行的研究生培养体系,基本上是由 20 世纪 70 年代末,国家恢复研究生教育时所确立的。在这个体系中,对于硕士学位给予了特别的、甚至是超出欧美国家对于该学位学术定位的要求。在研究生教育恢复初期,这种做法是可以理解的,也是必要的。但是,时间已经过去了近 30 年,我国的高等教育已经取得长足的发展,科技事业以及社会发展对于研究生教育提出了新的要求,随着高校国际化进程的加快,学位的学术规范性和国际可比性的要求也日益突出,因此,我们有必要对研究生的培养目标进行再认识。

从我校实际办学的情况来看,既有本科层次的学士,也有研究生层次的硕士和博士。从世界高等教育的通例看,高等教育的质量认证和培养目标主要是从大学本科和博士两个层面来区分的,硕士,尤其是非专业学位的硕士,基本上是一个过渡性的学位。举个例子,在英语世界的称谓系统中,我们可以说 Dr. Li,也可以说 Mr. Li,却没有人说 Master Li 的。这从一个方面说明,在世界主要发达国家运行的教学体系中,硕士学位主要是一个过渡性的学位。

我认为,对于非职业性的硕士学位的培养定位,应以强化本科后的专业性学习为主,辅以必要的科研训练。我们应将非专业学位的硕士视为博士培养全过程中的一个中间阶段,在博士资格考试中,如仅获得了硕士水平的资格,那么,再完成一个能够满足目前国家学位条例要求的学位论文,并办理了其他必要手续之后,就可以授予硕士学位,并在学位证书上以写实性的文字,说明学位获得者是在哪一个时段内完成了硕士阶段的学习,而不必强调硕士学位的学制概念。

作为研究型的大学,研究生教育的首要任务是要培养具有强烈创新意识并做出创新性成果的博士。为此,有必要调整博士生的培养模式。我们是否可以将博士研究生的培养周期设定为五年,期间包括硕士阶段的学习,在条件允许的学科专业中大规模地扩大硕博连读和直接攻读博士的名额。这样,不仅有利于提高博士生的培养质量,而且也有利于促进研究生教育对于导师科研工作的支持,提高研究生的科学贡献率。

与此同时,根据我国目前高等教育发展趋势,在研究生教育中,学校与导师以及学生的关系机制迟早会发生变革。在这一背景下,学校希望导师能够加大对研究生的管理和投入力度。我们可否考虑这样的做法:由导师根据自己的科研情况向学校提出招收研究生的名额申请,学校则在统筹考虑的基础上,将研究生招生名额通过院系分配到导师名下,同时将研究生培养经费以及普通奖学金等,也一起也交由导师统一支配,导师同时从他的科研经费中提供一定额度的配套经费。对研究生的具体资助额度,导师可以根据研究生的学习和科研情况作出必要的调控,包括拥有决定是给予全额还是给予部分资助的权力,从而对研究生的学习、科研负起全面的管理责任。目前,已经有不少导师用自己的科研经费作为学生从事科学研究的薪酬,学校鼓励这样的做法,教育部、财政部也出台了相关文件,允许科研经费通过适当的渠道作为研究生从事科研活动的薪酬。

要达成上述设想,重要的还是转变观念。要让研究生意识到,今后得到奖学金,包括现在所谓的"普通奖学金",都不是天经地义的事情,而是要通过努力学习,以及辅助导师进行教学和科研劳动来获得的。其实,国外大学中针对研究生实行的 TA、RA 等制度,就是通过研究生申请助教或助研的岗位,由导师逐年筛选、考核他们的工作而支付报酬的。我想,有过留学经历的老师们对此都应该深有同感。

以行业为背景,大力发展专业学位教育。

与学术型学位相对,专业学位作为一种职业型学位,在强调构建终身教育体系的今天,有着巨大的社会需求,我们应该积极主动地顺应这种社会需求,大力发展专业学位教育。这样做,不仅有利于学校经费收入的增加,同时也有利于学校学术地位的提升和社会影响的扩大,更有利于提高社会各行各业的职业素质,从而造福于全社会。

要达到大力发展专业学位教育的目标,一方面可以采取更加积极进取的态度,通过扩大专业学位授权学科的领域体系;另一方面也可以在已有学位授权领域的基础上,通过嫁接、调整等措施,努力寻找新的学科生长点。我们应该在全校范围内,统一调配教学资源,以行业为背景,实现专业学位教育的新突破。

研究生院应该做好这方面的工作,充分利用现有的专业学位授权学科领域,最大限度地整合办学资源,根据社会需求,有计划、大面积、多方位地推进专业学位教育的发展,尤其要大力发展具有长远意义的专业学位教育。例如,目前社会前景良好的 LNG 工程培训、药学专业学位等培训教育,就可以在现有培训课程的基础上进行专业招生,授予工程硕士或工商管理硕士等专业学位。

当然,在这个过程中一定会遇到教学、管理上的各种困难。但我始终认为,"成功者想办法、失败者找理由",只要全校上下都认识到发展专业学位教育的重要性,大家统一思想、齐心协力,就一定能把这件事情办好。

(2006 年 2 月 28 日在全校中层干部会上的讲话)

培养复合型的专门人才

大学作为高素质人才的发生地,当然必须调整人才培养的战略,以适应新经济时代的要求。对于这一要求,我们的回答是:基础与素质、个性与创新。

作为一个适应新经济社会的人才,基础和素质是最重要的。高等教育的任务,就是为学生打好将来不断学习的基础。以前,中国大学一直讲究按照专业的设置来培养人才,大学生毕业就业时,也讲究所谓专业对口,但是,社会发展的综合化对复合型人才的需求迅速增长,社会不会按照大学的学科分类模式来发展,大学只有适应社会的发展来调整自己的办学思路和发展方向。

据介绍,在最近举行的中美、中欧 WTO 谈判中,我方的人数数倍于对方。我想,原因就在于,我方的谈判代表都是各方面的专家,而对方则是复合型的人才,可以说,这次谈判就是用人才的复合去对付复合的人才。我认为这是一个很有趣的例子,因为它为我们的高等教育的人才培养模式提供了启示,在新经济时代,大学培养的人才应该是复合型的。

所以,在大学生的培养过程中,应该模糊专业的设置,以更宽的口径来培养学生。我们提倡学生在学期间尽可能多地涉猎各种知识,我们的各个专业都有许多优秀的教师,他们各有所长,学生们通过广泛的学习,可以学到各类知识,以人才的复合来培养复合的人才,大学里的教师并不需要什么都懂,但是,他们培养出来的学生则应该具有更为宽广的知识面,这就是复合的优势,这也是综合性大学的优势所在。我们相信,这样的学生将具有继续学习的基础,这也就是现在的高等教育所最强调的素质教育。有着良好基础和素质的大学毕业生将可以适应新经济社会的需求。

我们以往培养学生时强调的是如何通过所学的知识适应社会,我们现在则强调学生的创新精神和创业能力。个性,是创造力的基础,发展个性与创新精神的培养密切相关,没有个性的发展就不会有创新的精神。个性的培养关键在于给予学生学习的自由。我们之所以要模糊专业界限,就是为了强调学生个性的发展,我们提倡各专业浓缩学生必修的各类专业课,为学生提供发展个性的时间和空间。从这个意义上说,大学教育的目的就是要教会学生作出个性化的选择,因为人生就是一个不断选择的过程,学生应该学会选择知识,学会选择将来发展的方向。

这里不妨举一个例子。30多年前,我在浙江大学读书的时候,得到的唯一一个不光彩的分数是在体育课的一次武术小测验上,因为老师要求我打拳,我不喜欢打拳,但打拳是必修的科目,所以一定要考。我现在还在思考,为什么一定要学生学他不喜欢的科目呢?体育的目的在于健身,健身的手段多种多样,可以跑步、打球,当然也可以打拳。如果在大学里我们教会学生一种他可以终身受用的健身方式,培养他对一种体育项目的兴趣,那么目的也就达到了,为什么一定要一门一门地去考,跑步、双杠、单杠、武术、跳远等等。我的篮球就一直打得很好,现在又开始打网球,我觉得这样就已经达到了强身健体的目的。所以,我们学校体育课就要进行改革,要采取俱乐部制,让学生来选择,我们只需要教会他们一两项技能就足够了,何必面面俱到呢?

以往应试教育的最大弊端就在于对学生有太多的不合理的一致性要求。兴趣是教育重要的原动力,是最好的老师。我国高等教育的改革要尊重学生的个性,尊重他们的兴趣,给学生选择的机会,让学生有选择的欲望,并逐步培养选择的能力。我相信,在这样的模式下培养出来的大学生，一定是富于个性的，也一定能够适应将来充满竞争的社会发展的要求。

（2000年9月17日在"新经济与广东未来国际研讨会"上的演讲）

在去年讨论新经济与中国高等教育的一次演讲中，我提出，中国高校应注重以人才的复合来培养复合的人才，强调了复合型人才的重要性。现在看来，这个观点有必要作一个补充，复合型人才固然是经济发展所必需的，但中国经济同样也需要专业型人才，特别是在各个具体领域具有独特专业知识和技能的人才。

社会对于复合型人才是存在着诸多担心的，担心他们博而不专，所学知识浮在表面。有一则小故事很能说明社会对复合型人才的需求与疑虑。有位在美国的中国留学生先后获得计算机学士、硕士和博士学位，同时，获得统计学、社会学硕士学位和经济学博士学位。刚开始在硅谷找工作时，他将所有的文凭都掏出来，结果由于公司不了解他的实际动手能力，但又需要支付与博士学位相称的工资，他都被婉言拒绝了。为了找到工作养家糊口，他只好自我降价。他首先掏出学士文凭在一家大型高技术公司找到一份程序输入员的职位。干了三个月后，他根据工作的需要自己编了一套小程序改进了公司的管理流程而获得老板的赏识。老板说，你的能力不会仅仅是个学士。这时，他就掏出了三个硕士文凭。老板马上就给他加工资，并提升为部门主管。又干了六个月后，他领导自己的部门开发出一整套提高企业管理效率的企业软件，并且开始向市场上推广。老板惊讶地说，你的能力不会只是硕士。这时，他才掏出两个博士文凭。老板立即将他提升为自己的助手。当然，工资薪酬也自然不少了。这件小事可以看出复合型人才是社会高层次岗位广泛需求的人才，但是，社会对于复合型人才的实际能力却往往持怀疑的态度：学得这样杂，是否有实际能力？

我们必须消除这种担心，纠正我们以往在复合型人才培养上的实践误区。培养所谓复合型人才，切忌让学生们什么学科都学一点，一门学科的知识没有吃透，又灌输新的知识，结果什么学科都没有学好，变成一个"四不像"学生。因而，我们培养复合型人才的前提，首先应该考虑人才的专业性，要在专业型的前提下去培养复合型的人才，从某种意义上说，精深是博大的前提。高等教育要培养的是复合型的专门人才，我想，上述这位中国留学生就是一个复合型的专门人才。

中国加入 WTO 以后，大量的国际资本将进入中国寻求发展机会，跨国公司进入中国后大多都会在人才本地化以及扩大中国市场份额两个方面展开竞争，其目标就是中国本地的专业人才，但他们所需要的这些专业人才必须是复合型的。社会对复合型的专门人才的需求将随着中国融入经济全球化而变得迅速高涨起来，跨国公司也好，中国国有企业或民营企业也好，它们都会按照市场经济中最基本的规则来招揽人才，希望以最小的人力资源成本获得最大的回报。"入世"后的中国经济不仅需要专业人才和复合型人才，而且更需要复合型专门人才，这种人才是更高层次上的复合型人才，培养这样的人才是中国高校的任务。

以电子商务专业为例。电子商务专业是跨学科、跨专业的交叉型专业，或者说是宽口径的大专业。它主要涉及四个传统专业，即管理学、信息科学与技术、经济学、法学。合格的电子商务人才应该属于复合型的专门人才，中山大学已着手在电子商务本科专业教育基础上，开展电子商务工商管理硕士（EcMBA）的教育和培训，希望以此为突破口，提高市场竞争力，探索培育复合型专门人才的模式与体制。

医科人才的培养在更大程度上反映了复合型的专门人才培养的重要性。中山大学与中山医科大学合并后，医科已成为中山大学一个重要组成部分，医科院校并入综合性大学的一个好处就是为医科学生的培养向综合化、复合型发展创造条件，即医学生不仅要具有医科专业知识，而且还应具备生物、化学等理科知识乃至人文社会科学的素养。为了使中山大学医科学生的培养更好地与国际主流的医学生培养模式接轨，在现行的医科五年制和七年制的基础上，我校正准备推进八年制医学博士(MD)的培养模式。八年制的医科学生,前几年在生命科学、化学等理科有关院系中培养,然后再转入医科专业的学习。我们相信,以这种模式培养的人才,将是真正意义上的复合型专门人才,也将可以更好地适应"入世"后中国社会的发展。

(2002年1月3日在"名牌战略与广东未来"高层论坛上的演讲)

培养学生"舍我其谁"的气概

本科教学是高等教育的主体和基础,抓好本科教学是提高整个高等教育质量的重点和关键,从某种意义上说,要建设高水平大学,首先就是本科教学的质量问题。是否可以培养国家建设需要的合格人才,是衡量一所大学是否高水平的主要标志。如果把我们的大学比作一个企业,那么这个企业的产品就是学生。社会对这些产品,也就是这些学生的评价,事关大学的名声。一个大学的质量,首先就是学生的质量。我们要在全校师生员工的心目中牢固地树立起质量意识,也正因为如此,学校才会采取一系列措施,规定教授、副教授必须上讲台,必须讲授本科课程。

学生的培养质量与教风是密切相关的。从某种意义上说,教风更加具有决定性,所以,要提高学生的培养质量,首先我们的教师的观念要有一个改变,我们的教师首先要有质量意识。学生的心里有杆秤,谁讲得好,谁讲得不好,他们心里都清楚。有学生跟我说,有的老师上课,学生们都早早地去,占前面的位子;而有的老师上课,学生们也是早早地去,但却是占后面的位子,这很说明问题。中山大学学生质量的提高,与学校里的每个人都密切相关,我们的教师、我们的教学管理者肩负着更为重大的责任。有些老师把学生的到课率低归咎于辅导员管得不好,我觉得不是,学生到课率的高低,是与教师授课质量的好坏有密切关系的。所以我们说,保证学生培养质量,主要责任在老师。我们中大的学生绝大多数都有较高的素质(原中大和原中山医招生的分数线都是广东省高校里最高的),都是好苗子,我们不能总是埋怨学生。一代更比一代强,现在的学生比我们当学生的时候,更聪明,知识面更宽,我们没有理由不把他们培养成为栋梁之才。当然,在强调学风和教风的时候,我们更要强调校级领导班子工作作风的建设,校级领导要切实改进工作作风,更加重视教学工作。

原中山大学和原中山医科大学一直都有一个很好的传统,就是重视学生的基础训练,基础扎实是原两校学生的一个显著特点,今后我们还要更加重视学生基础知识的训练。我们学校现有六个国家文、理科基础学科人才培养和科学研究基地,就是学生基础训练的基地,下个月中旬,我们马上就要迎接教育部专家组对文、史、哲三个基地的验收、评估、考察,这也是对我校人才培养质量的一次检阅,希望有关院系要认真对待此项工作。

合并后,我们将得到教育部和广东省的重点投入,12亿怎么花,我想首先是学科建设,这些钱一半要用到学科建设上,学校会有更多的经费用于加强本科基础实验室的建设,改善我校本科生培养的硬件质量。我们的目标只有一个,就是要切切实实地保证我校本科生的培养质量,这是一切讨论的基础,下面我所要提的一些想法,正是建立在这个基础之上的。我希望这些个人想法经过大家的讨论会形成一些思路,因为毕竟要有新思路,才会有新发展。

在学生和老师中提倡这种一流意识是十分必要的,要在师生的脑中形成"我是一流的、高水平的"这样的概念。我们要培养学生"舍我其谁"的气概,要有敢为人先的志气。

要解决一个跟谁比的问题。我们中大在广东当然可以称老大,如果有广东哪个高校想跟我们争第一,我们的学生肯定不高兴。但我们不能只在广东比,我们的眼光一定要放得更远一些,更高一点。我们起码要敢于与北大、清华、南大、复旦比一比,甚至还要与世界一流的哈佛、牛津、斯坦福、MIT比一比,全面的、总体的实力比不上,起码也要在某些方面胜过他们。中大的本科生参加ACM国际大学生程序设计竞赛一直都取得很好的成绩,1999 年,在台北赛区的预赛获得了冠军,又在国际决赛中取得了第十一名的好成绩,2000 年更在国际决赛中夺得了铜奖,战胜了很多著名的高校。在我看来,这不仅是为学校争得了荣誉的问题,更长远的意义在于我们的学生会慢慢地形成一种心理优势,就是,我也能争第一,著名的、一流的高校也是可以被比下去的。我还记得以前我们中大的辩论队赢了北大,一时在校园里传为美谈。这也说明,只要我们敢于出去与一流的大学竞争,我们也未必就一定输人一筹,即使是一次全国高校的文艺汇演,我们赢了,也会对学生心理优势的确立有极大的帮助。所以我想,学校一定要创造各种条件让我们的学生走出去参加各种类型的国际比赛。最近,国家准备举行机器人设计大赛,我们不是工科学校,在这方面基础并不好,但有一位老师说他可以带一些学生去参赛,学校马上就表示支持。参加这些赛事多了,中大的学生就会有一种在国际大环境中竞争的意识和国际视野,就会有到全国、全世界去争地位的雄心壮志。

当然,要争一流,争第一,不仅仅要靠意识,我想更应建立一些制度。培养一流的学生,需要一流的师资,所以学校就要制定出适应于“争第一”的考核标准,例如,各学科就应对各自的权威刊物有一个总体的把握,建立标准化的衡量尺度,建立激励机制,鼓励教师在国际一流的刊物发表论文。要把这种“争第一”的意识贯穿到教师的职称评聘、业绩考核中去,建设一支适应高质量教学要求的中青年教师队伍。

(2001 年 10 月 30 日在中山大学 2001 年教学经验交流会上的讲话)

本科生的宽口径培养

首先,关于本科招生工作,学校将尽快研究按一级学科目录大类招生的方案。目前的设想是,从明年开始,基本上以学院为单位,按一级学科目录大类招生,前两年宽口径培养,从三年级开始,再按二级学科目录,结合教育部批准设置的专业,让学生选择更具体的专业。相信这样的做法有助于提高学校的招生质量，有助于学生的通识教育，有助于提高学生的专业能力和综合素质。本科招生和培养制度的改革，牵涉到教学工作的许多方面，特别是教学方案和课程设置的修订，学校在实施之前，一定会逐个学院征求意见，顾及历史传统和专业差异，最大程度地凝聚共识。

其次，要继续发展通识教育，特别是建设好通识教育核心课程。学校从 2009 学年度开始，为珠海校区的 5000 多位同学开设通识教育核心课程。从这个学年度开始，在东校区学习的新同学也开始接受经过设计的通识教育。全校通识教育核心课程的覆盖面已经达到一二年级的 12000 多位同学。通识教育不但是课程体系的设计、课程内容的变化，更重要的是教学理念、教学方式和教学组织形式的变化，同时，要逐步建立起博士生当教学助理、主持小班讨论的教学制度。学校通识教育部准备在开学前邀请下学期有通识课程教学任务的全体老师和相关院系分管教学的负责人，研讨通识教育相关问题。我们还要大力推动跨学院选课，鼓励学生辅修其他专业的课程课程，建立广义通识教育理念，使通识教育真正成为各个院系教学工作的重要组成部分。要知道，我们的教师多数是从专业教育背景下成长起来的，而要开出高水平的通识教育课是十分不容易的。因此，通识课就是要让同学们有机会面对最好的老师，大学要把最好的课程提供给学生，我认为这才是"善待学生"的核心。

再次，要落实拔尖创新人才培养计划。今年年初，陈希副部长来我校调研时，专门就拔尖人才培养提出了要求，他认为像中大这样在中国大学里比较靠前的学校，是高等教育国家队的主力队员，要在整体保证学生培养质量的基础上，对那些特别优秀的拔尖学生的培养加大投入。在"985 工程"三期建设中，拔尖创新人才培养计划也是教育部积极倡导的，我们应有更深刻的认识，更主动的措施。

此外，学校还应重视推动实践教学的改革，除了实施"三学期制"等一系列措施外，我们还建设了创业学院，最近，在"昆山杯"全国大学生优秀创业团队大赛上，由管理学院和环境学院同学组成的代表队，获得了总决赛冠军。学校遴选的参加挑战杯的几支队伍，每支都有创业学院的同学参与。我们与研究生院、教务处的同事讨论了调整研究生奖助金方案，希望能够形成一个鼓励研究生从事教学助理、研究助理的有效机制。我们还与医教处、财务处的同事讨论了医科八年制的有关问题，力图建立起更具可操作性的医科拔尖人才的培养机制。今天在座诸位新同事里既有教师也有医生，在附属医院，医生也承担一定的教学任务，但同时，你们还要面对病患，从事医疗工作，这也是十分重要的工作。

同时，我们还要继续提高本科教学的国际化程度。我们学校本科教学的国际化已经取得很大成绩，包括与法国合作开设核物理与和工程学院，与美国、澳大利亚、香港的十余所大学合办 10 多个"2＋2"培养模式的专业，与近百所海外大学建立了学生交换关系，有近 6％的本科生有在海外修学一个学期以上的经历。我们还要加强这方面的工作，力争到 2012 年，有海外修学一个学期以上经历的本科生能超过 10％。

（在 2010 年新教工岗前学习交流会上的讲话）

学术规范是一个"养成"的过程

一所大学，有多少科研成果，得了多少的奖项，对于学生而言并没有太多的实际意义。我想，大学生在学校中学习，最想要得到的是名师的指点，有一批好的老师给他们上课，为他们传道、授业、解惑，这才是最关键的。大学最根本的任务就是培养人才，所以一定要树立对教学工作尤其是本科教学工作的神圣感和使命感，这是事关大学生存与发展的一件根本大事。

从这本论文集可以看出，中文系对于学生论文学术规范的要求是十分严格的，每一篇论文从注释到参考文献，都标注得十分详细、规范。我认为，这对于在当前形成一个良好的学术风气是必要的。对学术心存敬畏,是任何一位学者应该具有的基本素质,然而这种素质远非一日之功,是一个在长期学术生活中逐渐"养成"的过程。

中文系在对本科的教育中就意识到了这一问题的重要性,并进行了严格细致的训练,是十分有意义的。对于知识,学者要有一种敬畏感,应该以学术为生命,像爱护自己的眼睛一样爱护自己的学术名誉,这种观念应该尽早培养,直到融入到自己的血液中去。

总之,学术的规范是关系到一所大学声誉和质量的大事,它事关长远,不可小视,写这篇短文,就是希望引起全校师生对学术规范的重视,而中文系在养成本科生学术规范方面的一些做法是值得全校各院系借鉴的。

(《学术规范 事关长远——读〈中文系本科优秀毕业论文集〉有感》,发表于《中山大学校报》2005 年 10 月 16 日新第 106 期)

四、就业心态与职业准备

适当放低就业期望值

在今年两会的新闻发布会上，我与北京大学周其凤校长、南开大学饶子和校长、山东大学徐显明校长和华中科技大学李培根校长一起回答了记者的提问。当时，有记者问及大学生的就业问题。在回答提问时，周校长说，他大学毕业后砌过墙，做过下水工。李校长说他大学毕业后做过工厂里的翻砂工。现在想想，我们身边的很多人也都有类似的经历，比如我身边的同事，现在 50 岁以上的校领导中，郑德涛书记曾经在吉林插队五年，李萍副书记曾经在海南农场做过三年知青，梁庆寅副书记曾在黑龙江农场下乡五年，颜光美副校长曾回乡务农两年，许家瑞副校长在海南农场当过三年知青，汪建平副校长当过三年兵，许宁生副校长下乡插队三年，喻世友副校长做过三年工人，等等。我无意评价工作的贵贱，只是想说明人生是可以通过个人的努力来改变的，他们无一例外都当过工农兵，应该具有统计学上的意义了。

在这里，我也愿意回忆一下本人的经历，我 1968 年在浙大数学系毕业后，分配到临安县，到一间集体所有制的电机厂做了一名技术员。我当时真的很珍惜那个岗位，所以也就很安心并且非常努力地工作，一待就是十年。我和工人师傅们共同生活，共同劳动，也为工厂解决了一些技术问题，同时也得到了工厂的认可——被评为全县的先进。这个十年对我的人生观、价值观的形成起到了十分关键的作用。说来也许大家并不相信，十年间我从没想过要离开，直到1978年恢复高考，才重新勾起我对当老师的向往。当我把自己的想法表达出来时,也得到了工厂领导的支持,他们甚至在我读研究生期间,还给我加了两级工资。

现在回想起来,当时我去的那间工厂,如果放在现在,大概也不会有同学愿意去的。当然,我并不是让大家去重走我们曾经走过的路,也没有让大家都去工厂、农村工作的意思,时代已经变化,社会的价值观也在变化,职业的参照标准、就业的期望值也发生了变化,我们不能也不应该对学生作过分苛求。因为,我们当时读大学是不用交学费的,而且有的还有国家补贴,就业也是国家统一分配的,我的许多同学还到了边远地区,而对我来说,当时能够进工厂工作,算是好单位了,比起我的弟弟妹妹到黑龙江和浙江的农村劳动,我已经很知足了。但现在的大学生是不同的,大家交费上学,自主择业,而且可能还有许多同学的家里还要很困难地去筹集学费,而且,他们参照的是公务员、外企白领等职业,所以同学们在就业时有更高的期望值是无可厚非的。

但我在这里想说的是,正因为我相信中大学生的就业层次普遍不会太低,所以,一旦选择了某个职业,我是鼓励大家安心、努力地去做好它。中山先生不是说学生要"立志要做大事"么,我理解就是要专心做一件事,并把它做好,这就是"做大事"。即使我们眼前的工作距期望值有一定的距离,或者认为有一定的困难,也不要草率地离开,因为渡过难关、战胜困难的过程对一个人来说是一笔财富,所以古人才说,要作出一番成就之前必须得"苦其心智,劳其筋骨,饿其体肤,空乏其身"。

当然,在当今这个充满着机遇的社会中,我也认为一个人的第一个职业并不意味着是终身职业,第一个岗位更不意味着终身岗位。记得在若干年前的一次就业工作会上,我曾经说过,在中山大学谈就业率意义不大,我们更应该关注我们的毕业生就业的层次。我认为我的这个观点到现在还是适用的,中山大学的学生就应该有这样的心气。但是,在目前的大环境下,如果过分地强调就业的层次,同学们可能就会失去一些机会,因此,在目前的大环境下,我建议大家在第一次择业时,是否可以适当地降低自己的期望值,先使自己顺利就业。因为即使你现在没有找到合适的职位,也不要紧,仍然也是可以通过自己个人的努力,改变自己的命运,改变自己的人生。

当然,同学们要做好到基层去,甚至到自己不喜欢的岗位上去工作的准备,这是一种就业心态的转变,与往年中大毕业生"皇帝女儿不愁嫁"的状况比起来,这种转变是痛苦的,但又是必须的,既然形势如此,我们只能面对。而且,在就业的过程中,也必然会有各种各样的不如意,但是我还是想请同学们相信社会的主流,只要自己真的有才能,就一定会有用武之地的,关键还在于自己的核心竞争力。在就业的过程中,要保持一种阳光心态,一味地抱怨是没有意义的,正视现实,不懈进取才能成功。校办主任讲了这样的事情,他是本校 86 级的学生,在1990 年毕业那年,由于政策的原因,全系 100 多个同学有将近一半回到了原籍,而且被要求必须是在县一级单位工作,即使是可以留在广东的同学,大部分也不在珠三角,但 20 年后,他们中的大部分都转变了职业,不少人还作出了一番自己的事业。

40 年前,"文革"期间,社会环境对个人而言,是一种不可抗力,但我其实对自己的工作是非常满意,也是全身心地投入的。20 年前,当时的社会政策对于大学生来说也是不可抗力,90 届的同学们也没有放弃,他们通过努力改变了自己的境况。今年,我们面对全球金融风暴,大环境如此,这同样也是一种不可抗力。举一个不一定恰当的例子,地震破坏了我们的家园,但还是可以暂时住在活动板房,实在不行还可以暂时住帐篷,生活总是要继续,抱怨是没有用的,逃避更不可能。因此,我希望同学们在这特殊的时期更要珍惜机会,不放弃,不沉沦,要为实现自己的理想去努力。更何况,相比 40 年前或者 20 年前,国家、社会和学校已经采取各种措施,想方设法扩大就业渠道,以期能对大学生就业有所帮助。而我也希望同学们发挥能动性,对于就业工作提出有建设性的意见。

(2009 年 3 月在全校就业工作会议上的讲话)

作好职业准备

我曾经说过,就业教育应该贯串于学生求学的全过程,在中山大学人才培养七大目标中,就有"职业准备"一条。大学生的就业,关键还在于自己的综合素质,在于自己的核心竞争力,而这一竞争力的获得,则在于在校期间的"职业准备",也就是说,我们在大学里究竟学到了些什么,面对将来的就业,我们准备好了没有?

现在的中国教育,是中学紧而大学松。我曾经说过,只要我们仍然是以高考作为选拔人才的方式,这种现象就不可避免的。在这里,我想说明一点,在我看来,尽管高考有着这样那样的毛病,但是这个制度在当今仍然是唯一可行的,起码我们还找不到一个新的制度来替代它,因为它目前我们最具操作性的相对公平的制度,短期内难以取代。高考是一座独木桥,要走过这座桥进入大学,我们的学生一定是努力刻苦的,经过千辛万苦进入大学,想放松一下,也就是自然的,是可以理解的。但是,这种放松和调整只能是很短的一段时间,大学四年的光阴转瞬即逝,同学们应该珍惜这段大学的时光。在目前的中国大学里有一个比较普遍的现象,就是学生对学习有倦怠感,放松了对自己学业的要求,这实际上是对自己的未来不负责任。中等教育与高等教育最大的不同之处是在于,在中学里是老师主导,而在大学里则是学生主导。我曾经在很多场合都强调,如果说在基础教育阶段我们提倡减负,那么在大学里,我们就要强调增负,要强调学生自加压力,主动地刻苦努力。我的这个观点,曾在《政府工作报告(征求意见稿)》的座谈会提出过,得到了温总理的积极回应。

在大学里,我们要强调非功利的读书学习,我们在大学里所学的知识,并不会直接地指向就业,但对于学生综合素质的培养一定是有益的。事实上,社会经济的发展日新月异,社会对于人才的需求时时在变,如果要求通过专业的调整去紧跟这种变化,也是不现实的。这次在北京的人大会议期间,我与同是人大代表的一位厅长以及其前来汇报工作的一批下属聊天,他们也很关心教育问题。有的人就问,现在学生就业困难,大学的专业设置是不是应该考虑要适应社会的变化啊。我回答说,大学应该根据国家和地方的重大需求来调整学科发展的方向,这是毫无疑问的。但是就具体专业而言,无论怎样改,都比不上社会的需求变化快,今年是热门的专业,四年后很可能就是冷门。我还请他们考虑,当时在座的人中,有谁是学行政管理的?又有谁认为自己在大学的几年时间是白白浪费、毫无用处的?其实,我想说的是,一所好的大学,除了有着优良的师资、先进的教学设备之外,更重要的是有着深厚的学术传统,有着在长期的学术传承中形成的办学理念。我们是一个学术共同体,从事的是"学术性教学",而不是一个"职业养成所",我们和那些直接与职业挂钩的高职高专学校是不一样的。因此,要求中山大学的学生在毕业时要完全"专业对口"是不可能的。

在大学里,同学们应该在具有一定的专门知识的同时,广博地吸收知识,培养自己学习的能力,更应该通过社会实践,培养自身与人交流沟通的能力。中山大学培养的学生,应该是一个具有一定的专门知识的复合型人才。所以,我希望同学们不仅要认真努力地学习,还要注意多与人交流,多做一些社会工作,例如去尝试做学生会的干部,做班干部、团干部,甚至是一个寝室长也是值得做的,因为这样可以培养与人沟通的能力。我认为,这正是最好的"职业准备"。

学校也正在通过各种措施帮助同学们做好"职业准备"。我们强调主辅修制度,强调社会实践,为了方便同学们修习主辅修课程,参与以志愿者活动为代表的社会实践,学校还准备如国内许多著名大学一样,从下学期开始实施三学期制,暑期短学期就是为公共课和社会实践而设的。学校还将加强对老师教学工作的严格要求,对课程设计、课堂教学、实验教学、毕业论文指导的质量进行考核,不仅学生要自加压力,自主学习,老师也要对学生严格要求,要重视对学生的课业考核。

我希望通过这些措施,能够让我们的学生学业更上层楼,当然,关键还是要靠同学们的自觉学习，非功利地读书，这样才能有助于完善职业准备的要求，在就业时更加具有竞争力。

今天，我既没有讲就业政策，也没有给同学们带来新的就业渠道，但是，我希望通过这个讲话，能使同学们增强信心，对自己更有信心，对未来更有信心。

（2009 年 3 月 20 日在全校就业工作会议上的讲话）

关键在于提高学生的竞争力

对于像中山大学这样的一所高校而言，单纯的高就业率并不是我们追求的目标。我曾经说过，中大的学生，理应是同龄人中最为优秀的一分子，他们中的大部分，应该在学成之后成为国家建设的栋梁之才。因此，我们就业工作的着眼点应该放在如何提高毕业生的就业层次上，其中最关键的，就是要提高中山大学毕业生的竞争力。

毕业生竞争力的提高，归根到底在于学生的培养质量，在于毕业生的综合素质。经常有人将大学比作企业，学生是企业生产的产品，产品的质量如何，是与生产模式密切相关的。随着国家社会经济的发展和就业形势的变化，我们应该因时因势地改革我们的教学模式，关注学生的培养质量和综合素质的提高。近年来，我校旨在提高学生综合素质的教学改革已取得显著成效，并总结出了一系列经验。我们提出，要加强"三基"（基本知识、基本技能、基本素质），提倡"三早"（早期接触社会、早期接触实践、早期接触科研），培养"三适应"（适应社会需求、适应科学发展、适应国际潮流），所有这些都是中山大学的毕业生具有良好综合素质的一个保证，其最终目的也就是要提高毕业生的就业竞争力。

为了提高学生的就业竞争力，我们要在教学模式的改革方面下更大的力气。

首先是教师观念的转变。我们应该从以往计划经济时代苏联的教学模式中摆脱出来。在这种模式中，往往是较多的教师面对较少的学生，系与系之间、专业与专业之间，壁垒森严，一个专业的教师只是面对本专业的学生，以师傅带徒弟的方式精雕细刻，这是精英教育的必然结果。但是，随着高等教育大众化时代的到来，这种教学模式已经不适应时代的要求了，我们的学生是中山大学的学生，也就是我们每一位教师的学生，在理论上，他们可以修读学校开出的任何一门课程，所以，各院系在课程的设计上，应该考虑开出更多面向全校学生的课程。我希望从学院到教师都要有全局观，要把自己的教学对象定位为全校的学生，而不只是停留在本学院、本系，只有这样，才能做到资源共享，才会支持本学院的学生选修其他学院的课程，才会欢迎其他学院的学生来本学院选修课程，也才会使学校正在实施的主辅修、双学位、双专业等措施落到实处。

只有观念的转变才能带来机制的创新。只要是有利于培养学生的综合素质，提高学生就业竞争力的各种新机制、新模式，我们都应该大胆地尝试。我们要培育一种有利于学生个性化学习的教学机制，让每一位学生都能走出一条具有个体特色的成才之路。

大学毕业生就业市场的竞争，是各高校整体实力的竞争，更重要的是学生作为个体在社会上的竞争，这种个体竞争力的形成最终取决于学生在学期间基于自主学习兴趣的专业选择。为此，我们在制定有关学生选择专业的各项规定时应具有更大的柔性，要为学生提供更多专业选择的可能性，这是机制创新的目的，也是拓宽学生知识面和增强就业竞争力的必要手段。目前正在实行的辅修、双专业、双学位、公选课以及复合型专业等等，就是我们在这方面所作的努力，学生可以根据自身的能力，选择不同的形式，充实自己在本专业外的知识，多个专业的学习经历，也可以增加他们在日后就业竞争中的砝码。

接下来，学校将考虑宽口径的培养模式。现在大多数的国内高校仍然是按专业招生，也有的学校提倡按大类招生。我个人觉得，各院系按一级学科招生，并在一级学科中设计若干专业模块，提供给学生在二三年级时选择，更符合人才培养规律，也有利于教学管理的规范化，应该会比较合适一些。以这种模式招收的学生，入学后两至三年内，在一级学科范围内进行基础课的学习，然后再由学生根据自己的兴趣，选择不同的专业模块。由于有共同的学科基础，学生在一级学科内的基础学习可以获得更为宽广的基础知识，在这个基础上再选择专业模块，更有针对性，也更有利于提高学生自主学习的兴趣，从而完成其个体素质的塑造，达到个性化学习的目的。岭南学院在近年已作了这样的尝试，效果是好的。

宽口径招生和培养模式的着眼点也在于学生日后的就业。如今的社会突飞猛进，学生入学时的热门专业，很可能到四年后毕业时已变成冷门了，将专业选择的时间推后两至三年，可以使学生所学的专业与社会的需求更加贴近一些，同样也可以使我校的专业设置更加贴近就业的市场，在一定程度避免一些"冷门"专业在就业上的难度。这是一种对学生前途负责的做法。

当然，上述的设想要付诸实施，还会涉及许多方面的具体问题，需要我们大家一起来考虑对策。事实上，就像辅修、双专业、双学位、公选课等学生具有浓厚兴趣的课程模式，开课院系的积极性就不是很高，主要原因在于开设这类课程院系的成本高但收入低，另外还有教师编制、学生管理以及工作量等方面的原因。这涉及学校的人事分配制度等多方面的问题，有必要作为一个专题来考虑解决。

上面所讲的观念转变和机制创新，是从学校的角度来关注学生的学习状况和就业竞争力的提高。但是，就业首先是学生自己的事情，就业的竞争是他们作为个体在社会人群中竞争，因此，学生本身的就业观念和竞争力的高低，在就业工作中是具有决定性的。我们应该教育我们的学生在入学之初就开始培养就业意识，我们的开学典礼应该成为学生的第一节就业指导课，告诉学生要在今后四年的大学生活中有针对性地设计自己，有意识地锻炼和培养自己，更加自觉地接触社会，接触实践，提高自身的适应能力。总体而言，现在的学生很顺，大多没有经历过挫折，因而他们也就时常显得脆弱，对学生自信心和良好心态的培养就更加显得重要。有学生问我在就业方面对同学们有些什么建议，我认为，同学们除了正常的学习之外，应该多参加一些社会活动，多争取一些为其他同学服务的机会，这对于提高他们的适应能力和自信心是有好处的，这同样也是就业竞争力的一个组成部分。

如果还是用企业中的产品来做比喻，大学生产的产品，是一种特殊的产品，它是一个个活生生的人，因此我们在强调不断地优化产品生产模式的同时，还要强调这些产品本身的自我修炼，只有将"外加工"和"内加工"有机地统一起来，才可能产生我们所说的竞争力。从这种意义上说，大学中的就业指导工作，就是某种营销的手段和策略，非常重要，但这一手段和策略是否成功，归根到底还要看产品本身的质量，只有两者相得益彰，我们的产品才会"适销对路"。因此，我们不仅要尽可能地贴近就业市场来改革教学模式，我们更寄希望于广大学生，希望他们要立大志，要有更为良好的心态，学有所成，成为国家的栋梁之才。

对于我们的学生来说，大学是一个舞台，如何在这个舞台上表现自己，要靠他们自身的努力。前几天，我听到了一个好消息，我校的代表队参加今年的 ACM 世界大赛，再次获得了铜牌，而且我们还是中国大陆高校中唯一获得奖牌的学校。取得这个好成绩的同学们在入学时与其他同学相比也未必就高出多少，计算机类的高分生绝大多数都集中在清华大学等著名高校，从高考成绩来看，我们的这些同学也不一定是全国最优秀的学生。但经过几年的学习，这些同学在中山大学为他们提供的这个舞台上很好地表现了自己，取得了很好的成绩，我们的同学们是有志气的。我希望全校的同学们向此次参赛的同学学习，更好地磨炼和培养自己，更好地设计自己，提高自身的竞争力，依靠自身的努力，为自己的人生创造一个更为美好的未来。

总而言之，对于学校而言，就业工作并不仅仅是就业指导中心和各院系学生线教师的工作，它是一项全校性的工作。只有学校的方方面面都真正地开始关注和重视毕业生的就业了，中山大学的就业工作才会做得更好，我们毕业生的就业竞争力和就业层次才有可能得到进一步的提高。

（2004 年 4 月 7 日在中山大学 2004 年就业工作会议上的讲话）

要在就业质量方面考虑学生的利益

扩招给学校带来的不仅仅教学资源配置紧张的压力，更体现在就业方面的压力，虽然我们的毕业生在就业市场上并不缺乏竞争力，但是面对全国扩招的压力，学校必须要在就业质量的方面考虑学生的利益。因此，我们考虑在传统的"厚基础、宽口径"的精英培养模式之外，开拓面向行业、培养高素质应用型人才的培养目标。学校成立了软件学院、旅游学院、翻译学院、国际商学院等以应用学科为主的学院，这些学院承担了大部分的扩招任务，学校在教学管理、课程体系的建设等方面，对这几个学院都采取了相对灵活的措施，学校希望这些学院培养的学生，在就业时能够占据相关行业的高端市场，而绝非类似高职、高专所对应的领域，这也是我们衡量这些学院办学成功与否的重要标志。同时，我们看到这些学院的院长们也为此作出了巨大努力，学校以及教学管理部门也会一如既往地支持这些学院的发展。

（2007 年 12 月 4 日第七届教代会第一次会议上的工作报告）

附录 作者高等教育管理文稿系年要目

一、校外公开发表部分

2002 年

《研究型大学要努力营造科技创新良好氛围》,《中国高等教育》第 21 期。

《以十六大精神为指导,再创中山大学的鼎盛和辉煌》,《广东教育》第
    12 期。

2003 年

《谈大学学风》,《国家教育行政学院学报》第 2 期。

《服务社会——大学无法回避的社会责任》,《中国高校科技与产业化》
    第 9 期。

2004 年

《国家的发展与大学的责任》,《中国高等教育》第 1 期。

《优化环境 更好地发挥人才资源作用》,《中国高等教育》第 3—4 期。

《大学管理的成本与效率》,《中国高等教育》第 13—14 期。

《创新人才培养模式 提升大学核心竞争力》,《中国高等教育》第 19 期。

《大学科研管理中的差异性问题》,《中山大学学报(社会科学版)》第 6 期。

2005 年

《图书馆是大学精神的守护者》,《大学图书馆学报》第 1 期。

《倡廉反腐与建设有道德感的大学》,《中国高等教育》第 12 期。

2006 年

《关于高校深化素质教育的若干思考》,《中国高等教育》第 1 期。

《在总结和反思中寻求大学自主创新切入点》,《中国高等教育》第 3—4 期。

《谈提高大学中层管理干部的素质和能力》,《中国高等教育》第 12 期。

《大学的使命、精神和声誉》,《中国高等教育》第 21 期。

2007 年

《在开放办学中提升育人质量》,《中国高等教育》第 3—4 期。

《加强技术创新　推进产学研结合 为广东经济发展服务》,《中国高校科技与产业化》第 4 期。

《以评估为契机　以育人为根本》,《中国高等教育》第 12 期。

《建设基于使命与和谐的大学文化》,《中国高等教育》第 20 期。

2008 年

《教授就是大学　师德最关质量》,《中国高等教育》第 7 期。

《大学中层管理者要善谋事能成事》,《中国高等教育》第 15—16 期。

2009 年

《期待新一代学术带头人》,《中国高等教育》第 1 期。

《探索适合中国大学长远发展的管理制度》,《中国高等教育》第 5 期。

《沟通的艺术与大学的和谐发展》,《中国高等教育》第 23 期。

2010 年

《关于医学教育的一些思考》,《中国高等教育》第 6 期。

《善待学生:寓思想政治教育于大学教育的全过程》,《思想教育研究》第 8 期。

2011 年

《关于如何尊重和办好大学文科的所感所思》,《中国高等教育》第 1 期。

二、其他相关文稿

1999 年

《团结、继承、改革、发展　抓住机遇　寻求突破——黄达人校长在任职
　　会上的讲话》,《中山大学校报》9 月 6 日(复)第 352 期。

《把握机遇　迎接挑战》,《中山大学校报》11 月 3 日第 356 期。

2000 年

《紧密团结,再接再厉,让中大尽快进入又一个繁荣鼎盛时期——黄达
　　人校长在庚辰年春节团拜会上的讲话》,《中山大学校报》2 月 27 日
　　第 360 期。

《在 2000 年本科生毕业典礼上黄达人校长的讲话》,《中山大学校报》6
　　月 29 日第 368 期。

《在中山大学珠海校区落成典礼上黄达人校长的讲话》,《中山大学校
　　报》9 月 15 日第 371 期。

《坚定信念　振奋精神　扎实工作　开拓进取——"两思"、"三想"辅导
　　报告》,《中山大学校报》10 月 28 日第 374 期。

2001 年

《中山大学学科建设动员报告》,《中山大学校报》1 月 2 日第 380 期。

《校长新年致辞》,《中山大学校报》2 月 20 日第 381 期。

《中山大学发展史上的新里程碑——黄达人校长在"共建协议"签字仪
　　式上的讲话》,《中山大学校报》10 月 31 日(新)第 1 期。

《在中山大学 2001 年教学经验交流会上黄达人校长的讲话》,《中山大
　　学校报》11 月 13 日(新)第 2 期。

2002 年

《中大的现状、学科建设及若干工作的通报——黄达人校长在中层干部
　　会上的讲话》,《中山大学校报》1 月 18 日(新)第 6 期。

《必须高度重视学科建设和人才队伍建设——黄达人教授在 2002 年教授、中层干部大会上的讲话（摘要）》，《中山大学校报》3 月 13 日（新）第 8 期。

《机关部处负责人要发挥工作的主动性，要有效益意识》，《中山大学校报》5 月 13 日（新）第 13 期。

《关于素质教育的一些思考——黄达人校长在中山大学 2002 年教学工作会议上的讲话》，《中山大学校报》5 月 23 日（新）第 14 期。

《谈谈大学学风——黄达人校长在研究生教育工作会议上的讲话》，《中山大学校报》11 月 7 日（新）第 25 期。

《革故鼎新，共谋发展，再创中山大学新辉煌——黄达人校长在十六大精神传达大会上的报告》，《中山大学校报》11 月 27 日（新）第 27 期。

《一个定位，八个关系——在中山大学高等继续教育工作会议上的讲话》，《中山大学校报》11 月 27 日（新）第 27 期。

2003 年

《为社会福，为邦家光——黄达人校长在毕业典礼上的讲话摘录》，《中山大学校报》7 月 2 日第 45 期。

《关于学校发展的一些想法和思考——黄达人校长在"双代会"上的工作报告（第三部分）》，《中山大学校报》7 月 8 日第 46 期。

《中大人要立志——黄达人校长在新教工培训班上的讲话（节选）》，《中山大学校报》9 月 2 日第 47 期。

《大学要有深厚的基础学科作根基——黄达人校长与杨振宁教授畅谈大学发展》，《中山大学校报》9 月 26 日第 50 期。

《国家的发展与我们的责任——黄达人校长在中山大学科技工作会议上的讲话》，《中山大学校报》12 月 12 日第 57 期。

2004 年

《一些基本原则和思路——黄达人校长在教学工作会议上的讲话（节录）》，《中山大学校报》3 月 22 日第 65 期。

《关键在于提高学生的竞争力——黄达人校长在 2004 年就业工作会议

上的讲话》,《中山大学校报》4 月 20 日第 68 期。

《目前学校工作的几个问题——黄达人校长在六届二次教代会所作学
　　校工作报告节录》,《中山大学校报》6 月 9 日第 73 期。

《善待学生——黄达人校长在 2004 年新教工岗前学习交流会上的讲
　　话》,《中山大学校报》9 月 6 日第 77 期。

《营造和谐　着眼长远——黄达人校长在中山大学 2004 年人才人事工
　　作会议上的讲话》,《中山大学校报》11 月 1 日第 82 期。

《黄达人校长在校庆 80 周年大会上的致辞》,《中山大学校报》11 月 22
　　日第 84 期。

《图书馆是大学精神的守护者——黄达人校长在图书馆 80 周年馆庆暨
　　新馆开馆典礼上的讲话》,《中山大学校报》11 月 1 日第 82 期。

《校庆工作交出了一份令人满意的答卷》,《中山大学校报》11 月 1 日第
　　82 期。

2005 年

《我们要始终抓住"质量"这条主线——黄达人校长在 2005 年学校发展
　　战略研讨会上的讲话》,《中山大学校报》2 月 28 日第 90 期。

《我们需要一个有道德感的大学——黄达人校长在中山大学 2005 年纪
　　检监察工作会议上的讲话》,《中山大学校报》3 月 28 日第 93 期。

《理解他们　关心他们——黄达人校长在 2005 年就业工作会议上的讲
　　话》,《中山大学校报》4 月 6 日第 94 期。

《关于大学的"入行"——黄达人校长在 2005 年新教工上岗前学习交流
　　会上的讲话》,《中山大学校报》9 月 8 日第 103 期。

《学术规范　事关长远——读〈中文系本科优秀毕业论文集〉有感》,《中
　　山人学校报》10 月 11 口第 106 期。

《"985 工程"二期建设若干问题——在"985 工程"二期建设情况通报会
　　上的讲话》,《中山大学校报》10 月 24 日第 107 期。

《黄达人校长在学士学位授予仪式上的讲话》,《中山大学校报》11 月 18
　　日第 110 期。

《拥有更加美好的明天——黄达人校长在中山大学法政学科成立 100
周年庆典上的讲话》,《中山大学校报》11 月 18 日第 110 期。

《关于大学管理中的"另类浪费"——黄达人校长在学校财务工作会议
上的讲话》,《中山大学校报》12 月 8 日第 112 期。

2006 年

《学校面临自主创新体系建设的若干想法——黄达人校长在学校中层
干部大会上的讲话》,《中山大学校报》3 月 10 日第 117 期。

《对社会矛盾焦点的思考——黄达人校长接受〈南方日报〉记者专访》,
《中山大学校报》3 月 20 日第 118 期。

《以"质量第一、适度发展"为指导方针发展我校现代远程教育——黄达
人校长在我校现代远程教育 2006 年工作会议上的讲话》,《中山大
学校报》5 月 19 日第 125 期。

《善用权力　勇担责任　享受过程——黄校长在新任处级干部培训班
上的讲话》,《中山大学校报》5 月 30 日第 126 期。

《中山大学科研工作报告(节选)》,《中山大学校报》6 月 20 日第 130 期。

《这是中国数学界的光荣——黄达人校长接受〈南方日报〉记者采访一
席谈》,《中山大学校报》6 月 30 日第 131 期。

《我心中的中大——校长黄达人在 2006 年新教职员岗前学习交流会上
的讲话》,《中山大学校报》9 月 15 日第 134 期。

《黄达人校长在中山大学中山医学院 140 年庆典上的讲话》,《中山大学
校报》11 月 20 日第 139 期。

《关于学校发展规划的若干考虑——黄达人校长在第六届教代会第四
次会议上的讲话》,《中山大学校报》11 月 30 日第 140 期。

《中山大学对于我们一生的意义——黄达人校长在 2006 年学位授予仪
式上的讲话》,《中山大学校报》11 月 30 日第 140 期。

2007 年

《胸怀天下　追求卓越——黄达人校长在发展战略研讨会上的讲话》,

《中山大学校报》3月12日第145期。

《以评估为契机　以育人为根本——黄达人校长在本科教学工作水平
　　评估动员会上的讲话》,《中山大学校报》4月5日第147期。

《我心目中的大学生》,《中山大学校报》5月15日第150期。

《纪念章梓雄教授》,《中山大学校报》7月3日第154期。

《我所感受的中大文化——黄达人校长在2007年新教工岗前学习交流
　　会上的讲话》,《中山大学校报》9月6日第158期。

《关于大学提升育人质量的一些想法——黄达人校长在本科教学工作
　　水平评估中层干部工作会上的讲话》,《中山大学校报》12月10日
　　第166期。

《关于学校近期发展的若干问题——在中山大学第七届教代会第一次
　　会议上的工作报告(节选)》,《中山大学校报》12月26日第168期。

2008年

《关于学校发展的若干问题——黄达人校长在中山大学2008年工作研
　　讨会上的讲话》,《中山大学校报》3月3日第171期。

《关于附属医院发展的若干考虑——黄达人校长在医政工作会议暨医
　　院管理年总结大会上的讲话》,《中山大学校报》3月13日第172期。

《黄达人校长谈本科教学评估》,《中山大学校报》3月17日第173期。

《干部要谋事》,《中山大学校报》4月21日第176期。

《抓好人才培养质量　提高办学层次——黄达人校长在珠海校区干部
　　工作会议上的讲话》,《中山大学校报》5月8日第177期。

《本科教学评估意见反馈会上黄达人校长的讲话》,《中山大学校报》5
　　月30日第179期。

《期待新一代学术带头人——黄达人校长在2008年新教职员岗前学习
　　交流会上的讲话》,《中山大学校报》9月9日第184期。

《改革开放三十年中山大学的发展》,《中山大学校报》10月13日第
　　186期。

《关于校区布局调整的若干想法》,《中山大学校报》10 月 31 日第188 期。

《再谈期待新一代学术带头人》,《中山大学校报》11 月 10 日第 189 期。

《在值年校友日大会上黄达人校长的讲话》,《中山大学校报》11 月 10 日第 189 期。

2009 年

《关于学校当前工作的一些思考》,《中山大学校报》1 月 13 日第 194 期。

《大学是一个学术共同体——黄达人校长在中山大学 2009 年工作研讨会上的讲话》,《中山大学校报》3 月 3 日第 195 期。

《就业心态与职业准备——黄达人校长在全校就业工作会议上的讲话》,《中山大学校报》3 月 31 日第 197 期。

《从大学精神谈起——黄达人校长在中山大学深入学习实践科学发展观活动专题报告会上的讲话》,《中山大学校报》4 月 30 日第 199 期。

《边学习边整改　针对问题部署工作——黄达人校长在学院(医院)院长、书记会上的讲话》,《中山大学校报》5 月 26 日第 202 期。

《关于"沟通"——在新教工岗前学习交流会上的讲话》,《中山大学校报》9 月 18 日第 208 期。

《忠诚的力量　共同的荣誉——在中山大学 2009 年卓越服务奖颁奖仪式上的讲话》,《中山大学校报》11 月 10 日第 212 期。

《关于医科发展的一些思考——在全国医科八年制峰会开幕式上的讲话》,《中山大学校报》11 月 20 日第 213 期。

2010 年

《做一名称职的教学工作管理者——在 2010 年本科教学系统中层干部培训班上的讲话》,《中山大学校报》1 月 13 日第 217 期。

《我不断被同学们感动——黄达人校长在 2010 届毕业典礼暨 2010 年学位授予仪式上的演讲》,《中山大学校报》7 月 5 日第 229 期。

《我们面对的机遇与挑战——黄达人校长在 2010 年新教工岗前学习交流会上的讲话》,《中山大学校报》9 月 16 日第 233 期。

《努力为大学发展营造良好空间——就我校"卓越人才计划"专访黄达人校长》,《中山大学校报》10 月 28 日第 236 期。

《黄达人校长在孙逸仙纪念医院 175 周年庆典上的致辞》,《中山大学校报》11 月 10 日第 237 期。

《坚持自己特有的气质和办学理念——黄达人校长在第二届卓越服务奖颁奖仪式上的讲话》,《中山大学校报》11 月 19 日第 238 期。

《寄厚望于青年教师——黄达人校长在优秀青年教师研讨会上的讲话》,《中山大学校报》11 月 19 日第 238 期。

《一个大学管理者对文科的理解》,《中山大学校报》12 月 20 日第 240 期。

《黄达人校长在哲学系复办五十周年庆祝大会上的讲话》,《中山大学校报》12 月 24 日第 241 期。

《黄达人同志在全校教师干部代表大会上的讲话》,《中山大学校报》12 月 24 日第 241 期。